ANOTHER STORY OF
Bad Boys

Mathilde Aloha

ANOTHER STORY OF
Bad Boys
LE FINAL

« *L'amour n'est qu'un oubli de la raison.* »

Louis de Montchamp,
Le Livre de l'amour, 1858.

Prologue

Evan

— Evan ?

Un sourire se glisse sur ma bouche quand j'aperçois Grace dans l'ouverture de la porte de ma chambre. Aussitôt, je pose mon ordinateur et saute du lit pour aller la saluer. Elle est encore plus belle aujourd'hui qu'hier ! Comment cela est-il seulement possible ?

— Salut, mon cœur ! je lance en l'étreignant.

Je m'apprête à presser mes lèvres contre les siennes lorsque je la sens esquisser un mouvement de recul.

— Ça ne va pas ? je lui demande. Tu es toute pâle, d'un coup…

Elle m'interrompt en posant le bout de ses doigts sur ma bouche. Je commence à l'observer avec inquiétude.

— Je dois te parler mais, avant ça, promets-moi de ne pas t'énerver. Pas tout de suite, du moins.

Surpris par ses paroles, je la dévisage, interdit.

— C'est si grave que ça ?

J'ai beau prétendre que tout va bien, ces dernières semaines ont été dures pour notre couple. J'ai dû apprendre à lui refaire confiance, chose qui n'a pas été des plus faciles. J'avais constamment peur qu'elle rejoigne

9

Alex et je n'arrivais pas à me sortir de la tête que, si elle était revenue vers moi, c'était juste par dépit.

Mais l'éternel optimiste que je suis tend à croire que, par amour, tout est possible. Je l'ai laissée s'expliquer et j'ai pu percevoir la sincérité dans ses paroles, mais aussi dans ses actes et dans son regard. Après notre séparation, je n'étais plus que l'ombre de moi-même. J'ai donc pris sur moi et j'ai balayé mes doutes pour laisser cette fille merveilleuse revenir dans ma vie. Les premiers jours après nos retrouvailles ont été parfaits, baignés par l'amour et le bonheur. Mais très vite, ce sentiment de quiétude a cédé la place à un malaise. Et cet air dramatique qu'arbore son joli minois ne me rassure pas.

— Grace ? Tu me fais peur.

Je dois fournir tous les efforts du monde pour empêcher ma voix de trembler. Un prénom me brûle la langue mais je choisis de me taire et de la laisser parler.

— S'il te plaît, Evan. Promets-le-moi.

Son regard me foudroie et c'est en balbutiant que je réponds :

— Je ne peux rien te promettre sans savoir.

Elle s'assied sur mon lit, et m'invite à la rejoindre. Nos corps se frôlent sans toutefois se toucher véritablement. J'essaie de capter son regard mais elle détourne rapidement la tête.

— Regarde-moi, Grace.

Je glisse mes doigts sous son menton pour relever son visage. Sa mine fermée me chavire, me contrarie. Je n'aime pas la voir comme ça. Je n'aime pas voir les gens préoccupés, tristes. Sa bouche tressaille quand j'effleure de mon pouce ses lèvres pleines.

— Tu te souviens de ce que tu m'as dit il y a quelques semaines, le soir où on a décidé de se remettre ensemble ?

J'acquiesce, le cœur serré et la gorge nouée.

— Tes mots résonnent encore dans mon esprit, continue-t-elle. Tu m'as d'abord embrassée tendrement avant de me dire que ton amour pour moi était trop fort pour être ignoré. Qu'un amour comme celui-ci, on ne le rencontrait pas deux fois dans une vie. Je n'ai pas su quoi dire alors j'ai hoché la tête.

— Je ne comprends pas où tu veux en venir…

Elle esquisse un faible sourire devant mon air confus.

— Je te mentais, Evan. Et par la même occasion, je me mentais à moi-même. Mais ça, je ne l'ai compris que plus tard.

Comme brûlée par sa peau douce, ma main retombe sur le matelas.

— Ne me dis pas ça.

— Je ne peux plus te cacher une telle chose ! s'exclame-t-elle en s'écartant de moi. J'ai essayé de taire mes sentiments mais je suis en permanence tiraillée entre mon cœur et ma raison. Je n'en dors plus, je n'en mange plus, je ne pense qu'à ça, ça me rend folle !

— Alors pourquoi me dire ça aujourd'hui ? Nous avons renoué ensemble il n'y a même pas un mois, Grace ! je m'emporte violemment. Tu ne crois pas qu'il aurait fallu y penser avant ?! Si tu ne voulais pas de moi, tu aurais dû

11

me le dire plus tôt ! Bordel, je t'aime comme un dingue, Grace. Tu n'as pas le droit de me faire ça aujourd'hui.

Je crie tandis qu'elle reste muette. Et, bien que ce soit douloureux à admettre, le silence est en soi déjà une réponse. J'ai beau redouter le pire, j'ai besoin d'entendre ce qu'elle a à me dire. Quand je relève la tête, je remarque aussitôt son visage baigné de larmes.

— Grace… je murmure.

— J'ai fait quelque chose d'horrible, quelque chose que tu ne me pardonneras jamais.

Quelques secondes suffisent à mon cerveau pour comprendre. Tout prend sens désormais. Son attitude distante de ces derniers jours, ses absences répétées… Il ne m'en faut pas plus. Et j'ai beau ne pas vouloir y croire, la réalité me percute de plein fouet, comme un train lancé à sa vitesse maximale. Je me sens brisé.

— C'était Alex ? je demande d'une voix blanche.

Le murmure qui s'échappe de ses lèvres entrouvertes confirme ce que je redoutais le plus. J'aimerais être ailleurs. Je donnerais n'importe quoi pour ne pas avoir à vivre ce moment. Mais j'ai beau prier de toutes mes forces, quand j'ouvre à nouveau les yeux, je n'ai pas bougé et Grace non plus.

— C'était si prévisible.

Ces mots, je ne pensais pas les avoir prononcés jusqu'à ce que j'entende sa voix, autrefois si belle à écouter, me répondre :

— Comment as-tu deviné ?

Vraiment, Grace ? Vraiment ?

— Tu sais, je commence en m'empêchant de hurler de colère, je suis peut-être cocu, mais je ne suis pas pour autant con.

— Je n'ai jamais pensé ça ! s'offusque-t-elle en reniflant. Tu es merveilleux, Evan !

Ces paroles sont clairement de trop. Un à un, mes nerfs cèdent et je me mets à rire, sans parvenir à me calmer. La douleur tord fort mon cœur et je ne sens même pas que mes jambes sont prêtes à lâcher à tout moment. Lorsque j'arrive à retrouver un semblant de calme, je lui crache ces mots avec une amertume que je ne me reconnais pas :

— Si je suis si merveilleux, pourquoi m'as-tu trompé ?

Cette question abat sur ma chambre un silence de mort. Durant de longues secondes, si ce ne sont des minutes, elle se renferme, cherchant certainement comment m'annoncer ça de la meilleure manière. Mais rien ne pourra anesthésier cette pointe qui s'enfonce un peu plus à chaque respiration dans ma poitrine. Elle entrouvre la bouche plusieurs fois avant de trouver le courage de me répondre. Je détourne la vue de ses lèvres qui, autrefois attirantes, me révulsent désormais.

— Parce que je l'aime. J'ai beau lutter, je reviens toujours à lui.

Ses mots me font l'effet d'une bombe qui me transperce le corps tout entier et m'achève. Je sens chaque partie de mon âme partir en lambeaux, comme déchiquetée par cet aveu terrible. Comment a-t-elle pu me faire ça ? Je ne la reconnais pas. Grace, ma belle Grace, n'aurait jamais pu agir ainsi avec moi. Je ne sens même pas les larmes dévaler mes joues. Je ne réalise pas non plus que je suis tombé à genoux et que je lui hurle de s'en aller. Elle s'exécute sans dire un mot de plus, pas même une excuse. Et, bien que ça n'aurait rien changé dans le fond, j'ai pensé, rien qu'une petite seconde, qu'elle s'en voulait, même juste un peu.

Je reste prostré là, une heure ou peut-être deux. Je ne pense plus à rien, si ce n'est à ce vide que je ressens. Comme si tout ce qui me rendait vivant était parti avec elle. Mon cœur saigne. Comment peut-on aimer et haïr quelqu'un aussi fort ? Demain me fait peur. Il me faudra réaliser que notre histoire est terminée et que, désormais, j'avancerai seul. Grace ne mérite plus rien, pas même ma haine.

Deux semaines plus tard

Chapitre 1

Lili

Mes lunettes de soleil vissées sur le nez, ça va bientôt faire trois heures que je déambule dans les rues animées de The Rocks, l'un des quartiers de Sydney que je préfère. Dès que j'ai une minute de libre, le week-end et parfois le soir, je m'empresse d'attraper mon appareil photo et mon guide puis je pars à la découverte de la ville.

Jetant un coup d'œil à ma montre, je presse le pas. Je vais être en retard si je continue d'avancer à ce rythme. Il est bientôt midi, autrement dit l'heure de notre appel quotidien avec Cameron. Notre dernier échange s'est fait par SMS hier soir, mais je n'ai pourtant qu'une seule hâte, le revoir, même si ce n'est que sur l'écran de mon ordinateur.

En arrivant à Sydney il y a un peu plus de trois semaines, je me suis vite rendu compte que le plus dur à gérer dans notre relation était le décalage horaire. Nous sommes séparés par l'océan Pacifique et dix-huit heures. Au début, nous avions tellement de mal à nous y faire que nous n'arrivions jamais à nous joindre. Cameron m'appelait le matin en se réveillant, ce qui correspondait au milieu de la nuit pour moi. À mon tour, j'essayais de le joindre le soir, en rentrant de mon stage, mais cette fois-ci, c'est lui qui dormait. Heureusement, nous avons très vite trouvé un compromis et, depuis, nous nous appelons à des heures régulières chaque jour. Je ne pouvais pas rester sans lui parler ou le voir. Entendre sa voix et voir son sourire, ne serait-ce que quelques minutes, me procurent un réconfort sans égal. Les appels vidéo sont donc devenus une véritable nécessité.

Quand j'ai appris que j'étais finalement retenue pour le stage, je n'y ai pas cru. Il m'a fallu de longues secondes avant de réaliser que c'était vrai, que je ne rêvais pas. En effet, à l'issue de la réunion organisée à New York, je ne faisais pas partie des trois sélectionnés. Mon dossier avait été convaincant mais il y avait eu meilleur que moi. Résignée mais heureuse d'être arrivée jusqu'à cette étape, je m'étais fait une raison et j'étais impatiente de commencer ma formation de trois semaines au *Los Angeles Times*. Mais quelques jours avant le début du stage, j'ai reçu un appel de Charles Vanderberg. Étant désormais en vacances, nous ne nous étions pas reparlés depuis l'annonce des résultats. De sa voix autoritaire, il m'intimait de vite le retrouver à son bureau sur le campus. Tout un tas de scénarios se sont montés dans ma tête et je redoutais que mon stage ne soit annulé. Il faut dire que sa voix ne laissait pas transparaître une bonne nouvelle… Mais quand je suis arrivée, la surprise a été tout autre. Mon professeur m'attendait, un grand sourire sur les lèvres. Il avait pris un malin plaisir à me faire stresser au téléphone ! Et c'est sans dissimuler sa joie qu'il m'a demandé de m'asseoir. Il m'a alors expliqué que Carl, l'un des trois lauréats, était gravement tombé malade quelques semaines après son arrivée à Sydney et que son rapatriement en urgence aux États-Unis me permettait de prendre sa place, étant arrivée quatrième lors du concours. Après m'être sentie désolée pour ce pauvre garçon, j'ai, dans ma tête, hurlé de joie. Je devais partir en Australie à peine trois jours plus tard. La seule ombre au tableau, c'est que le stage au sein de la rédaction de *The Austalian*, initialement prévu pour trois mois, allait durer à peine huit semaines pour moi. Mais dans le fond, je m'en fichais. Tout ce qui comptait à mes yeux, c'est que je rejoignais Sydney. Les résultats de mes examens venaient de tomber et j'avais bravement réussi chacune de mes épreuves. J'étais libre ! Et pourtant, ce soir-là, en rentrant à l'appartement, je redoutais de devoir annoncer la nouvelle à Cameron…

Depuis que nous étions rentrés de New York, tout allait pour le mieux entre nous. Je ne l'avais jamais vu si attentionné, si présent, si aimant. Mais notre dernière dispute résonnait encore douloureusement dans ma tête et dans mon cœur. J'étais terrifiée à l'idée qu'il me quitte à nouveau en apprenant que, finalement, j'embarquais pour l'Australie. À l'annonce des premiers résultats, quand il était encore question du stage de trois semaines au célèbre journal de ma ville d'adoption, j'avais pu lire un véritable soulagement sur le visage de mon petit ami. Je savais ce qu'il ressentait et, au fond de moi, je le comprenais.

Olivia l'avait trahi et il avait peur de souffrir à nouveau. C'était naturel de réagir ainsi. Mais, bien que je redoutais ce moment, il fallait que je lui annonce la nouvelle. Peu importe ce qu'il pouvait me dire ou penser, ma décision était prise. C'est donc sans prendre de gants que je lui ai parlé. Je devais faire de la même façon que lorsqu'on retire un pansement : procéder d'un coup sec. Je m'étais avancée devant lui et j'avais tout déballé sans reprendre mon souffle une seule fois. Durant de longues secondes, il était resté silencieux et j'avais senti l'angoisse monter peu à peu en moi. Mais fort heureusement, un sourire éblouissant avait fini par naître sur ses lèvres. Il s'était ensuite approché de moi pour m'embrasser tendrement et me dire qu'il était fier et qu'il me soutiendrait plus que jamais dans cette opportunité inouïe qui s'offrait à moi.

Je remets une mèche de cheveux derrière mon oreille et souris béatement en repensant à ce moment. Je l'aime tellement que je me demande souvent comment on peut aimer quelqu'un autant. La veille du départ, j'ai eu quelque hésitation à partir. N'allais-je pas tout gâcher en partant deux mois si loin de lui ? La question m'a longuement taraudée mais Cameron a lu en moi et il a su me rassurer. Aujourd'hui, je ne regrette pas le moins du monde d'avoir embarqué pour Sydney. Je sais que cette distance ne fera que renforcer nos liens. Et jusqu'à maintenant, pas l'ombre d'un nuage n'a menacé notre relation…

Arrivant au croisement d'Oxford Street et de Flinders Street, je manque de me faire percuter par un vélo roulant à toute allure sur le trottoir. Alors que je lui crie de faire plus attention, il est déjà trop loin pour m'entendre. Je ne retiens pas mon soupir. La semaine dernière, à quelques mètres de moi, une femme âgée s'est fait renverser par un cycliste beaucoup trop pressé. Heureusement, excepté une égratignure sur le coude, elle allait bien. La folie cycliste est bien l'un des seuls points noirs de cette ville que je chéris pourtant beaucoup.

J'arrive à ma chambre d'étudiante quelques minutes plus tard. Je me débarrasse de mes chaussures devenues trop étroites avec la chaleur et m'empresse de mettre au frais le smoothie que je viens d'acheter dans une petite boutique bio à quelques rues de là. Mon téléphone, posé à côté du paquet de biscuits que j'ai vidé ce matin, se met à vibrer. Mon sourire s'évanouit légèrement quand je m'aperçois qu'il ne s'agit pas de Cameron.

De Sasha : *Sois prête à 14 heures ;)*

Je lui réponds que je serai même prête une heure avant, terminant mon message d'un smiley qui tire la langue. Sasha a énormément de mal avec la ponctualité donc, dès que l'occasion se présente, je n'hésite pas à le charrier. Comme moi, il est à Sydney pour le stage. Quand nous nous sommes rencontrés au journal quelques jours après mon arrivée, le courant est tout de suite bien passé entre nous. Il faut dire que ce n'est pas difficile de bien s'entendre avec lui. Il est d'une gentillesse innée et, au bureau, tout le monde raffole de son humour *british*, hérité de sa maman originaire de Manchester. Étant arrivé quelques semaines avant moi, il a pu m'expliquer beaucoup de choses sur le mode de vie des Australiens, le fonctionnement du journal, et traîner avec lui me permet d'éviter la solitude que représentent deux mois à des milliers de kilomètres de ses repères.

Alors que je m'installe confortablement sur mon lit un peu trop moelleux, avec une salade de pâtes préparée la veille, midi s'affiche sur l'horloge accrochée en face de moi. Presque aussitôt, le nom de Cameron apparaît sur l'écran de mon ordinateur. J'attrape celui-ci en vitesse et prends l'appel.

— Hello ! je lance en souriant tandis que son visage bronzé se dessine devant moi.

— Salut, *girlfriend* !

Son imitation de l'accent australien me fait pouffer de rire comme chaque fois qu'il essaie de le reproduire. Aujourd'hui encore, il m'arrive assez fréquemment de ne pas comprendre ce que mes interlocuteurs, parlant pourtant la même langue que moi, racontent. L'accent australien peut se montrer si prononcé qu'il est parfois difficile de suivre une conversation. Pas plus tard que la semaine dernière, alors que j'étais au téléphone en train d'interviewer un fermier vivant dans le bush australien, j'ai dû faire répéter à celui-ci chaque phrase au moins trois fois. Le pauvre en a eu tellement marre qu'il a fini par me raccrocher au nez. Quand j'ai raconté cette mésaventure à Cameron, il n'a pas pu s'empêcher de rire à gorge déployée et, depuis, il s'amuse à me le rappeler.

— Comment vas-tu ? je lui demande en me penchant pour ramasser la pâte qui s'est échappée de ma fourchette.

— Bien ! Cette journée de surf m'a épuisé ! s'exclame-t-il. Mais c'était super cool, on s'est bien éclatés, avec Evan et Raf. Et toi, ta matinée ?

Je lui raconte brièvement où je suis allée me balader, puis j'en profite pour demander des nouvelles de mon ami. Peu après notre retour de New York, Evan et Grace se sont rabibochés. Pour moi, c'était une pure évidence mais Cameron, quant à lui, était plus sceptique concernant le devenir de leur relation. Au début, tout allait à nouveau pour le mieux, une vraie idylle qui aurait fait pâlir de jalousie n'importe qui. Mais peu de temps avant mon départ pour le pays des kangourous, j'ai bien senti que leur relation ne tenait qu'à un fil. J'avais l'impression de revoir mes parents quelque temps avant leur séparation. Ça n'augurait rien de bon pour « Grevan » et j'ai fini par me dire que, finalement, ils n'étaient peut-être pas faits l'un pour l'autre. Ce constat me désole toujours autant mais je me retiens pour ne pas alerter Cameron. Ceux qui doivent être ensemble finiront toujours par se retrouver. Il me faut garder ce mantra à l'esprit, ainsi que le fait qu'il ne s'agit pas de ma relation mais de celle de mes amis. Néanmoins, ça n'enlève rien à mon inquiétude grandissante pour ces deux-là…

— Alors, qu'est-ce que tu vas faire cet après-midi ? me demande-t-il après un court silence.

— Je vais avec Sasha au Luna Park. Ça fait des jours qu'il insiste pour m'y emmener ! je déclare avant de siroter une gorgée de mon smoothie.

Sur l'écran, je le vois se renfrogner. Je fronce les sourcils puis, alors que je m'apprête à lui demander ce qui me vaut ce changement soudain d'attitude, il m'annonce qu'il doit s'absenter quelques minutes mais que nous pouvons couper la conversation si je le désire. Bien entendu, je décline sa proposition, qui me contrarie un peu, et sans m'adresser un mot, Cameron rabat l'écran de son ordinateur portable de telle manière que je ne puisse plus voir ce qui se passe autour de lui. Je peste intérieurement et me lovant un peu plus contre le mur sur lequel je suis appuyée, je grignote quelques gressins en attendant son retour. Le temps me paraît long. Je me mets à bougonner tandis que des questions se bousculent dans ma tête.

— Il y a un souci ? je m'enquiers quand, enfin, il réapparaît.

— Non, aucun.

Son ton sec me laisse sans voix de petites secondes. Qu'est-ce qui lui prend tout à coup ? Derrière lui, je reconnais la décoration de sa chambre chez ses parents qui n'a pas changé. Les lumières n'étant pas allumées et les stores fermés, je distingue à peine son visage. Et pourtant, je remarque immédiatement ses traits tirés et sa mâchoire serrée, signes de son évidente contrariété.

— Cam, qu'est-ce…

— Pourquoi passes-tu autant de temps avec ce mec ? me coupe-t-il.

— Quoi ?

24

— Dès qu'on se parle, j'ai l'impression que tu le rejoins toujours après. Donc je réitère ma question : pourquoi es-tu tout le temps fourrée avec lui ?

Je sens la bile me monter à la gorge.

— Déjà, je ne suis pas du tout collée à lui co[...] as l'air de le penser et, ensuite, tu sais très bien qu'il es[...] seule personne avec qui j'ai sympathisé. Donc excuse-moi d'essayer de me détendre et de faire autre chose que rester enfermée dans ma chambre toute seule !

— Dis plutôt que tu as trouvé un remplaçant au brave Cameron, stupide de croire qu'une relation longue distante était possible !

— Mais tu délires, complètement ! On est juste amis, Cam ! A-m-i-s, je dis en insistant sur les mots.

— Ça commence toujours comme ça de toute façon, marmonne-t-il.

— Il est venu ici pour la même raison que moi, c'est-à-dire profiter de ce stage qui, je te le rappelle, est une opportunité hors norme dans notre vie d'étudiants en journalisme. Il a une copine, qu'il aime beaucoup, et j'ai un petit ami, dont je suis éperdument amoureuse, ça ne te suffit pas ?

Je sens la colère me gagner et impossible de m'arrêter, je reprends, le souffle court :

— Si tu n'es pas foutu d'avoir confiance en moi, ce n'est pas mon problème mais le tien ! je peste en haussant la voix. J'ai très sérieusement autre chose à faire de mes journées que de te chercher un remplaçant ou je ne sais quoi d'autre.

— Pourquoi t'énerves-tu autant si ce n'est qu'un « ami » ?

Avec ses doigts, il mime des guillemets. Je fulmine encore plus.

— Parce que tu m'agaces à avoir si peu confiance en moi ! À aucun moment, l'idée même de te quitter ou de te tromper ne m'a effleuré l'esprit. Et savoir que tu ne me fais pas confiance, ça me blesse, Cameron. Tu ne penses qu'à ton petit cœur, mais, à aucun moment, tu ne t'es dit que moi aussi, je pouvais avoir peur que tu me laisses. Et pourtant, je ne t'en parle pas parce que, contrairement à toi, moi, je te fais confiance. Je t'aime, merde à la fin. Je ne sais même pas pourquoi on a cette conversation.

— Lili…

Sa voix, redevenue douce, ne réussit pas à m'amadouer et je continue, juste pour mettre un terme à cette discussion :

— Je dois te laisser, Sasha m'attend.

Je raccroche sans lui laisser l'opportunité de répondre. J'ai conscience que cette dernière phrase est une provocation équivoque mais je m'en fiche. Je ne suis pas là pour supporter les excès de jalousie de M. Miller. S'il croit qu'il est le seul à être inquiet, il se trompe lourdement. Je me demande souvent s'il ne va pas rencontrer une superbe fille mieux que moi, et hop, aux oubliettes la Lili ! Mais dès que j'ai des doutes de ce genre, je m'empresse de les balayer et de me rappeler que, après tout ce que nous avons vécu, nous pouvons bien résister à quelques milliers de kilomètres. L'amour n'est pas un sentiment anodin.

Comment peut-il croire une seule seconde que je cherche quelqu'un d'autre ?

J'essuie la larme mêlant tristesse et rage qui glisse sur ma joue et éteins mon ordinateur. Par ce samedi après-midi ensoleillé et chaud, je commence à regretter amèrement de lui avoir parlé de Sasha. Par moments, je le trouve vraiment lourd. Il ne s'en rend probablement pas compte mais, chaque fois qu'il me lance ce genre de remarques, il me blesse. Je ne suis pas Olivia, son ex manipulatrice. Jamais je ne pourrais tromper mon copain comme elle a pu le faire. J'ai bien trop de respect et d'amour pour lui. Je me montre toujours honnête avec Cam. Je lui parle de mes journées, sans rien omettre. Que j'aille me promener seule un matin où que j'accompagne un soir Sasha dans un bar pour boire un verre, il sait tout. La confiance, c'est la base d'un couple. Si je lui mentais, si je lui racontais que j'ai passé ma soirée seule dans ma chambre alors qu'en réalité, j'ai fait la tournée des bars, il aurait une bonne raison de le prendre mal. Mais là, ce n'est pas le cas, donc je ne comprends pas comment il peut arriver à de tels extrêmes.

L'estomac noué, je n'arrive pas à finir mon repas et c'est remontée par cette conversation que je remets les pâtes dans mon minuscule réfrigérateur. Je me sens vidée de toute énergie. Ça faisait longtemps que nous ne nous étions pas disputés et j'avais presque oublié à quel point la douleur que je ressens dans ces moments-là peut être lancinante. Me laissant tomber sur mon lit, je regarde le plafond en ignorant la sonnerie de mon téléphone. Cette musique, c'est celle que j'ai attribuée à Cameron avant de partir. Jusqu'alors, dès que je l'entendais, peu importait le moment de la journée, une immense joie s'emparait de moi. Mais aujourd'hui, tout ce que cette mélodie m'évoque, ce sont des larmes et cette peur d'avoir tout gâché, que je refoule, péniblement.

Chapitre 2

Elena

Installée confortablement sur la terrasse, mon ordinateur sur les genoux, je navigue sur une boutique de vêtements en ligne quand j'entends du brouhaha provenir de l'intérieur de la maison. Curieuse, je me redresse, prête à aller voir ce qui se passe, lorsque, au même moment, la porte vitrée de la cuisine s'ouvre, laissant apparaître mon frère, l'air plus remonté que jamais.

— Un souci ? je lui demande alors que je pose l'ordinateur sur la table à côté de moi.

Comme Cameron ne me répond pas, je répète ma question, un peu plus fort.

— Elle va me rendre dingue ! finit-il par lâcher, les yeux vers le ciel couvert.

Je le regarde en arquant un sourcil.

— Qui ?

— Lili ! s'exclame-t-il comme si c'était d'une évidence sans nom.

— Que s'est-il passé ?

— Pas envie d'en parler, marmonne-t-il.

Je ne me retiens pas de soupirer. Mon frère ne changera donc jamais… À la moindre contrariété, ou même lorsqu'il est triste, son tempérament tempétueux refait surface et personne ne peut le raisonner. Sa crise d'adolescence remonte à quelques années et, pourtant, je m'en souviens comme si c'était hier. Le Cameron d'aujourd'hui est évidemment plus posé mais, parfois, une minuscule étincelle suffit pour qu'il s'enflamme tout entier. Quand il est dans cet état, j'ai l'impression de le revoir avec ses cheveux bardés de gel et d'entendre à nouveau sa voix grimpant dans les aigus. Je me rappelle que, chaque fois, ses réactions disproportionnées me faisaient hurler de rire, ce qui démultipliait la colère de mon frère. À ces souvenirs, je souris, nostalgique. C'était le bon vieux temps !

Le regardant faire les cent pas, je me demande ce qui a bien pu se passer pour le mettre dans un tel état. Je sais que Lili lui manque énormément et que mon frère fait partie de ces gens qui ont du mal à gérer l'éloignement. D'aussi loin que je me souvienne, Cameron a toujours eu ce besoin de contrôler tout ce qui l'entoure et je me doute que savoir sa copine si loin ne l'aide pas à composer avec ce trait de sa personnalité. Avec le temps, je m'y suis habituée mais je me mets à la place de Lili. Mon frère peut se montrer parfois très étouffant, je le sais mieux que personne.

— Tu peux tout me dire, tu sais...

Je ponctue cette phrase d'un léger sourire mais son regard, perdu dans le vide, ne me calcule pas.

— Cam ? j'insiste.

— Je vais aller marcher un peu sur la plage...

Je n'entends plus que des bribes de sa voix lorsqu'une rafale de vent s'engouffre sur la terrasse. Je le regarde s'éloigner, sans savoir comment l'aider. J'aime bien taquiner mon frère et même l'énerver parfois, il faut l'admettre, mais le voir dans cet état d'intense fragilité me serre le cœur. Cameron est comme ça. Il ne fait jamais les choses à moitié. Quand il aime, c'est de tout son être, ce qui, par le passé, s'est déjà retourné contre lui. Je comprends très bien qu'avec Lili, il ait peur que le même schéma se répète. C'est humain après tout. J'espère simplement que tous les deux sauront mettre de l'eau dans leur vin et que cet éloignement de deux mois ne signera pas la fin de leur couple. Je ne suis pas sûre que mon frère s'en relèverait…

*

Un peu plus tard, alors que le soleil se couche au loin, je suis toujours sur la terrasse en train de guetter le retour de mon frère. Quand il réapparaît enfin, ses traits semblent plus détendus que lorsqu'il est parti, ce qui me rassure légèrement.

— On va bientôt manger, je l'informe.

— Je vais rejoindre Evan, me répond-il, me laissant coite.

Il s'approche de moi, dépose un baiser sur ma tempe puis entre dans la maison. La baie vitrée de la cuisine restée ouverte, je l'entends parler avec notre mère. Il tente de la rassurer en quelques mots avant de lui apprendre qu'il ne sera pas là pour le dîner.

— Est-ce que tu veux que je te mette une assiette de côté ? Tu pourras la faire réchauffer quand tu rentreras. Je suis en train de préparer une tourte au poulet et j'ai fait des brownies, ceux que tu adores.

Ma mère ne s'arrête plus de parler et Cameron, qui essaie de l'interrompre, retrouve un semblant de sourire en la voyant s'activer en tous sens. Il finit par l'immobiliser en posant ses larges mains sur les épaules frêles de celle à qui mon frère et moi ressemblons tant. Il tente de la rassurer une énième fois en lui garantissant que tout va bien.

Je finis par m'approcher sans toutefois interférer dans leur échange. Le dos appuyé contre le mur, je les regarde. Ma mère a encore de la farine dans les cheveux et ses joues sont rougies par toute l'énergie qu'elle fournit pour nous préparer ces repas succulents. J'aimerais être aussi bonne cuisinière qu'elle mais, hélas, j'ai hérité des talents de mon père qui se limitent à passer au micro-ondes les plats qu'elle congèle. Chez les Miller, la cuisine n'est pas une histoire de famille…

— Est-ce que tu rentreras, même si c'est tard ? lui demande-t-elle tout en lui lançant un regard en coin.

— Je ne sais pas encore, je te tiendrai au courant.

Ma mère acquiesce brièvement et mon frère l'embrasse sur le front avant de partir. Il remarque alors ma présence et me lance un large sourire que je perçois aussitôt comme forcé, puis s'éloigne vers l'escalier qu'il grimpe quatre à quatre. Ma mère relève la tête et, s'apercevant que je suis là, elle lâche, d'une voix inquiète :

— Je n'aime pas voir mon fils aussi abattu.

Ne sachant pas quoi répondre, je choisis de me taire et je m'approche d'elle en souhaitant lui changer les idées par tous les moyens.

— Tu as besoin d'aide ? je lui propose en me penchant au-dessus de son épaule.

— Ma fille qui se propose pour m'aider à cuisiner, mais que se passe-t-il ? s'exclame-t-elle.

Nous rions toutes les deux et ça nous fait beaucoup de bien. Elle accepte volontiers mon coup de main puis me montre comment on émince les oignons. Quand je la regarde faire, je plains ces pauvres oignons qu'elle hache avec tant de hargne. En prenant garde à de ne pas me couper un bout de doigt, je m'exécute. Alors que je m'applique à réaliser cette tâche pourtant simple, j'ai l'impression de fournir tous les efforts du monde pour faire les choses bien. Ma mère m'observe et me gratifie d'un sourire ému quand je lui tends les morceaux d'oignons. Je m'apprête à lui dire qu'il n'y a là rien d'exceptionnel, mais la voir sourire m'est beaucoup trop précieux pour lui voler par une remarque ce minuscule moment de joie.

Nous passons à table une vingtaine de minutes après le départ de mon frère. Surpris de ne pas voir son fiston adoré, mon père fronce les sourcils en nous demandant si nous savons où il est. Ma mère l'informe qu'il est sorti avec Evan et le dîner commence enfin. J'ai à peine eu le temps d'attraper ma fourchette que mon père se met à me poser tout un tas de questions concernant mes recherches pour le stage.

Quand j'ai annoncé à mes parents que je ne voulais pas aller à l'université afin de pouvoir me consacrer pleinement à mon rêve de devenir danseuse professionnelle, j'ai eu l'impression que quelque chose se brisait entre nous. Mon père m'a alors demandé de répéter et, tandis que je prononçais les mêmes mots pour la seconde fois, j'ai cru qu'une avalanche venait de s'abattre sur leurs têtes quand ils ont compris. Ils m'ont regardée un long moment sans rien dire. Ils n'ont même pas cligné des yeux ! Je m'attendais à ce que ma mère me dise que j'étais folle, à ce que mon père m'assène que cette décision était complètement immature et irresponsable. Mais au lieu d'une réaction digne des plus grandes tragédies grecques, ils se sont contentés de me poser un ultimatum. Ils m'ont octroyé une année pour réussir dans cette voie. Si d'ici à février, je n'ai rien de concret, je pourrais dire bonjour aux bancs de l'université. Il m'arrive de culpabiliser un peu à l'idée d'aller contre leur avis et puis je me souviens que la vie est faite pour être vécue pleinement, que si je ne me donne pas les moyens de réaliser ce rêve tant que je le peux, je le regretterai énormément par la suite.

Mais depuis quelques jours, à mon plus grand soulagement, les choses semblent revenir à la normale. Pas plus tard que mercredi, ma mère a accepté de m'accompagner dans ma quête d'une formation, la meilleure qui soit. Après plusieurs pistes et pour mettre toutes les chances de mon côté, j'ai décidé de m'inscrire dans une nouvelle école située en plein cœur de Los Angeles qui propose un stage intensif préparant aux concours d'admission des plus grandes troupes de danse du monde entier. Les cours seront dirigés par Miss Jones, une ancienne danseuse étoile de l'Opéra de Paris et commenceront dans trois jours.

À la fin du repas, alors que j'aide ma mère à débarrasser la table, mon téléphone portable, posé sur le canapé, se met à sonner. Ma mère me fait signe qu'elle n'a plus besoin de moi et je file le chercher. J'y découvre trois appels en absence ainsi que deux messages de Rafael, m'informant qu'il m'attend à notre lieu de rendez-vous habituel. Aussitôt, un grand sourire éclaire mon visage et je dois me retenir pour ne pas sautiller partout. J'attrape le châle qui traîne dans l'entrée et, alors que je suis sur le point de sortir, la main posée sur la poignée de la porte, la voix de ma mère s'élève derrière moi :

— Tu vas où ?

Telle une biche prise dans les phares d'une voiture, je m'immobilise.

— Elena ?

Je me retourne doucement.

— Je vais aller prendre un peu l'air.

— D'accord, mais ne rentre pas trop tard.

J'ignore son air interrogateur et acquiesce. Une fois qu'elle est repartie, je sors à toute vitesse de la maison. Je marche si vite que je sens mon cœur qui palpite fort dans ma poitrine. Je parcours encore une bonne petite centaine de mètres avant de tourner dans une ruelle qui est devenue notre lieu de rendez-vous nocturne. Comme je m'y attendais, je tombe sur la moto que je reconnaîtrais entre mille. Rafael est à côté, surplombant tout. Je m'approche et, sans pouvoir m'en empêcher, je souris comme une enfant qui découvre une montagne de chocolat.

Sans attendre que je sois arrivée à sa hauteur, il s'élance et, en deux foulées, il est face à moi. Son parfum emplit mon espace personnel et je me sens succomber une nouvelle fois à cette beauté humaine. Il me sourit tendrement et, dans la seconde qui suit, je colle mes lèvres contre les siennes. Nous nous sommes vus il y a quelques jours et, pourtant, j'ai l'impression que ça fait des semaines. Il m'a tant manqué ! Notre baiser est dévastateur, comme tous ceux que nous échangeons. Quand Rafael rompt notre étreinte, je mets plusieurs secondes avant de retoucher terre.

Je me souviens du jour où tout a commencé entre nous. Lors d'une soirée passée en compagnie de Cam et de ses amis, j'ai tout de suite craqué pour ce garçon au teint mat et aux cheveux indisciplinés. Il débordait de confiance en lui et, en un seul regard, il a réussi à me toucher. Toutefois, je ne devais pas craquer pour lui, même s'il m'attirait. Cameron s'est toujours montré très protecteur envers moi et dès qu'il me présentait ses amis, il leur faisait toujours comprendre qu'ils n'avaient pas le droit de me toucher. Rafael le savait. Une quelconque relation entre nous était, en apparence, impossible. Et pourtant, à la fin de la soirée, quand il m'a raccompagnée chez moi, j'ai su, à l'instant même où nos lèvres se sont scellées, que les choses n'en resteraient pas là. En catimini, quelques jours plus tard, nous nous sommes revus. Après les cours, Rafael m'a donné rendez-vous dans un petit café de Santa Monica. J'ai emprunté la voiture de mes parents, prétextant rejoindre une amie pour le dîner. Quand je suis arrivée dans les lieux, Rafael était déjà là. Son sourire ravageur m'a tout de suite percutée mais j'ai essayé, du mieux que je pouvais, de dissimuler cette attirance que j'espérais malgré tout réciproque. Nous avons longuement discuté et, après être arrivés à la même conclusion – que nous deux, ce n'était pas envisageable –, cette fois-ci, il a été le premier à craquer et par-dessus la table, il m'a embrassée. Les semaines ont filé et nous avons continué à nous voir fréquemment, bien plus souvent qu'il ne l'aurait fallu… Notre première fois, je ne pourrai jamais l'oublier. Je n'avais jamais éprouvé de sentiments et d'émotions aussi intenses. Ça m'a chamboulée pendant des jours et des jours. Je sais que ce n'est pas bien d'agir comme cela, mais la vérité, c'est que je ne me suis jamais sentie aussi vivante que quand je suis près de lui.

— À quoi tu penses ?

Sa voix, pourtant douce, me fait presque sursauter.

— À notre rencontre, j'avoue dans un souffle.

Mon regard croise le sien et j'ai l'impression d'y voir une lueur de nostalgie mêlée à quelque chose de plus… dramatique. Je n'arrive pas à déceler quelle émotion le traverse à ce moment-là mais toujours est-il qu'on est loin de la réaction que je pouvais imaginer. Tout en fronçant les sourcils, je passe mes doigts dans ses cheveux, déjà ébouriffés, et le contemple.

— Pourquoi tu me regardes comme ça ? me demande-t-il, d'un air amusé.

— Je te regarde normalement.

— Non, je peux t'assurer que tu es flippante, déclare-t-il en riant. On dirait que tu essaies de lire en moi ou je ne sais quelle connerie de ce genre.

— Si tu t'ouvrais un peu plus, je n'aurais pas à te regarder bizarrement comme tu sembles le penser.

— Elena… soupire-t-il avec un brin d'exagération.

Comme toujours, il se ferme au dialogue et je suis condamnée à pester dans le vide. Il souffle le chaud et le froid si bien que parfois, je ne le comprends pas.

— Il faut que j'y aille, murmure-t-il.

— Déjà ?

J'essaie d'endiguer la vague de déception qui s'abat sur moi.

— Ouais, j'ai un cours ce soir.

Pour gagner un peu d'argent, Rafael travaille à la salle de sport où Cam a ses habitudes. De ce qu'il m'en a raconté, il accompagne les débutants dans leurs premiers exercices de musculation et dispense aussi des cours de boxe.

— Mais on n'a même pas eu le temps de discuter un peu…

— Je suis désolé, Elena, mais je vais être en retard si je traîne plus longtemps.

Il m'embrasse rapidement et ce baiser me laisse un arrière-goût amer dans la bouche. Ces derniers temps, je nous sens tout doucement nous éloigner et je n'aime pas ça… Rafael enfile son casque, remonte la fermeture de sa veste en cuir noir et grimpe sur sa moto. Un vrombissement résonne dans la petite allée menant à l'océan et, avant de baisser sa visière, il me lance un dernier sourire qui pourtant ne me rassérène pas. Quelques secondes plus tard, j'ai à peine eu le temps de cligner des yeux que Rafael Sanchez a disparu de mon champ de vision, nous laissant seuls, mon cœur inquiet et moi.

Chapitre 3

Lili

Alors que je me penche pour ramasser la feuille qui vient tout juste de s'échapper de l'énorme tas en équilibre au bord de la minuscule surface de travail qui m'est réservée, je sens ma nuque craquer. La douleur me foudroie un instant et, tout en me redressant, je grimace. Délicatement, je pose mes doigts sur mon cou et prie pour que ce massage contre ma peau froide suffise à faire passer cette désagréable sensation.

Travaillant sur l'article qui me donne du fil à retordre depuis des jours, je me sens faiblir. J'essaie de rester concentrée un maximum mais tout ce que je vois, c'est la pause qui m'attend à bras ouverts. Pour me requinquer un peu, je décide d'abandonner mon travail quelques minutes. Ça ne sert à rien de s'obstiner, je ne suis plus efficace. Depuis mon arrivée au journal il y a bientôt deux heures, je ne me suis pas encore octroyé une seule seconde de pause. J'enregistre mon fichier puis me lève, impatiente de me ressourcer avec un café. D'un pas assez rapide, je gagne l'escalier, situé bien plus près que l'ascenseur, et monte jusqu'au cinquième et dernier étage où se trouve l'espace détente du journal. Je ne suis qu'à moitié surprise de n'y découvrir personne. C'est vrai que, ce matin, je me suis rendu compte que j'arrivais peut-être un peu trop tôt quand, en passant le portique à l'entrée, 6 h 42 était affiché en grand au-dessus de ma tête. Mais puisque j'étais là, je n'allais pas faire demi-tour ! Après avoir salué le gardien, j'ai grimpé dans l'ascenseur. Les lumières étaient encore éteintes dans tout l'étage quand j'en suis sortie et, en rejoignant mon petit bureau, j'ai vite réalisé que j'étais seule dans les locaux. Je me suis installée dans mon fauteuil défraîchi et j'ai allumé la lampe de bureau, pas tout à fait prête à entamer cette nouvelle journée. Bien qu'assez isolé de ceux des journalistes de l'étage, mon bureau est plutôt bien situé. À l'écart de l'allée principale, je suis rarement dérangée par les allées et venues de mes collègues. Mais d'un autre côté, être aussi peu visible me rend par moments transparente et il m'arrive d'avoir des journées où je brasse plus d'air que je ne travaille.

Cette nuit encore, je n'ai pas trouvé le sommeil. Dans mon petit lit, j'ai tourné des heures entières en cogitant si fort que j'ai fini par me demander si je n'étais pas en train de devenir folle. Ma conversation houleuse avec Cameron remonte à près de deux semaines et, pourtant, j'y repense toujours avec la même tristesse. Le soir même, je lui ai envoyé un long message pour m'excuser à demi-mot et clore ce mauvais débat. Comme je savais qu'à cause du décalage horaire il ne le verrait pas avant plusieurs heures, j'ai veillé tard pour être sûre de pouvoir lire sa réponse dès qu'il l'enverrait. Au final, j'ai passé la nuit à regarder mon téléphone toutes les cinq secondes, pour rien, puisqu'il ne m'a jamais répondu. Le lendemain midi, je ne savais pas quoi faire. Est-ce qu'il allait m'appeler comme on en avait pris l'habitude ? Les yeux braqués sur l'horloge, je regardais les minutes s'écouler quand j'ai fini par me rendre à l'évidence. Il ne m'appellerait pas. N'y tenant plus, je lui ai envoyé un nouveau message dans l'après-midi. Il l'a vu mais, encore une fois, il n'a pas daigné répondre.

Avec un soupir qui mêle à la fois frustration et tristesse, j'insère mes pièces dans la machine et attends patiemment que le liquide noir s'écoule dans le petit gobelet violet, griffé aux initiales du journal. Depuis que je suis arrivée à Sydney, le café est devenu mon meilleur ami. Je sais que j'en consomme beaucoup trop, mais je n'arrive plus à rester concentrée sans les doses de caféine que me procure cette boisson.

Aujourd'hui, même si la situation entre Cameron et moi s'est légèrement améliorée, puisque nous échangeons de nouveau, je ressens encore un puissant poids sur la poitrine dès que je pense à lui. Par moments, je ne reconnais pas la personne que j'aime et j'ai la désagréable impression de communiquer avec un inconnu. Je savais que ça serait difficile d'être si loin l'un de l'autre, mais je ne pensais pas que les choses pourraient déraper à ce point. Nos conversations se raréfient et je déteste cette mise à distance qu'il a instaurée entre nous. Les dernières nouvelles que j'ai eues de lui remontent à avant-hier et il s'est montré tellement froid que je me demande sans cesse si je ne ferais pas mieux d'abandonner. Peu importe à quoi je suis occupée, notre dispute résonne sans arrêt dans ma tête. Je n'arrive pas à m'en défaire, ça me ronge complètement. Je suis tiraillée par tant de sentiments en même temps que je ne parviens plus à savoir quoi penser. Tout me semble irrationnel. Je lui en veux, beaucoup même. Son comportement n'est rien de plus que celui d'un gamin égoïste à qui on a dit non et qui ne le supporte pas. Je m'en veux d'être aussi faible, et de laisser quelqu'un avoir ce tel pouvoir sur moi. J'aimerais l'envoyer balader, comme il le mérite, mais malgré tout, je l'aime toujours autant, et je n'arrive pas à me résoudre à renoncer à lui maintenant.

Mon esprit se retrouve assailli de pensées en tout genre quand j'entends des voix se rapprocher du coin où je me suis installée avec mon café et une barre de céréales. Tournant discrètement la tête, j'aperçois ma responsable, Cheryl Bakewood, dos à moi, en pleine conversation avec le directeur marketing du journal. Quelque chose dans le regard de cette femme me glace le sang. Quand je l'ai rencontrée, je l'ai immédiatement admirée. Son charisme évident et sa carrière ne peuvent laisser personne indifférent. Seulement, depuis que je travaille avec elle, je la hais, tout simplement. Ce mot paraît peut-être dur mais il n'y a pas moins fort pour décrire ce que je ressens. Elle se montre infâme avec la grande majorité des personnes travaillant ici et les seuls sourires qu'elle accorde sont à l'intention du rédacteur en chef et des autres dirigeants du journal. Hier encore, j'ai vu sa pauvre assistante finir en pleurs dans les toilettes. Plus je suis loin de cette femme, mieux je me porte.

Faisant profil bas, j'avale le fond de café qu'il me reste quand, en balayant sa longue chevelure blonde d'un geste de la main, Cheryl pose les yeux sur moi. Ne sachant pas quelle attitude adopter, je décide de la saluer par un sourire timide. Je m'attends à ce qu'elle reporte son attention ailleurs, ou bien encore, qu'elle me jette un regard condescendant, or, à ma grande surprise, elle s'excuse auprès de l'homme face à elle et avance jusqu'à moi.

— Je viens de voir sur le relevé d'horaires que ça fait déjà plusieurs matins que vous badgez très tôt. Pouvez-vous m'expliquer cela ?

Je déglutis difficilement et, le cœur battant, je lui explique que, ces derniers temps, je suis plus efficace quand j'arrive tôt et que les bureaux sont encore, pour la plupart, inoccupés. Ce n'est pas l'entière vérité, mais elle n'a pas besoin de savoir que je n'arrive plus à dormir et qu'être ici me permet de me concentrer sur autre chose que sur mes déboires sentimentaux.

— Je ne vois pas l'intérêt ! s'exclame-t-elle, les sourcils froncés.

— Je pense que ça dépend du ressenti de chacun mais j'ai toujours été plus productive le matin que l'après-midi et…

— Dites plutôt que ce qui vous plaît, c'est passer votre temps dans cette salle de détente, me coupe-t-elle d'un ton sec.

Elle jette alors un regard mauvais sur mon gobelet vide et sur les miettes qui jonchent la table. Mon visage est écarlate, je le sais. Je n'ai rien à me reprocher et, pourtant, je suis honteuse.

Finalement, je me défends en me sentant violemment attaquée :

— Je suis ici depuis moins de cinq minutes !

La journaliste, qui m'a tout l'air de perdre son calme, ne semble pas supporter l'idée que je lui tienne tête. Elle me scrute, les yeux plissés, avant de rétorquer :

— On ne vous a pas prise ici pour que vous passiez vos journées à cette table de pause, mademoiselle Wilson. Tâchez plutôt de faire votre travail correctement parce que, jusqu'à maintenant, il n'est pas brillant.

Cette dernière phrase me fait voir rouge. Elle sait très bien à quel point je suis investie dans ce stage. Je passe mes journées, week-end compris, à travailler sur les articles (souvent d'une importance minime) dont j'ai la charge. Plus d'une fois, des journalistes bien plus réputés qu'elle m'ont félicitée pour mon travail. Je me démène comme une forcenée pour leur livrer des articles de la meilleure qualité qui soit et elle ose me traiter ainsi, pour montrer son autorité au public auquel elle tourne le dos ?

— Jusqu'à preuve du contraire, mon travail a toujours été fait et bien fait, je réponds d'une voix calme mais tremblante. Être arrivée tôt et prendre une pause ne fait pas de moi l'incapable pour laquelle vous essayez de me faire passer. De plus, mademoiselle Bakewood, lors de mon arrivée, on m'a bien stipulé que j'étais libre de choisir mes horaires, tant que mon travail était fait.

Elle me regarde, prête à me sauter à la gorge. Dans un rapide mouvement, elle se tourne et évalue le nombre de témoins fraîchement arrivés dans cette salle de pause. Si elle le voulait, elle pourrait me réduire en miettes et me virer sur-le-champ.

— Vous n'êtes pas ici pour décider, dit-elle en haussant la voix, de façon que tous aient la possibilité de bien entendre notre échange. Les horaires sont les horaires. À présent, vous commencerez à 9 heures. Je ne tolérerai pas d'autres écarts de votre part, c'est bien clair ?

— Très clair.

Malgré moi, je réponds sur un ton sec, ce qui me vaut un nouveau regard noir de ma responsable. Elle se penche alors vers moi et, avec une voix remplie de menaces, elle chuchote :

— Vous ne voulez pas savoir de quoi je suis capable, Liliana.

Un faux sourire plaqué sur les lèvres, elle lisse son tailleur et se recule. Je n'ose même plus lever la tête pour regarder autour de moi. Je sais que les personnes qui sont là n'ont rien perdu de notre conversation. Submergée par la honte, je m'empresse de débarrasser la table et m'élance à toute vitesse dans l'escalier que je manque de dévaler la tête la première après avoir raté une marche. Mon cœur tambourine dans ma poitrine et je dois me retenir pour ne pas crier tout haut que cette femme est une sorcière.

Quand je retrouve le bureau où je resterai jusqu'à l'issue de mon stage, mon souffle est court. Les coudes posés sur la table, la tête entre mes doigts, je peine à reprendre possession de mes moyens. Si ça continue comme ça, ils vont finir, tous, par avoir ma peau. D'abord Cameron, puis le stage… Et si je partais faire mon semestre d'études au Japon ou en Norvège ? Cette question me traverse sérieusement l'esprit quand une claque imaginaire me secoue. Hors de question que je me morfonde. Je vais me battre. J'éloigne toutes mes pensées négatives afin de me plonger au mieux dans la rédaction de cet article qui me donne tant de mal. Je suis dessus depuis maintenant trois jours. Il est si complexe que je passe plus de temps à essayer de comprendre le sujet qu'à l'écrire. Cheryl le veut pour la fin de la journée, eh bien elle l'aura. Je suis encore si exaspérée par notre échange que je refuse de quitter ce fauteuil miteux, même pour aller remplir ma bouteille d'eau. Remontée, je ne laisse aucune distraction me dévier de mon but. Les yeux rivés à l'écran de l'ordinateur, je laisse mes doigts taper frénétiquement sur le clavier, sans jamais perdre de vue l'objectif que je me suis fixé. Cet article sera dans sa boîte mail avant midi ou je ne m'appelle pas Liliana Tyler Wilson.

Aux alentours de 11 heures, alors que je commence enfin à voir le bout de l'article, mon téléphone, posé entre l'écran de l'ordinateur et le clavier, se met à vibrer. Je termine ma phrase puis l'attrape, sans grande conviction. Il s'agit probablement de Sasha qui me demande si notre déjeuner tient toujours. Aussi ma surprise est-elle immense quand je découvre trois lettres sur l'écran. À ce moment-là, je me demande si je ne rêve pas.

De Cam : *Salut, Lili.*

La vague d'émotions passée, je réponds :

De moi : *Salut ! Tu as passé une bonne journée ?*

De Cam : *Oui, ça va. J'ai aidé ma mère en livrant des fleurs pour le gala dont elle doit s'occuper, et là, je viens tout juste de rentrer à l'appartement. Et toi, ta matinée ?*

Eh bien, j'ai failli lancer les miettes de ma barre de céréales dans les yeux de Cheryl Bakewood mais à part ça, tout baigne. Je me retiens de taper ces quelques mots et opte finalement pour une réponse un peu plus… pacifique.

De moi : *Je suis arrivée tôt au journal pour finir un article qui me pose problème depuis quelques jours mais je commence enfin à en voir le bout !*

De Cam : *C'est cool.*

De moi : *Oui, ça m'enlève un sacré poids !*

De Cam : *Je dois te laisser, je vais à la salle de sport. Amuse-toi bien.*

M'amuser, Cameron, sérieusement ? Je grommelle à voix basse puis réponds brièvement en lui souhaitant une bonne soirée. La fin de notre échange, bien trop abrupte à mon goût, me laisse pantoise. Plus d'une fois, j'ai redouté mon retour, prévu pour fin août. D'ici là, est-ce que la situation entre nous aura changé ? Je prie pour que ce soit le cas. Je ne pourrais pas supporter une colocation avec cette mauvaise ambiance et encore moins une relation qui glisse vers une pente si dangereuse.

Ne pense pas à ça maintenant, Lili, je me sermonne.

Après avoir coupé le son des notifications, je fourre mon téléphone dans le tiroir du bureau le plus près du sol. Plus aucune distraction n'est permise. Je me tapote les joues et me reconcentre sur l'article.

Moins d'une heure plus tard, je souris, toute guillerette, quand je clique sur le bouton « Envoyer ». J'ai réussi. Au même moment, mon téléphone, que je viens tout juste de sortir du tiroir, m'indique l'arrivée d'un nouveau message. Mes espoirs de découvrir l'abréviation de Cameron sur l'écran se voient réduits à néant quand le prénom de Sasha s'affiche. Il me prévient qu'il m'attend dans le hall pour aller déjeuner dans un parc plus loin. Je verrouille mon ordinateur, attrape mon sac et quitte le bureau en priant très fort pour que Cheryl ne me tombe pas dessus maintenant. Avant de traverser le couloir où se trouve son bureau, je vérifie que la voie est libre. Lorsque j'arrive au niveau de son antre, j'avance avec prudence. La porte vitrée, dont les stores sont tirés, est fermée : pas de doute, elle est bien là. J'inspire un bon coup et c'est à toute vitesse que je rejoins l'ascenseur.

Dans le hall, je repère rapidement Sasha qui m'attend, deux sacs en papier dans les mains. Ce midi, pour fêter mon premier mois de stage, il m'a proposé d'aller pique-niquer dans un parc situé à quelques rues de là. J'ai bien évidemment accepté avec plaisir. Voir autre chose que ma chambre ou la cafétéria du journal à l'heure du déjeuner ne pouvait pas se refuser.

Sur le chemin, je me garde bien de lui raconter l'altercation de ce matin pour plusieurs raisons. La première étant que, étrangement, Sasha s'entend très bien avec Cheryl. Comme beaucoup de personnes, il est admiratif de son parcours, et jusqu'à présent, elle ne s'est jamais montrée sous son vrai visage avec lui. Ensuite, c'est idiot mais, bien que je sache qu'on ne puisse pas aimer et être aimé de tout le monde, savoir que Cheryl ne m'apprécie pas me fait mal au cœur. Je me demande sans cesse ce que j'ai pu lui faire pour, qu'à ses yeux, je sois à ce point antipathique.

Assise avec Sasha dans un coin ombragé du parc, je peine à finir les lamingtons, pâtisserie typiquement australienne recouverte de noix de coco que l'on trempe dans une sauce au chocolat, qu'a achetés mon ami.

— Alors, ça se passe comment avec Cameron ? me demande-t-il alors qu'il s'allonge sur le dos.

— On a connu mieux, je réponds sans prendre la peine de vider ma bouche.

Mon ami grimace.

— Vous avez reparlé de cette dispute ?

— Non.

Malgré mon estomac plein, je reprends un gâteau en espérant qu'il n'insistera pas.

— Vous devriez peut-être essayer, rétorque Sasha avant de se redresser sur ses coudes. Avec ma fiancée, comme vous, on a connu des hauts et des bas. De sacrés bas même, si tu veux tout savoir. Au début, tu penses que tu ne pourras jamais surmonter cette dispute et pardonner. Et puis, le temps passe et tu te rends compte que tout gâcher pour une dispute, malgré son envergure, c'est idiot. D'après tout ce que tu m'as raconté, ton Cameron a l'air d'avoir un paquet de défauts et, pourtant, tu l'aimes. C'est qu'il doit bien avoir quelque chose de spécial.

Sa franchise me fait sourire, et dans le même temps je prends conscience qu'il a raison. Cameron n'est pas parfait, mais moi non plus je ne le suis pas. Il s'est montré jaloux, cependant, dans le fond, est-ce que je peux vraiment lui en vouloir ? Connaissant son passé, je conçois qu'il ait du mal à faire confiance à sa copine, quand elle est à des milliers de kilomètres, et qu'elle sympathise avec un autre garçon. Je suis prête à tout oublier si Cameron me promet qu'il va travailler sur lui et tempérer ce côté excessif de sa personnalité.

— Mais j'ai peur, Sasha, je dis avec une moue légèrement exagérée.

— Peur de quoi ?

— Qu'il ne m'aime plus, qu'il décide qu'il est mieux sans moi.

Cette fois-ci, je ne plaisante plus du tout.

— S'il ne t'aimait pas Lili, il ne réagirait pas ainsi. J'ai été à sa place un jour. Je sais à quel point on peut s'emporter et ensuite, par fierté, on refuse de faire le premier pas et on regrette comme un con dans son coin. Crois-moi, c'est ce qui se passe actuellement pour lui. Il attend que tu fasses le premier pas.

— Mais je me suis excusée le jour même, alors que je n'avais rien fait de mal ! je m'exclame.

— Je sais ! rétorque-t-il d'un ton mi-amusé, mi-sérieux. Il était encore en colère. Tu aurais pu lui raconter n'importe quoi, il n'aurait rien répondu. Dès que tu te sens prête, dis-lui ce que tu ressens et les choses s'amélioreront. Tu peux me croire. D'accord ?

Sceptique, j'acquiesce, plus pour lui faire plaisir que par pure conviction. Comme Sasha a souvent raison, je n'ai plus qu'à espérer que, sur ce coup-là aussi, il ne se trompe pas...

Chapitre 4

Evan

Mon poing s'écrase violemment sur le punching-ball et, aussitôt, une vive douleur m'enserre les doigts. Je secoue la main en poussant un juron, mes jointures commencent à rougir. Merde, ça fait un mal de chien ! Pourtant, malgré cette douleur physique, frapper ce sac innocent me procure un bien-être immédiat.

Quel paradoxe…

Dès que je m'arrête de taper, je la revois et j'entends ses mots passer en boucle dans ma tête. Encore et encore, inlassablement. Je dois faire taire sa voix. Autrement, je vais finir par devenir fou.

Ça fait déjà presque quatre semaines que mon monde a éclaté en de vulgaires morceaux. Et bien que les jours passent, pas une seconde ne s'écoule sans que je pense à elle, à sa peau sous la mienne, à la douceur de son regard quand elle me disait « je t'aime ». Je savais que ça serait loin d'être facile, mais je n'imaginais pas que j'en chierais à ce point.

Il y a quelques minutes, quand je suis rentré en trombe dans la salle en laissant toute ma colère s'extérioriser, mon meilleur ami, qui se reposait sur un canapé en cuir usé, n'a pas compris. Il s'est levé aussitôt en criant mon prénom et se précipitant sur moi pour me demander ce qui n'allait pas. Mais je lui ai hurlé de dégager et, pour ma plus grande surprise, il s'est exécuté, sans prononcer un mot de plus.

J'étais tranquillement parti pour rejoindre Cam à la salle de sport quand j'ai croisé Grace. La revoir m'a fait l'effet de tomber de plusieurs étages et de m'écraser violemment contre le bitume chaud et abîmé de la route. Je ne l'avais pas revue depuis qu'elle m'avait révélé la vérité. Ces derniers temps, j'ai prudemment évité de fréquenter les lieux où j'étais susceptible de tomber sur elle et, jusqu'à aujourd'hui, ça avait plutôt bien fonctionné. Je me demande encore comment Cam et Lili ont pu faire pour cohabiter sous le même toit alors qu'ils s'étaient séparés.

Il a suffi que Grace me regarde, qu'elle m'adresse ce sourire en coin qui me faisait tant craquer pour que, en une fraction de seconde, j'oublie tout le mal qu'elle m'avait fait. Comme réalimenté en sang, mon cœur s'est mis à battre à un rythme effréné. Et sans même m'en rendre compte, j'ai avancé vers elle. Pas après pas, je me rapprochais sans réfléchir un seul instant à ce que j'étais en train de faire. Je n'étais plus qu'à quelques petits mètres lorsqu'elle a ouvert la bouche. Je ne parvenais pas à décrocher mes yeux de son corps, de son visage, de ses cheveux blonds qui flottaient dans l'air avec une délicatesse presque surnaturelle. Je savais que, à ce moment, elle n'aurait eu qu'à prononcer un seul mot pour que je lui pardonne tout, *absolument* tout.

Oui, je suis faible.

Sa voix a alors résonné dans la rue et ce n'est pas mon prénom qui s'est échappé de ses lèvres charnues mais celui de mon pire cauchemar. *Alex.* Je l'entends encore dire ces deux syllabes si douloureuses à mes oreilles. Quand je me suis retourné, il était là. En me lançant un regard qui en disait long, il s'est rapproché d'elle et l'a embrassée avec toute la fougue dont il pouvait faire preuve dans une rue fréquentée. Comme un con, j'ai été incapable de me détourner de cette affreuse scène. Je suis bêtement resté spectateur de ce putain de cauchemar. Elle a fini par se détacher de lui, les mains sur son torse, comme elle le faisait avec moi. Ils sont partis et ce n'est que lorsqu'ils étaient déjà loin qu'elle s'est retournée vers moi. La plaie béante dans ma poitrine venait de se rouvrir.

Poussant un long soupir, je me laisse glisser le long du mur. *Tu n'es qu'un pauvre idiot, Carlson. Tu es faible, tu as laissé cette fille faire de toi sa marionnette et voilà le résultat : une vraie loque humaine.* Alors que je me sermonne en portant mes mains à mon visage, je sens un liquide poisseux sur ma peau. J'ouvre un œil et remarque les gouttes de sang qui perlent sur mes phalanges explosées. Je souffle un bon coup avant de rejoindre à toute vitesse les vestiaires en priant pour ne croiser personne. Je n'ai pas envie qu'on me pose des questions. La main tremblante, j'aligne les chiffres pour déverrouiller mon cadenas. Je n'ai pas ouvert mon casier depuis notre séparation. À l'intérieur, la première chose sur laquelle je tombe est un de ses foulards, celui qu'elle avait oublié dans ma voiture le soir de notre premier baiser. Je m'en souviens comme si c'était hier…

Après le dîner en bord de mer, je l'avais ramenée à sa résidence étudiante, me demandant si elle craquait pour moi autant que je craquais pour elle. Dans la voiture, alors qu'elle s'apprêtait à descendre, je me suis dit que c'était maintenant ou jamais. Je venais de passer l'une des meilleures soirées de ma vie et je savais que, si je ne le faisais pas maintenant, j'allais le regretter. Alors j'ai réuni tout mon courage et j'ai glissé ma main dans ses cheveux qui dégageaient un parfum floral. J'ai doucement approché mon visage du sien et, lorsqu'elle m'a souri, j'ai su que c'était gagné. Alors je n'ai pas attendu plus longtemps et j'ai plongé sur ses lèvres. Ce baiser, notre tout premier, restera à jamais gravé dans ma mémoire. L'un des meilleurs, l'un des plus puissants, l'un de ceux qui nous rendent vivants. Mais aujourd'hui, je ne ressens plus qu'un arrière-goût amer dans la bouche. Et pourtant, si c'était à refaire, je le referais, sans hésiter un instant.

Les paumes plaquées contre les casiers froids, j'expire lentement pour calmer ma respiration qui commençait à devenir de plus en plus lourde. Il y a des moments où je me sens tellement vide et à bout de forces que j'aimerais ne plus rien éprouver, perdre mon humanité comme dans cette série que Lili et Grace adoraient regarder avec des vampires invincibles. J'essaie de faire le fort devant les autres mais, une fois seul, c'est comme si mon cœur se retrouvait en sursis.

Je jette les quelques affaires de mon casier au sol avant de trouver la serviette que je cherchais. J'avance ensuite vers les lavabos et passe ma main sous l'eau froide en retenant un gémissement de douleur. Je vérifie que personne n'entre et, la main enroulée dans la serviette, autrefois immaculée, je retourne à mon casier et, avec rage, je ramasse mes affaires pour les remettre dedans.

En me baissant pour attraper un papier que j'ai dû faire tomber en même temps que le reste, j'ai un hoquet de surprise quand je réalise qu'il s'agit d'une photo qui ne devrait plus être là. Je me souviens parfaitement du moment où je l'ai prise. Grace venait de se disputer avec sa mère. Elle semblait tellement triste que j'aurais fait n'importe quoi pour lui redonner le sourire. Je l'ai emmenée à Malibu et nous avons longuement marché sur la plage, main dans la main. C'est d'ailleurs face à l'océan que la photo a été prise. Grace était sur mon dos, les bras noués autour de mon cou et elle riait à gorge déployée. Son rire était l'un des plus beaux sons qu'il m'ait été donné d'entendre. C'est aussi ici qu'elle m'avait dit pour la toute première fois qu'elle m'aimait. Je m'étais senti si puissant à cet instant que j'étais persuadé que rien ne pourrait jamais venir assombrir mon bonheur…

Quelle connerie.

Aussitôt, un nouvel accès de folie s'empare de moi. Un cri guttural me déchire et, dans un mouvement de rage, je balance mon pied dans un des casiers qui se déforme sous le choc, rompant le calme qui régnait dans les vestiaires. Je ne me comprends plus, je ne me reconnais plus. Ce type qui sent la fureur couler dans ses veines, ce n'est pas moi.

— Calme-toi, Evan. Calme-toi.

Cameron est là. Ses bras se referment autour de mes épaules et, j'ai beau me débattre, sa prise est trop forte pour que je puisse m'en dégager.

— Lâche-moi, Cam, je siffle entre mes dents.

Il refuse et, alors qu'il me tire à l'écart des casiers, ma vue se brouille. Je m'agite de plus en plus tandis qu'il me répète de me calmer. J'ai beau lui crier de me laisser, sans lui, je ne sais pas ce que je ferais.

— Respire.

Je prends une profonde goulée d'air et suffoque aussitôt. *Bordel, reprends-toi, Evan.* Les bras de mon meilleur ami me lâchent et, alors que je parviens enfin à retrouver une respiration à peu près normale, je sens de l'eau glacée me tomber dessus. J'ouvre les yeux, surpris.

— Bordel ! je m'exclame en m'écartant brusquement de la douche où Cam m'a entraîné. Qu'est-ce qui t'a pris ?!

— Tu ne te calmais pas, répond-il simplement. Il fallait bien que j'emploie la manière forte.

— Abruti.

Il hausse les épaules d'un air indifférent avant de rejoindre mon casier. Il fouille dedans quelques secondes avant de me tendre un tee-shirt noir qui traînait au fond. Je le passe, et peu à peu, les battements de mon cœur ralentissent et mon esprit redevient clair. Je ne sais pas si je dois remercier Cameron. Je suis bien tenté de le faire mais, comme je sais qu'il jubilerait trop, je choisis de me taire.

— Tu veux en parler ?

Je secoue la tête et cette fois-ci, il ouvre son casier pour me donner un de ses shorts. Je l'attrape et, en ignorant mon meilleur ami et sa moue inquiète, je l'enfile.

— Evan, soupire-t-il. Tu connais mon avis sur la question.

— Oui. Et toi, tu connais ma réponse.

Mon ton sec lui arrache une grimace. Ses lèvres s'entrouvrent, sans doute prêtes à me débiter une leçon de morale, mais je l'interromps d'un geste de la main après m'être entièrement rhabillé.

— Ne te fatigue pas, Cam. Je n'ai pas envie d'en parler aujourd'hui et je n'en aurai pas plus envie demain. Vraiment, n'insiste pas, tu perdrais ton temps.

Sans laisser l'occasion à mon meilleur ami de répliquer, je fourre mes affaires dans mon sac de sport et sors de la pièce. Je me sens coupable de me montrer si dur avec lui mais il n'a pas à savoir ce que j'ai vu tout à l'heure. Pour mon entourage, je préfère laisser croire que, si Grace et moi ne sommes plus ensemble, c'est uniquement parce que nous avons tous les deux eu le besoin de nous éloigner l'un de l'autre. Je pourrais aisément dire la vérité et montrer au monde quelle garce elle a pu être, mais je ne le souhaite pas. De plus, cette version de séparation à l'amiable est celle qui m'évite d'être regardé avec pitié, avec compassion, ce que je ne supporterai pas.

Depuis que je suis enfant, j'ai l'habitude de devoir compter uniquement sur moi-même pour avancer. J'ai grandi dans une famille où la compétition était le maître mot. J'ai détesté ça, à chaque instant. Quand je vois Cam et sa famille, je ressens, parfois, une petite pointe d'envie. Il a toujours été entouré par une famille aimante et fière de lui, en toutes circonstances, ou presque… Ses parents ne sont pas au courant pour les combats passés et, bien que les Miller soient très ouverts d'esprit, je ne suis pas certain qu'ils approuveraient cette partie de sa vie, bien que révolue maintenant.

Je me souviens, lors de notre dernière année d'école primaire, nous avions une compétition de basket-ball où notre équipe était favorite. Les parents de Cam ont fait l'effort de traverser la Californie afin d'assister au match. Mes parents, qui étaient pourtant disponibles, ne se sont pas donné cette peine. Pourquoi ? Parce que je n'évoluais pas au poste de meneur de jeu comme mon frère autrefois. Mon poste n'était pas assez bien à leurs yeux. Cela n'est qu'un exemple parmi tant d'autres. Même si j'aime mon frère, grandir avec la sensation d'être constamment dans l'ombre de celui qui est l'enfant adulé et choyé, ça peut marquer à vie. Il y a des jours comme aujourd'hui où j'en veux à la terre entière.

Mais si j'ai bien appris quelque chose durant ma courte existence, c'est qu'il n'est jamais bon de ressasser le passé. Je prends enfin conscience qu'il est temps pour moi d'avancer. Grace est amoureuse d'un autre. Ça fait mal, mais c'est la vie. Je survivrai. Si je continue à me morfondre, je vais clairement y laisser des plumes. Ça va me demander du temps et beaucoup d'efforts, j'en ai conscience, mais je n'ai plus le choix, il faut que je fasse taire cette douleur ancrée au plus profond de moi. Je ne peux pas rester éternellement focalisé sur une relation passée. C'est dingue à quel point je me sens pathétique. Des amourettes, j'en ai connu, mais je n'avais jamais été aussi amoureux. Je me suis fait avoir en beauté. Tout ce que je veux maintenant, c'est crier au monde entier que l'amour, ça craint.

— Je t'emmène à la soirée des Delta Sigma Phi.

Dans le couloir qui mène à la sortie du bâtiment, Cameron vient de me rejoindre. Je tourne la tête vers lui. Il a les yeux vissés sur l'écran de son téléphone.

— Une soirée de fraternité un jeudi soir d'août ? je demande en arquant un sourcil.

— Il faut croire que ceux qui restent sur le campus ont eu envie de faire la fête. On ne va quand même pas s'en plaindre ! Et puis, crois-moi, ça va te faire du bien.

Il me dépasse alors et c'est d'un pas las que je sors sur le parking et que je grimpe dans sa voiture. La colère est retombée mais j'ai toujours l'impression que le sang pulse dans mes tempes. Je passe mes doigts sur mon visage et prends une profonde inspiration. *Il est temps de passer à autre chose.* Je me répète cette phrase, espérant l'imprimer une bonne fois pour toutes.

Inspirer, expirer, avancer.

Une dizaine de minutes plus tard, nous arrivons à l'appartement. L'ascenseur étant en panne, Cam monte les marches deux à deux tandis que je me contente de le suivre avec cette lenteur qui ne me quitte plus. Une fois dans l'appartement, je laisse tomber mon sac dans l'entrée et file dans la cuisine me servir de l'eau bien fraîche qui a le mérite de me remettre les idées en place. Je repose le verre vide sur le comptoir, ramasse mes affaires puis file dans ma chambre, là où je n'ai plus à m'inquiéter de la tronche que je tire. Je m'affale sur mon lit en soupirant. Je me sens juste vidé. Cameron a raison. Le temps d'une soirée, j'ai besoin d'oublier que la vie peut être merdique et à quel point Grace a piétiné mon cœur — et ce, sans aucun remords.

Chapitre 5

Elena

*G*rand plié accompagné d'un majestueux port de bras. *Rond de jambe suivi d'une arabesque. Préparation de la triple pirouette…*

Je tourne sur ma pointe gauche à en perdre la tête. Les pas s'enchaînent à un rythme effréné et je suis obligée de puiser dans mes ressources les plus profondément enfouies pour ne pas m'effondrer sur le parquet abîmé de la salle de danse. Il y a des jours comme aujourd'hui où Miss Jones ne nous ménage pas.

— Plus de nerf ! crie-t-elle en martelant le rythme du morceau de Tchaïkovski avec ses talons.

Sa longue silhouette rigide devient tout à coup effrayante et je n'ose plus jeter un regard dans sa direction, de peur de perdre le fil de la danse. La pièce tout entière résonne et je sens les battements frénétiques de mon cœur jusque dans ma tête. Mes pieds souffrent dans les chaussons, mes muscles brûlent, la sueur dégouline le long de mon dos mais je ne laisse rien transparaître. Comme, autour de moi, personne ne fléchit, je garde la tête haute, un sourire presque arrogant au coin de mes lèvres qui prétend que tout va bien. Je ne dois surtout pas montrer aux autres et surtout à Miss Jones que je suis au bord du malaise. Cette semaine, Camila, une des danseuses du cours, s'est fait renvoyer du stage car Miss Jones la jugeait trop « molle ». Selon notre professeure, cette dernière ne donnait pas une image suffisamment positive de l'école. S'est ensuivi un long sermon de sa part nous avertissant qu'au moindre écart ou lors d'une quelconque baisse de régime, nous pouvions dire adieu au studio. J'ai d'abord voulu protester en lui rappelant qu'elle n'avait pas le droit de nous renvoyer ainsi, que nous avions payé pour ce stage, mais, en nous dévisageant les unes après les autres, elle nous a appris que, dans le contrat d'inscription, une mention stipulait que, en signant, nous ne pouvions pas contester un renvoi si le motif était le manque évident de compétence. Le soir même, alors que j'étais allongée sur mon lit, j'ai soudain eu l'impression d'avoir fait la plus grosse erreur de ma vie en misant mon avenir sur la danse.

La danse classique, ce monde impitoyable…

— Cinq minutes de pause et on reprend !

La voix nasillarde de Miss Jones couvre les dernières notes de la musique. Je me relève de mon grand écart final et rejoins, en peinant à reprendre mon souffle, les vestiaires où m'attendent une barre énergétique et ma bouteille d'eau. Je me laisse tomber sans aucune grâce contre les casiers métalliques et froids qui contrastent avec la chaleur moite de ma peau. Ces vestiaires, j'y passe plus de temps que dans ma chambre.

En relevant la tête, je croise le regard méprisant de Tara. Cette fille représente à elle seule le cliché de la peste qui a tout pour elle et à qui tout réussit. Elle est jolie, riche et talentueuse. C'est certain que, si elle ne se blesse pas, elle ira loin dans la danse. De ce fait, je la vois comme mon ennemie numéro un. Et vu la manière dont elle me regarde, je sens que cette animosité est réciproque. Je sais très bien qu'ici, je n'ai pas d'amies. Certaines filles ont l'air gentilles mais je ne veux pas prendre le risque d'accorder ma confiance à une personne malveillante.

Le stage a commencé il y a déjà deux semaines. L'esprit de compétition qui régnait lors des premiers cours s'est considérablement accentué. Quand je suis arrivée, je ne pensais pas que l'ambiance serait si… pesante. J'ai parfois l'impression de me retrouver au milieu d'une arène de hyènes déchaînées, prêtes à tuer pour être remarquées. Si je suis là, c'est avant tout pour préparer les auditions de l'American Ballet, école associée au New York City Ballet. Et je ne me voile pas la face, c'est l'objectif de toutes les filles présentes autour de moi. Intégrer cette école, c'est le rêve absolu de tout danseur.

À l'issue du stage qui prendra fin dans dix semaines, il me restera moins de deux mois pour perfectionner mon interprétation qui, jusqu'à maintenant, est plutôt moyenne. J'ai trouvé sur Internet des conseils et des exercices d'application qui pourront m'aider à m'améliorer. Je peux tenir le rythme et réussir si je m'en donne les moyens, j'en suis convaincue.

Comme prévu, Miss Jones nous rappelle à peine cinq minutes plus tard pour reprendre le cours et j'ai la mauvaise surprise de découvrir qu'elle a décidé de changer la plupart des pas de la chorégraphie que je venais tout juste de maîtriser. Reprenant l'enchaînement au début, je me concentre à fond pour ne pas décrocher ne serait-ce qu'une petite seconde. Je m'applique à reproduire chacun de ses pas avec minutie et à mon plus grand étonnement, à la fin du cours, j'ai parfaitement acquis la chorégraphie. Miss Jones achève ce cours de danse en nous intimant de mettre notre journée de repos du lendemain à profit pour rattraper notre retard dans les divers enchaînements vus jusqu'à aujourd'hui. Elle ne nous ménage jamais, même lorsque nous sommes épuisées. En dix jours passés ici, je ne l'ai jamais vue sourire.

Je ramasse ma bouteille d'eau et file rejoindre mon casier. J'éponge la sueur qui coule le long de mon corps et enfile mon jean et mon sweat-shirt par-dessus mes collants et mon justaucorps. Je libère mes cheveux en défaisant le chignon strict exigé par Miss Jones et, tout en passant mes doigts dans ma chevelure, je rallume mon téléphone. Après avoir tapé le code PIN de mon mobile, je profite du petit temps nécessaire à la synchronisation pour réunir les emballages de barres protéinées qui gisent au fond de mon casier. Une vibration m'indique la seule notification qui me rappelle de recoudre les rubans de mes chaussons. Comme d'habitude, je n'ai pas l'ombre d'un message. Il faut voir le bon côté des choses, je vais pouvoir passer la soirée à me ressourcer tranquillement.

Quelques minutes plus tard, alors que je sors de l'école, exténuée, un détail attire immédiatement mon attention. Une moto est garée de l'autre côté de la rue avec, appuyé contre elle, Rafael Sanchez, dans toute sa splendeur. Affichant une moue détachée, j'avance vers lui. Le voir ici ce soir réchauffe instantanément mon cœur car, même si je ne le lui avouerai jamais, ces derniers temps, il est ma bouée d'ancrage, celui qui me fait tout oublier. Je ne suis pas le genre de filles qui se confient à ses proches. Au contraire, je garde toujours tout pour moi. Même ma meilleure amie ignore l'essentiel de mon histoire avec Rafael. Mais en ce moment, mon moral n'est pas forcément au beau fixe. Le stage m'épuise autant physiquement que mentalement et, depuis que tous mes amis sont partis aux quatre coins du pays pour leurs études, je me sens plus que jamais seule.

— Qu'est-ce que tu fais ici ? je demande, une fois à sa hauteur.

— Je voulais te faire une surprise.

— Et en quel honneur ?

— Il faut nécessairement une bonne raison pour que je vienne te voir ?

— Tu me sembles très occupé en ce moment donc ça me surprend que tu sois là, c'est tout.

— Elena… soupire-t-il.

Pour tout dire, ça fait quelques semaines que je le trouve distant. Depuis que nous avons commencé à nous voir, dès que nous sortons dans la rue, que nous ne sommes que tous les deux, nous sommes en permanence sur le qui-vive, redoutant de croiser une connaissance. Et bien que je ne lui aie encore rien dit, cette situation commence réellement à me peser. Certains jours, je culpabilise tellement de sortir avec l'un des meilleurs amis de mon frère dans le dos de tout le monde, que j'en viens même à regretter cette relation. Et puis, d'autres matins, je me lève avec cette rage et j'en ai juste assez de devoir me cacher. Je suis une grande fille, j'ai le droit de voir et de fréquenter qui je veux. Et la personne que je veux aujourd'hui, c'est Rafael.

— Est-ce que tu peux me faire un petit sourire au moins ? finit-il par lâcher en tendant ses doigts pour me caresser la joue.

Inconsciemment, mes lèvres s'étirent doucement et je me sens une nouvelle fois succomber à son charme de bad boy mexicain. Ce jeu du chat et de la souris, que j'instaure avec tant de véhémence entre nous, est parfois épuisant, et pourtant, je continue. C'est plus fort que moi, mais je me dis que, si Rafael est encore près de moi, c'est parce qu'il pense ne pas m'avoir complètement. *S'il savait…*

Ce sourire, qu'il prend pour une victoire, l'encourage à poursuivre :

— Et aurai-je droit à un baiser ?

Alors que je hausse les épaules d'un air parfaitement indifférent, je me fais happer par ses lèvres qui s'écrasent contre les miennes. Son baiser n'a rien de doux mais j'y décèle une tendresse infinie. Cette sensation est déroutante mais Rafael est comme ça : quand il veut, il prend. Nous avons tous les deux un caractère fort et c'est une des choses que j'aime chez lui. Face à moi, il ne cède pas à chaque fois.

Alors que son bras se faufile dans le creux de mes reins pour m'attirer à lui, je sens une présence à côté de nous.

Aussitôt, comme prise en flagrant délit d'un crime pourtant inexistant, je m'écarte à toute vitesse, le cœur battant. Tara est là, son grand sourire de peste sur les lèvres.

— Qu'est-ce que tu veux ? je souffle sans prendre la peine de dissimuler mon agacement.

— Tu me présentes ?

Ses yeux, qui n'arrêtent pas de dévisager mon petit ami, remontent ensuite doucement vers moi et je dois faire preuve de tout mon sang-froid pour ne pas lui sauter à la gorge. Son air de prédateur ne me donne pas envie de fuir, bien au contraire même.

Retenez-moi, je vais faire un malheur.

— Pourquoi ?

Bien que mon visage soit impassible, je ne parviens pas à dissimuler totalement les tremblements dans ma voix quand je décoche ce mot. Ils sont imperceptibles pour toute personne qui ne me connaît pas mais Rafael, à quelques centimètres de moi, s'en rend compte. Tara me dévisage alors, se demandant probablement comment j'ai osé lui rétorquer une telle chose. Son air de petite fille parfaite commence à me donner la nausée. C'est définitif, je hais cette fille.

— Je ne comprends pas, finit-elle par lâcher d'une petite voix.

Laisse-moi t'éclairer ma vieille.

Avant même que je puisse ouvrir la bouche, l'homme à côté de moi me devance :

— Je suis Rafael.

— Enchantée de faire ta connaissance, je suis Tara.

Sur ces mots, elle lui tend sa main parfaitement manucurée et je regrette soudainement de me ronger les ongles. Elle est parfaite, il est parfait, ils iraient parfaitement bien ensemble ! Ce constat me frappe et je sens mon ventre se tordre avec violence.

— Désolé, Tara, mais je dois emmener ma copine quelque part.

Cette phrase agit comme un antidouleur et, sous ses yeux de biche consternés, je lui adresse un large sourire, le plus expressif que je lui aie jamais adressé. Une moue déçue sur les lèvres, elle finit par s'éloigner et je sens comme un poids s'envoler de mes épaules. Satisfaite de la tournure des événements, j'attrape le casque que Rafael me tend et l'enfile sous son regard pénétrant.

— Tu peux arrêter de me fixer comme ça ?

— Comment ?

— Avec ces yeux du mec qui fait craquer toutes les nanas.

— Ce n'est pas le cas ?

De la main, je lui tape sur l'épaule. Il sait que je déteste ça et, pourtant, il s'amuse à me titiller avec sa popularité auprès de la gent féminine. Rien que dans mon groupe de danse, j'ai bien remarqué les quelques coups d'œil qu'il a récoltés quand il est venu me chercher la semaine dernière. Certaines bavaient, littéralement. L'intervention de Tara ce soir en est la preuve. Il n'aurait qu'à claquer des doigts pour qu'une nouvelle fille vienne se prosterner à ses pieds.

De plus en plus souvent, j'ai envie de lui demander si je lui suffis. C'est vrai que je suis plus jeune que lui et bien moins expérimentée, mais j'ai toujours eu l'impression qu'il s'éclatait bien avec moi, du moins jusqu'à récemment. Alors pourquoi ce malaise continue-t-il de s'accentuer ?

— Tu réfléchis beaucoup trop, Elena.

Sa voix me sort de mes pensées et je ne réalise pas tout de suite qu'il me demande de me tenir à lui car il s'apprête à démarrer. Je place correctement mon sac à dos sur mes épaules et m'exécute sans broncher. J'enroule mes bras autour de sa taille sous son tee-shirt, cherchant le contact de la peau à la fois dure et douce de ses abdominaux. Dans un vrombissement qu'il adore, la moto décolle et nous nous retrouvons très rapidement sur la route longeant l'océan qui mène à Malibu. Il roule si vite que je suis obligée de m'accrocher plus fermement encore. Quelques mèches de mes cheveux longs, non retenues par le casque, voltigent dans l'air tiède de ce début de soirée et viennent fouetter mon visage. J'aime ce sentiment de liberté que j'éprouve avec lui, lorsque nous chevauchons sa moto. C'est juste indescriptible. Dans ces moments-là, je ressens une connexion puissante entre nous et j'ai l'impression que rien ne pourra jamais nous arriver, nous arrêter. Et puis, quand le moteur se coupe, je reviens brutalement à la réalité.

Alors que je m'attends à ce que Rafael me dépose à la maison, il ne tourne pas dans la rue qui mène chez moi. Interloquée, je lui pince légèrement le ventre pour lui signaler que j'ai quelque chose à lui dire. D'une prudence qui lui est propre, il ralentit jusqu'à s'arrêter sur le bas-côté. Il tourne la tête vers moi, alors que nous relevons tous les deux nos visières.

— Qu'est-ce qu'il y a ? me demande-t-il.

— Tu ne me ramènes pas chez moi ?

— Non, si tu avais écouté ce que j'ai dit à ta copine, tu saurais que j'ai prévu quelque chose de beaucoup mieux. Tu peux me faire confiance.

Je tique sur le mot « copine » mais ne dis rien et acquiesce silencieusement. Je ne sais pas ce qu'il a dans la tête mais ce sourire qu'il m'adresse me rend heureuse et impatiente. J'aimerais tellement que notre couple soit comme celui de mon frère. Lili et Cam s'aiment et ils ne le cachent pas, tout comme mes parents. Je veux que Rafael devienne officiellement mon petit ami. Qu'est-ce que j'aimerais pouvoir flâner à la plage ou encore en ville, main dans la main avec lui sans avoir peur qu'un de nos proches ne nous voie... Je n'en peux plus de me cacher. Et alors que la moto accélère de nouveau, j'en viens à une conclusion plus qu'importante.

Rafael Sanchez, je suis folle amoureuse de toi et il est temps que le monde entier soit au courant, que ça plaise ou non.

Chapitre 6

Evan

J e suis toujours allongé sur mon lit, le regard perdu dans le vide, lorsque Cam entre sans frapper. Je lui rappelle que je pourrais être occupé mais il ne prête pas attention à ce que je lui dis, bien trop empressé de fouiller dans mes tiroirs.

— Qu'est-ce que tu cherches ? je l'interroge en me redressant.

— Un de mes shorts de sport. Elena veut qu'on aille courir demain mais tous mes autres vêtements de running sont dans le panier de linge sale.

— Tu étais de corvée cette semaine pourtant…

— Je sais ! grogne-t-il.

Je me retiens de sourire. Je savais que cette pique le ferait réagir. Je saute sur mes pieds pour le rejoindre. Mes affaires, qui étaient pourtant bien pliées, se retrouvent complètement chiffonnées. Je suis à deux doigts de lui hurler de sortir.

— Tu vas pouvoir chercher longtemps, je n'ai pas ce que tu veux, je dis en m'évertuant à ranger.

— J'ai retourné ma chambre et mon short n'y est pas non plus. Il est où alors ?

— Tu as regardé dans la chambre de Lili ?

À la mention de ce prénom, j'ai l'impression de voir mon meilleur ami devenir livide. Il secoue la tête et m'annonce qu'il va aller vérifier. Je ramasse le pull qu'il vient de laisser tomber par terre et le fourre dans le premier tiroir. Une chose est sûre, après le passage de la tornade, une mission rangement s'impose.

Deux minutes après, je sors dans le couloir, et je suis surpris d'y trouver Cameron accoté au mur, près de la chambre de Lili. Son visage est fermé et je l'entends marmonner quelque chose d'incompréhensible.

— Qu'est-ce que tu attends ? je demande en m'approchant.

— Rien.

Il secoue la tête, comme pour se dire qu'il peut y arriver. Je trouve sa réaction exagérée mais je m'abstiens du moindre commentaire. Avant d'entrer dans la pièce à la porte fermée, il prend une profonde inspiration. Depuis que Lili est partie direction le pays des kangourous, nous n'avons pas mis les pieds dans sa chambre. Lorsque Cam appuie sur la poignée et que la porte s'entrouvre, l'effluve si particulier de notre colocataire vient nous titiller les narines. Son parfum, mêlé à l'odeur de la lessive, me donne l'impression qu'elle est là, à quelques centimètres de nous.

Se retrouver ici laisse Cameron dans un état second. J'imagine très bien ce qu'il ressent. Cette sensation de manque, je l'éprouve aussi dès que je laisse mes souvenirs s'aventurer là où ils ne doivent plus aller.

— Tu veux que je regarde pour toi ?

Une main posée sur son épaule, je lui ai parlé doucement. Je ne sais pas ce qui se passe dans sa tête, je ne veux
pas le brusquer.

— Non, ça va le faire, me rassure-t-il d'un faible sourire.
Est-ce que tu peux commander des pizzas ? Je meurs de faim.

— Bien sûr ! Quatre fromages ?

Il acquiesce d'un signe de tête et je ne tarde pas plus
longtemps avant de sortir de la pièce. Dans la cuisine, j'attrape le dépliant de la pizzeria la plus proche puis appelle.

Quand Cameron me rejoint, son visage n'a pas repris
de couleurs, bien au contraire.

— Les pizzas arriveront dans trente minutes environ.
Je t'ai pris un brownie.

Comme je sais que ce gâteau est son péché mignon,
j'espère lui arracher ne serait-ce qu'un sourire. Mais tout
ce que je récolte, c'est son absence de réaction. Le voir
comme ça me serre le cœur.

— Tu as envie de parler ?

Il fait non de la tête.

— Ça te soulagerait pourtant…

— Parler n'effacera pas ce qu'elle a fait.

— Mais elle ne t'a pas trompé ! je m'époumone soudainement. Enlève-toi cette idée de la tête une bonne fois pour
toutes. Au fond de toi, tu sais que c'est des conneries tout ça.

Malgré toute l'affection que je peux avoir pour lui, je
me sens obligé d'avoir cette conversation, peu importe
les conséquences.

— Qu'est-ce que t'en sais ? marmonne-t-il avant de se
laisser tomber dans le canapé.

— Elle n'est pas Olivia, Cameron. Toutes les femmes ne trompent pas, ne trahissent pas.

— Et Grace alors ?

Ma mâchoire se crispe. Il marque un point.

— Certaines, oui, je finis par avouer à contrecœur. Mais cesse d'en faire une généralité. Quand je te vois agir, j'ai l'impression que tu n'attends que ça : que ta copine aille voir ailleurs pour dire « je le savais ! ». Ce n'est pas normal d'avoir un tel raisonnement, Cam.

— Je sais bien…

— Elle s'est fait un ami, il n'y a pas mort d'homme, si ?

— Non…

— Je ne comprends pas ta réaction dans ce cas ! On ne trompe pas pour une simple histoire de cul. Si une fille ou un mec va voir ailleurs, c'est que le sentiment amoureux n'est pas bien fort. Tu ne peux pas aimer quelqu'un et lui infliger une telle trahison.

Cameron reste muet car, aussi dur que ce constat puisse être, il sait que j'ai raison. Si Olivia l'a trompé, c'est que ce qu'il éprouvait pour elle n'était pas réciproque. Nous nous murons dans le silence un long moment. Avachi dans le fauteuil, je regarde mon meilleur ami soupirer. Le soir où il s'est fâché avec Lili, quand il a débarqué chez mes parents, des larmes au coin des yeux, j'ai tout de suite pensé qu'il était arrivé quelque chose de grave à notre colocataire préférée. Inquiet de le voir dans cet état, j'ai dû batailler un long moment avant qu'il accepte de se confier. Ma surprise a été immense quand il m'a tout dévoilé. Après ce que mes deux amis ont traversé, comment une telle dispute a pu éclater entre eux ? Bien que pantois, j'ai essayé, par tous les moyens, de le rassurer, de le convaincre qu'il faisait erreur. Mais calmer un Cameron en colère et déprimé revient à vouloir arrêter un orage ; malgré toute la volonté du monde, c'est malheureusement impossible.

— Je suis devenu une ombre. Je me déteste quand je suis comme ça.

La voix rauque de mon ami me sort de mes pensées et, en relevant la tête vers lui, je lui demande de répéter. Il s'exécute puis ajoute :

— Je sais que j'ai fait n'importe quoi. Mais quand je m'en suis rendu compte, il était trop tard.

— Il n'est jamais trop tard, Cam.

— C'est faux, et tu le sais, réplique-t-il aussitôt.

Il a raison, je n'ai rien à répondre à cela.

— Je deviens irrationnel quand elle n'est pas près de moi, Evan, reprend-il. Ça me fait flipper, tu n'imagines pas à quel point.

Son impuissance est plus que jamais palpable. Cameron joue souvent les durs à cuire mais, sous cette carapace se cachent un homme et ses faiblesses.

— On ne peut pas être deux à gâcher nos couples. Le mien est foutu, mais toi, tu peux encore sauver les meubles. S'il te plaît, ne foire pas tout.

Mes mots d'encouragement semblent enfin atteindre ses neurones et, d'un bond, il se lève plus vite que son ombre pour s'emparer de son téléphone.

— Qu'est-ce que j'écris ?

— « Je suis con » serait un bon début.

Ma réponse lui arrache son premier sourire de la soirée. Satisfait, je m'éclipse dans ma chambre, bien décidé à le laisser gérer ça tout seul. Quelques minutes plus tard, je suis déjà de retour dans le salon – je l'avoue, ma résolution de rester en dehors de leur conversation s'est vite envolée face à ma curiosité. Cameron est toujours allongé sur le canapé, le téléphone en mains, face à son visage. Avant de lui parler, j'essaie de déceler la moindre émotion qui passerait sur ses traits mais il reste impassible.

— Ça donne quoi ? je demande en le rejoignant.

— Elle me fait ramer, grimace-t-il avant de se redresser.

Ses cheveux décoiffés tombent en cascade sur son front plissé. D'un geste brusque de la main, il tente de les discipliner mais quelques secondes plus tard, ses mèches folles reprennent leur place initiale. Cameron s'agite, jure, tandis que je suis secoué par un rire. Il me lance un regard mauvais, censé mettre un terme à mon hilarité mais qui provoque l'effet inverse.

— Ça ne peut pas être si terrible, montre-moi ça.

Je tends la main vers lui et vois l'hésitation dans ses yeux.

— Je ne vais pas te juger, Cam, je soupire. On a dépassé ce stade tous les deux.

Cette dernière phrase semble le rassurer et il me donne son précieux smarphone, ouvert sur la conversation.

De Cam : *Écoute, Lili, j'ai bien réfléchi et ça ne peut plus continuer comme ça.*

De Lili : *Je me doutais bien que ce jour finirait par arriver.*

De Cam : *On est en train de se faire du mal, il faut qu'on arrête.*

De Lili : *Je ne sais même plus quoi dire.*

Cameron n'a pas répondu immédiatement et quelques instants plus tard, il a reçu un nouveau message de notre colocataire adorée.

De Lili : *Ça ne sert à rien de perdre plus de temps. Si mes affaires te dérangent, tu n'as qu'à les mettre chez Grace.*

De Cam : *Mais pourquoi tu me dis ça ?!*

Je manque de me frapper la tête de ma paume. Mais qu'ils sont bêtes ! Il n'y en a pas un pour rattraper l'autre ! Je lance un regard vers mon meilleur ami qui me répond par un haussement d'épaules, l'air un peu gêné.

De Lili : *Attends, tu n'es pas en train de me larguer ?*

De Cam : *Quoi ??? Non, jamais de la vie !*

De Lili : *Je pensais…*

De Cam : *Est-ce qu'on peut s'appeler ?*

De Lili : *Pas possible, je suis au bureau.*

De Cam : *Tu ne peux pas sortir quelques minutes ?*

De Lili : *Non.*

De Cam : *Je suis désolé, je ne voulais pas te faire peur. Si je t'ai envoyé ce message, c'était pour te dire que je ne supportais plus cette situation entre nous. Je t'aime et tu me manques. J'ai été un véritable imbécile l'autre jour. J'ai mis du temps avant de le réaliser mais, maintenant que j'ai ouvert les yeux, je n'ai plus qu'à espérer que tu acceptes mes excuses.*

De Lili : *Parfois, j'ai l'impression que tu as un petit pois à la place du cerveau.*

On est d'accord !

De Cam : *Comment ça ?*

De Lili : *À cause d'une peur stupide, parce que, crois-moi, c'est exactement ça : de la stupidité, profonde même. Tu te mets des idées stupides, elles aussi, en tête.*

De Cam : *Je crois que j'ai compris…*

De Lili : *Bref ! Tout ça pour dire que tu as de la chance de m'avoir, Miller.*

Elle n'y va pas de main morte !

De Lili : *Plus d'une fille serait partie à cause de ton atti-tude, mais moi, comme une idiote, je m'accroche. Et tu sais pourquoi ?*

De Cam : *Parce que tu m'aimes ?*

De Lili : *Oui, idiot ! Je t'aime, follement, éperdument, irrationnellement, même ! Comment as-tu pu croire une putain de seconde que je pouvais te tromper ? Même dans mes rêves, c'est toujours toi l'homme de ma vie !*

De Cam : *Je ne sais pas quoi dire…*

De Lili : *Ne dis rien, ça vaut mieux. Tu serais capable de sortir une autre absurdité et j'ai rendez-vous avec ma res-ponsable pour le débrief sur l'article qui me posait problème.*

De Cam : *Tu l'as terminé ?*

De Lili : *Oui, juste avant midi.*

De Cam : *Je ne te le dis pas assez, mais je suis fier de toi. Tu es exceptionnelle et je ne te mérite pas. J'ai eu tellement peur que tu ne veuilles plus de moi que te repousser était ma manière à moi de me protéger.*

De Lili : *Je le sais. À plus tard, Cam.*

Les messages s'arrêtent là.

— Tu crois qu'elle est en colère ? me demande mon ami d'un air penaud.

— Le doute n'est pas permis, Cam. Mets-toi à sa place aussi. Elle a lutté contre un Cameron borné durant des jours et des jours. Maintenant que tu reviens la fleur à la bouche, il faut bien que tu acceptes que la tâche ne sera pas aussi facile que tu l'imaginais.

Je me rends compte que je me montre dur avec lui quand il n'ose plus me regarder dans les yeux.

— Tu as raison, soupire-t-il. Je vais la laisser souffler un peu. De toute façon, comme elle est encore au journal, j'attendrai qu'elle ait fini sa journée pour l'appeler.

— Tu risques de veiller tard.

— Là tout de suite, tu peux me croire, c'est le cadet de mes soucis.

Il m'adresse un clin d'œil avant d'aller ouvrir au livreur qui vient de sonner à notre porte. Quel timing parfait…

Chapitre 7

Elena

Nous roulons depuis près de trente minutes lorsque sa moto s'arrête devant un petit restaurant situé à la sortie de Malibu. Quand je retire mon casque, l'odeur si particulière de l'air iodé vient me titiller les narines. Un vieux néon portant l'inscription *El Pueblo* grésille sur la devanture légèrement défraîchie. Je ne soupçonnais pas un seul instant la présence de ce restaurant dans ce quartier résidentiel. Rafael cale son bolide et, passant un bras autour de mes épaules, il m'entraîne vers l'entrée.

— Tu connaissais ? me demande Rafael alors que nous pénétrons dans les lieux.

Je secoue la tête et, quelques secondes plus tard, un homme aux cheveux poivre et sel vient vers nous.

— Est-ce que je peux vous aider ?

Rafael l'informe qu'il a réservé une table au nom de Sanchez. L'homme nous sourit et nous prie de le suivre jusqu'à la terrasse située à quelques pas de l'établissement. C'est intriguée par cet environnement peu familier que j'emboîte le pas aux deux hommes. Sur le chemin, j'ai le temps d'apercevoir des oiseaux aux couleurs exotiques qui volent d'un perchoir à l'autre dans une volière plus grande que ma chambre. Lorsque nous arrivons au niveau de la fameuse terrasse, je retiens mon souffle. La vue est somptueuse. En contrebas, la houle qui vient s'abattre sur les rochers rend le spectacle magique. Ce côté de la ville est bien plus sauvage que la plage devant chez moi. La nature est si belle ! Sans pouvoir détacher mon regard du paysage, je m'assieds.

— Ça te plaît ? s'enquiert le beau brun en face de moi.

Incapable de formuler des mots qui seraient à la hauteur, je me contente de hocher la tête frénétiquement. Rafael me sourit, amusé.

— Ce dîner est en quel honneur ? je lui demande d'une petite voix.

— Juste comme ça, répond-il avec un haussement d'épaules. J'avais envie de passer un moment avec toi.

Sa réponse me déroute un instant. Je m'apprête à lui demander plus de précisions mais un serveur vient nous apporter la carte. Le temps que nous choisissons, il reste posté à côté de nous. Je parcours rapidement les plats des yeux avant d'en trouver un qui saura me convenir.

— Je vais prendre le risotto aux crevettes et de l'eau pétillante, je dis avant de lui rendre la carte.

— Et vous, monsieur ?

Rafael lui fait part de son choix et commande un verre de soda.

— Très bien, merci.

L'homme nous adresse un large sourire avant de tourner les talons. Nous sommes les seuls clients pour le moment. Un silence inconfortable s'abat alors sur nous et j'essaie de faire bonne figure en regardant l'océan qui s'étend à perte de vue.

J'ai bien conscience que je suis responsable de cette gêne qui vient de s'installer entre nous, mais je n'arrive pas à chasser les doutes et les peurs qui m'assaillent. Bien que nous soyons dans ma ville natale, jusqu'à présent j'ignorais l'existence de ce coin reculé, comme la plupart des habitants de Malibu. Pourquoi Rafael m'a-t-il emmenée ici alors qu'il y a d'excellents restaurants, bien plus près, à Los Angeles ? Cette réflexion résonne dans ma tête et, incapable de rester plus longtemps sans réponse, je finis par me lancer :

— Pourquoi as-tu choisi cet endroit ?

— Il ne te plaît pas ?

Son regard se pare d'inquiétude.

— Si, c'est sympa comme tout, mais ce que je veux dire, c'est qu'il y a plein d'autres endroits sympas bien plus près de Los Angeles.

— J'avais envie de voir autre chose, je suppose.

— Tu supposes ?

— Qu'est-ce que tu me fais, Elena ? C'est un interrogatoire ? Qu'est-ce que tu veux savoir au juste ?

Si tu as choisi cet endroit parce que tu redoutes trop qu'une connaissance nous voie ensemble.

Bien entendu, je ne réponds rien et lui dis de laisser tomber avant de plonger mon nez dans mon téléphone. Je prétexte que je dois répondre à un message alors que je tape juste des mots au hasard dans mes notes. Dès que je relève la tête et que je croise son regard, j'ai tellement peur qu'il lise en moi que je recommence mon manège.

Je suis pitoyable.

Quand nos plats arrivent, je remercie le serveur en souriant mais à peine a-t-il le dos tourné que je peine à masquer mon absence d'appétit en regardant l'assiette sous mes yeux.

— Elena ?

— Oui ?

— Qu'est-ce qu'il y a ?

— Rien.

Je sais qu'il n'est pas dupe et que le mensonge est plus que visible sur mon visage crispé. Ma réponse ne le satisfait pas et il soupire bruyamment en posant ses larges mains sur son visage. En soufflant sur ma fourchette avant de la porter à ma bouche, je prends sur moi pour faire bonne figure. J'avale une première bouchée du risotto. Je culpabilise à l'idée de ne pas montrer plus d'appétit mais mon estomac est trop noué.

Durant le repas, Rafael ne me regarde plus, même quand j'essaie tant bien que mal de capter son regard en lançant une conversation. Il répond à la question que je lui pose par un vague murmure et reporte vite son attention sur l'écran de son téléphone posé sur la table. Il ricane à plusieurs reprises et je le maudis intérieurement. Le silence pesant achève définitivement toute envie de manger et, du fond de ma chaise, je laisse mes yeux se perdre dans le vide. Il n'y a pas à dire, cette soirée est l'une des pires que j'aie passées.

— Tu ne manges plus ?

— Non.

Pour la première fois depuis trop longtemps à mon goût, il me regarde enfin. La lueur qui passe dans son regard me laisse un instant pantoise. Je suis dehors, face à l'océan et, pourtant, j'ai l'impression d'étouffer.

Quand Rafael a vidé la tasse de café qu'il a commandée pour finir le repas, nous nous levons et rejoignons l'intérieur du restaurant.

— Je peux payer, je lui dis lorsque je le vois sortir son portefeuille de la poche intérieure de sa veste.

Il refuse et, après quelques mots échangés avec le monsieur aux cheveux grisonnants qui nous a accueillis tout à l'heure, nous rejoignons la moto. Aucun de nous n'a prononcé un mot quand Rafael me tend le casque. Je m'en coiffe, serre la sangle à fond et grimpe derrière lui. Je ne sais plus comment agir, au point que j'ose à peine le toucher. Contrairement à d'habitude, je me contente de frôler son tee-shirt sans toucher un seul instant sa peau en dessous. Je ne saurais dire s'il perçoit mon malaise mais il démarre au quart de tour, formant un nuage de poussière derrière nous. Le trajet se fait dans le calme. Rafael roule beaucoup moins vite que d'habitude et c'est presque au ralenti que nous arrivons dans ma rue. À proximité de chez moi, il coupe le contact de sa bécane. D'où nous sommes, j'aperçois ma maison et les lumières allumées à l'étage, signe que mes parents ne vont pas tarder à aller se coucher. Doucement, je mets pied à terre et replace correctement les bretelles de mon sac à dos. Pour que mes parents ne s'aperçoivent pas que je suis rentrée en moto, je rassemble mes cheveux remplis de nœuds en un vague chignon.

Alors que je m'apprête à quitter Rafael, et à lui débiter la tirade que j'ai préparée pendant le trajet pour m'éclipser sans qu'il me pose de questions, il se racle la gorge et me devance :

— J'ai attendu, mais tu sais très bien que la patience, ce n'est pas mon fort. Qu'est-ce qu'il y a à la fin ? Je pensais que cette soirée te ferait plaisir. J'ai fait quelque chose de mal ?

Je secoue la tête et lorsque je balbutie les mots suivants, ma voix me paraît lointaine :

— Je… Tu n'as rien fait.

— Alors pourquoi tu fais la gueule comme ça ? s'énerve-t-il soudain.

Il descend de sa moto et pose, dans un geste brusque, son casque à l'endroit où nous étions assis quelques instants plus tôt.

— Elena, regarde-moi, m'intime-t-il en posant ses doigts sous mon menton. Je te connais, je sais qu'il y a une bonne raison pour que tu te comportes comme ça.

Il est si près de moi que son parfum m'emplit les narines. Ses prunelles foncées se posent sur ma bouche avant de remonter doucement vers mon regard.

— Je n'ai pas envie de t'en parler, je lâche en m'écartant.

Sa main retombe le long de son corps et vient se poser sur son jean déchiré.

— Tu réagis comme une enfant.

— Parce que toi non, peut-être ? je réplique, vexée.

— Qu'est-ce que tu veux dire par là ?

— Laisse tomber. Je vais rentrer, je suis crevée. Rentre bien et sois prudent sur la route.

Je me hisse sur la pointe des pieds pour déposer un baiser sur sa joue lorsqu'il me retient en enserrant mon poignet. Nos lèvres sont près de se frôler mais je ne fléchis pas et résiste à l'envie de les sceller ensemble.

— Tu me connais, je ne laisse jamais tomber. Parle-moi, Elena. Dis-moi ce qui ne va pas.

Toujours toute proche de lui, je ferme les yeux et inspire un bon coup en me demandant si tout cela en vaut la peine. La réponse m'apparaît très vite et, avant de me dégonfler, je me lance :

— Tu ne le vois peut-être pas, mais je n'en peux plus de cette situation. Je ne sais pas ce que nous sommes vraiment l'un pour l'autre. Ça fait plusieurs mois qu'on se voit régulièrement et j'ai l'impression que tout ça n'a aucune importance à tes yeux.

Voilà, je l'ai dit.

Bien que parler m'ait fait un bien fou, je redoute sa réponse. Il se détache de moi et passe une main dans ses cheveux tout en me dévisageant.

— Parce que je ne veux pas dire à mes potes que je te vois, tu penses que mes sentiments à ton égard ne sont pas sincères ?

— C'est ça.

— Tu plaisantes, j'espère ?

De la tête, je lui signifie que non. Sa réaction ne tarde pas :

— Je ne suis pas le petit ami dont les filles rêvent, Elena. Les balades romantiques, les mots doux, les promesses d'amour éternel, ce n'est pas mon truc. Et jusqu'à aujourd'hui, ça t'allait bien.

— Mais je suis arrivée à un moment où je veux plus, je murmure.

— Tu me prends complètement au dépourvu. Je ne vois pas ce qui a pu se passer pour que tu réagisses comme ça tout à coup. Si tu m'as plu, c'est justement parce que tu n'es pas prise de tête et là…

— Là quoi ? Je te prends la tête ?

— Oui, exactement.

Ses paroles me font l'effet d'un coup de poing, et pas de ceux que Cameron me mettait pour rire quand nous étions enfants, mais il s'agit bien de l'uppercut que l'on reçoit sur un ring de boxe. Mon estomac se contracte violemment, je sens la bile me monter à la gorge et je suis à deux doigts de me mettre à pleurer. J'inspire un bon coup pour tenter de me reprendre.

Il est trop tard pour revenir en arrière et, comme je viens de mettre sur le tapis cette conversation que je redoutais tant, je finis par me dire que je n'ai strictement plus rien à perdre. Parcourue par une nouvelle vague de courage, je lui avoue ce que j'ai sur le cœur :

— Je veux officialiser notre relation, Rafael.

— Mais pourquoi ? s'exclame-t-il.

— Je ne veux plus ressentir cette peur permanente qu'on nous surprenne tous les deux. On ne fait rien de mal, merde ! On a le droit de s'aimer. Personne n'a son mot à dire sur notre couple, ça ne regarde que nous. On ne peut pas rester éternellement cachés.

— Tu ne comprends pas, Elena.

— Qu'est-ce que je ne comprends pas ? je réponds, irritée. Tu as peur que Cam pète un câble ? Parce que clairement, à part lui, je ne vois pas qui peut s'opposer à notre couple. Je connais mon frère, je te signale. Il va s'énerver, nous sortir tout un tas d'atrocités mais il finira par se rendre compte de l'absurdité de sa réaction et il reviendra la queue entre les pattes ! J'en ai marre que les gens me disent en permanence ce que je dois faire. Je suis une grande fille !

— Ce n'est pas que par rapport à Cameron…

— C'est à cause de quoi alors ? Tu as une double vie ? Le soir quand tu rentres chez toi, il y a une gentille femme qui t'attend et des triplés ?

— Où est-ce que tu vas chercher ça ? dit-il en secouant la tête avec une mine atterrée.

— Tu vois, il n'y a rien qui nous empêche d'être ensemble ! je m'exclame en levant les bras pour accentuer mes propos. Les seuls obstacles à notre couple, c'est nous-mêmes, Rafael.

— Je… commence-t-il avant de se taire.

— Tu quoi ? je m'enquiers, impatiente d'entendre sa réponse.

— Je ne sais pas si c'est cette vie que je veux. Je n'ai jamais connu ça. Ça peut paraître clair pour toi mais pour moi, non. Tu veux que le monde entier sache que nous sommes ensemble mais moi, je ne sais pas encore si j'ai envie d'être ce mec posé, qui n'a plus sa liberté. C'est ça que tu voulais entendre ?

— Là, c'est moi qui ne te comprends plus, Rafael. Mais de quelle liberté parles-tu ? Tu es en train de dire que tu ne sais pas si tu veux être avec moi ?

Peu à peu, j'en viens à une conclusion qui me terrifie. Ses yeux, dénués d'une quelconque émotion, me fixent. Il finit par lâcher :

— J'ai simplement répondu à ta question, mais pour autant, je…

— Mais rien du tout, ne te fatigue même pas à poursuivre, je le coupe d'un geste de la main. Tu sais quoi, Rafael Sanchez ? Va te faire foutre. Tu t'es bien amusé avec moi et, maintenant que tu en as marre, tu fais le lâche. Tu ne me mérites pas et, dans le fond, je te remercie car, grâce à notre conversation de ce soir, tu m'as ouvert les yeux sur la personne que tu es vraiment. Je te rends ta liberté, celle à laquelle tu tiens tant ! Et comme on dit chez toi, *hasta la vista !*

Sur cette dernière phrase, je lui fourre rageusement mon casque, désormais sien, dans les bras et je me détourne à toute vitesse pour prendre le chemin qui mène à ma maison quelques dizaines de mètres plus loin. Je l'entends m'appeler mais je ne me retourne pas et lève mon majeur dans les airs pour lui faire comprendre qu'il est trop tard pour ça. Il peut oublier mon prénom et tout ce qui va avec.

Je le déteste, je le déteste, je le déteste.

J'avance si vite que mes jambes finissent par ne plus répondre à mon cerveau embrumé par ce qui vient de se passer. Quand j'arrive devant le portail fermé, je réalise que je n'ai pas entendu sa moto partir. Habituellement, quand il me dépose, il s'arrange toujours pour passer à côté de moi au moment où j'arrive devant ma maison. Là, non. En lançant un coup d'œil discret derrière moi, je me rends compte qu'il n'a pas bougé d'un pouce. Appuyé contre sa moto, le casque que je lui ai rendu sous le bras, il me regarde intensément. Comme il est hors de question que je le laisse déceler que je suis touchée de le voir rester là les yeux rivés sur moi, je lui adresse un large sourire et un geste de la main pour qu'il pense que je me porte comme un charme. Cette soudaine assurance m'étonne autant qu'elle m'attriste. Est-ce qu'on en est vraiment là ? Est-ce que notre histoire vient réellement de se terminer ? Mon cœur bat si fort dans ma poitrine que j'ai l'impression d'avoir enchaîné les chorégraphies de Miss Jones durant des heures entières. En passant le portail, je suffoque. *Merde, reprends-toi, Elena.* Je n'ai pas à regretter une seule de mes paroles. Rafael vient très clairement d'avouer qu'il ne souhaitait pas officialiser notre relation. C'est plutôt limpide comme message. Tout ce qui compte à ses yeux, c'est sa fameuse liberté. Il peut être content car il est désormais libre comme l'air. Je ne pensais pas que cette journée se finirait de cette manière. C'est peut-être bête mais je croyais qu'il m'aimait, ne serait-ce qu'un tout petit peu. Je ravale les larmes qui me brûlent les yeux et c'est la tête haute que j'entre dans la maison. La voix de ma mère me parvient de l'étage et je l'entends demander si c'est moi. Sans trembler, je lui réponds que oui et mes parents me souhaitent, en criant, une bonne nuit. Après avoir bu un verre d'eau, à tâtons dans l'escalier plongé dans la pénombre, je rejoins ma chambre. La porte est à peine fermée que je me laisse tomber sur mon lit en abandonnant tout contrôle sur mes émotions. Les sanglots me déchirent et j'essaie de retenir mes cris en les étouffant dans un de mes oreillers. Ce n'est pas comme si mon cœur venait de se briser, n'est-ce pas ?

Chapitre 8

Evan

Comme la fraternité ne se situe qu'à quelques centaines de mètres de l'appartement, nous choisissons de nous y rendre à pied. Alors que j'avance seul derrière le petit groupe que nous formons, je perçois sans mal les regards que me lancent Cam et Brad. Je manque plusieurs fois de leur déclarer sèchement que je ne risque pas de me jeter sous une voiture, toutefois je me retiens, conscient qu'ils s'inquiètent seulement pour moi. Dans le fond, cette attention toute particulière qu'ils me portent me fait plaisir. Je me dis qu'au moins, certaines personnes tiennent à moi. De plus, je ne sais pas si c'est la réconciliation entre Lili et Cam qui agit bénéfiquement sur moi, mais je me sens beaucoup plus léger que quand j'ai foulé le sol de la salle de sport quelques heures plus tôt.

Lorsque nous arrivons devant la fraternité, je manque de repartir en courant. Finalement, passer la soirée avec pour seule compagnie mon ordinateur, une bière et des chips ne me paraît plus être une si mauvaise idée que ça ! Mais comme s'il s'apercevait de quelque chose, Cam vient se placer derrière moi, fermant ainsi la marche.

— Je te connais, Evan, et il est hors de question que tu partes sans t'être amusé au préalable.

Un rictus presque perfide sur les lèvres, il me dévisage tandis que, résigné, je suis Brad qui avance vers le bar. La pièce principale de la maison est déjà remplie de monde et je redoute les prochaines heures. Les soirées, ici, ne se finissent jamais bien. Il y a quelques mois, trois gars sont tombés du deuxième étage et l'un d'eux est d'ailleurs toujours hospitalisé.

Les minutes s'écoulent trop lentement à mon goût. Dès que je relève la tête et que je tombe sur des longs cheveux blonds, j'ai l'impression de voir Grace. Elle obsède toutes mes pensées, encore et encore. Cam salue quelques personnes au passage alors que je reste en retrait, ennuyé par l'ambiance que je juge mauvaise. Mon meilleur ami essaie à plusieurs reprises de me faire rire mais toutes ses tentatives tombent à l'eau. Je reste impassible et je sens bien qu'il s'impatiente et s'agace de mon comportement. Je suis le premier à en être désolé mais, malheureusement, ça ne se contrôle pas. Comme transporté dans des montagnes russes, mon moral est à nouveau au plus bas.

Nous nous installons dans un coin de la grande pièce de vie et je passe l'heure suivante à regarder la foule s'agiter. Je ne m'étais jamais rendu compte à quel point on voit des choses divertissantes lors de ces soirées. L'alcool et l'herbe qui circulent y sont pour beaucoup. Il y a tout juste quelques minutes, j'ai vu passer deux mecs ayant pour tout costume des sous-vêtements féminins. Inutile de préciser qu'ils étaient *beaucoup* trop petits pour eux.

Alors que je reporte mon attention sur ma tablée, je remarque que seul James est là. Tous les deux, nous sommes les célibataires de la bande et, vraisemblablement, ceux qui s'amusent le moins… J'interpelle mon ami pour lui demander s'il passe une bonne soirée, mais il me répond à peine, le nez plongé dans son téléphone. Je marmonne un vague « Moi aussi, merci de me le demander » tout en déviant mon attention au centre de la pièce où Cam et Brad sont en train de se déchaîner. Je me marre comme un idiot lorsque Enzo revient vers nous avec des verres.

— Allez, bois ça ! m'intime-t-il en me tendant un gobelet bleu.

— Il y a quoi, là-dedans ?

Je porte la boisson à mon nez et grimace en sentant les effluves de l'alcool remonter. Mon ami hausse les épaules et je finis par me lancer, sans me poser davantage de questions. Après tout, ne suis-je pas là pour oublier ? J'avale le contenu du gobelet en quelques gorgées. Plusieurs fois, je manque de recracher. Boire de l'alcool est une chose, boire de l'alcool bon marché en est une autre. Et cette tequila, si je l'identifie bien, ne restera pas mon meilleur souvenir.

— Ça va mieux ? me demande Cam en se rasseyant.

Si je dis non, ils ne vont pas me lâcher, alors, résigné, j'acquiesce d'un hochement de tête. S'ensuit une longue discussion entre les gars à laquelle je ne prête pas attention.

Ce n'est que lorsque mon meilleur ami dépose devant moi une véritable bière que je retrouve un semblant de sourire.

— Un jour, Lili m'a sorti que la cravate était un accessoire permettant d'indiquer la direction du cerveau de l'homme, dit-il avec tout le sérieux du monde.

— Elle tient ça d'où ? je rigole avant d'avaler une gorgée du liquide ambré.

— Aucune idée, répond Cam dans un haussement d'épaules.

— Et pourquoi tu me dis ça aujourd'hui ?

Comme il ne répond pas aussitôt, je me tourne vers lui.

— Cam ? j'insiste.

— C'était juste pour savoir si, un jour, ton *cerveau* a été attiré par elle.

— Par Lili ? je m'offusque.

— Oui.

— Bien sûr que non !

— Mais elle est tellement… parfaite ! s'exclame mon meilleur ami avec un air théâtral qu'il maîtrise à la perfection.

— Ce n'est pas ce que tu disais ces derniers jours, je lance pour le faire réagir.

Pour toute réponse, il me jette un regard noir, ce qui me fait éclater d'un rire sonore.

— Tu es en train de me dire que tu aurais aimé, ou du moins trouvé normal, que je fantasme sur elle ? je reprends en arquant un sourcil.

— Absolument pas.

Le dégoût se peint sur son visage.

— Ce que je voulais dire, c'est que quand tu l'as vue, tu aurais pu lui trouver quelque chose d'attirant comme Enzo, tu vois ?

— Désolé de te décevoir, Cam, mais on ne réfléchit pas tous avec ce « cerveau »-ci.

— Je sais bien, maugrée-t-il. C'était une simple question de curiosité.

— Et pour te répondre, tu peux être rassuré car je n'ai jamais vu Lili comme une potentielle amante.

Il porte son verre à sa bouche pour tenter de dissimuler le sourire qui pointe sur ses lèvres. Je le connais. Cette question devait le tarauder depuis quelque temps déjà ! Notre conversation s'arrête là et, ma bière étant maintenant finie, je me lève pour rejoindre le coin où l'alcool est servi. En attendant un nouveau verre, j'attrape une chaise libre et la tourne pour m'y asseoir à califourchon et observer la foule dansante. Au loin, j'aperçois une tête rousse que je reconnais rapidement comme étant Brittany. Depuis que j'ai mis un terme à notre pseudo-relation il y a plusieurs mois de cela, elle essaie de me faire la pire réputation du campus. L'autre jour, une fille de ma promo m'a interpellé pour me demander si c'était vrai que, la nuit, je tuais des chats avec une épée. J'ai longuement soupiré, me retenant de ne pas lever les yeux au ciel et j'ai vainement tenté de lui expliquer que tous ces dires n'étaient rien d'autre que la vengeance d'une ex-petite amie. Vu le regard noir que Brittany, qui vient de m'apercevoir, m'adresse, je devine sans mal que cette fille n'est pas passée à autre chose. Je suis tellement concentré à me retenir de

rire que je ne remarque même pas que mes amis m'ont
rejoint.

— Vous savez si Raf va venir ? demande Cam. Je lui ai
envoyé un message tout à l'heure mais il ne répond pas.
Il avait prévu quelque chose ?

— Je ne sais pas du tout, lui répond Brad avant de
s'asseoir à côté de moi. Ça fait déjà quelques fois qu'il
manque nos soirées pour faire on ne sait quoi. Je le trouve
super mystérieux en ce moment ! Envoyez-lui un autre
message, on ne sait jamais.

Cameron acquiesce et se contorsionne pour sortir son
téléphone de la poche arrière de son pantalon. Il tapote
quelques secondes sur son écran avant de relever la tête
vers nous, tout sourires.

— Envoyé ! dit-il. Plus qu'à attendre la réponse.

Les minutes s'écoulent sans que nous obtenions un
signe de Raf. Brad finit par sortir prendre l'air et je sens
bien que Cam s'impatiente à côté de moi. Mais heureusement, maintenant que l'amour est de nouveau là, il
n'a d'yeux que pour son téléphone et les messages qu'il
échange avec Lili semblent le calmer. Malgré leur dispute,
j'ai remarqué un réel changement chez Cameron. Le Cam
colérique, caractériel et irascible qui pouvait tout envoyer
en l'air n'est plus vraiment d'actualité. Avoir rencontré
Lili l'a conduit à une meilleure version de lui-même et je
suis loin de m'en plaindre ! Il y a encore du chemin à parcourir, mais Lili l'aide à se libérer de ses vieux démons, et
pour ça, je lui en suis profondément reconnaissant. Tous

les trois, nous formons une véritable équipe. J'ai vraiment hâte qu'elle rentre.

— Merde, ma mère a essayé de m'appeler trois fois, ronchonne mon meilleur ami en replongeant son regard dans l'écran lumineux.

Je ricane alors qu'il râle parce que les gens le bousculent sur leur passage. Il crie le mot « pardon » de nombreuses fois mais personne ne semble faire attention à lui.

— Est-ce qu'il y a quelqu'un à cette place ?

Une voix douce détourne mon attention et, quand je pivote sur la chaise, je suis happé par deux yeux noirs profonds. J'oublie un instant que cette place est à Brad et acquiesce doucement.

— Non, elle est libre.

Je regarde discrètement l'inconnue alors qu'elle s'installe. Ses cheveux, sombres et lisses, tombent en cascade sur ses épaules et, dans un geste brusque, elle fourre son téléphone dans la pochette qu'elle tient fermement contre sa poitrine. Quand elle relève le visage vers moi, son regard, d'une intensité que je n'avais encore jamais vue, me frappe de plein fouet. Je dois l'admettre, cette fille est d'une beauté renversante. C'est bien la première depuis Grace que je regarde avec un autre sentiment que le dégoût. Il faut dire que, physiquement, elles sont à l'opposé l'une de l'autre.

Mais alors que je sens que je pourrais facilement craquer pour cette brune, je me réprimande mentalement. *Pas si vite, Evan !* J'ai beau répéter qu'il faut impérativement que je passe à autre chose, je me connais. Si j'accorde ma confiance à une fille et que je la laisse entrer dans ma vie, je risque de souffrir à nouveau et ça m'effraie, bien plus que je ne le voudrais. Il y a tout juste trois jours, les gars ont essayé de me faire rencontrer une nana, un très bon parti selon eux. Nous nous sommes retrouvés dans un bar à quelques pas de l'appartement pour boire un verre et faire plus ample connaissance. Elle était très jolie et m'avait l'air d'être gentille, et pourtant, dès que mes yeux se posaient sur elle ou qu'elle parlait, je revoyais Grace et sentais mon cœur déchiqueté. Repensant à ce moment, je me mets à soupirer.

— Il y a un souci ? me demande-t-elle.

Je secoue la tête et repense aux mots que Rafael m'a adressés juste avant mon rendez-vous avec la fameuse fille : « Il est temps que tu te remettes en selle, Evan. Tu ne vas pas rester malheureux éternellement. » Une audace inédite me prend et, dans un sourire, je déclare :

— Tu veux boire quelque chose ? Je t'invite.

— On est dans une soirée étudiante, Einstein. On ne paie pas les verres.

Fière de m'avoir séché, elle s'esclaffe devant ma mine abasourdie. Son rire, d'abord doux et discret, devient très rapidement plus fort et assuré. Elle semble se laisser aller, comme si, juste avant, elle s'interdisait de rire.

— Ça ne m'empêche pas de t'en offrir un, non ?

— Je ne bois pas, répond-elle d'une manière assez abrupte.

— Et il y a une raison à cela ?

— Est-ce que je te demande pourquoi tu parles avec moi alors qu'une rousse est en train de me dévisager avec un air meurtrier ?

— Non…

— Bien. Je n'ai pas à te répondre alors.

— Je ne vois pas le rapport ?

À part le breuvage que m'a tendu Enzo, je n'ai bu que deux bières depuis que nous sommes arrivés, une heure auparavant. Mon cerveau ne peut pas être déjà embrumé par l'alcool. Je l'observe, plissant un œil. Cette fille est vraiment intrigante. Alors que mes yeux la balaient, je remarque une longue cicatrice qui s'étend dans son cou. Aussitôt, elle s'empresse de plaquer ses cheveux pour recouvrir cette longue trace sur sa peau mate.

— Je ne t'avais encore jamais vue sur le campus, je dis.

— Tu es de la police ?

— Non, pourquoi ?

— Parce que tu poses trop de questions.

Je me mets à rire.

— Mais j'ai à peine parlé ! je me défends en dressant les mains en l'air.

Elle lève le regard vers moi. Et malgré son sourire, ses yeux expriment une tristesse infinie. Qu'a-t-il pu bien lui arriver pour que ce trouble permanent émane d'elle ? Je me rappelle à l'ordre en mon for intérieur. *On ne s'attache pas, Evan.* Il est certain que, si je m'emballe comme j'ai pu le faire avec Grace, je vais une fois de plus me brûler les ailes.

— Tu es nouvelle ici ? je tente en espérant une réponse.

Et une gifle mentale pour moi. *Pas. Trop. Vite. Merde.*

— Non, pas vraiment, daigne-t-elle me dire.

L'adjectif qui définit cette fille au mieux est « mystérieuse ». Je ne la connais pas mais il est certain que je viens
de tomber sur un casse-tête ambulant. Sur les millions de
femmes présentes à Los Angeles, pourquoi faut-il que je
récolte toujours les plus compliquées ?

— Tu as l'air d'être difficile à suivre, je finis par lâcher
sans réfléchir.

— Alors qu'est-ce que tu fais encore là, à essayer de
discuter avec moi ?

C'est d'un ton sec qu'elle prononce cette question
qui reste finalement en suspens. Ne sachant pas quoi
répondre, je me tais et nous nous murons dans le silence.
J'ai la soudaine impression que l'air autour de nous se raré-
fie. Je remercie intérieurement Cameron pour la bonne
initiative qu'il a de m'appeler à ce moment-là pour me
demander si je sais où est Elena.

— Comment je pourrais le savoir ? je dis en me tournant vers lui.

— Je te demandais ça à tout hasard ! répond-il sur un
ton bourru. J'ai essayé de l'appeler mais je tombe directement sur sa messagerie. Ma mère aussi la cherche.

— Attends un peu avant d'alerter tous les médias du
pays, je me moque. Elle doit être avec des amis.

Il me gratifie de son majeur dressé avant de reporter son
attention sur l'écran de son téléphone.

Détournant les yeux de mon ami, je perçois une nouvelle fois le regard assassin que nous lance Brittany, se

mouvant à quelques mètres de nous. Je l'ignore volontairement et je sais bien que ça va l'agacer. Je continue de regarder la foule quand mes yeux tombent sur la dernière personne que je souhaitais voir ce soir. J'ai dû fuir l'appartement pour me la sortir de la tête, pour oublier quelle erreur j'avais commise en lui confiant mon cœur et voilà qu'elle est ici. Pour la deuxième fois de la journée, je me retrouve confronté à sa présence. Mais cette fois, son mec n'est pas là. Accompagnée de Sam, comme toujours, Grace avance parmi toute l'assistance avec cette prestance qui lui est propre. À mes yeux, elle éclipsait tout le reste. En la regardant, je ressens un violent pincement dans la poitrine.

— Toi aussi, tu as l'air compliqué, lâche ma voisine en se penchant vers moi.

J'arque un sourcil, tout en me levant pour remettre ma chaise de face et m'y rasseoir afin de couper le contact visuel que je venais d'établir avec Grace. Cette mystérieuse fille aura au moins eu le mérite de me détourner de mes démons une seconde.

— Je ne suis certainement pas autant compliqué que toi, je réplique.

— Je suis sûre que si.

— Et qu'est-ce qui te fait croire cela ?

— Ça, je ne te le dirai pas. Je déchiffre facilement les gens, reprend-elle après un court silence.

— Ça me paraît un peu présomptueux d'affirmer une telle chose.

Son rire retentit comme une explosion et je sens enfin un sourire naître sur mes lèvres.

— Je me rends compte que je n'ai pas été super cool avec toi. Désolée d'être froide mais j'ai pour habitude de me protéger.

— Je ne veux pas te faire de mal.

— C'est toujours comme ça au début, dit-elle dans un faible sourire. C'est après que la vraie nature se révèle. Bon, j'ai été ravie de te rencontrer mais je vais devoir y aller, poursuit-elle en se levant. Au revoir, Einstein.

— Je m'appelle Evan !

— Ça ne change rien ! me répond-elle en lissant les plis de sa robe.

— Je ne connais même pas ton prénom ! je lance en attrapant son bras.

— Tu n'as pas besoin de le connaître.

— Et si j'ai envie de te revoir ?

Je prononce ces mots sans réfléchir aux conséquences qu'ils pourraient avoir. Finalement, l'alcool a peut-être commencé à attaquer mon cerveau…

— Rendez-vous devant un bon café alors, souffle-t-elle en m'accordant un dernier regard.

Quoi ?! Sans attendre une quelconque réponse de ma part, elle s'enfonce dans la foule. Je me lève à mon tour, prêt à m'élancer derrière elle, quand Cameron m'interpelle, une fois puis deux. L'hésitation me paralyse un long moment et je reste là, à ne pas savoir quoi faire.

— Evan ! répète-t-il avec plus d'empressement.

— Je reviens tout de suite, je lâche en tournant la tête vers lui.

Mais quand je scrute la salle, dans la direction que l'inconnue a prise, pour partir à ses trousses, elle a disparu. Et merde !

Chapitre 9

Lili

— Tu es sûre que tu n'as pas un peu maigri ?

Depuis que j'ai accepté de faire cet appel vidéo avec ma mère il y a de cela dix minutes, j'ai déjà eu l'occasion de le regretter un bon nombre de fois. Elle commente absolument tout ce que je fais. Quand j'ai attrapé une bouteille de jus de fruits dans mon réfrigérateur, elle a demandé à voir sa composition, tout comme celle du paquet de biscuits secs qui traîne depuis quelques jours sur ma table de chevet. Lorsque j'ai eu le malheur de lui parler de mon voisin qui a un goût un peu trop prononcé pour le heavy métal, qu'il écoute fort à des heures tardives, elle a voulu que j'aille le voir, mon ordinateur dans les mains, pour qu'elle puisse lui parler. J'ai réussi à esquiver en prétextant une mauvaise connexion Internet hors de ma chambre. J'ai l'impression que, maintenant que je suis à Sydney, elle devient de plus en plus envahissante. Ma mère n'a jamais fait partie de ces parents qui cherchent à contrôler les moindres faits et gestes de leur enfant, et pourtant, me voir sur un autre continent semble réveiller en elle des instincts que je ne lui soupçonnais pas.

— Je mange juste mieux et je marche beaucoup plus qu'à Los Angeles, je la rassure.

Je dois être honnête. Vivre sans mes deux goinfres de colocataires m'a appris à manger plus sainement et en plus faible quantité. Depuis que je suis ici, je ne me suis pas couchée une seule fois en ayant l'impression que mon ventre pourrait exploser. Je me rends compte que je me sens ainsi beaucoup mieux dans mon corps. Bien sûr, je ne résiste pas toujours à la tentation et il m'arrive encore très souvent de succomber à une bonne pizza. De plus, le constat majeur qui m'a frappée c'est qu'à Sydney, je me déplace à pied – sauf si je suis chargée ou fatiguée, dans ce cas, je prends les transports publics. La dernière fois que je suis montée dans une voiture, c'était à l'aéroport où, n'ayant pas eu le courage nécessaire pour prendre le bus avec mes valises encombrantes, j'ai opté pour un taxi.

Ma mère me donne des nouvelles de la famille de Rosie.

Le temps s'écoule et, bien que la douleur s'estompe peu à peu, pas une journée ne passe sans que je pense à mon amie défunte. Elle est ancrée en moi pour toujours.

— Tu as eu ton père au téléphone dernièrement ? me demande ensuite ma mère, sautant du coq à l'âne.

— Oui, dimanche.

— Comment va-t-il ? Et la petite Stella ?

— Ils vont bien ! je réponds dans un sourire. Stella est en train d'apprendre l'anglais, elle a voulu me faire une démonstration, c'était très mignon !

— Tu ne vas pas les voir cet été ?

Je secoue la tête et sens la déception m'envahir.

— Ce n'est pas possible, je soupire, je pars de Sydney le 31 août et je reprends les cours quelques jours plus tard.

— Ne sois pas triste, ma chérie, d'accord ? Nick m'appelle, je dois y aller. Fais attention à toi surtout !

— Promis !

Elle raccroche. Je décide de me détendre quelques minutes quand un coup d'œil lancé à l'horloge m'indique qu'il ne faut pas que je traîne ou je risque d'être en retard au journal. Depuis quelque temps, j'ai pris l'habitude de déjeuner dans ma chambre. C'est un peu la course mais je ne supportais plus le regard pesant de Cheryl et de ses acolytes.

Je suis en train de réchauffer mon plat dans le four micro-ondes quand la sonnerie de mon portable retentit. Sachant très bien de qui il s'agit, je laisse un large sourire naître sur mes lèvres alors que je prends l'appel de Cameron en actionnant la vidéo.

— Comment va mon amour aujourd'hui ?

Sa voix à la fois douce et rauque me rend euphorique et je me mets à glousser :

— Très bien et toi ?

— Je vais mieux depuis que je te vois.

Cette phrase qui me paraissait autrefois si niaise réchauffe instantanément mon cœur. Aujourd'hui encore, j'ai du mal à croire qu'il y a à peine deux semaines, nous étions aussi près de la séparation. Comme quoi, avec de la volonté, les choses peuvent changer. Je n'ai en rien modifié ma manière de faire. Je vois toujours autant Sasha en dehors du travail et je raconte toujours mes journées à

Cameron sans rien omettre. Ce dernier m'impressionne. Il me fait confiance comme avant et, rien que pour ça, je me félicite de lui avoir laissé une nouvelle chance.

Nous discutons de notre journée et, même à travers l'écran, son sourire me fait fondre comme chaque fois que je l'aperçois, que ce soit sur mon téléphone ou sur mon ordinateur. J'aimerais tellement le toucher, le prendre dans mes bras, l'embrasser que, parfois, ma peau en devient brûlante. Ses cheveux sont, à nouveau, légèrement plus longs. Il profite aussi que je sois loin pour laisser sa barbe pousser. Il sait que je n'aime pas ça, et je ne manque pas de le lui faire savoir. Pourtant, même si je refuse de l'admettre à haute voix, je dois bien avouer que ça lui donne un charme fou, une virilité sans précédent.

— Tu sais, Lili, je te fais vraiment confiance, mais là, je suis à deux doigts de prendre un billet d'avion pour te rejoindre.

J'ai envie de lui crier « FAIS-LE ! » mais je me retiens. Mon cœur tambourine dans ma poitrine. Il y a des nuits où je me réveille en sursaut et je pleure en me rendant compte qu'il n'est pas près de moi et que je suis seule. Comme je ne veux pas l'inquiéter, je ne lui dis rien de tout ça. Mais la semaine dernière, j'ai commencé à compter les jours jusqu'à mon retour. Plus que seize.

— Toi aussi, Cameron. J'ai hâte de te revoir.

Et de rentrer à la maison.

— Tu es sûre que ça va ?

— Oui, pourquoi ?

— J'ai l'impression que tes yeux sont brillants.

— Ça doit être à cause de l'ordinateur. Mes yeux commencent à fatiguer à force d'être sur l'écran toute la journée !

Qui se justifie s'accuse, et en outre, je persiste :

— C'est prouvé scientifiquement, tu sais !

Je vois bien à sa moue qu'il est sceptique et, cette fois, je reste silencieuse. Le stage est très enrichissant. Je suis entourée de journalistes renommés et talentueux qui ne font qu'accroître l'amour que j'ai pour cette profession. Seulement, les jours ont beau passer, Cheryl Bakewood continue de me prendre en grippe et me rend la vie presque impossible. Dès que l'occasion de me faire du tort se présente, elle n'hésite pas une seule seconde. Les choses ont commencé à vraiment se corser lorsqu'elle s'est attribué tous les mérites de l'article qui m'avait donné tant de fil à retordre. J'ai essayé de protester, mais ses menaces m'ont suffisamment effrayée pour que je choisisse de me taire. Depuis ce jour, c'est devenu un véritable calvaire de travailler avec elle. Au début, j'encaissais sans broncher. Mais les semaines ont passé, et les réflexions désagréables se sont multipliées. Il y a quelques jours, j'étais tellement excédée que je me suis décidée à aller lui parler. De son fauteuil de bureau, elle m'a regardée et m'a lancé avec le ton le plus condescendant que j'aie jamais entendu : « Quand vous aurez fini de geindre, vous pourrez peut-être vous concentrer sur votre travail qui est déplorable pour le moment. Je serais vous, je changerais d'ores et déjà d'orientation. Le journalisme n'est pas fait pour quelqu'un d'aussi faible que vous. » Maîtrisant ma colère, j'ai répondu d'un ton calme : « Mais comme vous l'avez si bien dit, vous n'êtes pas moi. » Cette réponse était aussi pathétique que la situation, mais c'est tout ce que j'ai réussi à prononcer pour ma défense. J'ai quitté son bureau précipitamment et à peine la porte des toilettes franchie, j'ai éclaté en sanglots. Mes nerfs sont mis à rude épreuve depuis ce jour et, excepté encaisser silencieusement, je ne sais pas quoi faire pour améliorer la situation, qui n'a changé en rien depuis cet échange.

— S'il y avait quelque chose qui n'allait pas, tu me le dirais, n'est-ce pas ?

Cameron me sort de mes pensées et je perçois de manière exacerbée son regard inquiet.

— Bien sûr ! je m'empresse de répondre. Mais tu n'as vraiment pas à t'en faire, Cam, je reprends plus doucement. Je vais bien, tout va très bien, même !

Je ne compte pas lui dire combien cette femme est dure avec moi. Ni aujourd'hui ni demain. Peut-être à mon retour, mais je ne sais pas encore. Cet intermède ne doit pas influencer la suite de ma vie de journaliste. Quand je serai rentrée à Los Angeles, je n'entendrai plus jamais parler de Cheryl Bakewood et cette histoire restera derrière moi. Pour couper court à cette conversation qui manque de révéler ce que je cherche à lui cacher depuis quelque temps déjà, j'enchaîne sur notre ami :

— Comment va Evan ?

— Il va un peu mieux.

— Comment ça, un peu mieux ?

— Le jour où toi et moi, nous nous sommes réconciliés, il a pété un plomb, m'avoue Cam avec un brin de tristesse dans la voix avant de tout me raconter : Au moment où je suis retourné aux vestiaires pour me prendre une barre protéinée, je l'ai entendu crier. Il était au bout du rouleau, Lili. Je ne l'avais jamais vu comme ça. Je ne sais pas comment t'expliquer, ça m'a pris aux tripes. J'ai essayé de le raisonner mais il semblait si... fragile.

— Tu penses que c'est lié à son histoire avec Grace ?

— J'en suis convaincu, même. Ils ont rompu... il y a quoi ?... un peu moins d'un mois ? Quelque chose a dû se passer mais il refuse de me parler. Grace est comment quand tu l'as au téléphone ?

— Elle ne se confie pas. Dès que j'essaie de savoir comment elle se sent, elle se ferme complètement et s'empresse de changer de sujet. Pour tout te dire, à part un « on n'est plus ensemble » qu'elle m'a lancé peu de temps après leur séparation, elle ne m'a jamais reparlé d'Evan. Elle me semble heureuse, mais je n'arrive pas à savoir si cet air enjoué est sincère ou non.

— Alors qu'Evan n'est plus que l'ombre de lui-même. Ça me rend malade de voir mon meilleur ami dans cet état.

Sa peine est palpable et je me sens mal pour lui, pour eux.

— Il n'a rien voulu te dire ?

Cam secoue la tête.

— Tu le connais, il peut se montrer tellement têtu qu'il m'a envoyé balader. Ce soir, comme les gars viennent

113

à l'appartement pour notre fameuse soirée pizzas et foot-ball, peut-être que j'arriverai à faire parler Evan... lâche Cam tout à coup.

— Ne me dis pas que ton plan est de le faire boire à outrance pour qu'il te raconte tout ?!

— Non...

— Cameron ! je le réprimande. Tu n'as pas à faire ça. Tu ne te souviens pas qu'il n'y a pas si longtemps tu me répétais de ne pas interférer dans leur histoire ?

— Mais je n'interfère pas ! se défend-il. Je veux juste savoir ce qui s'est réellement passé pour qu'il se retrouve dans cet état de colère extrême. Il a vraiment besoin d'extérioriser, de laisser sortir ses démons. Et si ça peut te réconforter, je ferai attention à lui.

— Tu as intérêt, je marmonne.

— Et si ça ne marche pas, je l'emmènerai taper dans le sac de boxe demain. Ça lui fait du bien d'évacuer de cette façon.

— Il peut frapper autant qu'il veut contre un sac ou contre toi, mais vous laissez toujours tomber les combats, on est d'accord ?

— Je te l'ai promis avant que tu partes, Liliana, et tu devrais savoir que je n'ai qu'une parole. Tu me fais confiance ?

Comme cette conversation revient assez souvent sur le tapis, je sens à son ton qu'il commence à être agacé. Mais c'est plus fort que moi... J'ai beau vouloir chasser cette idée de ma tête, j'ai toujours peur qu'il retourne dans ce milieu sombre que sont les combats clandestins.

— Bien sûr que je te fais confiance ! Mais je tiens à vous et je ne veux pas qu'il vous arrive quelque chose.

— C'est plutôt à nous de nous inquiéter. Tu es seule à des milliers de kilomètres. Qui te protège ?

— Moi-même, je rétorque d'un ton irrité. Et je peux te dire que je me débrouille très bien.

— Je n'en doute pas une seule seconde !

L'ombre d'un sourire passe sur son visage et j'aperçois Evan qui se faufile derrière le canapé où est assis Cam.

— Comment va ma colocataire préférée ?

— Elle va très bien ! Et mon colocataire préféré, comment se porte-t-il ?

— Comme un charme, dit-il dans un sourire.

— Et moi, je ne suis pas votre préféré ? s'enquiert Cameron avec un ton théâtral.

— Non ! nous lâchons en même temps.

Cam fait semblant d'être vexé tandis qu'Evan et moi éclatons de rire. Les garçons finissent par m'informer qu'ils doivent me laisser pour aller faire des courses avant que leurs amis arrivent. Evan s'éclipse pour nous laisser, à Cameron et moi, une certaine intimité.

— On se parle par messages ? me demande Cam – ce à quoi j'acquiesce. Passe un bon après-midi et fais attention à toi. Je t'aime fort.

— Je t'aime aussi, Cameron ! Passez une bonne soirée et prends soin de lui, surtout.

— Promis. Papa Miller est dans la place.

J'esquisse un petit rire et, sur ces derniers mots, il raccroche.

Je termine tranquillement mon plat avant de reprendre le chemin du journal une petite demi-heure plus tard. Je suis à peine sortie de l'ascenseur que je croise Cheryl qui me lance un regard foudroyant. Mon estomac se serre et je sens la bile me monter à la gorge. Elle ne s'arrêtera donc jamais ? Je fais profil bas et c'est presque en courant que je rejoins mon petit bureau. Si je ne tenais pas tant à cette expérience, je partirais. Avec le temps, j'ai pris conscience d'un bon nombre de réalités. Ce qui me paraissait génial au début me semble désormais être une jolie désillusion. La compétition flotte en permanence dans l'air. Certains nous ont accueillis avec gentillesse tandis que d'autres nous ont perçus comme des ennemis à abattre. Je me suis peu à peu rendu compte que tout le monde se bat pour être le meilleur. Il faut être le journaliste qui rédigera le plus bel article ; celui qui sera sur la une du journal, quitte à écraser les autres. Avant ce stage, je n'avais aucune idée du climat à ce point hostile qui pouvait régner au cœur d'une rédaction. J'en ai longuement discuté avec Sasha pour lequel ce n'est pas la première expérience, et il m'a affirmé que cette atmosphère était plus ou moins courante. Toutefois, n'en déplaise à Cheryl, ça ne remet pas en cause mon envie de devenir journaliste mais plutôt la manière dont j'ai envie d'exercer ce métier. Personne ne pourra me faire renoncer à mon rêve.

L'après-midi passe malgré tout à une vitesse folle. Composant sur mon clavier un article pour la rubrique « Environnement », je ne vois pas les heures filer. Quand je relève la tête pour aller me détendre un peu les jambes, la moitié des employés a déjà quitté les lieux. J'aperçois au loin Sasha qui me fait un grand sourire et je réponds par un signe de la main avant de rejoindre la machine à café installée depuis peu dans un coin de notre étage. Pour être totalement honnête, quand j'ai appris que je partirais aussi longtemps à Sydney, je me suis imaginée en maillot de bain, un délicieux cocktail dans les mains, en train de participer à des fêtes plus grandioses les unes que les autres sur les plus belles plages du pays. Ce cliché, qui persistait dans ma tête, a pris un sacré coup quand j'ai réalisé que tout cela ne se passerait que dans mes rêves.

— Il arrive quand cet article ?

La voix remplie d'amertume de ma responsable me cloue sur place.

— Je dois encore procéder à une relecture et trouver les illustrations. Je vous le dépose ce soir, je parviens à articuler.

— Je préfère ça.

Ces mots prononcés, elle tourne les talons et je la vois s'éloigner dans le couloir. Sur son chemin, il y a ceux qui osent la regarder et les autres, qui plongent le nez dans leur clavier, par peur de se prendre une remarque désobligeante.

— Tu ne peux pas la laisser te traiter continuellement de cette manière, Lili, lâche mon costagiaire en me rejoignant.

— Laisse tomber, Sasha, je dis en attrapant mon gobelet fumant. Je ne suis que de passage ici, alors qu'elle, c'est son job. Je ne vais rien faire et toi non plus.

D'un air menaçant, je pointe mon index vers lui qu'il repousse doucement de sa main.

— Je serai intransigeant là-dessus. Tu ne te dis pas que ce comportement odieux qu'elle a avec toi, elle l'a sans doute eu avec d'autres ? Et que certains ont peut-être renoncé à leur rêve parce qu'elle leur menait la vie dure au bureau ?

Cette idée ne m'avait jamais effleuré l'esprit et je me sens mal tout à coup. Il a raison.

— On en parle plus tard.

Le nez dans mon gobelet, je l'entends me dire que je fuis, mais je ne réponds pas. J'avale à toute vitesse mon café, qui me brûle la gorge au passage, et retourne travailler. Il faut à tout prix que cet article soit fini ce soir.

Chapitre 10

Evan

Nos amis viennent à peine d'arriver et je sens déjà que la soirée va être épique. Une casquette griffée des Lakers à l'envers sur la tête, Rafael gesticule dans tous les sens en racontant à Brad, Enzo et James comment il a réussi à semer une voiture de police alors qu'il était au guidon de sa moto, celle qui n'est pas immatriculée et qui lui sert pour les courses folles qu'il mène la nuit avec quelques autres bikers du quartier de South Central où il habite. De la cuisine où je viens de commander les pizzas, je n'entends pas toute leur conversation mais ça m'a l'air d'être quelque chose !

— Le livreur a dit quand il allait passer ? me demande Cameron.

— Avec tous les matchs qu'il y a ce soir, il m'a dit qu'ils étaient débordés et qu'il ne fallait pas les attendre avant une bonne heure.

— Fait chier, grommelle-t-il. Je vais avoir le temps de mourir dix fois de faim !

— Tu n'exagères pas un peu, là ? je rigole avant d'ouvrir la fenêtre pour aérer la pièce enfumée par les bâtonnets de mozzarella que j'ai glissés dans le four.

— Non ! s'exclame-t-il. Tu sais très bien que j'ai passé la journée à couper les haies chez mes parents. Je ne me rendais pas compte, mais c'est vraiment crevant à faire ! Et comme je ne voulais pas y retourner demain, j'ai tout donné pour finir aujourd'hui. C'est à peine si j'ai eu le temps d'avaler le sandwich que m'a gentiment préparé ma chère sœur adorée.

— Que cache autant d'affection soudaine ? je dis tout en sortant des boissons du réfrigérateur.

— Elle a voulu me faire payer le sandwich ! s'égosille-t-il en agitant les bras. J'ai passé la journée en plein soleil pour arranger tout le monde et ce petit diable en a profité !

— Elena ne changera donc jamais, je déclare dans un rire.

Cameron acquiesce d'un vague sourire avant de se pencher pour ouvrir la porte du four. La température dans la pièce grimpe d'un coup et je prétexte vouloir garder les boissons fraîches pour les emporter dans le salon et m'éclipser.

— Tu avais faim, profite ! je lance sur un ton amusé.

Dans mon dos, j'entends Cameron râler qu'il se brûle les doigts. Malgré la tentation, je ne me retourne pas et dépose les bouteilles sur la table basse avant qu'elles ne me glissent des bras. Rafael, qui est le premier à se jeter dessus pour les ouvrir, manque d'en renverser sur le tapis. Son geste brusque lui vaut une claque derrière la tête de la part de Brad. Les deux se mettent à se chamailler et j'évite de justesse l'un des coussins qu'ils se lancent. En tournant la tête, je m'aperçois que James rapporte l'assiette de mozzarella sticks et que Cameron est toujours dans la cuisine, les yeux rivés sur ce que je devine être son téléphone.

— Cam ? je l'appelle, en vain, puisqu'il ne réagit pas.

Intrigué, je repose ma bouteille que je viens d'entamer sur la table basse et rejoins mon meilleur ami.

— Il y a un souci ?

— Je viens de recevoir un message de ma mère, me lance-t-il, les traits tirés.

— C'est ton père ? Est-ce qu'il va bien ?

La semaine dernière, alors qu'il rentrait de son travail, le père de Cam a eu un accident de voiture, heureusement sans trop de gravité. Avec l'adrénaline dégagée par le choc, il ne s'est pas rendu compte immédiatement que son coude gauche était cassé. Il a subi une rapide opération, et quand nous sommes allés le voir à l'hôpital avec Cameron, j'ai bien vu dans le regard de son père à quel point ça lui coûtait d'être allongé. Il a pu sortir il y a quelques jours, mais pour les quatre semaines à venir – c'est un minimum –, son bras va devoir rester immobilisé.

— Il est toujours aussi frustré mais il va bien, me rassure-t-il.

— Qu'est-ce qui se passe alors ?

— Olivia est de retour, pour de bon apparemment.

— Elle n'était pas à Chicago, celle-là ?

— New York, me corrige Cam.

— Qu'est-ce que cette harpie revient faire ici ?

— Elle est à Malibu, chez elle, Evan.

— Tu as l'air de prendre les choses avec le sourire.

— Pourquoi je le prendrais autrement ?

Son allure décontractée me surprend.

— Je sais pas, peut-être parce qu'on parle d'Olivia, aussi connue comme la garce qui t'a fait du mal, je lance d'un ton acerbe.

— Je suis passé à autre chose, Evan ! s'emporte-t-il à voix basse pour que nos amis, installés dans le salon, ne nous entendent pas.

— Ta dispute avec Lili, ça n'a pas un peu *beaucoup* à voir avec Olivia et ce que tu as subi avec elle ? je dis en arquant les sourcils.

Il secoue la tête avant d'ajouter :

— Je pense que le sentiment que j'ai éprouvé en sachant Lili si proche de ce mec est plutôt légitime. Olivia n'a rien à voir là-dedans. Les choses ont dérapé ensuite parce que, même si Lili ne veut pas l'admettre, elle a aussi un sacré caractère !

Je suis légèrement sceptique mais pour éviter d'avoir une telle conversation ce soir, je décide de le taquiner :

— Donc tu es en train de me dire que tu as enfin compris que Lili n'était pas Olivia ? Il était temps ! Victoire pour Cameron et pour sa perspicacité !

Pour toute réponse, il lève son majeur et je pouffe de rire. Cam me lance un regard noir mais je vois bien qu'il se retient de sourire.

Notre conversation s'arrête là quand Brad débarque pour nous demander un chargeur de téléphone. Avec Anya à San Francisco, il passe une grande partie de son temps les yeux rivés à l'écran de son portable dont la

122

batterie descend en flèche. Je file dans ma chambre chercher le mien tandis que Cam rejoint le salon, des nouvelles bouteilles de bière coincées entre ses bras et son torse. La soirée peut enfin commencer.

Le temps passe si vite ce soir que c'est à peine si nous avons eu l'occasion de nous impatienter avant que le livreur arrive. Dans mon dos, Enzo récupère les cartons fumants pendant que je m'occupe de régler la somme. La porte d'entrée refermée, nous prenons place dans le canapé. Le match qui oppose les Pittsburgh Steelers aux New York Giants en toile de fond, nous profitons de ce moment pour être tous ensemble et pour rattraper le temps perdu.

— Ça faisait un bail qu'on ne s'était pas retrouvés réunis ! s'exclame Enzo avant d'engloutir en quelques secondes une part de pizza.

Les six boîtes à pizza sont désormais vides quand James a la merveilleuse idée de provoquer Brad à la console. Ce dernier saute sur l'occasion de battre son frère et tous deux se lancent dans une partie déchaînée. Les éclats de rire et les insultes amicales fusent de tous les côtés. Je ris à une blague plus que douteuse d'Enzo avant de me décider à ramasser tout ce qui est à jeter sur la table basse. Je crois que Lili et son souci de l'ordre m'ont contaminé. Avant, je pouvais très bien laisser une boîte à pizza vide traîner pendant des jours et des jours, ça ne me posait aucun problème. Maintenant, je l'avoue, dès que quelque chose n'est pas à sa place, je m'empresse de le ranger. Je dois toutefois reconnaître que vivre dans un appartement en ordre est loin d'être désagréable !

Je suis en train de plier les boîtes en carton pour les faire entrer dans la poubelle lorsque j'entends les bribes d'une conversation provenir de dehors. J'ouvre un peu plus la fenêtre de la cuisine et tends l'oreille.

Écouter les conversations des autres, c'est mal, Evan.

Me rendant compte de ce que je fais, je m'apprête à reculer quand une phrase et une voix retiennent mon attention. En prenant soin de ne pas être repéré, je me penche un peu plus et découvre Rafael et Cameron assis au sol, le dos contre le mur.

— Ça ne te manque pas, les combats ? lance Rafael.

— Parfois, oui, admet Cam avant de vider d'une gorgée son verre.

— Pourquoi tu ne reprends pas, alors ? On n'attend que toi et tu le sais. Tu gagnais beaucoup d'argent, Cam. Les gens t'aimaient bien, tu ferais sensation si tu revenais dans la course. Tu peux me croire, mon pote.

— J'ai promis à Lili, Raf.

— Et ?

— Je ne suis peut-être pas parfait mais je veux au moins être le genre de mecs qui tient ses promesses.

— Elle n'est pas obligée de savoir…

Cameron éclate d'un rire sourd, presque sarcastique.

— On voit bien que tu n'as pas vécu avec elle. Dès qu'un truc ne tourne pas rond, elle s'en rend tout de suite compte. Et maintenant que je suis avec elle, je ne peux plus lui cacher quelque chose d'aussi important. Quand tu rencontres LA personne qui fait battre ton cœur, celle qui te donne envie en permanence de tout surmonter, même les montagnes les plus hautes, tout ce que tu désires, c'est de ne jamais voir de la déception dans ses yeux. Et je sais très bien que Lili serait déçue si je reprenais cette activité.

— L'amour, franchement, qu'est-ce que ça rend faible ! soupire Rafael.

— Tu comprendras à quel point c'est merveilleux quand tu auras rencontré la bonne personne, lui glisse Cam sur un ton amusé.

Raf ne répond pas et se contente de fixer le ciel sombre et sa multitude d'étoiles qui y scintillent. Je suis prêt à intervenir en lui faisant remarquer qu'il est bien silencieux pour quelqu'un qui ne croit pas en cette connerie qu'est l'amour (je reprends simplement ses mots), quand Cameron me coupe l'herbe sous le pied :

— Qu'est-ce que tu caches ?

— Absolument rien, répond Rafael sans flancher.

— Tu n'es plus le même, Rafael, depuis quelque temps. Tu as changé, lâche Cam en le regardant.

— En bien ? rétorque notre ami aux cheveux noirs sans se dégonfler un seul instant, contrairement à Cameron qui semble dérouté par sa réponse spontanée.

— Euh… oui.

— Dans ce cas, tu n'as pas besoin de savoir si je cache quelque chose ou pas.

— Allez, je suis ton pote, tu peux bien me dire ce qui se passe !

Raf secoue la tête en riant.

— Je finirai bien par découvrir ce que tu trames, marmonne Cam en jetant un coup d'œil au fond de son verre.

Je distingue assez mal leurs visages mais je jurerais qu'à ces mots, Rafael pâlit. Les deux hommes se lèvent et je me vois contraint de reculer rapidement pour ne pas être pris en flagrant délit.

Cameron est le premier à rentrer dans l'appartement. Quand il m'aperçoit dans la cuisine, il me lance un sourire franc auquel j'essaie de répondre le plus naturellement possible. La vérité, c'est que cette conversation m'a laissé sonné. Depuis que Cam a arrêté les combats clandestins, nous n'en avons jamais reparlé explicitement comme il vient de le faire avec Rafael. Je ne m'imaginais pas que cette activité, qui pouvait se montrer parfois dangereuse, lui manquerait. Quand nous sommes tombés dans ce cercle vicieux, j'ai eu peur. L'excitation de faire quelque chose d'aussi fou m'a vite quitté et j'ai fini par mesurer les conséquences que ces combats pourraient avoir si on se faisait pincer ou, pire, s'il arrivait un accident à Cameron ou Rafael, les deux seuls suffisamment déjantés pour accepter de combattre. Mais, malgré la trouille que je pouvais ressentir à chacune des rencontres, jamais je n'aurais pu lâcher mon meilleur ami. Je me devais d'être là pour lui. Cam était parfaitement conscient des risques qu'il courait et savait aussi ce que je pensais de tout ça. Seulement, ce genre de cercle, on ne le quitte pas facilement. Mais Lili a débarqué et j'ai bien senti que Cam se lassait des combats, qu'il ne s'y reconnaissait plus tellement. Lorsqu'il a pris la décision d'arrêter, je me suis senti aussitôt soulagé. Je n'aurais pas pu supporter de voir mon meilleur ami dans un cercueil parce qu'un autre lui aurait asséné un coup fatal.

— Evan ?

Une voix s'élève dans mon dos et je me retourne, en plaquant un sourire de façade sur mon visage.

— Je t'appelle depuis tout à l'heure, me fait remarquer Cameron en fronçant les sourcils.

— Désolé, j'étais ailleurs.

Je reporte mon attention sur la dernière boîte à pizza qui traîne sur le comptoir.

— Il y a un souci ? s'enquiert-il en se rapprochant.

— Aucun !

— Sûr ?

Il a l'air réellement sceptique mais je décide de continuer sur ma lancée.

— Certain.

Bien décidé à renoncer après cette réponse qui ne semble pas le convaincre, Cameron ouvre la bouche, prêt à répliquer, quand James apparaît derrière lui.

— Je crois que t'es attendu, déclare, hilare, ce dernier à Cam en désignant Rafael qui se frotte les mains.

Mon meilleur ami n'hésite pas une seule seconde et c'est presque en courant qu'il rejoint le salon.

Après être resté quelques minutes seul, je me laisse tomber à mon tour dans le canapé. Brad et Cam sont en train de s'affronter sur le dernier opus d'*Assassin's Creed*. Rafael est en train de les encourager quand leur conversation de tout à l'heure me revient en tête. Je sens la culpabilité me ronger à petit feu. Malgré toute l'inquiétude que Lili et moi pouvions éprouver envers Cameron, nous n'avions pas le droit de le faire renoncer aux combats si c'est ce qu'il aimait faire.

En relevant la tête, je croise le regard brillant de joie de mon meilleur ami. Il vient de battre Brad sans trop de difficulté et jubile en exécutant une danse ridicule.

— Je suis invincible ! crie-t-il avant d'avaler une gorgée de la bouteille de bière qui traîne sur la table.

— Je te bats quand tu veux, Miller ! rétorque Raf en attrapant la manette de Brad.

— C'est beau de rêver !

Cam lance le jeu et la partie commence. Le nez rivé sur l'écran, mes deux amis ont l'air si concentrés que l'on pourrait se demander si leur vie ne dépend pas de la victoire de l'un ou de l'autre. Au terme d'une partie riche en rebondissements, le suspens est à son apogée quand Cameron remporte l'ultime bataille. Sa joie résonne si fort dans l'appartement que, devant cette scène comique, je ne réussis pas à retenir les éclats de rire qui me secouent. À côté de moi, Enzo, Brad et James sont eux aussi pliés en deux. Rafael semble avoir beaucoup de mal à avaler sa défaite, ce qui ne fait qu'accentuer mon hilarité. Ça faisait longtemps que je n'avais pas vu ces deux-là dans un tel état. Bien évidemment, Rafael, en mauvais perdant qu'il est, énonce, avec le plus grand sérieux dont il peut faire preuve, qu'il est temps pour lui de prendre sa revanche, qu'il ne peut pas permettre à un débutant de le battre. Cameron, aussi orgueilleux que lui, ne laisse pas passer cet affront et saisit avec empressement la manette qu'il avait posée sur la table. Une nouvelle partie commence et, alors que je m'enfonce un peu plus dans notre canapé moelleux, j'attrape la bière que me tend James, bien décidé à ne pas laisser mes pensées négatives me gâcher la soirée.

Chapitre 11

Lili

Plus qu'une heure de vol et je serai enfin de retour à Los Angeles. À la fin de mon stage, je n'en pouvais plus d'être loin de Cam, au point que j'ai passé les deux dernières semaines à compter les heures, et parfois même les minutes. Une vraie obsédée ! Mon comportement faisait d'ailleurs beaucoup rire Sasha qui ne se gênait pas pour me le faire remarquer. En parlant de lui, je réalise pour la première fois depuis mon départ de Sydney qu'il va me manquer. Quand il m'a déposée à l'aéroport, j'étais tellement surexcitée à l'idée de rentrer à Los Angeles que je ne me suis même pas rendu compte que je ne le verrais plus avant un long moment.

Je suis une amie indigne.

Pourtant, je dois beaucoup à Sasha. Sans lui, je sais que j'aurais probablement craqué à un moment ou à un autre. Il a été mon confident durant ces longues semaines et, après chaque coup bas de Cheryl Bakewood, il savait comment me redonner le sourire. Son stage s'est terminé en même temps que le mien mais sa fiancée l'a rejoint il y a quelques jours pour profiter du soleil australien avant de retrouver la grisaille de leur État de Washington.

Assise assez inconfortablement dans mon siège de la classe économique, je profite des derniers instants loin de Cameron pour relire nos premiers messages échangés à des milliers de kilomètres l'un de l'autre. Une certaine nostalgie me prend en réalisant le chemin que nous avons parcouru en ces deux longs mois.

Quand tu liras ce message, tu auras atterri en Australie. Tu vas conquérir le monde comme tu as conquis le mien. Je te souhaite de tout cœur de t'éclater, de profiter à fond pour revenir la tête chargée de bons souvenirs. À dans deux mois, mi amore. Je t'aime.

Mon cœur se gonfle d'amour au fur et à mesure que je relis tous ses mots. Je n'arrive pas à me dire que c'est réel, que je suis bel et bien de retour chez moi. J'ai rêvé de ce moment des dizaines de fois. Avec les tensions et les désagréments rencontrés, ces deux mois de stage ne sont pas passés aussi vite que je l'espérais et j'ai réalisé que toute seule, loin de Cameron, de ma famille et de mes amis, j'avais beaucoup de mal à tenir.

***

L'avion a atterri sur le tarmac brûlant de Los Angeles il y a exactement vingt-deux minutes et je suis toujours assise à ma place. Mes yeux ne quittent plus les aiguilles de ma montre et je sens l'impatience me gagner comme le reste des personnes autour de moi. Qu'est-ce qui se passe encore ? Pour en avoir le cœur net, j'interpelle l'hôtesse de l'air qui se faufile dans la rangée en esquivant les demandes de plus en plus pressantes des passagers excédés.

— Excusez-moi, mais savez-vous si nous allons bientôt pouvoir sortir ?

— Il y a eu un petit souci de coordination avec l'aéroport mais, ne vous inquiétez pas, nous allons régler cela au plus vite.

Je viens de passer plus de quatorze heures dans cet avion et, alors que la sortie est toute proche, j'y suis coincée. Est-ce une blague ? Je garde cette remarque acerbe pour moi et je remercie l'hôtesse pour sa réponse avant de m'enfoncer dans mon siège en bougonnant. *Dépêchez-vous par pitié…*

Je passe le temps en commençant le tri de mes photos lorsque, une poignée de minutes plus tard, une annonce retentit pour nous prévenir que nous pouvons débarquer. *ENFIN !* ai-je envie de crier.

Pour la première fois, je fais partie des premiers passagers à quitter l'avion. Je marche si vite que arrivée à l'immigration, je suis obligée de prendre une profonde inspiration et d'avaler une gorgée d'eau tiède à ma bouteille pour me remettre de ce sprint improvisé. Rouge comme une pivoine et le souffle court, je me présente à l'agent qui ne me calcule absolument pas. Il vérifie mes papiers, me demande rapidement ce que j'ai fait tout ce

132

temps, puis, après un bref coup d'œil, me souhaite un bon retour dans la mère patrie.

Lorsque j'atteins le carrousel des bagages, les premières valises arrivent tout juste. Je suis concentrée, prête à sauter sur mes bagages dès qu'ils seront à proximité. Quelques instants plus tard, c'est chose faite. J'attrape ma grosse valise colorée ainsi que la deuxième que j'ai dû acheter en urgence avant de prendre l'avion car j'étais plus chargée qu'à l'aller. Je passe la douane sans encombre et, tirant mes deux imposantes valises derrière moi, j'arrive dans le hall du terminal d'arrivée, là où une foule dense attend les voyageurs.

J'avance en regardant partout quand j'entends mon prénom et, surtout, sa voix. Aussitôt, mon cœur s'emballe et je dois me retenir pour ne pas crier. C'est bien réel, Cam est là, je ne suis pas en train de rêver. Tout se passe ensuite si vite que, lorsque je reprends ma respiration, je suis dans ses bras. Mes valises tombent sur le sol dans un fracas sourd mais je m'en fiche complètement. Au lieu de ça, je m'accroche à Cameron comme si ma vie en dépendait.

— Tu es bien là, je ne rêve pas.

Sa voix est à peine audible, au point que j'en viens à me demander si je n'ai pas halluciné.

— Je ne pars plus, je murmure en resserrant mon étreinte autour de lui.

J'ai l'impression que mon cœur va exploser en une multitude de petits morceaux tant il est gonflé d'amour. Les minutes s'écoulent sans que nous bougions. L'agitation autour de nous est palpable mais pour rien au monde je ne quitterais ses bras. Il m'a tellement manqué que je ne veux pas perdre une seule des secondes que je peux passer contre lui. Au bout d'un moment, il s'écarte légèrement et je croise son regard, plus troublé que jamais. Aussitôt, des larmes se mettent à dévaler mes joues. La panique passe un instant dans ses belles prunelles et, du bout des doigts, il essuie mes pleurs.

— Lili ? Qu'est-ce qu'il y a ? Quelque chose ne va pas ?

— Je suis juste heureuse, je dis en haussant les épaules.

Ses lèvres se scellent alors aux miennes et nous nous embrassons avec toute la passion et tout l'amour que nous éprouvons l'un pour l'autre. Jamais un baiser ne m'avait paru aussi puissant. Ces longues semaines sans lui m'ont semblé durer une éternité.

— On rentre ? finit-il par murmurer, à bout de souffle.

J'acquiesce et, sans que j'aie à lui demander quoi que ce soit, il attrape mes deux valises qu'il s'entête à tirer seul.

— Je peux en prendre une, je lance en le suivant.

— Je sais, sourit-il avec son air espiègle qui m'avait tant manqué. Mais maintenant que tu es rentrée, tu vas devoir te faire à l'idée que je suis là et que mon rôle est de prendre soin de toi.

Je l'aime, il m'aime, ce n'est pas une nouveauté et, pourtant, ces quelques mots suffisent à me faire retomber amoureuse de lui un peu plus encore.

L'heure matinale nous permet de rejoindre rapidement sa voiture qui n'est stationnée qu'à quelques dizaines de mètres de la sortie du terminal. Dans l'habitacle qui sent bon comme lui, j'ai enfin le sentiment d'être rentrée à la maison. Je me love dans le siège et je dois lutter pour ne pas succomber à la fatigue du voyage. Je regarde le paysage défiler en écoutant attentivement Cameron qui me donne des nouvelles de son père, maintenant complètement remis de son accident. Je suis heureuse de savoir qu'il va beaucoup mieux.

Nous arrivons en peu de temps à l'immeuble. Cameron se gare et, quand je descends, je me sens tout engourdie. Fichu décalage horaire. Il va me falloir plusieurs jours pour m'en remettre. J'espère juste que j'aurais repris le rythme avant la rentrée qui a lieu dans un peu plus d'une semaine. Cameron sort mes deux valises du coffre et les fait glisser jusqu'à l'ascenseur, heureusement réparé depuis quelques jours. Je sens une certaine excitation me gagner au fur et à mesure que nous nous rapprochons de mon chez-moi. Cameron m'embrasse sur la tempe avant de glisser ses clés dans la serrure. La porte s'ouvre enfin et l'odeur qui vient me titiller les narines me donne instantanément envie de pleurer de joie.

— Bienvenue chez toi ! Tu pourras constater que ça n'a pas changé d'un poil, sourit-il.

Cameron attrape ma main et entremêle nos doigts. Je tourne la tête dans tous les sens et remarque qu'il a parfaitement raison. Les mêmes livres de droit traînent sur la table du salon, les nombreuses chaussures d'Evan sont toujours entassées dans l'entrée, de la vaisselle en attente d'être rangée s'accumule sur le comptoir de la cuisine. Tout est exactement comme lorsque je suis partie.

— Je suis tellement heureuse d'être rentrée ! je m'exclame enfin. Je me suis rendu compte avec ce voyage que j'étais devenue assez casanière. Tu sais, avant d'arriver à Los Angeles, j'avais l'habitude de voyager souvent, d'être baladée d'une maison à l'autre. Et j'adorais ça. Mais aujourd'hui, je sais que ma maison, c'est cet appartement, c'est toi. À Sydney, ma chambre était très bien mais, pourtant, je n'ai jamais réussi à m'y sentir véritablement à l'aise. J'avais l'impression d'être dans une chambre d'hôtel que je devais rendre le lendemain matin. C'est un sentiment assez bizarre quand on y pense car, quand je suis arrivée ici, tu avais beau être un véritable abruti, je me suis sentie tout de suite bien, comme à ma place. Et je réalise que je parle beaucoup trop... j'ajoute d'une petite voix.

Cameron éclate de rire avant d'embrasser la commissure de mes lèvres en m'assurant que je ne parlerai jamais trop. Est-ce que j'ai déjà mentionné que j'étais un peu plus amoureuse de lui encore ?

— Tu as faim ? me demande-t-il.

Je hoche la tête. La nourriture qui était servie dans l'avion n'était franchement pas divine. Une heure avant l'atterrissage, nous avons eu droit à une collation légère composée d'un café et de petits sablés fades.

— Un petit déjeuner à la Miller, ça te va ?

— Je n'aurais pas pu rêver mieux, je réponds avec un large sourire.

Je m'installe au comptoir et le regarde s'agiter aux fourneaux. Tartines beurrées, fruits, œufs et tranches de bacon grillées, il fait les choses en grand !

— Tu t'es amélioré durant mon absence !

Son petit sourire en coin m'arrache un rire et je me lève pour aller déposer mes lèvres sur les siennes. Très vite, notre baiser se fait plus fougueux et c'est à contrecœur que nous devons nous séparer lorsqu'un nuage de fumée s'élève dans la cuisine. Nous pouffons tous les deux et Cameron enlève la poêle du feu avant que le bacon soit définitivement carbonisé. Puis, comme un véritable chef, il dresse deux assiettes qu'il dépose ensuite sur un plateau avant de m'intimer d'aller m'asseoir dans le canapé. Je m'exécute en riant et, quelques secondes plus tard, il me rejoint.

Pendant le repas, nous discutons de tout et de rien. Comme nous sommes restés en permanence en contact, il n'y a pas grand-chose de mes mois de stage qu'il ne sache pas. Même si après notre dispute, c'était davantage silence radio que discussions en folie, nous nous sommes largement rattrapés depuis. Mais dans l'avion, alors que je faisais le point sur ces deux mois passés, je me suis dit qu'il était temps pour moi de tout lui raconter. Jusqu'à aujourd'hui, j'avais mis un point d'honneur à ne pas lui faire part de la manière dont Cheryl Bakewood pouvait me traiter. Connaissant Cameron, il aurait été capable de prendre le premier vol en direction de Sydney pour régler son compte à cette harpie. Or, d'une frasque pareille, je n'en avais pas besoin. Je pouvais très bien gérer ça seule et c'est ce que j'ai fait. Au fur et à mesure que les jours s'écoulaient, je ne prenais plus la peine d'écouter les remarques négatives et non constructives qu'elle pouvait m'adresser.

Je me contentais de travailler en gardant en tête que mes efforts seraient récompensés et qu'une telle expérience valait bien ces quelques désagréments.

Toutefois, lors de mon dernier jour au journal, le rédacteur en chef a pris le temps de me recevoir pour me demander comment s'était passé le stage. La veille, après en avoir longuement discuté avec Sasha, j'en étais venue à la conclusion qu'il fallait que je parle du comportement de Cheryl. Mon ami avait pointé un détail plus qu'important en me disant que cette attitude, elle l'avait sans doute eue avec d'autres. Alors j'ai pris mon courage à deux mains et, brièvement, j'en ai touché un mot au rédacteur en chef. Il n'a pas paru surpris par ma révélation. Il s'est contenté de me dire qu'il veillerait à ce que Cheryl se comporte mieux la prochaine fois et, après une phrase d'encouragement pour la poursuite de mes études, il m'a souhaité un bon retour à Los Angeles.

Je décide donc de tout révéler à Cameron et me lance. Il me laisse parler sans m'interrompre mais, à plusieurs reprises, je vois bien qu'il se retient de faire des commentaires. Il est soulagé que tout se soit bien terminé.

Une fois complètement repus, Cam se lève pour rapporter le plateau à la cuisine et revient quelques secondes plus tard s'allonger avec moi sur le canapé. Comme mon vol a atterri très tôt et que je n'ai quasiment pas fermé l'œil du voyage, je suis épuisée. Les pieds posés sur la table basse devant nous, je me laisse aller contre son torse.

— Je sais que je ne devrais pas te le dire mais tu m'as beaucoup trop manqué, Lili, avoue-t-il après plusieurs minutes de silence. Les jours sans toi m'ont paru horriblement longs. La prochaine fois qu'une telle opportunité s'ouvre à toi, par pitié, emmène-moi avec toi. Je te promets que je me ferai tout petit. Mais je refuse de rester plus longtemps sans toi. Et puis, je…

Je l'interromps en posant mon doigt sur sa bouche.

— Tu peux être rassuré car je ne partirai plus sans toi, Cam. J'y ai réfléchi et je me suis dit que nous avons été stupides de ne pas faire ça à deux. Ma chambre d'étudiante était suffisamment grande pour nous deux et, excepté le logement et le vol, tout était à ma charge. Tu aurais pu assurément venir avec moi.

En partant, j'avais peur que la distance signe la fin de notre relation, mais je me rends compte que, au contraire, ces milliers de kilomètres nous ont rapprochés, si j'oublie notre dispute, cet intermède que je préfère ne plus mentionner. Je pense d'ailleurs que c'est principalement pour tester notre couple que je n'ai pas envisagé que Cameron m'accompagne. Si nous résistions à autant de distance, c'est que c'était vraiment le *bon*. Bien entendu, je n'en doutais pas une seule seconde, mais là, j'en ai eu l'entière confirmation.

Cam est le premier à rompre le silence :

— J'ai eu la trouille, tu sais.

J'acquiesce doucement et il poursuit :

— J'ai souvent eu peur que tu me quittes, que tu te rendes compte que tu étais mieux sans moi, ou avec quelqu'un d'autre. Je te demande encore pardon pour cette dispute. Mais te voir si proche de ce mec a fait naître en moi une peur irraisonnée.

La vulnérabilité que je peux lire dans ses yeux me déstabilise.

— Je ne suis pas Olivia, je dis avec douceur.

— Je le savais, mais aujourd'hui, j'en ai l'intime certitude.

Il s'approche de moi et m'embrasse tendrement. Ce baiser nous débarrasse de toutes nos peurs, même celles qui sont les plus ancrées en nous.

— Bon, et si tu me montrais toutes ces photos que tu as prises ? me propose-t-il en me souriant.

Je me lève pour attraper mon ordinateur encore rangé dans mon sac puis, une fois auprès de lui, je fais défiler l'ensemble des quatre mille six cent trois photos que j'ai enregistrées. Il éclate de rire lorsque je lui montre la photo de moi, prise au refuge pour animaux blessés la semaine dernière, avec un jeune kangourou dans les bras. Cette expérience fut unique, mais je conserve encore les stigmates de cette rencontre sur les bras, avec les traces de griffes du petit kangourou. Anecdote après anecdote, il m'écoute attentivement et je ne réalise pas que les heures filent jusqu'à ce que la porte d'entrée s'ouvre peu après midi. Une tête blonde qui m'a également manqué plus que de raison apparaît alors, obstinément baissée vers le sol. Evan vient de rentrer, un air bougon sur le visage, chargé de provisions. Refermant la porte derrière lui, il ne s'est pas encore aperçu de ma présence. Après tout, il ne sait pas que je suis rentrée car

Cam trouvait drôle de lui faire la surprise. Je me tasse contre le dossier du canapé pour me dissimuler.

— Les travaux au bout de la rue commencent à me taper sur le système, râle-t-il en se débarrassant de ses chaussures de deux mouvements de pieds. J'ai failli me manger une voiture qui remontait notre rue à contresens. Tu imagines ?

— Mmmh, répond Cam en se retenant de rire.

— C'est pas une réponse, ça, maugrée-t-il.

À mon tour, je me retiens de pouffer. Mes deux valises imposantes sont dans l'entrée mais il ne semble toujours pas avoir compris quoi que ce soit. Devant le manque de perspicacité de son meilleur ami, Cameron éclate enfin d'un rire sonore.

— T'es vraiment con, Cam.

Evan soupire et c'est ce moment-là que je choisis pour bondir hors du canapé. Les yeux de mon colocataire adoré s'écarquillent.

— Oh merde, lâche-t-il.

Les sacs de courses qu'il tenait s'écrasent sur le sol et il m'attrape dans ses bras. Il m'étreint si fort que je suis obligée de lui dire, entre deux éclats de rire, de me lâcher un peu s'il ne veut pas que je finisse avec une côte cassée.

— Mais pourquoi on ne m'a rien dit ? s'exclame-t-il enfin.

— On voulait te faire la surprise ! je dis alors que nous nous écartons l'un de l'autre.

— Vous pouvez être fiers, c'est plus que réussi !

Durant les minutes qui suivent, Evan me demande de lui raconter comment s'est passé mon stage et je me perds dans les explications jusqu'à ce que nous soyons interrompus par les bruits intempestifs de nos estomacs qui gargouillent à l'unisson. Cameron propose de glisser des tacos surgelés dans le four et, complètement affamés, Evan et moi acquiesçons. Le ravitaillement vient d'être fait mais j'ai tellement faim que je pourrais avaler n'importe quoi ! Nous cuisinerons un bon petit plat ce soir.

Après le déjeuner, le premier gros coup de fatigue se fait sentir et je m'allonge confortablement dans le canapé pour le reste de la journée. J'enchaîne les conversations téléphoniques avec ma mère, qui est soulagée de me savoir revenue à Los Angeles, puis avec mon père.

— Tu veux que je te prépare un smoothie aux fruits exotiques ? crie mon petit ami de la cuisine.

— Oui ! je réponds en me redressant sur les coudes. Merci, Cameron !

Il m'adresse un clin d'œil et du canapé où je me love, heureuse, je regarde l'homme que j'aime se démener pour que je me sente bien. Il n'y a pas à dire, c'est délicieusement bon d'être enfin chez soi !

Chapitre 12

Evan

Elle est là, à quelques pas de moi, en train de se mouvoir avec sensualité sur un rythme entêtant. Les paroles de la chanson résonnent dans ma tête en même temps que je détaille chacun de ses mouvements. C'est dingue à quel point cette musique donne l'impression d'avoir été composée pour elle. Il n'y a pas à dire, cette fille m'hypnotise complètement.

Autour de moi, la foule est hystérique et je ne comprends pas tout de suite ce qui se passe pour que tout le monde soit dans cet état d'euphorie le plus total. Quand les cris retentissent et que les mains se lèvent, je décroche enfin mon regard de ses courbes et c'est là que je vois la scène s'illuminer de mille feux. Les musiciens du prochain groupe apparaissent et à peine ont-ils commencé à jouer que tout semble s'embraser dans la salle. Je n'avais jamais vécu une soirée aussi folle que celle-ci.

Lorsque je reporte mon attention sur ma belle inconnue, son regard se braque sur moi, comme si elle avait senti mes prunelles brûlantes posées sur sa silhouette. Elle ne bouge presque pas mais, plus envoûtante que jamais, elle incline sa tête vers la droite avec une lenteur délibérée.

Ses lèvres s'entrouvrent plusieurs fois avant de se refermer brusquement. Que veut-elle me dire ? Sans en avoir la moindre idée, j'avance vers elle. Ses longs cheveux noir jais balaient la peau fine de sa nuque et, comme attiré par un champ magnétique, je suis incapable d'aller dans une autre direction que la sienne. Ses lèvres pleines m'appellent et, alors que je m'apprête à effleurer sa peau du bout des doigts, je sens mes pulsations cardiaques devenir plus rapides, si bien que j'ai l'impression que mon cœur est près de sortir de ma cage thoracique à tout moment. Seconde après seconde, les émotions que je ressens se décuplent et, terrifié par cet émoi si récent, si nouveau, je manque de faire demi-tour.

Arrêter de réfléchir et foncer.

Je m'apprête à succomber lorsqu'un bruit strident retentit dans mes oreilles. Portant mes mains à ma tête, je reviens peu à peu à la réalité. Lorsque j'émerge, je tâtonne de longues secondes avant de parvenir à éteindre le putain de réveil qui sonne à m'en faire perdre la raison. En maudissant la terre entière, j'ouvre les yeux. Ma chambre, encore plongée dans l'obscurité, me paraît soudain vide. Soupirant de frustration, je reste plusieurs minutes dérouté par ce songe qui me paraissait si réel. Ce n'est pas la première fois que cette fille, qui s'est assise à côté de moi lors de la fameuse soirée de fraternité, s'invite dans mes rêves. Et malgré mes innombrables efforts, je n'arrive pas à la sortir de mon esprit.

De mauvaise humeur, je finis par me lever et ramasse quelques vêtements dans mes tiroirs. Prenant possession de la salle de bains, je prie pour qu'une douche froide me remette les idées et tout le reste en place.

Après des semaines de vacances, les cours reprennent aujourd'hui et je n'arrive même pas à savoir si je m'en réjouis ou non. J'aime étudier, surtout que devenir kinésithérapeute est un rêve que j'entretiens depuis que je suis enfant. Mais le rythme tranquille de ces dernières semaines n'était absolument pas déplaisant. Entre bricoler une vieille voiture, aller surfer, me balader durant des heures entières sur les plus beaux chemins de randonnée de la ville et de ses alentours, il y avait tant à faire. J'aimais ce sentiment de liberté de pouvoir faire ce que je voulais, quand je le voulais. Mais dès aujourd'hui, je sais que je n'aurai plus le temps de goûter à tout ça. Lorsque j'ai quitté Grace, j'ai passé des heures entières à chercher comment occuper mon esprit et, maintenant qu'une bonne occasion se présente de faire autre chose que cogiter, je trouve encore le moyen de me plaindre.

Evan Carlson, tu es pathétique.

Quand j'arrive dans la cuisine, fraîchement douché et habillé, je suis surpris de n'y trouver personne et, l'esprit encore partiellement ensommeillé, je mets mon mug de guingois dans la machine à café, le liquide tombant ensuite partiellement à côté. En râlant, j'essuie mes dégâts sur le plan de travail et replace au bon endroit le mug. C'est celui que m'a offert Cameron peu de temps après ma rupture. Quand il me l'a tendu avec son petit air goguenard, je me suis demandé ce qui me valait ce cadeau avant de comprendre... « Man Tears » est inscrit en lettres capitales noires tout autour de l'objet. Je lui ai lancé un regard meurtrier, manquant de lui jeter son cadeau au visage, avant de me mettre à rire avec lui. Ce salaud savait très bien que je réagirais ainsi. À cette époque, je ne vais pas mentir, j'étais encore une loque humaine. Je ne l'avouerai jamais à mon meilleur ami, même sous la pire des tortures, mais j'apprécie énormément de boire mon café dans ce mug qui me rappelle que, malgré tout ce qui peut arriver, Cameron Miller sera toujours là pour moi.

Une dizaine de minutes plus tard, alors que j'en suis à mon deuxième café, du bruit résonne dans le couloir et les voix encore endormies de mes colocataires me parviennent aux oreilles. Après quelques mots doux lancés à son cher et tendre, j'entends Lili refermer la porte de la salle de bains, puis Cam apparaît dans la cuisine.

— Salut, lâche-t-il avant de bâiller à s'en décrocher la mâchoire.

— Bien dormi ? je lui demande alors qu'il attrape un verre dans le placard.

— Pas assez, marmonne-t-il en le remplissant de jus d'orange. Et toi ?

— Ça peut aller.

Sur cette réponse évasive, j'attaque un bol de céréales.

— Tu as encore rêvé d'elle ?

— Mmh, je réponds en priant pour qu'il ne pose pas d'autres questions.

J'ai mis Cam au courant de mes rêves quand ces derniers, impossibles à contrôler, commençaient à me rendre cinglé. L'expert Miller n'a pas mis longtemps avant de me

146

dire qu'ils sont causés par mon subconscient qui ne fait que formuler ce que je désire le plus. Ce qui en d'autres termes signifie que je développe des sentiments puissants pour une personne qui m'est plutôt inconnue – phénomène qu'il qualifie de « coup de foudre ». Je ne crois pas à l'amour dès le premier regard. Je lui ai dit d'aller se faire voir avec ses théories à la con et j'ai quitté l'appartement pour aller prendre un bol d'air frais au bord de l'océan. Malgré tout, ses paroles ont continué à me travailler et j'en suis venu à la conclusion qu'il n'avait peut-être pas totalement tort…

***

Tous les trois dans la voiture, nous roulons les vitres baissées en direction du campus quand quelques gouttes de pluie s'écrasent sur le pare-brise. Un nuage gris, presque noir, se dresse au-dessus de nos têtes.

— Non mais vous vous rendez compte ! s'exclame Lili en se penchant vers Cam et moi, assis à l'avant. Nous sommes à Los Angeles, autrement dit une ville où le mot « pluie » est presque une injure et il pleut le jour de la rentrée. Je suis certaine que c'est un signe !

Mon meilleur ami et moi éclatons d'un rire sonore tandis que notre colocataire reprend avec encore plus de véhémence :

— Je pense qu'on ferait mieux de faire demi-tour…
Les premiers cours ne sont jamais obligatoires, ce n'est
rien si on sèche.

— Qu'est-ce que tu as avec cette rentrée ? je lui
demande enfin.

— Je ne sais pas, soupire-t-elle. J'ai l'impression qu'il
va se passer quelque chose. J'aime bien reprendre les cours,
d'habitude, mais là, je ne le sens pas, pas du tout, même.

Dans un geste purement réconfortant, Cameron se
retourne et pose sa main sur la joue de Lili qu'il caresse
avec délicatesse. Devant cette scène débordant de tendresse, je dois faire preuve de retenue pour ne pas leur
lancer une remarque acerbe. Je n'aime pas être cet Evan
aigri, mais je n'arrive pas à me comporter autrement. Je
me sens seul et ce sentiment plus que désagréable commence à me peser.

L'esprit une nouvelle fois ailleurs, je me gare et nous
descendons de la voiture en nous souhaitant une bonne
journée. J'ignore le regard que me lance mon meilleur ami
et je file avant qu'il ait pu me retenir. Comme toujours,
il n'est pas dupe.

***

Le premier cours d'anatomie de l'année vient tout juste
de commencer quand je reçois un message de la dernière
personne de laquelle j'attendais un signe. Je n'ai vu que le

nom de l'expéditeur, pourtant je sens déjà un frisson me parcourir l'échine. Je bataille un long moment avec moi-même avant de me décider à cliquer sur la conversation. Les semaines ont passé mais, pour autant, je n'ai pas eu le cœur de supprimer son numéro. Pourquoi ? Peut-être parce qu'au fond de moi j'espérais que tout cela ne serait qu'un vulgaire cauchemar dont je me réveillerais bientôt.

De Grace : *Salut Evan. Je sais que nous ne nous sommes pas reparlé depuis l'autre jour mais j'ai quelque chose de très important à te dire. Est-ce que tu peux m'appeler pour qu'on se retrouve quelque part pour discuter ?*
PS : c'est Grace…

Je sens mon sang pulser dans mes veines et mes artères alors que mes doigts tremblent au-dessus de l'écran. Mon esprit est parti si loin que je ne remarque qu'au dernier moment que tous les regards sont braqués sur moi, dont celui du professeur.

— Monsieur Carlson, commence celui-ci d'une voix lourde de reproches, est-ce vraiment utile de vous rappeler que les téléphones portables sont strictement interdits durant les cours ?

Complètement hébété, je n'arrive pas à reconnecter mes neurones pour lui répondre sensément.

— Excusez-moi, je lâche en glissant l'appareil dans la poche de mon jean.

Satisfait, le grand chauve en blouse blanche retourne derrière son bureau et balaie toute la salle du regard. Me faisant petit sur ma chaise, j'essaie tant bien que mal d'écouter son cours concernant les muscles du dos. Or, toutes les deux secondes, mon esprit divague. Les mots de Grace passent en boucle dans ma tête. Elle veut qu'on se voie mais pour me dire quoi ? Tout a été très clair la dernière fois. Cherche-t-elle à me faire encore plus mal en exposant son bonheur sous mes yeux ?

De moi : *Je crois qu'on s'est déjà tout dit.*

Mon cœur bat à tout rompre dans ma poitrine. J'ai à peine verrouillé mon téléphone que ce dernier vibre dans ma main, m'annonçant l'arrivée d'un nouveau message. C'est déjà elle.

De Grace : *Je ne te demande que quelques minutes. Je dois vraiment te parler. Après ça, tu seras libre de ne plus jamais me revoir.*
De moi : *Rejoins-moi à 13 heures à la sortie de la salle d'anatomie humaine. C'est ta seule et unique chance.*
De Grace : *Je serai là.*

Notre échange s'arrête alors, tandis qu'une myriade de questions et de doutes me viennent en tête. Il m'est désormais impossible de me concentrer ne serait-ce qu'une minute sur le fichu cours où je suis coincé pendant encore deux longues heures. À plusieurs reprises, je sens le regard pesant du Dr Walsh qui se rend probablement compte de mon inattention plutôt évidente. L'idée même de la revoir me tétanise. Est-ce que je vais réussir à lui parler ou même à la regarder dans les yeux ?

En réalité, la fin du cours arrive bien trop vite à mon goût. Je ne suis pas prêt. Mais qu'est-ce qui m'a pris d'accepter ? La main tremblante, je fourre mes affaires dans mon sac à dos en me maudissant. Maintenant, c'est trop tard, je ne peux plus reculer. Quand je franchis la porte de la salle, mes yeux la trouvent tout de suite. Elle est appuyée contre le mur et, lorsqu'elle m'aperçoit, c'est d'un pas hésitant qu'elle vient à ma rencontre.

— Salut, murmure-t-elle.

— Salut.

Je cligne frénétiquement des yeux en la considérant. Elle a tellement changé que, durant un court instant, je me demande si c'est bien la Grace que j'ai connue qui se trouve en face de moi. Ses longs cheveux blonds, qu'elle aimait tant laisser libres, me paraissent beaucoup plus foncés et sont désormais attachés en un chignon un peu flou au-dessus de sa tête. Sa silhouette, auparavant fine, me semble s'être considérablement amincie. Elle n'a pas l'air en grande forme. Je continue de l'observer lorsque sa voix, éraillée, vient rompre le silence :

— Est-ce qu'on peut aller prendre un café ?

Incapable de prononcer le moindre mot, je hoche la tête et la suis hors du bâtiment. Nous marchons une centaine de mètres dans le silence le plus complet. Cette situation est affreusement gênante. Sans m'en rendre compte, j'accélère le pas et, arrivés dans le café, alors qu'elle passe commande, je suis pris d'un élan autrefois si familier et je l'interromps quand elle s'apprête à tendre les billets à la caissière. Lorsque je prends conscience de mon geste, il est trop tard pour me rétracter.

— Je pouvais…

— Je t'invite, je la coupe.

Elle me regarde, je me perds dans ses yeux et, durant une courte seconde, je suis replongé des mois en arrière, quand tout allait pour le mieux. Ce moment déroutant s'arrête lorsque la caissière me rappelle le montant à payer. Je lui tends ma carte bancaire comme un automate. Je me sens retourné et je déteste ça.

Grace récupère les deux gobelets fumants et s'installe à une table à l'écart de l'agitation du café, très fréquenté à cette heure de la journée. Une fois que nous sommes assis, un nouveau silence inconfortable s'abat sur nous. Mal à l'aise, j'essaie de rien laisser transparaître. Il est hors de question qu'elle puisse voir ce pouvoir qu'elle a encore sur moi. Mais décidé à en finir au plus vite, je rentre dans le vif du sujet :

— De quoi voulais-tu parler ?

Ses traits se tendent, elle déglutit. Pour se donner du courage, elle porte le gobelet blanc à ses lèvres, le penche doucement et grimace quand le liquide brûlant touche sa langue. Elle a peut-être changé physiquement mais je reconnais la Grace que j'ai aimée dans chacun de ses gestes.

— Balance tout ce que tu as à me dire, je soupire en me sentant flancher. Je n'ai pas que ça à faire.

J'ai conscience d'avoir jeté ces quelques mots trop abruptement quand je vois ses sourcils se froncer.

— C'est que je ne sais pas par où commencer…

— Par le début, c'est pas mal.

De ses yeux, elle me supplie de ne pas aller plus loin dans ma rancœur. Je me réinstalle dans le fauteuil et, d'un signe de tête, je l'encourage à continuer.

— Tu dois juste m'écouter.

Elle a balbutié ces mots en fuyant mon regard. Je ne pensais pas que cette profonde amertume, que je ressentais envers elle et qui s'était atténuée avec le temps, pourrait revenir, toujours aussi forte. Des sentiments plus contradictoires les uns que les autres m'assaillent et je dois faire preuve de retenue pour ne pas lui avouer que je me suis senti plus bas que terre à cause d'elle.

— Je t'ai menti, Evan.

Comme lorsqu'elle m'a dit que j'étais merveilleux, je ne peux contenir mon rire nerveux. Certaines têtes se tournent vers nous tandis que Grace s'empourpre.

— Rien de nouveau pour le moment, je lâche avec nonchalance.

Son regard blessé m'atteint. Mais pourquoi est-ce que je culpabilise alors que c'est *elle* qui m'a fait du mal ?

Ne craque pas, Evan.

— Quand je t'ai dit que je te mentais, je mentais.

Ses mots s'entrechoquent un à un dans mon cerveau sans pour autant prendre sens.

— Je ne comprends rien.

— Je ne t'ai pas trompé avec Alex.

J'ai la violente impression qu'une bombe explose en moi.

— Tu… quoi ?

— Je suis tellement désolée ! sanglote-t-elle.

Ses regrets, je n'en ai que faire.

— Tu m'as détruit, Grace ! J'ai mis des semaines avant de me relever et tu me balances ça aujourd'hui alors que je parvenais enfin à t'oublier ? Tu n'as pas le droit de me faire ça.

Ma voix déraille sur les derniers mots et je sens comme un douloureux écho se former autour de nous.

— Je… pensais… bafouille-t-elle avant de s'arrêter brusquement.

— Tu imaginais quoi, Grace ? Que je resterais un homme abattu jusqu'à la fin de mes jours ? Que je m'interdirais d'aimer par peur de souffrir une nouvelle fois ?

Elle ne répond pas car, évidemment, c'est ce qu'elle pensait.

— J'avais mes raisons, finit-elle par avouer.

Cette phrase m'achève. Cette nouvelle preuve d'égoïsme me laisse pantois. Je n'arrive pas à me dire comment elle a pu me faire un coup aussi bas alors que, il n'y a pas si longtemps, elle me regardait dans les yeux et disait m'aimer.

— Pour moi, Grace, rien ne peut justifier un tel comportement. Tu m'as profondément déçu ce jour-là mais je crois que la déception que je ressens pour toi n'a jamais été aussi forte qu'aujourd'hui. J'ai la désagréable impression de n'avoir jamais su qui tu étais réellement.

— J'ai toujours été sincère avec toi ! crie-t-elle, ce qui fait lever la tête des curieux autour de nous.

— Dans ce cas, nous n'avons pas la même définition de la sincérité.

— Tu es dur, murmure-t-elle en me lançant un regard froid.

Si je n'étais pas aussi remonté contre elle, il est fort probable que je me mettrais à sourire devant le ridicule de la situation. Elle va me rendre encore plus fou que je ne le suis déjà. Je dois fuir. J'aurais dû écouter Lili ce matin et faire demi-tour quand il en était encore temps.

— Laisse-moi tout t'expliquer. Quand tu sauras pourquoi j'ai agi ainsi, tu me comprendras.

Je secoue la tête.

— Non, Grace. Tu aimerais que ce soit le cas mais malheureusement, même avec toute la meilleure volonté du monde, certaines erreurs ne peuvent pas être pardonnées.

— Evan, je t'en prie…

— Tu voulais une dernière chance, tu l'as eue. Maintenant, rends-moi service et disparais de ma vie.

Elle m'implore de rester mais c'est trop tard. Mon cœur est sur le point d'exploser en un million de morceaux, j'ai besoin d'air ou je vais étouffer. Je me lève en faisant grincer le fauteuil sur le parquet abîmé, attrape mon sac qui gît à mes pieds et, en chancelant, je rejoins l'extérieur le plus rapidement possible.

Chapitre 13

Elena

Un mois est passé depuis que j'ai laissé Rafael en plan devant sa moto. Le lendemain, quand je me suis réveillée, ma tête me donnait l'impression de peser trois tonnes. Allongée dans mon lit, j'ai fini par me rendre à l'évidence. Rafael me manquait déjà et la furieuse impression d'avoir fait l'une des plus grosses bêtises de ma vie ne me quittait plus. Je ne voulais pas me lever. Sortir de mon lit signifiait un retour brutal à la réalité et, pourtant, je n'avais pas le choix. Je ne pouvais tout simplement pas rester couchée toute la journée à pleurer des larmes qui étaient déjà taries.

Quand ma mère est apparue dans ma chambre pour voir pourquoi je n'étais toujours pas descendue, un cri de stupéfaction s'est échappé de sa bouche lorsqu'elle a découvert l'état de léthargie dans lequel je me trouvais. Aussitôt, elle a appelé mon père et tous deux m'ont fait une longue leçon de morale, s'imaginant que, si j'avais une tête aussi affreuse, ça ne pouvait être que dû aux excès de leur fille devenue fêtarde du jour au lendemain. Je n'ai pas eu le cœur à les contredire et à leur apprendre la vérité, alors j'ai encaissé leur sermon, sans prononcer un mot.

Si seulement ils savaient… J'aurais tellement préféré une violente gueule de bois plutôt que la plaie béante que je ressentais dans ma poitrine.

Depuis un mois, j'ai beau faire la forte tête et prétendre que tout va bien, ce n'est pas le cas. Rafael me manque énormément. Je l'avoue, je ne pensais pas être aussi mordue de ce mec. Plus d'une fois, j'ai failli craquer et lui envoyer un message. C'est d'ailleurs évident que, si je n'avais pas cette fierté aussi mal placée, je sauterais sur mon téléphone pour l'appeler. Pour ne pas éveiller les soupçons, je me suis retranchée derrière une bonne humeur bien trop excessive pour être réelle et, pourtant, mes proches n'y ont vu que du feu. Seule ma mère a failli tout découvrir l'autre soir, quand je m'étais retranchée dans ma chambre avec des cookies aux pépites de chocolat et aux éclats de noisettes, mes préférés, pour me perdre dans mes souvenirs. J'étais tranquillement allongée sur mon lit à regarder des photos de Rafael et moi lorsqu'elle est entrée sans frapper. J'ai cru faire un arrêt cardiaque en l'apercevant à quelques centimètres de moi. J'ai crié si fort qu'elle est sortie aussitôt en s'excusant. Depuis, elle se doute que quelque chose ne va pas, mais chacune de ses tentatives pour en savoir plus ont échoué. Je suis une Miller après tout. Je sais me refermer plus vite qu'une huître.

Durant tout ce temps, je n'ai eu aucune nouvelle. Pour que personne ne soupçonne une quelconque relation entre nous, Rafael avait suggéré que nous n'ayons pas de contact sur les réseaux sociaux. Nous communiquions uniquement par appels téléphoniques et messages. Quand mon frère est venu déjeuner le week-end dernier, j'ai essayé de lui soutirer quelques informations sur son groupe d'amis mais tout ce que j'ai réussi à obtenir, c'est que Rafael va bien. Je savais que, si j'insistais davantage, il finirait par se douter de quelque chose. Alors j'ai ravalé ma frustration et je suis sortie prendre l'air sur la terrasse où, face à l'océan qui se déchaînait, j'ai énormément réfléchi.

Je ne vais pas me mentir à moi-même, je sais très bien que j'ai mes torts dans cette histoire. Rafael voulait une relation légère, sans promesse impossible à tenir et, jusqu'au soir où tout a volé en éclats, ça me convenait aussi. Je n'aurais pas dû lui mettre le couteau sous la gorge comme je l'ai fait, je le réalise aujourd'hui. Mais sur le moment, je n'ai pas réfléchi, j'ai simplement laissé parler mon cœur, un peu trop enclin à l'émotion, c'est vrai. J'ai été si affectée par sa réaction que, sur le coup, je ne voulais plus jamais entendre parler de lui. Mais avec le recul, je réalise que j'ai été bien trop brutale et que mes mots plutôt exigeants l'ont tout bonnement effrayé.

Ma colère apaisée, j'ai ressenti un profond dégoût envers moi-même. Une fois de plus, j'avais tout gâché. J'étais convaincue que notre relation était définitivement terminée lorsque, lundi dernier, alors que je sortais de mon cours de danse, je l'ai aperçu. J'ai d'abord cru que mon imagination me jouait un drôle de tour, puis, après avoir cligné plusieurs fois des yeux, je me suis rendu compte que je ne rêvais pas. Il était appuyé contre sa moto et attendait. Ses cheveux décoiffés, sa veste en cuir sur les épaules, il était beau à faire tomber les anges. J'ai été tellement surprise de le voir que je suis restée bêtement en haut des marches. Quand son regard a croisé le mien, j'ai senti ma colère rejaillir et j'ai fui comme une lâche avant qu'il puisse faire quoi que ce soit. Le lendemain, je me suis montrée plus prudente et, avant de sortir, j'ai regardé par la fenêtre pour voir s'il était venu comme la veille. Et effectivement, il était bien là. Les soirs qui ont suivi, le même schéma s'est répété. Jusqu'hier où Rafael n'est pas venu, et ma déception a été bien plus terrible que je ne l'imaginais. J'ai bien conscience qu'agir de cette manière était d'une puérilité sans nom mais c'était plus fort que moi. J'étais encore trop en colère pour accepter de le voir.

Au fond de moi, ce que je veux, c'est qu'il se batte pour notre couple, qu'il me prouve qu'il tient à moi. Et ces derniers soirs, sa présence muette a suffi à me redonner de l'espoir. Je l'ai assez repoussé, c'est maintenant à moi de faire le premier pas. C'est pour cette raison que, ce midi, je vais mettre à exécution le drôle de plan que j'ai monté l'autre jour : rendre Rafael jaloux. Pour cela, je dois rejoindre Jorge, mon binôme dans le cours d'astronomie auquel j'assistais quand j'étais encore au lycée. Il prétendra être mon rencard. Bien que je le considère comme un type sympa et fréquentable, tous les deux, nous n'avons jamais été très proches. Mais il y a de cela quelques mois, lors de la soirée qui a suivi notre remise des diplômes de fin de lycée, j'ai été amenée à lui rendre un petit service. Avec ses copains, ils ont essayé d'alcooliser le punch du bal. Si je n'étais pas intervenue, il aurait pu perdre sa bourse d'études à UCLA. Depuis ce jour, il se dit redevable, même si je lui rappelle sans cesse que je ne l'ai pas aidé dans le but d'obtenir quelque chose en retour. Mais quand j'ai eu cette idée un peu saugrenue, j'ai tout de suite pensé à lui pour m'aider. Je lui ai envoyé un message en lui révélant mon plan et, quand il m'a demandé pourquoi je faisais ça, je me suis contentée de lui raconter que mon ex-petit ami m'avait larguée un peu trop brusquement et que je voulais qu'il s'en morde les doigts. Visiblement ravi de m'aider dans cette mission, Jorge a donné son accord sans poser plus de questions. J'ai un peu honte de ce que je m'apprête à faire mais, comme on dit, la fin justifie les moyens. Rafael a le sang chaud. Il fallait impérativement que je trouve une solution radicale, sinon sa fierté, encore plus mal placée que la mienne, aurait été plus forte que nos sentiments.

J'y ai beaucoup réfléchi et si, après une nouvelle discussion, Rafael refuse toujours d'officialiser notre relation – au cas où elle serait toujours d'actualité, bien entendu –, je le laisserai partir pour de bon. S'accrocher à quelqu'un qui ne peut pas vous offrir ce à quoi vous aspirez, c'est s'enfermer dans une relation toxique et ça, je ne le veux pas.

***

Le bus vient de s'arrêter à hauteur de Le Conte Ave mais, ne supportant plus l'odeur mêlant transpiration, tabac et alcool de l'homme assis à côté de moi, je décide de sortir du véhicule et de terminer le trajet à pied. Fixé étroitement à mes épaules, mon sac à dos me colle et, bientôt, je sens des gouttes de sueur perler le long de ma colonne vertébrale. Je me renfrogne tandis que je recherche le moindre coin d'ombre, quasiment inexistante sur ce trottoir exposé aux rayons du soleil.

Quand j'arrive sur le campus, je mets un temps fou avant de trouver la cafétéria, pourtant indiquée par des panneaux de signalisation. Le sens de l'orientation et moi, ça fait deux. Après avoir demandé à une étudiante, je finis par l'atteindre. Lorsque les portes coulissantes s'ouvrent devant moi, je sens une certaine excitation me tordre le ventre à l'idée de revoir celui qui hante toutes mes pensées. Mais aussitôt, comme un boomerang lancé droit vers moi, la trouille me mortifie et je reste immobile au milieu de l'entrée. Après avoir reçu quelques coups d'épaule, je reviens à la réalité et, la tête haute, je me dirige droit vers la file d'étudiants qui s'étend sur plusieurs mètres. Prenant mon mal en patience, j'essaie de le repérer dans le grand réfectoire mais en vain. Il y a vraiment trop de monde pour que je puisse y voir clair.

Je garnis mon plateau d'une assiette de sushis plus qu'appétissante ainsi que de deux barres de céréales pour mon dessert. Cet après-midi, un long cours de danse m'attend et, quelle que soit l'issue de l'affrontement entre Rafael et moi, je dois être en forme. Je ne peux pas me permettre de laisser un garçon gâcher mon avenir professionnel.

Avançant au milieu des tablées, je parviens enfin à discerner une tête que je connais. Mon frère est bien là et c'est heureuse mais les jambes flageolantes que je m'aperçois qu'il n'est pas seul. Tous ses amis sont aussi présents, dont Rafael. À cet instant, telle une dégonflée, je manque de rebrousser chemin. J'ai beau avoir répété ma tirade une bonne dizaine de fois, j'ai l'impression d'avoir tout oublié au moment même où mes yeux se sont posés sur lui. Mais prenant mon courage à deux mains, tout comme mon plateau que je tiens maladroitement, j'avance vers eux d'un pas décidé. Ce qui me frappe en premier quand je m'approche du petit groupe, ce sont les cheveux de Rafael, qu'il a coupé très court. Ils ne sont pas rasés mais c'est tout comme. Cette nouvelle coupe me déroute. Il a les traits beaucoup plus durs qu'auparavant, quand ses cheveux légèrement bouclés tombaient le long de son visage. Comme ça, il a l'air… indomptable.

Lorsque j'arrive à leur hauteur, il est le premier à remarquer ma présence. Quand son regard ardent se pose sur moi, c'est comme si le sol s'ouvrait sous mes pieds. Rafael écarquille les yeux, se demandant très certainement s'il ne rêve pas, avant de déglutir et de se mettre à tousser fort. À côté de lui, Brad se met à lui coller des tapes puissantes dans le dos.

— Mais qu'est-ce que tu fais là ? s'exclame mon frère en me débarrassant de mon plateau pour le poser sur la table avant de me prendre dans ses bras.

— Je devais passer sur le campus et, comme j'ai eu un léger creux, j'ai fait un petit détour par la cafétéria. En cherchant une place, je vous ai aperçus.

Je lance un sourire innocent à mon frère alors que je culpabilise de lui mentir de la sorte.

— Comment ça se fait que tu doives venir sur le campus ? Tu as un souci ? me demande-t-il alors qu'il se rassied.

Cameron, le grand frère protecteur, vient de faire son apparition.

— Non ! je m'exclame avec une voix un peu trop aiguë à mon goût. Je viens juste voir un… ami, j'ajoute en hésitant volontairement avant le dernier mot.

Jetant un coup d'œil discret vers le brun assis à côté de mon frère, je suis surprise de le voir esquisser un sourire. S'il croit que je parle de lui, il se trompe lourdement. Enfin, pas si lourdement que ça, mais pour le moment, il n'a pas à le savoir.

— Qui est cet ami ?

Mon frère, qui s'attend probablement à ce que je lui donne un nom, grimace quand je lui réponds avec légèreté que c'est un garçon qu'il ne connaît pas. Je me retiens de sourire quand je vois Rafael froncer les sourcils. Tout se passe comme prévu…

M'installant à l'extrémité de la table, je me retrouve à côté de l'objet de mes convoitises et je m'évertue à faire abstraction de sa présence tandis que je m'attaque aux sushis que mon estomac réclame. Puis, alors que les garçons sont en pleine conversation, je sors mon téléphone portable du sac accroché à ma chaise et préviens Jorge que la cible est là et qu'il peut donc me rejoindre. Sa réponse ne tarde pas à arriver puisque une poignée de secondes plus tard, il m'avertit qu'il se met en route. Je déguste le dernier maki et manque de le recracher quand Rafael s'exclame :

— Ça faisait longtemps qu'on ne t'avait pas vue, petite sœur de Cameron.

À cette appellation, que je déteste plus que tout puisqu'elle me rappelle douloureusement que je ne peux pas être avec lui, je serre les dents.

— Il faut croire que j'avais mieux à faire, je lance en le foudroyant du regard.

— C'est qu'elle sortirait les griffes, *maintenant* !

Comme il insiste plus qu'il ne faudrait sur le dernier mot, il reçoit des regards interrogateurs de la part de ses amis. Je continue de le dévisager avec colère tandis que, ignorant superbement ceux qui l'entourent, il poursuit :

— Tu ferais une tigresse très sexy.

— Raf, le réprimande mon frère, tu parles à ma sœur, là.

Il s'excuse brièvement et l'air suffisant qu'arborait son visage cède la place à la gêne. J'essaie tant bien que mal de contrôler les tremblements frénétiques de mes mains posées à plat sur mes cuisses. Ces quelques phrases sont les premières que nous échangeons et je ne sais pas quoi en penser.

Une nouvelle conversation est lancée et, maintenant que l'attention n'est plus sur nous, je parviens enfin à terminer mon plat. Alors que je me demande si Jorge va arriver un jour, je déballe ma première barre de céréales pour passer le temps. Je m'apprête à croquer dedans quand, à plusieurs reprises, je sens un pied frôler ma jambe. Relevant la tête pour savoir sur qui je vais aboyer de faire plus attention, je ne suis finalement pas surprise quand le sourire satisfait de Rafael me frappe de plein fouet.

S'il continue de me chercher, il va vraiment finir par me trouver.

Je fais comme si de rien n'était et mords à belles dents dans ma barre lorsque, cette fois, c'est sa main qui se referme sur mon genou. Aussitôt, dans un vieux réflexe de karaté, je laisse partir ma jambe libre dans sa direction et mon pied frappe son tibia. Il laisse échapper un juron de surprise et de douleur. Je n'ai pas frappé très fort mais je ne doute pas de l'hématome qui doit déjà être en train de se former sur sa peau.

— Qu'est-ce qui t'arrive, mec ? l'interroge Brad.

— Rien, juste une crampe. Ça va passer, répond-il, la mâchoire serrée.

Je le nargue d'un sourire. Lili lui tend un verre d'eau et, alors qu'il continue de me regarder, les yeux plissés, un air sombre passe sur son visage. Me demandant ce qui me vaut ce drôle de regard, je sens une main se poser sur mon épaule. Sans me précipiter, je me retourne et découvre le grand métis que j'attendais.

— Salut, belle Elena.

Avec son sourire ravageur, il joue son rôle à la perfection. Si je n'étais pas si éprise de Rafael, je pense que je pourrais facilement succomber à son charme. Du haut de ses deux mètres, ce basketteur qui évolue dans l'équipe de l'université de UCLA, les Bruins, a tout pour plaire. Une gueule d'ange, un physique plus qu'avantageux et, surtout, une gentillesse et une intelligence sans faille. Il est pour beaucoup le gendre idéal, et il le sait.

Le dévisageant, je me mets alors à sourire, un peu trop exagérément c'est vrai, et recule ma chaise pour pouvoir me lever et le saluer. Puis, alors que je me hisse sur la pointe des pieds pour l'enlacer, Jorge me surprend en embrassant la commissure de mes lèvres. J'essaie de ne pas paraître étonnée ou même gênée par ce contact, mais c'est compter sans le regard inquisiteur et brûlant que me lance Rafael quand je me tourne face à la tablée.

— Tu es ?

Cameron se redresse et tend sa main face à Jorge, attendant avec un air agacé que mon *rencard* la lui serre.

— Jorge. Et toi, tu dois être Cameron, Elena m'a beaucoup parlé de toi.

Je dois me retenir pour ne pas hausser un sourcil. Ce gars est vraiment doué ! Leur poignée de main est ferme et je manque de rire quand je vois le regard sévère que lui lance mon frère. S'il savait qu'il s'adresse à la mauvaise personne…

— On y va ? me demande Jorge avec un sourire.

J'acquiesce et rassemble mes affaires.

— Vous allez où ? s'enquiert Rafael, un peu trop précipitamment.

Lorsqu'il se rend compte de ce qu'il vient de sortir, il pousse un soupir exagéré et, tout en croisant ses bras sur son torse, il s'enfonce un peu plus :

— Pas que ça m'intéresse, bien sûr. Je posais la question pour Cam.

C'est ça, rattrape-toi aux branches, ai-je envie de lui lancer.

Avant de partir, j'embrasse mon frère sur la joue et salue ses amis d'un geste de la main. Jorge lance un sourire chaleureux à tout le monde et, hissant mon sac sur mes épaules, j'ignore le regard que Rafael me porte. Jorge me laisse passer devant lui et, quelques secondes plus tard, je sens sa main se glisser au creux de mes reins. Je meurs d'envie de me retourner pour observer la réaction de Rafael, mais je tiens bon et, sans jeter un regard en arrière, nous sortons de la cafétéria.

Chapitre 14

Evan

En courant, je franchis le seuil du café en bousculant les deux filles qui en sortent devant moi. L'une d'elles me lance une vague insulte mais, à cet instant, je m'en moque éperdument. Tout ce que je veux, c'est faire taire cette douleur lancinante qui me prend dans chacun de mes membres. J'ai la furieuse impression qu'à tout moment mes jambes, flageolantes, vont céder sous mon poids. Ma tête tourne dangereusement et je me vois contraint de prendre appui contre le mur derrière moi pour ne pas tomber.

Grace, Grace, Grace, qu'as-tu fait de moi ?

— Est-ce que vous allez bien ?

Une voix fluette et hésitante me parvient aux oreilles. Je chasse rapidement les larmes qui menacent de s'échapper de mes yeux et, par simple automatisme, je hoche la tête sans prendre la peine de regarder cette personne. La vérité, c'est que je me sens tellement mal que c'est comme si mon cœur venait de se briser une seconde fois.

— Vous tremblez.

Laissez-moi seul, s'il vous plaît, ai-je envie de lui crier. Mais je me contiens et réponds simplement :

— Je vais bien.

Il faut que je parte d'ici. D'une minute à l'autre, Grace risque de sortir et je ne veux plus me confronter à elle. Je n'en ai plus la force. Je ne veux pas qu'elle voie dans quel état lamentable de faiblesse je me trouve. Cette histoire est maintenant finie, terminée, derrière moi.

Relevant la tête, je hisse mon sac à dos sur mes épaules et regarde droit devant moi en sentant que le poids qui m'écrasait s'envole peu à peu. Je me promets alors de ne plus jamais me mettre dans un état pareil. Je ne serai plus si faible.

Prêt à reprendre mon chemin, je suis interrompu quand la même voix s'exclame :

— Evan ? C'est toi ?

Je me retourne. *Oh merde, ce n'est pas vrai…* En croisant son regard pour la première fois depuis des semaines, cela fait tilt dans ma tête. J'étais tellement déconnecté que je n'ai pas reconnu sa voix. *Bordel de merde.* J'ai rêvé de cette fille pendant des nuits entières et, le jour où le destin décide de la replacer sur mon chemin, Grace me lâche cette bombe, qui risque de tout remettre en question. Il n'y a pas à dire, certains matins, on ferait mieux de rester couché. Ça nous épargnerait bien des soucis.

— Qu'est-ce que tu fais ici ? je m'enquiers d'une voix, malgré moi, enrouée.

— Je travaille ! s'exclame-t-elle en désignant son uniforme.

— Je pensais que tu étais étudiante, je murmure en me demandant si je ne rêve pas.

Elle secoue sa tête et sa longue chevelure attachée en une queue-de-cheval sous la casquette griffée du logo du café retient mon attention une longue seconde.

— Eh non, dit-elle avec un sourire en coin. Je suis dans la vie active mais c'est vrai que ça ne fait pas autant rêver qu'une étudiante promise à une belle carrière.

— Ne pense pas ça. Le principal, c'est que tu sois heureuse et que tu y trouves ton compte.

Cette dernière phrase lui fait hausser les sourcils. Elle m'a l'air sceptique et ma curiosité se trouve piquée. Pourtant, c'est ce que je pense. Peu importe ce que l'on fait, si on ne va pas travailler avec le sourire, c'est que ce n'est pas pour nous.

— Quand je t'ai dit qu'on pouvait se retrouver devant un bon café, je pensais à mon job ici.

— Le campus est immense, je fais remarquer. Comment pouvais-tu être sûre qu'on finirait par se revoir ?

Elle hausse les épaules, l'air pensif.

— Je suis persuadée que rien n'arrive par hasard. C'est vrai qu'on a mis du temps avant de se retrouver mais, comme c'est chose faite, il semblerait le destin le voulait.

Encore ce fichu destin…

— Je t'ai cherchée partout, je murmure.

— Pas partout partout, visiblement, répond-elle dans un rire léger. Je suis Eileen.

Pour la première fois depuis que Grace m'a envoyé un message, je souris sincèrement. Elle me tend sa main droite et, sans réfléchir, je l'attrape pour la lui serrer, comme elle l'attendait. Sa paume est douce dans la mienne et, sans pouvoir m'en empêcher, je caresse du bout des doigts le dessus de sa main.

Stop, Evan. Elle va te prendre pour un taré.

Mais malgré tout, sentir sa peau contre la mienne me procure un bien-être immédiat. C'est comme si elle devenait le baume qui apaise mes plaies. Je commence à me dire qu'il est peut-être réellement question de destin. La première fois que j'ai rencontré Eileen, j'avais aperçu Grace avec Alex plus tôt dans la journée. J'étais complètement dévasté. Le soir de la fête à la fraternité, voir cette fille semblant briller dans l'obscurité qui hantait mon esprit m'a fait le plus grand bien. Aujourd'hui encore, j'éprouve le même sentiment de grand réconfort.

— Bon, ma pause est terminée, il faut que j'y retourne.

Bien trop vite, nos mains se lâchent et elle s'écarte pour regagner l'entrée du café.

— Maintenant que tu sais où me trouver, à bientôt, j'espère, continue-t-elle en me lançant un regard qui me rend pantois.

Et sans ajouter un mot de plus, elle s'éclipse, me laissant seul avec cet idiot de cœur qui tambourine dans ma poitrine. Je m'appuie contre le mur mais, cette fois-ci, pour une tout autre raison. Revoir cette mystérieuse inconnue était inespéré. Plus d'une fois, je me suis demandé si je n'avais pas rêvé notre première rencontre. Aujourd'hui, j'ai la confirmation que non, qu'Eileen et le trouble qu'elle provoque chez moi sont ce qu'il y a de plus réel.

— Evan ?

Cette voix… Un frisson me parcourt lorsqu'une main appuie sur mon épaule, de façon que je me retourne. En m'écartant, je m'exécute. Grace est là, les yeux rouges et gonflés. Je devrais avoir un pincement au cœur, une once de compassion en la voyant si triste, si abattue et, pourtant, je ne ressens rien, si ce n'est de l'exaspération.

— Qui était-ce ? me demande-t-elle en tournant la tête vers le café où a disparu Eileen.

Le bonheur que je viens d'éprouver durant ces dernières minutes s'efface tout à coup.

— Personne qui te concerne.

— Evan…

— J'ai besoin d'être seul, je lâche en m'écartant à nouveau.

— S'il te plaît, murmure-t-elle. Ne pars pas.

Je ne l'écoute pas et m'éloigne. Elle continue de m'appeler, les visages se tournent vers nous et, plus qu'agacé par ses interpellations, je lui crie :

— Fous-moi la paix, Grace.

Je ne cherche pas à savoir si elle m'a entendu ou non et je quitte l'esplanade sur laquelle donne le café. Marchant d'un pas rapide, je suis essoufflé quand je rejoins ma voiture. Je balance mon sac sur la banquette arrière et m'assieds derrière le volant en laissant toute ma peine s'extérioriser, bien à l'abri des regards. Je veux que tout cela s'arrête. Je n'en peux plus. La douleur qui s'était ancrée au fond de moi me paraît plus forte que jamais. J'en veux à Grace comme j'ai rarement eu de colère et de rancœur envers quelqu'un. J'ai beau essayer de me persuader du contraire, je n'arrête pas de penser que celle que j'aimais plus que moi-même m'a blessé volontairement. Je ne pourrai jamais lui pardonner, même si je le voulais. Me sentant soudain suffoquer, je baisse les vitres de la voiture et m'efforce de me calmer. Ma crise passée, je démarre, sans savoir où je vais.

***

Ce n'est qu'en fin d'après-midi que je prends le chemin de l'appartement. J'ai erré des heures entières dans les rues de Los Angeles avant de m'engager sur la route en direction de Malibu. Je me suis arrêté un peu avant l'entrée de la ville et j'ai longuement marché le long de la mer, en essayant d'oublier ce que je ressentais. Les grains de sable humides que j'écrasais sous mes pieds me rappelaient que j'étais bel et bien vivant, malgré mon cœur meurtri.

Depuis que je suis enfant, je me suis accroché à l'espoir qu'un jour je tomberais amoureux d'une personne merveilleuse, celle qui m'aiderait à faire ressortir le meilleur de moi-même. C'est stupide, n'est-ce pas ? Le garçon qui rêve du grand amour, celui qu'on écrit avec un grand A. Durant des mois entiers, j'ai cru que je l'avais trouvé et que cette personne, c'était Grace. Parfois, elle me semblait être un mirage tant elle était tout ce dont j'avais toujours rêvé. Et puis, un jour, on se réveille et on réalise que tout cela n'est qu'une illusion. Quand elle m'a avoué qu'elle m'avait trompé avec Alex, j'ai eu l'impression que le ciel me tombait sur la tête. J'ai passé des semaines et des semaines à essayer de la haïr, à tout faire pour rendre la douleur plus supportable, et, alors que je passais enfin à autre chose, elle me dit aujourd'hui que cette trahison n'était qu'un mensonge. Je ne suis plus certain de pouvoir la croire.

Je me suis allongé sur le sable sans me soucier un seul instant de l'image que je pouvais renvoyer aux promeneurs si nombreux en ce bel après-midi. Dans le ciel, pas un nuage ne venait voiler le soleil, le maître de notre univers. Les paupières entrouvertes, je me suis senti si vulnérable que je n'ai pas réussi à retenir les larmes qui perlaient au coin de mes yeux. Je m'en voulais terriblement. Comment pouvais-je me montrer aussi faible ? Grace ne devait plus avoir ce pouvoir-là sur moi. Notre histoire était finie et il fallait que j'arrête de ressasser le passé, ça ne m'aidait en rien. Des lointains souvenirs, des leçons à tirer, voilà ce que je devais garder de cette fille.

J'ai fini par revenir à la réalité quand des rafales de vent m'ont fait frissonner. Il était temps de rentrer. Avec peine, je me suis relevé et ai tenté de détendre mes muscles endoloris. De la tête aux pieds, j'étais recouvert de sable. En me maudissant, j'ai rejoint ma voiture.

Un peu plus tard, me voilà coincé dans les embouteillages. J'attends avec une pointe d'agacement que la circulation se fluidifie. Ça va bientôt faire une demi-heure que je n'ai pas avancé, ne serait-ce que d'un mètre. Autour de moi, les bruits de klaxons et de portières qui claquent retentissent. Je tapote le volant sur le rythme du morceau qui passe à la radio et prends mon mal en patience. Au bout de près d'une heure, la route se dégage et, peu à peu, je me remets à avancer. De retour sur le parking de l'immeuble, je me gare au plus près de l'entrée et m'élance à toute vitesse dans l'ascenseur. Un café et une douche froide pour me remettre d'aplomb et enlever tout ce sable qui colle, voilà ce dont j'ai besoin. Mais à peine ai-je franchi le seuil de l'appartement que la voix de Lili résonne jusqu'à moi :

— Cam, c'est toi ?

Quelques secondes plus tard, elle apparaît devant moi, une serviette en turban sur la tête. Quand elle s'aperçoit que ce n'est pas celui qu'elle attendait, la déception se peint sur son visage. Je ne devrais pas être affecté par sa réaction et, pourtant, je ressens comme un nouveau tiraillement dans la poitrine.

— Désolé, ce n'est que moi, je déclare avec une amertume évidente.

Ses sourcils se froncent à mon ton bourru.

— Ne le prends pas mal, Evan. J'attendais Cam parce que j'ai reçu un courrier de l'administration, et il semblerait qu'encore une fois ils aient eu un souci lors de mon attribution de logement alors que j'avais explicitement indiqué que je restais ici.

Je m'excuse brièvement.

— Pas de souci, lâche-t-elle en haussant les épaules.

Elle fait demi-tour et se dirige vers la cuisine où je me rends aussi après m'être débarrassé de mes baskets remplies de sable. Je m'installe contre le comptoir en attendant que mon café allongé s'écoule dans le mug.

— Tu as eu une mauvaise journée ? me demande finalement ma colocataire après m'avoir lancé sans discrétion plusieurs coups d'œil.

Je hoche la tête.

— Que s'est-il passé ?

Je connais Lili par cœur. Cette question devait lui brûler la langue depuis un long moment déjà.

— Je n'ai pas envie d'en parler, je dis simplement.

— Tu sais, garder les choses pour soi n'est pas toujours bon. Je ne te jugerai pas, Evan. Tu peux tout me dire !

Je soupire. Je l'adore mais là, elle doit comprendre que je n'ai vraiment pas envie de lui parler. Je m'apprête à lui demander de me laisser tranquille quand elle reprend, avec un brin de timidité dans la voix :

— J'ai reçu un message de Grace tout à l'heure.

— Tant mieux pour toi.

J'ai conscience que cette réponse est agressive mais entendre ce prénom ne peut que me rendre acerbe.

— Elle avait l'air très triste.

— Parce que moi, je ne le suis pas peut-être ?

Cette fois-ci, j'explose. Je ne supporte plus qu'on me jette en pleine figure que Grace ne va pas bien comme si j'en étais le responsable. Elle l'a cherché et, aujourd'hui, elle n'a que la monnaie de sa pièce.

— Ne t'énerve pas…

— Je suis calme, figure-toi ! J'en ai juste plus qu'assez qu'on me dise quoi faire ou quoi penser.

— Ce n'est pas dans mes intentions, Evan !

À son tour, Lili hausse la voix.

— Je veux juste t'aider ! Pour passer à autre chose, le pardon est essentiel.

— Mais qu'est-ce que tu en sais, toi ? je vocifère. Ce n'est pas toi qui as été trahie par la personne la plus importante à tes yeux.

Je déborde de rage comme rarement auparavant. Rancœur, colère et souffrance émanent sans retenue de moi. J'ai enfin l'impression que tout ce qui m'empoisonnait la vie est en train de s'échapper, et c'est si libérateur que je suis à deux doigts de me mettre à pleurer.

— Tu n'as pas été là pour moi, je lâche furieusement.

Cette révélation, qui s'échappe sans que je le veuille, lance un froid polaire dans la cuisine. Lili ouvre de grands yeux et me regarde avec la même stupéfaction que si j'avais osé l'insulter.

— Ne dis pas ça, murmure-t-elle presque.

— C'est pourtant la vérité, je reprends. Pendant que tu te la coulais douce en Australie, il n'y avait que Cam qui était là pour moi. J'avais besoin de ma meilleure amie mais tu n'étais pas là.

— Tu n'as pas le droit de me reprocher une chose pareille ! s'énerve-t-elle en avançant vers moi.

— Comme tu n'as pas le droit d'exiger que je te parle de mes problèmes.

Elle est rouge de colère et pointe un doigt accusateur vers moi.

177

— Mais je veux simplement t'aider !!! Merde, quoi ! Garder tout pour toi ne te mènera jamais loin.

— C'est ta faute, je lance sans réfléchir.

— Ma faute ? s'exclame-t-elle sans comprendre. Mais pourquoi donc est-ce ma faute ?

— C'est toi qui m'as présenté, Grace. Si tu n'étais pas arrivée dans nos vies, je n'aurais jamais souffert à ce point. Je regrette parfois.

— Tu ne penses pas ce que tu dis.

J'ai à peine pris conscience de la monstruosité que je viens de lui balancer que je vois une première larme glisser sur sa joue.

— Lili…

Je m'avance vers elle, plus désolé que jamais. L'animosité que je ressentais s'est évanouie au moment même où j'ai réalisé que je venais de blesser l'une des personnes auxquelles je tiens le plus. Je ne suis plus qu'à quelques pas d'elle quand elle m'arrête d'un geste de la main.

— Stop, et ne dis plus rien. Je te trouve particulièrement injuste, Evan, déclare-t-elle avec un calme olympien qui m'étonne. Je ne sais pas ce qui a pu se passer pour que tu sois en colère contre le monde entier, mais quand tu auras retrouvé tes esprits, je serai là pour toi. Contrairement à tout ce que tu crois, je me fais énormément de souci pour toi. Je me sentais juste impuissante à une telle distance de toi, de Grace. Et comme tu l'as si bien dit, Cameron était là. Maintenant, excuse-moi, mais j'ai mieux à faire que de m'entendre traitée de la sorte. Oh, et j'oubliais, va te faire voir, Evan.

Elle finit sa tirade le souffle court et quitte la cuisine sans me laisser le temps de lui répondre. Qu'est-ce que je pourrais bien répondre à ça de toute façon ? Une chose est sûre, je suis bien trop remonté pour avoir des pensées et surtout, tenir des propos cohérents. Lui reprocher ça était mesquin, mais malgré tout, c'est ce que je ressens. J'aurais tellement aimé qu'elle soit là cet été. Il y a un an, Lili a débarqué dans nos vies et je ne pensais pas qu'elle y occuperait une place aussi importante aujourd'hui. Grâce à elle, j'ai vécu des choses formidables. C'est vrai que j'ai connu Grace par son intermédiaire, mais avais-je le droit de le lui reprocher ? Non, bien sûr que non. Comme l'a si bien dit Eileen tout à l'heure, tout est une question de destin. Si Lili ne me l'avait pas présentée, je serais certainement tombé sur Grace à un autre moment.

Lorsque la porte de la chambre de mon amie claque, je suis brusquement ramené à la réalité. J'ai tout fait foirer alors qu'elle cherchait juste à m'aider. Me maudissant sur au moins les cinq générations à venir, je m'affale sur le canapé en soupirant. Ces derniers temps, je me suis beaucoup trop écouté. Oui, Grace m'a brisé le cœur, oui, Eileen m'a obsédé et j'ai ressenti un énorme soulagement en la retrouvant tout à l'heure. Il faut que je me reprenne en main. Cette conversation avec Lili vient de me secouer comme un prunier. Je réalise peu à peu la personne que je suis devenue et surtout, la personne que je veux être. Il est temps de repartir de zéro. L'opération intitulée *Nouvel Evan* peut commencer.

Chapitre 15

Elena

— Tu as été absolument génial ! je m'exclame une fois que nous sommes sortis de la cafétéria. Tu as une carrière qui t'attend dans la comédie, tu peux me croire !

Jorge me sourit.

— Je fais du théâtre depuis plus de douze ans, avoue-t-il en se frottant la nuque. Enfant, j'étais assez complexé car j'étais déjà beaucoup plus grand que la plupart de mes camarades, aussi, comme j'avais une peur bleue d'aller vers les autres, ma mère m'a inscrit à mon premier cours. Quand on m'a tendu le script, ça a été une véritable révélation.

— En tout cas, je te remercie d'avoir accepté de me rendre ce service !

— J'espère que ce mec se rendra compte de la perle qu'il a perdue.

— Arrête, tu vas me faire rougir, je le charrie gentiment.

— Tu as toujours eu du mal à accepter les compliments, me dit-il en souriant. Je suis content de t'avoir aidée, Elena. Après ce que tu as fait pour moi au bal de promo, c'était la moindre des choses.

180

Des souvenirs de cette soirée m'emplissent la tête et je souris, nostalgique.

— Si un de ces quatre, tu as envie de boire un café, discuter ou même rendre un autre mec jaloux, sache que je suis ton homme.

Il me fait un clin d'œil et je me mets à rire avec lui. Nous discutons quelques petites minutes supplémentaires avant qu'il m'annonce devoir partir s'il ne veut pas arriver en retard à son cours. Après une accolade et de nouveaux remerciements, il s'éloigne non sans m'avoir lancé un sourire. Je me rends alors compte que ce plan était stupide. Excepté le fait d'avoir revu une connaissance du lycée, que se passe-t-il maintenant ? C'est vrai, Rafael m'a semblé être jaloux mais, pour le moment, toujours aucune manifestation de sa part. À quoi je m'attendais aussi ? À ce qu'il me rejoigne dehors en me criant son amour éternel ? La joie cède rapidement place à la dure réalité et je réalise enfin que tout ça, c'était n'importe quoi.

Résignée et sentant une certaine tristesse s'immiscer en moi, je finis par me décider à partir. J'avais beau espérer comme une malade que mon plan fonctionnerait à merveille, je dois me rendre à l'évidence… Si Rafael n'est pas venu, c'est que c'est fini. Mon cœur se brise une nouvelle fois et je dois m'efforcer d'être forte pour endiguer le torrent de larmes qui manque de s'abattre sur mes joues. J'ai joué, j'ai perdu, c'est aussi simple que cela.

Je ramasse mon sac et, sans jeter un regard vers l'entrée de la cafétéria quelques mètres derrière moi, je quitte cet endroit maudit. Sur le chemin de l'arrêt de bus le plus proche, je réalise que je n'ai pas regardé mon téléphone depuis que Jorge m'a rejointe. L'espoir qui renaît en moi est si fort que je me sens toute fébrile lorsque mes doigts attrapent l'appareil. Immense est ma déception quand je réalise que Rafael ne m'a pas envoyé de message. Il n'a pas franchi ce pas vers moi, celui que j'attendais tant. Je me renfrogne et l'insulte dans ma tête, d'abord une fois puis quelques autres pour la forme. Ça ne coûte rien et ça soulage. Remontée comme jamais, j'accélère le pas vers l'arrêt de bus quand je vois que l'heure tourne et que je serai bientôt en retard pour le cours de danse.

Quand j'arrive au studio, comme j'en avais peur, le cours est sur le point de commencer. Dans le couloir qui mène aux vestiaires, je suis obligée de passer devant les filles de mon groupe qui attendent que la salle se libère pour attaquer leur échauffement. J'ignore les quelques regards dédaigneux que je récolte de la part de Tara et de sa petite bande puis m'enferme dans les vestiaires déserts. Une fois seule, je peux enfin respirer. Mon cœur ne s'est pas calmé, il bat toujours aussi vite. Je commence à essayer tout un tas d'exercices de respiration dans l'optique de m'apaiser mais, hélas, rien ne fonctionne.

« Te mettre dans un état pareil pour un mec qui se fout de toi ne te mènera à rien, Elena. »

Je dis et répète cette phrase à voix haute, comme si l'entendre pourrait m'aider à me convaincre et à l'imprimer dans ma tête. Détester Rafael rendrait les choses tellement plus faciles… Et pourtant, assise comme une malheureuse sur le banc, mon dos collé à la ferraille froide des casiers, je ne parviens pas à me résoudre à ce sentiment de haine.

Je suis à deux doigts de me mettre à pleurer quand j'entends le bruit si reconnaissable des talons de Miss Jones foulant le parquet de la pièce d'à côté. Ce son suffit à me redonner un coup de fouet et je me dépêche de sortir mes affaires et de m'habiller. Mes gestes sont si précipités que je manque de chuter quand mon pied se coince dans mon collant. À travers le mur aussi fin qu'un papier à cigarette, je perçois distinctement la voix nasillarde de ma professeure de danse expliquer le programme de l'après-midi. Je grimace quand elle annonce qu'aujourd'hui, nous reverrons uniquement des gestes techniques. N'aimant pas ces cours purement théoriques, je sais d'avance que les quatre prochaines heures seront longues, très longues.

Scrutant avec attention mon reflet dans le miroir accroché à l'intérieur de la porte de mon casier, je me trouve affreuse. Quelques minutes plus tôt, tandis que j'étais dans le bus, mes écouteurs vissés aux oreilles, je n'ai pas pu m'empêcher d'écouter toutes les musiques tristes qui se trouvaient dans la playlist de mon portable. Quand les premières notes de *Never Let Me Go* ont résonné, je n'ai pas réussi à retenir quelques larmes. Je l'avoue, j'étais d'un pathétique à faire peur. Je me claque doucement les deux joues pour m'encourager mentalement à affronter cette réalité brute et finis d'arranger mon chignon. Je referme mon casier et enfile rapidement mes pointes sans prendre la peine de les nouer. Juste avant d'entrer dans la grande salle, je prie pour que Miss Jones ne s'acharne pas sur moi pour mes quelques minutes de retard. Ayant réuni le courage nécessaire, j'entrouvre la porte et, tandis que je parcours la salle des yeux, je réalise que la voie est libre, notre professeure s'étant éclipsée momentanément. Sans faire de bruit, je me dépêche de rejoindre la seule place à la barre encore libre.

— Alors, c'est à cette heure-ci qu'on arrive, laisse échapper Tara dans un souffle.

En tournant la tête, j'ai la mauvaise surprise de découvrir que ma pire ennemie est juste à côté de moi.

— Ferme-la, je réponds tout bas, mais avec agressivité.

Elle ricane quelques secondes, s'arrêtant quand Miss Jones fait son apparition. Cette dernière balaie rapidement la salle des yeux mais ne semble pas s'apercevoir que je viens seulement d'arriver. Je ne me suis même pas rendu compte que, depuis qu'elle a commencé son inspection, je suis en apnée. J'inspire profondément et, quelques instants plus tard, les premières notes de musique s'élèvent. Le cours débute.

***

Près de trois heures et demie plus tard, si Tara n'est pas aveugle, c'est uniquement parce que je tiens trop à ce stage pour prendre le risque de me faire renvoyer à cause d'une petite emmerdeuse. Miss Jones vient d'écourter notre cours, et heureusement, car je suis sur le point d'exploser.

Il y a tout juste quelques minutes, alors que nous enchaînions des diagonales de grands jetés, j'ai senti le ruban de mon chausson gauche se desserrer. Comme c'était loin d'être la première fois qu'une telle chose se produit, je me suis davantage concentrée et j'ai contracté tous mes muscles pour éviter de perdre l'équilibre. Qu'importe, je devais finir mon exercice. C'est d'ailleurs une des règles d'or dans le monde du spectacle ; peu importe ce qui peut arriver, *the show must go on*. Mais alors qu'il ne me restait qu'un jeté à faire, lorsque j'ai pris mon élan pour sauter, j'ai été complètement déséquilibrée ; je venais de perdre mon chausson. Sans parvenir à me rattraper, j'ai chuté mais, coup de chance, je ne me suis pas blessée. Miss Jones a coupé la musique et, en me relevant, j'ai perçu le sourire machiavélique de Tara qui se trouvait justement derrière moi. Il ne m'en a pas fallu plus pour comprendre qu'elle avait volontairement marché sur mon ruban pour le dénouer. J'ai aussitôt vu rouge et j'ai failli lui sauter à la gorge pour lui crever les yeux avec ses épingles à chignon qu'elle chérit tant. Si Madison, une autre danseuse du cours qui a assisté à toute la scène, ne m'avait pas retenue, je n'aurais pas donné cher de la peau de Tara *garce* Morton.

Je suis sur le point de quitter la salle, à la suite des autres stagiaires, lorsque la voix de la professeure de danse résonne dans mon dos :

— Mademoiselle Miller ?

Je me retourne avec crainte, me préparant mentalement aux reproches que je vais recevoir, et m'approche malgré mon appréhension de Miss Jones.

— Je vous sens beaucoup moins motivée depuis quelque temps.

— Je…

— C'est un constat, inutile de vous justifier. Le stage est là pour renforcer vos acquis, pas pour vous donner de la fougue.

— Je vais tout faire pour retrouver mon niveau, je balbutie.

— Vous avez du potentiel, Elena. J'ai vu passer des centaines et des centaines de jeunes danseurs durant ma carrière. Tous avaient le même but, mais je sais reconnaître ceux qui ont quelque chose en plus. Vous avez ce quelque chose, toutefois ça ne suffit pas toujours pour percer dans ce monde féroce. Les places sont chères, vous le savez. Ne baissez jamais le rythme ou vous risquez d'être évincée. Ce n'est pas ce que vous voulez, n'est-ce pas ?

Je secoue la tête.

— Bien. Dans ce cas, vous savez ce qu'il vous reste à faire.

Incapable de parler, je me contente d'acquiescer dans un murmure à peine audible. Miss Jones me décoche un dernier regard avant de tourner les talons en direction de son bureau situé de l'autre côté de la salle. Cet échange, qui me chamboule autant qu'il me motive, me redonne une soudaine force et l'envie de me battre. Je ne laisserai plus jamais quiconque me dévier de mes objectifs.

Rafael Sanchez, je te maudis.

J'accours jusqu'aux lavabos des vestiaires et me passe de l'eau froide sur le visage en espérant me calmer. Mais ça ne marche pas, et j'ai toujours les mains tremblantes quand je m'observe dans le miroir sali et rayé de mon casier. Ma peau, rougie par l'effort, me brûle. Je dénoue mes cheveux d'un geste brusque si bien que toutes les épingles qui tenaient mon chignon se retrouvent éparpillées sur le sol carrelé. Mes affaires sous le bras, je m'enferme dans une cabine de douche, bien décidée à me prélasser quelques minutes. Mais j'ai beau tourner le robinet à fond vers la température la plus chaude, l'eau qui coule au-dessus de ma tête est à peine tiède. Finalement écourtée, ma douche ne me détend pas et c'est les cheveux pas tout à fait rincés que je m'enveloppe de ma serviette. Contrariée, je ne traîne pas et, une minute plus tard, j'ai enfilé mes sous-vêtements. Partiellement habillée, je rejoins mon casier où je finis de me vêtir. Tout le monde est parti quand, perdue dans mes pensées, je ne me rends pas compte que quelqu'un s'est glissé derrière moi dans la pièce devenue sombre. Lorsqu'un souffle chaud balaie la peau nue de mes épaules, je sursaute et me retourne, prête à repousser avec violence cette intrusion. Je tombe des nues quand mes yeux se posent sur *lui*. Rafael est à quelques centimètres de moi, dans toute sa splendeur.

— Qu'est-ce que tu fais là ? je lance en détournant mon regard de son corps.

— Je suis venu te voir.

— C'est bon, tu m'as vue, tu peux repartir.

Cette agressivité me vient spontanément et je ne pourrais pas la réprimer. À cet instant, mon cœur et ma raison sont en parfaite contradiction. Je ressens une profonde rancune qui ne demande qu'à s'extérioriser. Et le voir si près de moi ne fait qu'accentuer ce ressentiment.

— Elena, s'il te plaît.

En l'ignorant, je glisse mes doigts dans mes cheveux encore mouillés pour les secouer à la racine. N'ayant pas le courage et la patience de les coiffer, j'attrape un des élastiques qui traînent au fond de mon casier, puis j'attache ma chevelure en un chignon moins strict que celui que je porte pour danser.

— Est-ce qu'on peut parler ? me demande-t-il tout en s'adossant contre la porte du casier voisin.

Comme je ne réponds pas tout de suite, il se redresse, vient tout près de moi et réitère sa question. Il est si proche que je peux presque sentir la chaleur de sa peau sur la mienne.

— Tu n'as rien dit tout à l'heure, je lâche sur un ton de reproche.

— Mais tu croyais quoi, Elena ? souffle-t-il à quelques centimètres de mon visage. Tu pensais vraiment que j'allais faire un scandale au milieu de la cafèt alors que ton frère et tous mes amis étaient là ?

— Je pensais surtout que tu aurais réagi en me voyant avec Jorge. Tu t'en fous ?

Ces mots m'échappent, et je réalise qu'il est trop tard pour me rattraper quand un sourire en coin se dessine sur sa bouche.

— Je le savais que c'étaient des conneries, cette histoire de rencard, minaude-t-il en esquivant ma question.

— Qu'est-ce qui te fait croire cela ? je rétorque tout en essayant de retrouver un semblant de calme et d'indifférence.

— Un tas de choses. Néanmoins, je tiens à vous féliciter pour votre jeu, on aurait presque pu y croire !

Je lève les yeux au ciel et arbore une expression agacée.

— Tu es juste jaloux qu'un autre mec s'intéresse à moi.

— Pour être jaloux, il faudrait que je sois un tantinet inquiet de la place que j'occupe ici.

Du bout des doigts, il pointe mon cœur. Sa réponse, débordante d'arrogance, me déroute tellement que je ne trouve pas quoi lui répondre.

— De toute façon, ce mec n'est pas fait pour toi, reprend-il.

— Et pourquoi ça ?

— Je pourrais l'expliquer par un paquet de raisons, mais la principale étant que tu sais très bien que tous les deux, nous sommes faits l'un pour l'autre.

Ne pas sourire, ne pas sourire, ne pas…

Trop tard. Sans parvenir à le retenir, un énorme sourire fend mon visage. Le peu de crédibilité qu'il me restait vient de s'envoler.

— Je te connais, Elena. Tu étais en colère contre moi et tu avais toutes les raisons de l'être. J'ai merdé la dernière fois, mais je pense que j'ai compris la leçon. Quand j'ai cherché à te voir à la sortie de tes cours de danse, c'était pour te dire que je suis prêt.

— Prêt à quoi ?

Il prend une profonde inspiration.

— Te perdre m'a fait beaucoup réfléchir et j'ai pris conscience que tu étais tout ce que je voulais. Peu importe les conséquences que l'officialisation de notre relation pourrait avoir, je te veux toi et je veux que tout le monde le sache.

— Cam va faire la gueule, je réponds, la voix voilée par l'émotion.

— Je sais.

— Et ça ne t'ennuie pas ? Vous, les mecs, vous n'avez pas une règle qui dit : les potes avant les filles ?

— Oui, c'est vrai. Mais en l'occurrence, on ne parle pas d'une fille mais de *la* fille que je veux pour la vie.

Je suis une putain de guimauve et, bien malgré moi, mon cœur explose, mes yeux s'embrument devant cette déclaration. Ces mots, j'ai tellement rêvé de les entendre que je me demande si je ne suis pas en plein délire. Est-ce que Tara est arrivée à ses fins et je suis tombée sur la tête ? Je vais me réveiller d'une minute à l'autre, c'est certain. Je suis à deux doigts de me pincer pour vérifier que je ne rêve pas quand Rafael, d'une voix elle aussi teintée d'émotion, continue :

— Je t'aime, Elena. Et je m'en veux terriblement de ne pas avoir été capable de te le dire avant. J'ai failli te perdre en ayant peur des sentiments que je ressentais pour toi. Mais tu dois me pardonner parce que tout ça, c'est nouveau pour moi. Je…

Je l'interromps en posant un doigt sur sa bouche. On est là, tous les deux, il a dit qu'il m'aimait, c'est bien réel.

— Moi aussi, je t'aime.

C'est la toute première fois que je prononce ces mots chargés de sentiments à la personne que j'aime. La puissance du moment me submerge et, à en juger par l'expression grave de Rafael, je pense deviner que c'était une grande première pour lui aussi. Nous avons franchi le cap, j'ai l'impression d'être dans un conte de fées où rien ne pourra gâcher le bonheur que je ressens, que nous ressentons.

— C'est nouveau pour moi aussi, Rafael, j'ajoute en me collant contre son torse. On apprendra ensemble.

Il acquiesce dans un murmure et, à travers nos vêtements, je sens son cœur tambouriner aussi fort que le mien. En relevant la tête, je suis happée par ses beaux yeux. Je n'ai pas le temps de me dire combien je me trouve chanceuse d'être avec lui que ses lèvres s'abattent sur les miennes. La magie du moment ne fait que s'accentuer tandis que je prends conscience d'une réalité qui m'aurait effrayée il y a plusieurs mois de cela. J'aime Rafael Sanchez à tel point que j'ai l'impression qu'il s'est ancré en moi. Je suis sur un nuage, plus heureuse que jamais. Et ce baiser, le plus puissant de tous, scelle notre futur, ensemble.

Chapitre 16

Lili

Lorsque j'ouvre les yeux, aucune lumière ne filtre dans ma chambre. Il fait nuit noire. En m'étirant doucement, j'attrape mon téléphone posé à quelques centimètres de moi et le déverrouille. La luminosité de l'écran agresse mes yeux et c'est en les plissant que je vérifie que mon réveil est bien programmé. Il n'est pas 6 heures du matin que je suis déjà réveillée. Me remettre de ces semaines passées à Sydney est bien plus difficile que je ne l'imaginais. Je suis rentrée il y a une bonne semaine déjà et je peine à me caler sur l'heure de Los Angeles. À mon côté, Cameron, qui ne semble pas dérangé par mes insomnies, dort paisiblement. Son souffle est fort mais régulier.

Je profite de ce réveil matinal pour discuter par messages avec Amber, ma meilleure amie, qui vit toujours à Miami. Alors qu'elle me raconte son rendez-vous de la veille avec Trevor, son nouveau *crush*, je réalise que ça fait bien trop longtemps que je ne l'ai pas vue, ainsi que mes parents. Même si je me suis habituée à leur absence, je commence sérieusement à trouver le temps long sans eux. Si le résultat du concours ne s'était pas avéré positif, nul doute que j'aurais passé plusieurs semaines entre le Brésil et Miami. Ils me manquent tous.

Durant les minutes qui suivent, la nostalgie m'envahit et je choisis d'écourter notre conversation pour qu'Amber ne ressente pas mon trouble. Alors que je repose mon téléphone sur ma table de chevet, je sens les remords me gagner et mon cœur se serrer. Les reproches qu'Evan m'a faits la veille résonnent encore dans ma tête et je n'arrive plus à m'enlever l'idée que je n'ai pas été assez présente pour mes proches. Les mots durs de mon ami m'ont blessée, mais le dégoût évident que je ressens envers moi-même est encore plus violent. Il a raison. Il a énormément souffert et je n'ai pas été fichue d'être là pour lui. Ce voyage à Sydney m'a profondément éloignée de tout et je réalise alors que j'ai manqué de nombreuses choses dans la vie de mes amis. Me voilà en train de culpabiliser, sur quelque chose que je ne pourrai pas changer.

Sans que je m'en rende compte, les minutes s'écoulent les unes après les autres et, bientôt, un filet de lumière vient percer l'obscurité de ma chambre. Alors que je me penche pour reprendre mon téléphone et, ainsi, désactiver le réveil qui devrait bientôt sonner, une main se pose sur ma hanche. Dans la pénombre, j'ai beau me retourner, je ne perçois que la voix ensommeillée de Cameron :

— Tu es déjà réveillée ?

— Je pourrais te dire la même chose, si je ne m'abuse.

Il ricane quelques secondes puis s'étire en bâillant. Je me redresse dans le lit et allume la lumière de ma lampe.

— Ça n'a pas l'air d'aller, murmure-t-il avant d'embrasser mon bras nu.

— Juste un peu fatiguée mais ça va, ne t'en fais pas.

— Qu'est-ce qui s'est passé hier soir alors ?

Je lève un sourcil interrogateur et il poursuit :

— Quand je suis rentré, tu étais déjà couchée et Evan était prostré dans sa chambre. Quand je suis parvenu à le faire sortir, il tirait une tête de dix kilomètres de long. Alors je te le redemande, qu'est-il arrivé pour que je trouve une ambiance pareille dans l'appartement ?

— On s'est disputés, je finis par avouer à contrecœur.

— Quoi ? s'exclame-t-il, si fort que je plaque ma main sur sa bouche.

— Chut ! Tu veux réveiller Evan ou quoi ?

— Honnêtement ? Oui. J'aimerais bien savoir ce que vous avez pu vous dire pour que ça se barre autant en cacahuètes.

— Je n'ai pas envie d'en parler.

— Bien. Dans ce cas, je vais aller demander à l'autre personne concernée.

Je tends le bras pour le retenir mais il se lève avant même que je puisse l'effleurer.

— Reviens ! je m'écrie avec le plus de discrétion possible. Cameron Alessandro Miller !

M'entendre l'appeler par son nom complet ne lui fait ni chaud ni froid, et il sort de la chambre d'un pas confiant, direction celle de son meilleur ami. Je sors à mon tour du lit et tente une dernière fois de le dissuader d'aller plus loin, mais en arrivant dans le couloir, je m'aperçois que c'est trop tard.

— Allez, Evan, debout ! s'exclame mon copain en s'approchant du lit qui occupe la majeure partie de la pièce.

Je reste sur le pas de la porte, en retrait. Cameron soulève la couette en désordre mais tout ce que nous voyons, c'est un lit vide.

— Il est où ?

— Comment je peux le savoir ? je lance en levant les yeux au ciel.

Il laisse retomber la couette et sort à toute vitesse de la chambre pour rejoindre la sienne.

— Qu'est-ce que tu fais ?

— Je lui envoie un message.

Je vais dans la cuisine où je me prépare un thé vanille-cannelle. J'ai l'estomac noué mais, comme une longue journée m'attend, je dois prendre des forces. J'attrape un paquet de biscuits puis, posant le tout sur un plateau, je pars m'installer confortablement dans le canapé. Cameron me rejoint quelques secondes plus tard, et nous petit-déjeunons sans parler jusqu'à ce qu'il brise le silence en insistant une nouvelle fois :

— Explique-moi ce qui s'est passé.

Je secoue la tête.

— Lili…

Il s'impatiente, je le vois aux rides qui se forment sur son front. Pour couper court à la conversation, je me lève du canapé, débarrasse ma tasse et les miettes laissées sur la table du salon, puis avance jusqu'à la salle de bains où je compte prendre une bonne douche brûlante pour me détendre. Mais alors que je m'apprête à refermer la porte, Cam se glisse dans la pièce exiguë.

— Sors de là !

— Pas tant que tu ne m'auras pas dit ce qui s'est passé hier soir.

— Je dois me doucher ou je vais être en retard.

— Tu es toujours en avance, même quand tu dis être en retard, donc trouve une autre excuse.

— Bien, j'aimerais pouvoir me déshabiller pour prendre ma douche tranquillement. Est-ce trop demander ?

— Tu peux te déshabiller, ça ne me dérange pas.

— Comme c'est étonnant !

— J'ai déjà tout vu donc…

— Donc rien du tout ! je l'interromps en posant mes mains à plat sur son torse pour le repousser.

Je lui lance un œil mauvais mais le seul effet que ce regard a sur lui, c'est de le faire sourire, ce qui a le don de m'agacer encore plus.

— Tu sais que t'es chiant, Cameron Miller ?

— Tu oublies que je suis aussi très borné, comme garçon. Tu en auras marre bien avant moi, Liliana Wilson.

— Pas sûr, je marmonne entre mes dents.

C'est là que me vient une idée. Je me retiens d'arborer mon sourire de peste et, sans perdre plus de temps, je commence à me tortiller pour faire glisser ma nuisette le long de mon corps. Bientôt vêtue en tout et pour tout d'une simple culotte en coton, je surprends le regard captivé de mon petit ami quand il détaille chacune de mes courbes.

Bien qu'encore agacée, je ne peux m'empêcher de rougir légèrement sous ce regard brûlant. Sa main s'approche de mon visage pour dessiner du bout des doigts le contour de mes lèvres. Je vois sa bouche qui m'appelle en silence. Je suis prête à m'abandonner complètement à lui, quand je réalise ce qu'il est en train de manigancer. Il n'est pas question qu'il gagne cette fois-ci ! Par fierté, je me recule et reprends ce que j'avais entrepris initialement. Je finis de me déshabiller et, dans mon dos, j'entends Cameron soupirer de frustration. Il ne s'attendait pas à ce que je lui résiste. Mais s'il savait à quel point il m'est difficile de ne pas céder à la tentation...

Eh ouais, Miller, tu n'es pas le seul à pouvoir contrôler le désir de l'autre.

À cette pensée, je souris, satisfaite, ce qui malheureusement ne passe pas inaperçu aux yeux du garçon qui s'est déplacé à côté de moi.

— Qu'est-ce qui te fait sourire comme ça ?

— Rien ! je mens avant d'enjamber le bord de la baignoire.

— Liliana !

— Cameron !

Je répète son prénom sur le même ton que lui, ce qui ne semble pas le dérider pour autant. Ne sachant plus quoi dire pour faire évoluer la situation, je tourne le robinet et laisse l'eau encore tiède couler au-dessus de ma tête. Je feins l'indifférence alors que je sens son impatience grandir de plus en plus.

— Tu vas finir par me rendre vraiment dingue !

— Je suis en train de me doucher, Cameron. Tu peux sortir.

— Justement, je ne peux pas.

— Et pourquoi ça ? je lui demande, de la mousse plein les yeux.

— Parce que, vois-tu, je vais avoir un peu de mal à marcher avec ça.

Curieuse, je glisse la tête hors du rideau qui peine à s'étirer sur la moitié de la baignoire et découvre ce qu'il me désigne. J'éclate d'un rire sonore puis, reprenant mon sérieux, je lance :

— Et en quoi puis-je t'aider ?

— Ne fais pas comme si tu ne savais pas, grogne-t-il.

Pour toute réponse, je hausse les épaules. Il doit prendre ça comme une invitation car, la seconde d'après, il est derrière moi, le tee-shirt trempé par les éclaboussures de la douche.

— Bien joué, mademoiselle Wilson, vous avez gagné.

— L'amour n'est pas un combat, Cam. Je n'ai rien gagné du tout.

Son regard se trouble et, l'instant d'après, sa bouche fond sur la mienne.

Cameron Miller, c'est toi qui vas me rendre folle.

***

Quand je sors de la salle de bains, il n'y a toujours aucune trace de notre colocataire. Je consulte mon téléphone mais, une fois de plus, il demeure sans notification, tout comme celui de Cameron. Je m'empresse de lui envoyer un message lui demandant de nous répondre au plus vite. Commençant à m'inquiéter, j'avertis mon copain qui tente de me rassurer par tous les moyens. Mais il a beau me dire qu'Evan va bien, je vois que l'inquiétude le gagne aussi tout doucement. En plus d'un an, c'est la première fois que je vois Cam dans cet état.

Il y a quelques jours, alors que notre colocataire n'était pas là, Cameron m'a appris que, lors d'une soirée de fraternité où Cam l'avait traîné, Evan avait rencontré une fille avec qui il avait un peu discuté. Cette nouvelle m'a réjouie jusqu'à ce qu'il m'apprenne que cette fameuse fille s'est éclipsée avant que notre ami ait pu en connaître un peu plus sur elle. Le lendemain de cette discussion, lors d'une conversation entre Evan et moi, j'ai amené le sujet avec une certaine délicatesse. Il a réagi au quart de tour et j'en ai déduit, sans trop de difficulté, que cette question était sensible. Il a fini par m'avouer un peu plus tard qu'il avait cherché cette mystérieuse fille partout sur le campus mais qu'il n'en avait pas encore trouvé trace. Le voir dans cet état d'impuissance m'a fait mal au cœur. Je n'ai pas été présente pour lui lorsque Grace et lui se sont séparés, mais Cameron m'a raconté de nombreuses choses à propos de cette dure période et je m'en veux toujours d'avoir été absente. Hier soir, Evan, qui est toujours si enjoué, m'a paru comme éteint. Quand il avait évoqué cette fille et sa recherche obstinée, j'ai vu des étoiles dans ses yeux. Si je peux faire la moindre chose pour l'aider à la retrouver, je le ferai.

Mais à côté de ça, je suis partagée parce qu'il n'est pas le seul dans cette affaire ; il y a aussi Grace. Plusieurs fois, j'ai essayé de parler à mon amie mais elle n'a rien voulu me dire concernant leur séparation. Tout ce que je sais, c'est que, malgré les apparences qu'elle essaie de sauver, elle semble très mal vivre la rupture. Dès mon retour, je lui ai proposé qu'on se voie et qu'on en parle, mais tout ce qu'elle a trouvé à me répondre, c'est qu'elle avait recommencé à fréquenter Alex et qu'elle restait au Texas jusqu'à la reprise des cours obligatoires. Quand elle m'a annoncé cette nouvelle, je suis tombée de haut, de très haut, même. Après tout ce qu'il lui avait fait, comment a-t-elle pu retomber dans ses filets ? Je suis convaincue que ce type a quelque chose à voir dans la séparation de mes amis et je suis bien décidée à tout mettre au clair dans cette histoire.

Un peu plus tard, alors que Cameron est au téléphone sur le balcon, je décide d'entrer dans la chambre d'Evan pour voir si ses affaires de cours sont là ou non. Je mets de longues secondes avant de trouver son sac à dos et son ordinateur sous une pile de vêtements propres et attendant d'être rangés. Aussitôt, l'inquiétude me gagne et je me mets bêtement à paniquer au milieu de sa chambre plongée dans la pénombre. Sur un coup de tête, je me dirige droit vers la fenêtre, tire le rideau obstruant la vue puis me penche, à la recherche de je ne sais quoi. Heureusement, il n'y a rien en bas.

— Lili, tu es prête ? crie Cam de l'entrée de l'appartement.

Sans faire de bruit, je referme la porte de la chambre d'Evan et le rejoins. Il a nos sacs dans les mains. J'attrape le mien, cale une des lanières sur mon épaule droite puis sors de l'appartement, suivie de près par Cameron. Le trajet se fait dans le silence et, bientôt, nous arrivons sur le campus. Une fois que la voiture est garée le long d'un trottoir, je m'apprête à descendre quand Cam me retient par le bras.

— Arrête de t'en faire.

— Tu as eu des nouvelles ? je m'enquiers en sentant un brin d'espoir me gagner.

— Non, grimace-t-il. Mais on parle d'Evan. C'est encore un bébé, tu sais. Il a piqué une grosse colère, il boude encore, mais demain, tout ira mieux.

Je sais ce qu'il essaie de faire mais ça ne marche pas. J'ai conscience que je ne connais pas Evan aussi bien que Cameron, pourtant je suis certaine que notre ami va mal. Néanmoins, sachant que cette discussion ne mènera nulle part, j'acquiesce puis me penche pour embrasser mon petit ami. Avant que je m'écarte, Cam me promet dans un souffle qu'Evan va bien. J'aimerais le croire, j'aimerais vraiment. Et pourtant, quand je revois le regard larmoyant d'Evan la veille, je réalise que c'est tout sauf le cas.

***

Après le déjeuner, ni Cameron ni moi n'avons de nouvelles d'Evan. Il ne répond pas aux appels comme aux messages. Ma panique grandit au fur et à mesure que les heures passent. Evan semblait si mal hier que j'ai peur qu'il n'ait fait une bêtise. Quand, à la cafétéria, j'ai fait part de cette possibilité à Cameron, il m'a simplement répondu de me calmer. Comment fait-il pour ne pas s'inquiéter plus que ça alors qu'il s'agit de son meilleur ami ?!

J'assiste à mon cours d'écriture journalistique, quand mon téléphone, posé à côté de ma trousse, se met à vibrer. Mon cœur s'emballe à l'idée que ce soit Evan. Dès l'instant où la professeure a le dos tourné pour écrire au tableau, je saute sur mon portable et le déverrouille sous la table, bien à l'abri du regard indiscret de la fille assise à côté de moi. Mais quand je m'aperçois que le message provient de Grace, je ressens une pointe de déception que je chasse rapidement. Elle a besoin de me parler et me demande si nous pouvons nous voir ce soir, après les cours. Bien évidemment, j'accepte et nous nous donnons rendez-vous au Starbucks où travaillait Sam l'année dernière. Notre trio s'est retrouvé décimé quand, en plein milieu du mois d'août, Sam a posé sa démission et nous a annoncé qu'Andy et lui avaient pris la décision de partir dans le Montana, là où la famille de son petit ami réside. À ce moment-là, j'étais déjà en Australie, et savoir que je ne le reverrais pas avant très longtemps me laisse un nouveau pincement au cœur.

***

Quand j'arrive en avance à l'endroit de notre rendez-vous, Grace est déjà là. Nos retrouvailles se passent comme dans un film, au ralenti. Dès qu'elle m'aperçoit, elle s'élance d'un pas rapide vers moi, me percute et nous nous étreignons très fort. Jamais Grace n'avait été aussi démonstrative avec moi. Lorsque nous nous écartons l'une de l'autre, je suis surprise de l'image que renvoie la femme qui se trouve devant moi. Toute la joie de vivre que je pouvais auparavant lire sur son visage a complètement disparu.

— Je suis tellement heureuse de te revoir, tu m'as trop manqué, me confie-t-elle en me souriant.

— C'était super long, autant de temps sans se voir ! je confirme en essayant de dissimuler mon inquiétude naissante pour elle.

— On rentre prendre un truc ? Je meurs de faim ! s'exclame mon amie.

J'approuve avec plaisir et nous entrons dans le café, peu fréquenté. Grace commande son éternel cappuccino tandis que j'opte pour un café frappé à la vanille. Il fait chaud aujourd'hui, un peu de fraîcheur ne peut pas me faire de mal. En plus de nos boissons, nous commandons deux muffins puis, après avoir payé chacune notre part, nous allons nous asseoir sur les tabourets hauts, face à la vitre donnant sur la rue piétonne.

Durant les minutes qui suivent, nous discutons de tout et de rien, avec une légèreté presque forcée. J'évite de poser les questions qui fâchent ainsi que de répondre trop franchement à certaines de ses interrogations. Chaque fois que je la sens sur le point de me parler d'Evan, elle se rétracte et change de sujet. Je ne veux surtout pas la brusquer, mais je suis persuadée qu'il lui faut crever l'abcès pour pouvoir passer à autre chose. J'ai déjà vécu le déni. Plus d'une fois, je me suis fermée aux discussions concernant Rosie ou encore Jace, car c'était encore beaucoup trop douloureux. Et pourtant, ce qui m'a aidée à avancer, à faire taire la douleur, c'est de parler, de me confier. J'ai dû vider mon sac. Alors oui, ça m'a fait mal et ce fut loin d'être facile, mais c'est nécessaire pour se libérer des remords qui empoisonnent la vie.

— Qu'est-ce qui s'est passé avec Evan ? je lâche soudain sans préambule.

J'ai fini par me lancer, et je le regrette presque aussitôt quand son regard, autrefois pétillant et lumineux, se couvre d'une tristesse infinie. Je me sens mal de la voir dans cet état. Qu'a-t-elle traversé de si terrible pour sembler si absente, si vide, si *morte* ?

— J'ai fait une monstrueuse erreur qui a causé la fin de notre couple, répond-elle après un long silence.

— Elle est réparable, cette erreur ?

Mon amie secoue la tête.

— Tu ne veux pas m'en dire plus ? Ça te ferait peut-être du bien de libérer ce poids de ta conscience.

Je ne veux pas tomber dans une sorte de curiosité malsaine. Les histoires de cœur de mes amis ne me regardent pas et, jusqu'à aujourd'hui, je ne voulais pas m'en mêler. Seulement, maintenant, il faut intervenir ou ils risquent l'un comme l'autre de se détruire à petit feu.

— Je ne suis pas prête, murmure-t-elle. J'ai voulu en parler à Evan mais il n'a pas accepté de m'écouter. Qui peut lui en vouloir, après tout ? J'ai été une véritable garce, Lili. Si tu savais comme j'ai honte !

Sa voix se casse sur les derniers mots et des larmes commencent tout doucement à perler au coin de ses yeux.

— Ne vis pas dans les regrets, Grace, ça ne mène à rien. Concentre-toi plutôt sur l'avenir.

Je tente comme je peux de la réconforter.

— Je ne me pardonnerai jamais d'avoir gâché ma relation avec Evan. J'ai fait beaucoup d'erreurs dans ma vie mais celle-ci restera la pire de toutes.

— Ne dis pas ça…

— C'est pourtant la vérité. Je n'en peux plus de cette situation, Lili. Il faut que j'arrête d'y penser ou je vais y laisser ma peau.

Son visage est désormais baigné de larmes, ce qui me retourne le cœur. Sur la table, j'attrape sa main dans la mienne et la serre fort.

— Je suis là pour toi, je dis, la voix teintée d'émotion.

— Je vais y aller.

— Ne pars pas, Grace, je la supplie.

— J'ai besoin de prendre l'air, souffle-t-elle. Merci pour tout ce que tu as pu faire pour moi. Je n'ai pas toujours été une amie exemplaire, mais garde en tête que toi, tu l'as été. On se revoit vite, je te le promets.

Une dernière fois, je lui demande de rester, mais elle s'enfuit sans un mot de plus. Face à la baie vitrée, j'essuie l'unique larme qui coule sur ma joue, me sentant plus impuissante que jamais devant le malheur de mes amis.

Chapitre 17

Evan

J e l'avoue, cette idée est complètement folle. Mais quand elle m'est apparue au beau milieu de la nuit, alors que je ne parvenais pas à trouver le sommeil, j'ai eu le sentiment qu'il s'agissait d'une des meilleures idées que j'aie jamais eues. Incapable de rester plus longtemps couché, j'ai sauté sur mes jambes et je me suis installé à mon bureau, face à mon ordinateur, pour entamer mes recherches.

Quand Cam et moi avons emménagé dans cet appartement il y a plus d'un an, nous étions convaincus que ça ne serait que temporaire. En effet, la plupart du temps, les étudiants occupent leur logement durant l'année universitaire puis le rendent pour en occuper un nouveau à la rentrée suivante. C'est exactement ce qui aurait dû se passer si Lili n'avait pas débarqué dans nos vies et si nous n'avions pas pris nos marques ici tous les trois. Fin juin, quand nous avons fait la demande de renouvellement de bail, tout allait bien dans ma vie. Je ne me voyais pas habiter ailleurs. Mais le temps passe et les choses changent. J'ai beau prétendre le contraire, ma séparation avec Grace a ouvert en moi une plaie béante qui peine encore à se refermer. Cet appartement me rappelle sans cesse à quoi ressemblait la vie que j'estimais parfaite il y a quelques mois de cela. Le moindre recoin de ma chambre ou des pièces communes m'évoque celle qui a brisé mon cœur.

Il y a quelques semaines, j'ai pris conscience que je ne me sentais plus vraiment à ma place entre ces murs. Pour fuir cet endroit lourd de souvenirs, dès que mes parents avec qui je ne m'entends pas très bien étaient absents, je passais mes journées à Malibu dans leur maison. J'aime cette ville, bien moins agitée que la Cité des Anges, et l'air de l'océan qui balaie mon visage quand j'ouvre la fenêtre de ma chambre me rappelle que je suis vivant. De retour à l'appartement, comme je le craignais, j'étouffais. J'ai espéré que ce sentiment s'estomperait avec le temps mais, un mois plus tard, j'en suis toujours au même point. Mieux vaut ne plus rester ici. J'ai besoin de changer d'air, d'un nouveau départ. Et jusqu'à cette nuit et cette idée tordue, je pensais qu'il était trop tard pour bouleverser les choses.

Ma conversation houleuse de la veille avec Lili résonnant encore dans ma tête, j'ai quitté l'appartement au petit matin sans en parler à mes deux meilleurs amis, qui dormaient toujours. Je venais de passer des heures à éplucher les annonces immobilières, à la recherche d'un logement parfait pour nous trois. Je me rends compte maintenant à quel point c'était stupide d'envisager ce projet sans penser une seule seconde à la réaction de mes colocataires. S'ils ne veulent pas déménager, je serais coincé et je devrais faire un choix dont la seule idée me paralyse déjà.

— Evan, tu es complètement stupide ! je me réprimande à haute voix alors que je roule sur Washington Ave.

Après plusieurs minutes de route à travers Santa Monica, le véhicule devant moi s'immobilise le long d'un large trottoir bordé de palmiers. Je me gare derrière puis rejoins l'agent immobilier qui m'attend déjà devant un haut portail gris.

— C'est ici, sourit-elle en me faisant signe de la suivre.

Nous entrons par une porte plus petite située sur le côté de la maison qu'elle actionne avec une télécommande de taille très réduite. Le jardin, qui apparaît quelques secondes plus tard, est loin d'être immense mais il me convient parfaitement. Il semble assez grand pour organiser des soirées barbecue avec nos amis et pour y installer un panier de basket ainsi qu'une table de tennis de table.

— Alors, que pensez-vous de l'extérieur ? me demande l'agent.

— C'est conforme à ce que je recherche, je tente de répondre en essayant d'avoir l'air connaisseur et blasé.

Elle feuillette l'épais dossier qu'elle tient dans ses mains et ne m'accorde plus un seul regard alors que je commence à lui poser des questions.

— Est-ce qu'il y a un garage ?

— Il est accessible par l'entrée principale. Nous pourrons aller le voir après la visite de la maison, si vous le souhaitez. Mais je suis contrainte de faire une visite assez brève.

J'acquiesce et la suis jusqu'à la maison. Devant la porte d'entrée massive, elle me tend un morceau de papier regroupant les caractéristiques techniques de l'habitation. J'ai beau parcourir plusieurs fois les lignes imprimées des yeux, je ne trouve pas le montant du loyer. Je ne suis pas expert en immobilier à Santa Monica mais cette nuit, lors de mes recherches, j'ai pu me rendre compte de la valeur plus que démesurée de certains biens. Quand j'ai vu l'annonce pour cette maison, j'ai été curieux de n'y voir ni l'adresse exacte ni la mention exacte du loyer. Les rares photos disponibles étaient très alléchantes. Des grandes pièces, beaucoup de luminosité, un quartier sympa et proche de l'université, je me suis finalement décidé à sauter le pas quand mes yeux se sont posés sur la précision écrite en lettres majuscules stipulant qu'il s'agissait ici d'un bien exceptionnel. Je me suis alors empressé d'envoyer un e-mail à l'agence immobilière et, au petit matin, on me répondait que la visite était fixée à 11 heures.

— Le loyer est de combien ? je demande en grimpant les deux marches qui mènent à l'entrée de la maison.

L'agent m'observe, un air espiègle sur le visage.

— Nous verrons ce point après la visite ! élude-t-elle.

Ce point ?! Je manque de l'informer que tout le monde n'a pas des milliers de dollars à mettre sur la table à la fin du mois pour payer son loyer quand, en prenant une nouvelle fois la parole, elle me détourne de la tirade que j'étais prêt à déblatérer :

— J'ai oublié de vous dire mais, au bout de l'avenue, vous avez la plage de Santa Monica. C'est un quartier très calme et très agréable à vivre. Par contre, avant de commencer la visite, je préfère vous prévenir : il vous faudra faire un petit effort d'imagination pour parvenir à vous projeter. L'ancien occupant des lieux, qui n'était autre que le père du propriétaire actuel, avait des goûts quelque peu… dépassés, dit-elle en feignant de chercher ses mots.

— Donc, si je comprends bien, l'homme qui vivait ici avant est mort ?

— Pas du tout ! rit-elle. Ce vieux monsieur habite désormais dans un appartement près de chez son fils, à Long Beach.

Ça peut paraître bête mais cette information m'enlève un poids des épaules. Sans me laisser le temps de formuler les nouvelles interrogations qui me viennent en tête, elle ouvre la porte et m'invite à entrer. Je comprends alors où elle voulait en venir lorsqu'elle a dit qu'il fallait laisser libre cours à son imagination. Ce n'est pas compliqué, toute la décoration est à refaire. Les papiers peints, qui sont plus vieux que moi, sont en très mauvais état et une forte odeur de renfermé m'emplit les narines alors que nous tournons sur notre gauche pour rejoindre le cœur de la maison. J'essaie de faire abstraction de tous ces détails qui me font tiquer pour me concentrer uniquement sur le potentiel énorme qu'a la maison.

— Vous pouvez abattre la cloison séparant la cuisine et la pièce à vivre si vous le souhaitez. Ça vous fera un grand espace de vie très lumineux ! L'exposition de la maison est idéale pour profiter du bel ensoleillement californien du matin au soir.

J'acquiesce, silencieux, les yeux scrutant absolument tout. D'un geste de la main, elle m'invite à la suivre et nous retournons dans l'entrée où quatre portes demeurent fermées. Elle les ouvre une à une et je découvre bureau, buanderie, W.C. et l'accès au garage. Au fil de la visite, je réalise que cette maison offre vraiment tout ce que je recherche. Pas trop grande et suffisamment fonctionnelle, je me sens peu à peu succomber à son charme un brin suranné avec cette affreuse déco des années 1980. La visite se poursuit et, à l'étage, je découvre une mezzanine lumineuse dont les baies vitrées donnent sur le jardin et trois belles chambres, toutes accompagnées de leur salle de bains privative. En un instant, je nous visualise en train de vivre ici et, à cette idée, je souris.

— Est-ce que je peux prendre des photos ? je demande en sortant mon téléphone portable.

— Oui, allez-y !

Après avoir vu les notifications auxquelles je répondrai plus tard, je mitraille l'étage puis chaque recoin du rez-de-chaussée avant de rejoindre l'agent immobilier qui m'attend dans l'entrée.

— Comme vous avez pu le constater, la maison nécessite des travaux assez conséquents.

Je manque de m'étouffer lorsque j'entends l'adverbe employé. Je dirais plutôt qu'ils sont *immensément* conséquents…

— Un architecte a estimé le coût des travaux à un peu moins de dix mille dollars, poursuit-elle avec décontraction.

— C'est à la charge du propriétaire, n'est-ce pas ? je demande alors que mes yeux se retrouvent agressés par l'immonde toile restée accrochée au mur.

L'art et moi, ça fait deux. On pourrait me mettre le tableau d'un peintre de renom sous les yeux que je le trouverais aussi affreux et dénué de sens qu'un dessin réalisé par un enfant de cinq ans. Ma mère a longtemps essayé de me faire partager sa passion pour l'art mais elle a fini par abandonner face à mon manque de volonté et d'enthousiasme.

— Non, c'est au locataire de payer ces travaux. J'admets que c'est assez peu conventionnel mais le propriétaire préfère procéder ainsi, ajoute-t-elle sur un ton plus doux quand elle s'aperçoit que mes yeux s'apprêtent à sortir de leurs orbites.

J'essaie de conserver un minimum de dignité tandis que je lui réponds :

— Je ne vais pas vous mentir, la maison est très belle de l'extérieur et, bien que je sois convaincu que l'intérieur possède un énorme potentiel, le coût que ces travaux représentent n'est pas à la portée de tout étudiant.

— Rassurez-vous, monsieur Carlson, le propriétaire en a conscience. C'est pourquoi il s'engage à baisser le montant du loyer.

— J'ignore toujours à combien il s'élève…

— À un peu plus de mille cinq cents dollars, toutes charges comprises.

Ah oui, quand même ! Je fais preuve de retenue pour ne pas laisser transparaître sur mon visage que cette nouvelle est loin d'être réjouissante. Notre loyer actuel étant deux fois moins élevé, je me demande comment nous pourrions avoir les moyens de vivre ici.

— Si vous montez un bon dossier, le propriétaire n'est pas fermé à une certaine négociation. La vraie question est : est-ce qu'une fois les travaux de rafraîchissement faits, vous vous voyez vivre dans cette maison ?

Elle me scrute, attendant avec impatience ma réponse.

— C'est une très belle maison mais, comme je ne serai pas le seul à l'habiter, je dois attendre d'avoir l'avis des autres colocataires.

— Ne vous en faites pas, je comprends. Voici ma carte si vous avez des questions. J'ai encore trois visites de la maison prévues cet après-midi mais, dès demain, si vous souhaitez la revoir ou bien la montrer aux personnes qui vous accompagnent dans ce projet, n'hésitez pas, je suis libre. J'ai un bon pressentiment pour vous, monsieur Carlson.

Le seul pressentiment que j'ai, c'est la jolie commission qui l'attend si elle arrive à trouver des locataires suffisamment timbrés pour accepter de louer une telle bâtisse à pareilles conditions. Et le souci, c'est que je crois que je suis assez fou pour avoir envie de m'embarquer dans cette aventure.

— Quelle que soit ma décision, je vous appellerai pour vous tenir au courant.

Elle hoche la tête et nous quittons la propriété. Après un dernier échange poli, nous regagnons nos véhicules respectifs. Je suis à peine grimpé dans ma voiture que, devant moi, l'agent immobilier, au volant de sa petite citadine, démarre dans un crissement de pneus qui pourrait rameuter tout le quartier. Je sors mon téléphone de ma poche pour regarder les clichés mais à peine est-il déverrouillé qu'il s'éteint, la batterie à plat.

***

De retour à l'appartement, je ne cesse de repenser au potentiel que cette maison a, malgré tous les travaux qui nous attendent si nous décidons de sauter le pas. Afin d'y voir plus clair, je prends le temps de peser le pour et le contre puis j'entreprends tout un tas de recherches qui me permettent de comprendre un certain nombre de choses. Désormais persuadé que nous pouvons en faire une belle habitation à moindre coût, il me reste néanmoins un point à régler avant d'annoncer la nouvelle à mes deux colocataires. Je rassemble mon courage et, d'un geste fébrile, j'attrape mon téléphone que je viens tout juste de rallumer. Sans prendre la peine de chercher dans mes contacts, je compose un numéro que je connais par cœur ; celui de mes parents. Je ne voulais surtout pas leur être redevable mais, après mûre réflexion, j'ai réalisé que je ne pouvais pas laisser cette opportunité me filer entre les doigts. Et pour ça, bien que ce soit dur à admettre pour moi, j'ai besoin d'eux.

Deux tonalités à peine plus tard, la voix douce de ma mère prononce un « bonjour » à peine audible.

— Tu vas bien, mon chéri ? ajoute-t-elle aussitôt avec plus d'enthousiasme.

— Oui et toi ?

— Je vais très bien.

Un silence inconfortable s'installe entre nous et je ne parviens pas à trouver les bons mots pour le briser. Je sais d'avance que ce que je m'apprête à dire et à faire va jeter un froid entre nous. Est-ce que je veux vraiment m'aventurer sur cette pente glissante ? Je n'en suis plus du tout certain et pourtant, après avoir pris une profonde inspiration, je me lance avant de me dégonfler :

— En réalité, je t'appelais pour vous demander quelque chose, à papa et toi.

— Je t'écoute.

Cette fois-ci, sa voix n'est plus aussi douce, elle est méfiante, sur la réserve. Ce revirement entre parfaitement dans la ligne des rapports tendus que j'entretiens avec mes parents depuis quelque temps. Les semaines passées m'ont ouvert les yeux sur de nombreuses choses et, peu à peu, je me suis rendu compte que je ne méritais pas la manière dont mes parents me traitaient. Les durs reproches lancés durant le dernier repas de famille me reviennent en mémoire et me donnent la force nécessaire pour lui dire ce que j'attends d'eux.

— J'ai besoin que vous vous portiez garants pour une maison que j'aimerais louer.

— Nous payons déjà une partie de tes frais universitaires, Evan.

Je ris jaune.

— C'est si honorable de votre part ! Vous qui me payez tant de choses, je dis sans pouvoir retenir l'amertume palpable dans mon intonation.

— Qu'entends-tu par là ? réplique-t-elle, d'un ton pincé.

Enfant, je n'étais pas le genre de gamin jaloux des autres et encore moins de mon frère. J'ai toujours su que la jalousie détruisait les gens et que ça n'était pas une bonne chose. Seulement, avec le temps, le sentiment d'injustice que j'endurais en voyant mon frère sur ce piédestal permanent s'est accentué et, aujourd'hui, je compte bien obtenir ce que je veux. Je n'aime pas ce que je suis en train de faire mais je n'ai pas le choix. Aux grands maux, les grands remèdes.

— Ne te voile pas la face, maman. Daniel a toujours tout eu. Je pourrais te dresser une liste mais j'en aurais pour plus d'une heure et je n'ai pas le temps pour ça.

Mon calme s'est dissipé pour céder la place à une colère évidente.

— Tes propos sont complètement infondés, Evan. Ton père et moi n'avons jamais fait de différence de traitement entre ton frère et toi. Nous nous sommes toujours appliqués à vous mettre sur un pied d'égalité.

J'hallucine ! Elle ne peut pas être à ce point dans le déni, elle se moque de moi, ce n'est pas possible autrement. Je

ne réfléchis plus de manière cohérente et laisse ma rancœur s'exprimer :

— Si vous avez pris en charge une partie de mes frais
d'études, c'est uniquement pour faire bonne figure parmi
les autres parents du quartier. Notre réputation de famille
américaine idéale, il n'y a que ça qui compte pour vous.

— Je n'en reviens pas que tu puisses penser une telle
chose.

Je l'ai blessée dans son ego, je le sais. Malgré tout, ça ne
suffit pas à m'arrêter.

— Vous avez toujours préféré Daniel, votre fierté et
votre amour pour lui sont tellement palpables que, plus
d'une fois, les gens ont pensé qu'il était enfant unique. Il
n'y en a toujours eu que pour lui et aujourd'hui, maman,
tu sais quoi ? J'en ai assez.

— Je…

— Dès que j'en ai eu l'âge, j'ai travaillé. Je me suis
payé ma première voiture seul, tandis que lui vous a
demandé une voiture à plusieurs milliers de dollars qu'il
a eue sans avoir à insister. Quand j'avais le malheur de
vous demander de nouvelles baskets parce que j'en avais
qui étaient fichues, je devais attendre des semaines et
des semaines avant de pouvoir obtenir une paire neuve.
Daniel se pavanait devant moi avec de nouveaux habits
toutes les semaines que j'étais juste bon à récupérer quand
ils étaient trop petits pour lui ou s'ils étaient passés de
mode. Tous ses voyages aux quatre coins du monde que
vous avez payés sans jamais rechigner, son appartement
de rêve à Princeton en plus des frais universitaires plus

qu'exorbitants… J'ai tellement d'autres exemples à te donner. Je n'ai jamais été un gamin à problèmes. Je n'ai jamais rien fait qui aurait pu vous embarrasser. Ce que je veux savoir, c'est pourquoi. Pourquoi m'avoir rejeté à ce point ? Qu'est-ce que j'ai fait pour que vous ne m'aimiez pas comme vous l'aimez lui ?

Ma voix déraille sur les derniers mots. Je n'avais jamais prononcé ces reproches à haute voix de peur de voir la réalité me percuter en pleine face. Si j'avais su que ça serait à ce point douloureux, je n'aurais jamais mis cette conversation sur le tapis. Je ne voulais pas en arriver là. Je suis à deux doigts de m'effondrer mais je puise au fond de moi la force pour résister, contrairement à ma mère que j'entends éclater en sanglots.

— Ne crois pas cela, Evan. Nous t'aimons autant que ton frère. Je suis sincèrement désolée que tu aies pu ressentir de l'injustice. Pardonne-nous, je t'en prie…

Je suis incapable de dire quoi que ce soit. Seuls les actes comptent. Elle pourrait s'excuser dans toutes les langues du monde, rien ne sera assez fort pour effacer ce sentiment de rejet qui me tient depuis mon enfance. Je n'ai jamais douté du fait qu'ils m'aiment, mais je suis convaincu qu'ils ne m'aiment pas comme lui. Et ce qui est le plus douloureux est de ne pas avoir d'explication à cela.

— Ne t'inquiète pas, ton père et moi allons nous porter garants.

Elle a retrouvé un ton plus léger mais je l'entends encore renifler. Sonné par cette conversation, je balbutie un simple « merci » et raccroche sans lui laisser l'occasion d'ajouter un mot. Elle ne m'a pas vraiment démenti et a capitulé bien trop facilement. Le faible espoir persistant qui me disait que j'avais peut-être tort sur toute la ligne se voit entièrement anéanti par sa demande de pardon. Je devrais être content d'avoir obtenu ce que je voulais et, pourtant, un sentiment de vide immense me hante. L'impression que rien ne va dans ma vie me paraît plus forte que jamais. Mais pourquoi je vais de déception en déception ?! Cette question, qui demeure sans réponse, m'agace autant qu'elle me fait souffrir.

Je me laisse tomber dans le canapé tout en passant ma main sur mon visage et en soupirant exagérément. Je dois aller de l'avant et ne retenir que le positif. Je voulais que mes parents se portent garants, ils le font, c'est l'essentiel.

Nouvelle règle de vie : ne plus permettre aux autres d'avoir une emprise sur moi, quelle qu'elle soit.

Chapitre 18

Lili

Deux semaines après la proposition d'Evan, nous sommes prêts à commencer les travaux. Je crois bien que je n'oublierai jamais la manière dont il nous a appris son désir de déménager…

Ce jour-là, après des heures durant lesquelles nous nous sommes fait un sang d'encre, quand Cam et moi sommes rentrés à l'appartement, j'ai failli pleurer de joie en voyant Evan assis bien confortablement dans le canapé, son ordinateur sur les genoux. Sans exagérer, nous étions sur le point de prévenir la police.

— Tu vois, il va bien, a raillé Cameron en enlevant ses chaussures.

J'ai répondu à sa moquerie déguisée en lui dressant mon majeur. Il a ri de mon geste. C'est vrai que je suis rarement aussi vulgaire mais, les nerfs en pelote, je ne contrôlais plus rien. Cam avait beau nier, sa fausse décontraction cachait son inquiétude croissante. Sans ménagement, j'ai balancé mes ballerines dans l'entrée et j'ai filé près d'Evan pour le serrer fort dans mes bras.

— Tu m'as fait peur, idiot ! j'ai lâché avant de prendre son visage entre mes mains.

Il m'a regardée en arquant un sourcil et je me suis lancée dans de vagues explications.

— Ne refais plus jamais ça, j'ai été morte de trouille toute la journée. J'ai eu peur qu'il ne te soit arrivé quelque chose.

— Je…

— Avant que tu ne dises quoi que ce soit, je l'ai interrompu, sache que je suis sincèrement et profondément désolée. Je réalise aujourd'hui que partir en Australie m'a éloignée de la plupart des personnes à qui je tiens. J'étais tellement obnubilée à l'idée que ma relation avec Cam soit fragilisée par la distance que je n'ai pas pris la peine de m'occuper de ceux qui me sont chers. Je serai toujours là pour toi, Evan. Tu es mon meilleur ami, l'épaule sur laquelle je peux m'appuyer au moindre problème. Jamais je ne te laisserai tomber à nouveau, je t'en fais la promesse.

Les jours ont passé et je sens encore une boule d'émotion dans ma gorge quand je repense à cette conversation.

— Tu es la meilleure, a-t-il répondu la voix enrouée et en me rendant mon étreinte. Je suis désolé pour tout ce que je t'ai dit, je ne le pensais pas. Je ne regrette pas un seul instant que tu sois avec nous aujourd'hui car tu as été l'une des meilleures choses qui nous soient arrivées dans la vie. N'est-ce pas, Cam ?

Son meilleur ami a acquiescé en levant les pouces en l'air, et tout en continuant de sourire, j'ai essuyé les quelques larmes qui coulaient sur mes joues. Je savais bien que je ne pourrais pas me retenir bien longtemps. Mais à ce moment-là, ni Cam ni moi n'avions prévu ou même imaginé la bombe qu'Evan s'apprêtait à lâcher.

— Alors, quoi de neuf ? a demandé Cameron avant de se rendre dans la cuisine.

— Je veux déménager.

Dans la cuisine, un verre a éclaté sur le sol et je n'ai pas pu contenir mon cri à mi-chemin entre la surprise et la frayeur.

— Tu veux partir ?

Cameron était plus blanc qu'un linge quand il est revenu pour s'asseoir ou, plutôt, se laisser tomber à côté de nous.

— Pas seul mais avec vous ! s'est alors exclamé Evan en se redressant pour nous regarder l'un après l'autre.

— Je ne comprends pas, j'ai murmuré, perdue.

Notre ami s'est raclé la gorge avant de nous révéler ce qu'il avait fait et pourquoi. Durant ses explications, nous ne l'avons pas interrompu. Evan se libérait de ce poids qu'il avait sur la poitrine, je pouvais le ressentir.

— Je ne suis pas contre, j'ai fini par dire avant de jeter un coup d'œil à Cameron qui venait de se lever pour faire les cent pas derrière le canapé et qui ne semblait pas aussi enthousiaste que moi à cette idée. Et toi, Cam, tu en penses quoi ?

— J'aime bien cet appartement, il a vraiment tout pour plaire. S'engager dans de tels travaux alors que les cours ont repris et qu'on n'a, pour le moment, aucune source de revenus me paraît être un peu fou, a-t-il murmuré en se frottant la nuque.

— Tu n'as pas complètement tort, j'ai admis. Mais d'un autre côté, je comprends Evan. Je ressens la même chose que lui à propos de cet appartement. J'ai beau l'apprécier, y avoir vécu des choses formidables, je n'arrive pas à oublier les épreuves que j'ai aussi dû y surmonter.

— Donc, si je comprends bien, ça fait deux voix contre une ?

— Tu n'y es pas du tout, Cam, a dit Evan en secouant la tête. Je ne vous mets pas le couteau sous la gorge. C'est une envie que j'ai. Je sais que ça peut paraître stupide de vouloir déménager avec vous alors que vous êtes en couple et que vous n'avez peut-être plus envie de vous coltiner le meilleur ami célibataire qui se remet à peine d'une rupture amoureuse. Si c'est le cas, n'ayez pas peur de me le dire, je ne vous en voudrai pas.

Cameron et moi avons réfuté cette idée en même temps. Comment pouvait-il penser ça ?

— Je ne me vois pas vivre sans toi, Evan, a lâché mon petit ami avant de me regarder, ce à quoi j'ai acquiescé avec énergie. Si nous arrivons à cohabiter dans un appartement, nous y arriverons forcément dans une maison qui sera plus grande. Ce qui m'ennuie réellement, ce sont toutes les démarches et tous les travaux qui nous attendent.

— J'ai passé la journée à faire des recherches et ce n'est pas aussi terrible que ça en a l'air. J'ai appelé mes parents, ils se portent garants. Cette année, je commence les stages à l'hôpital et ils seront rémunérés. Ça peut le faire, j'en suis convaincu.

— Il faut bien y réfléchir alors, a conclu Cameron après un long silence. Tu as des photos de cette maison ?

— Venez vous asseoir, j'ai tout ce qu'il faut !

La nuit qui a suivi, nous l'avons passée à réfléchir, à peser le pour et le contre, si bien que le lendemain matin, nous ressemblions comme deux gouttes d'eau à des zombies tout droit sortis d'un épisode de *The Walking Dead*. Cameron, qui se montrait plus que réticent au début, a fini par craquer quand il a vu les photos, le potentiel de la maison et, surtout, les étoiles dans les yeux de notre ami quand il parlait de toutes ses idées d'aménagement. Lorsque je me suis retrouvée seule avec Cameron, nous en avons profité pour parler à cœur ouvert, sans risquer de blesser Evan avec nos interrogations. Ce qui effraie le plus mon petit ami dans cette aventure, c'est toute l'énergie et le temps qu'on va devoir y consacrer. En outre, l'avantage de cet appartement, c'est que même s'il ne nous ressemble pas totalement, il est fonctionnel, sobre et, surtout, sans mauvaise surprise. Or, la maison, c'est l'inconnu.

Nous avons essayé de calculer le coût que les travaux représenteraient et comment nous pourrions financer le loyer sans devoir manger des pâtes et se doucher à l'eau froide une bonne partie de chaque mois. C'est ce moment-là que Cameron a choisi pour m'annoncer que ses combats passés lui avaient permis d'économiser bien plus que je ne pouvais imaginer. Après une longue discussion, Cam en est venu à la conclusion qu'il allait se servir de ce joli pactole pour financer les travaux et les premiers loyers. Comme il savait très bien ce que je penserais de sa proposition, il m'a sorti toute une ribambelle d'arguments. Quinze jours plus tard, ma position n'a pas changé. Je ne suis toujours pas heureuse à l'idée que de l'argent sale soit impliqué dans ce projet, mais je dois reconnaître que ça nous enlève malgré tout une sacrée épine du pied. De mon côté, comme il n'était pas question que je me fasse entretenir, je me suis penchée activement sur les petites annonces et j'ai trouvé quelque chose qui me correspond presque totalement. Un journal en ligne sur l'actualité de la ville vient d'être créé et des pigistes sont recrutés. Puisque je ne suis pas encore diplômée, c'est avec une certaine réserve que j'ai écrit à l'adresse mail indiquée. Ma motivation et les quelques articles que j'ai envoyés semblent avoir convaincu car on a retenu ma candidature. Dorénavant, je devrais rédiger au minimum un article par semaine. Ma rémunération n'atteindra pas des sommes astronomiques mais tout ce qui compte, c'est qu'elle nous dépannera bien.

Après avoir passé toutes ces heures debout, quand je suis allée au campus, mon cerveau était dans un brouillard à couper au couteau. Les trois cafés avalés n'ont pas réussi à me donner le coup de fouet nécessaire pour affronter une matinée de cours de géopolitique dispensé par le sosie de Cheryl Bakewood. Au fond de l'amphithéâtre, j'ai dû lutter de toutes mes forces pour ne pas m'endormir. Après quelques remarques désagréables de notre professeure et l'annonce d'un devoir à rendre pour la semaine suivante, ces quatre heures interminables étaient enfin passées. Mes affaires étaient encore étalées sur ma table quand j'ai reçu un message de Cameron me prévenant qu'il m'attendait devant mon bâtiment. Il était appuyé contre sa voiture avec mon déjeuner dans les mains. Quand j'ai ouvert le sachet kraft, j'y ai trouvé tout ce que j'aimais. Après un baiser en guise de remerciement – qui s'est légèrement éternisé, je l'avoue –, nous avons pris la route pour rejoindre Evan à Santa Monica.

Seuls dans la voiture, nous avons profité du court trajet pour refaire un point sur ce projet. Avant de nous lancer, nous voulions être sûrs et certains que l'enthousiasme plus que débordant d'Evan n'influençait pas notre choix. Toute la matinée, le doute nous avait tiraillés et visiter la maison nous permettrait enfin d'en avoir le cœur net. Quand nous sommes entrés dans la propriété, j'avais une boule au ventre. Excitation et peur se mêlaient. J'avais vu les photos mais je ne savais pas ce que j'allais ressentir quand je me retrouverais dans les murs. En quelques secondes à peine, le coup de cœur d'Evan a été partagé par Cameron puis moi. Je me souviens encore du regard brillant de mes deux acolytes quand ils se sont tournés vers moi pour me demander ce que j'en pensais. Malgré tout ce qui pouvait nous attendre, nous en sommes venus à la conclusion que cette maison était une sacrée affaire et que nous ne pouvions pas passer à côté.

Mais avant de nous engager officiellement, je tenais à en parler avec mes parents. Si mon père s'est aussitôt montré très ouvert et enthousiaste, ma mère était, quant à elle, sceptique. Il a fallu que je trouve les bons arguments pour la convaincre que nous n'étions pas fous ! Par appel vidéo, je lui ai fait visiter la maison et je lui ai confié tous les plans que nous avions élaborés. Ma mère a alors réalisé la viabilité du projet et savoir que les parents de Cam nous accompagneraient tout au long des travaux l'a, j'en suis certaine, rassurée.

Quand nous avons expliqué à l'employé de l'administration notre désir de quitter l'appartement alors que le bail devait se terminer dans plusieurs mois, j'ai bien cru qu'il allait se prosterner à nos pieds. Le campus commence à manquer cruellement de logements et cet appartement, que nous libérons, était comme un cadeau tombé du ciel. Sans pénalité, nous avons pu convenir que nous rendrons les clés le 16 octobre, date de notre emménagement officiel à Santa Monica. Notre dossier de location a été accepté et, plus motivés que jamais et avec l'aide de nos amis et des familles de Cam et d'Evan, nous avons monté un plan d'enfer pour que, d'ici trois semaines, tout soit terminé et que nous puissions enfin nous installer.

La tête plongée dans le catalogue répertoriant toutes les teintes de peinture disponibles pour la cuisine, je m'aperçois que je ne suis plus seule dans la pièce quand Evan, qui vient d'arriver derrière moi, me tapote l'épaule.

— Lili, est-ce que je peux te parler ?

— Oui, bien sûr !

Je glisse un stylo en guise de marque-page et me relève du fauteuil en osier dans lequel j'étais assise.

— On peut aller ailleurs ?

Devinant le sujet qu'il veut évoquer, j'acquiesce et en profite pour lui demander si nous pouvons passer par le magasin de bricolage car il nous manque de l'adhésif de protection pour peindre les salles de bains de l'étage. Evan accepte et je cours prévenir Cameron, qui est en pleine session décollage de papier peint avec son père, Rafael et Brad, que nous allons acheter quelques bricoles. Le père de Cam me demande de prendre un escabeau plus haut, si j'en trouve un, et je me promets à cet instant de remercier comme il se doit toutes les personnes qui nous aident quand les travaux seront terminés.

Nous sommes à peine montés dans la voiture que je sens qu'Evan est bien loin d'être détendu. Il y a de cela une semaine, un soir, nous nous sommes retrouvés tous les deux, sans Cameron qui était parti faire du sport avec Rafael. J'ai essayé d'amener en douceur la conversation sur sa rupture avec Grace mais il m'a confié que, pour le moment, il ne se sentait pas encore prêt à tout me raconter. Je l'ai rassuré en lui disant que peu importe le temps que ça pouvait prendre, quand il sera prêt, je serai là pour l'écouter. De mon côté, j'essaie toujours d'aider Grace à aller mieux. Elle est en moins bonne forme que mon ami qui semble revivre avec l'aventure dans laquelle nous nous sommes engagés. Je ne sais plus quoi faire pour redonner le sourire à Grace. Dès que je lance le sujet épineux qu'est sa relation avec Evan, elle se ferme complètement. Elle me dit qu'elle a besoin de temps, que pour le moment elle n'y arrive pas. Cameron, qui en sait beaucoup plus que moi sur cette histoire, refuse de me dire quoi que ce soit. Les mots de Grace résonnent encore dans ma tête mais je n'arrive pas à imaginer ce qu'elle a pu faire de si grave pour que tout dérape ainsi.

Ma réflexion se retrouve interrompue quand Evan bifurque sur Westwood Boulevard, route qui nous mène droit vers le campus. Ce changement de destination m'intrigue et, bien que curieuse, je décide de rester silencieuse. Lorsqu'Evan arrête la voiture le long d'un trottoir et coupe le contact, je sens que mon ami en a lourd sur le cœur. Ses traits sont tirés et ses mains sont crispées sur le volant. Le moteur étant maintenant éteint, les vitres sont remontées et la climatisation s'est arrêtée. Les secondes s'écoulent et l'air dans l'habitacle devient tout à coup étouffant. Je jette un regard à mon ami qui ne semble pas se soucier du soleil qui tape sur le toit et qui commence tout doucement à nous rôtir. Avant que l'un de nous deux ne suffoque réellement, je décide d'ouvrir ma portière et de sortir. Ce geste ramène Evan à la réalité qui, à son tour, descend du véhicule. L'un à côté de l'autre, nous marchons le long d'une allée qui nous mène vers la place où se trouve le Starbucks où nous avons nos habitudes. Evan, qui était resté jusqu'à maintenant silencieux, s'éclaircit la voix et c'est d'un ton calme et léger qu'il commence à se confier :

— Cet été, peu de temps après ton départ en Australie, Grâce m'a dit qu'elle m'avait trompé avec Alex.

Cette révélation me brise le cœur.

— Tu vas me prendre pour un fou mais bien souvent, malgré moi, je les imagine et ça me donne envie de tout détruire autour de moi.

— Tu n'es pas fou, Evan.

Juste abîmé par cette trahison.

Je me retiens de faire ce commentaire à haute voix. Il n'a pas besoin que je lui confirme ce qu'il sait déjà. Je me tourne vers lui, pour croiser son regard, mais mon ami semble être bien loin de moi. Nous avançons encore quelques mètres avant que je me décide à l'arrêter. Dans un geste à la fois sûr et doux, j'attrape sa main dans la mienne. Ce contact suffit à le faire pivoter vers moi. Ses yeux, d'habitude rieurs, me paraissent éteints.

— Est-ce que tu penses que ça ne fera plus mal un jour ?

Ses mots ne sont que murmure, et pourtant, la fragilité que je perçois dans sa voix me bouleverse.

— J'en suis convaincue.

Je presse sa main un peu plus fort, certaine qu'aucune parole ne pourrait le réconforter comme il se doit.

— J'ai rencontré une fille lors de la soirée de fraternité à laquelle Cam m'a traîné, reprend-il, avec cette fois un sourire au coin des lèvres. Durant des jours et des jours, elle a hanté mes pensées. Quand elle a quitté la soirée, elle ne m'a pas laissé son prénom ou même un indice la concernant. Enfin c'est ce que je croyais…

— Tu l'as retrouvée ?

— Oui, mais je dois continuer à t'expliquer ce qui s'est passé avec Grace. Le jour où on s'est disputés, toi et moi, j'ai revu Grace. Ça faisait plus d'un mois que je ne l'avais pas croisée. Quand elle m'a envoyé un message pour me demander si elle pouvait me parler, je ne sais pas pourquoi, j'ai accepté. Nous sommes allés prendre un

231

café, et là, elle m'a avoué qu'elle ne m'avait pas trompé. Tu n'imagines pas le choc que j'ai pu ressentir.

— Je l'imagine très bien, je murmure.

Je comprends alors pourquoi Grace est si distante depuis quelque temps…

— Je ne sais même pas si je peux la croire et, en vrai, ça m'est complètement égal. Dans l'hypothèse où, effectivement, elle ne m'a pas trompé, elle a causé trop de dégâts pour que je puisse un jour lui pardonner.

— C'est légitime, Evan. Tu n'as pas à t'en vouloir d'avoir pris cette décision.

— Alors pourquoi est-ce que je culpabilise ? Pourquoi ai-je l'impression de faire le mauvais choix ?

— Parce que tu l'aimes encore.

J'ai essayé de le dire avec douceur mais, peu importe le ton, le résultat reste le même. Son regard se trouble une fois que j'ai prononcé ces mots, si bien que je me demande un instant s'il ne va pas pleurer. Je regrette ce que je viens de dire, d'autant plus qu'à présent des larmes dévalent ses joues. C'est la première fois que je le vois dans cet état. Je me sens démunie, sans savoir quoi faire.

— Je suis tellement perdu, Lili.

— Si entretenir un lien avec elle te fait du mal, il faut que tu la laisses partir. Tu dois te libérer de ces chaînes qui t'emprisonnent. Si tu es l'homme formidable que tu es aujourd'hui, c'est aussi parce que Grace a fait partie de ta vie. Vous avez partagé de bons moments ensemble que tu ne pourras pas oublier car ils sont ancrés en toi. Mais sers-toi de ce qui t'a blessé pour te rendre encore plus fort.

— On apprend de ses erreurs, comme on dit, déclare-t-il après un reniflement.

— Exactement ! je confirme dans un sourire.

Du revers de la main, il essuie ses joues humides et je lui tends le paquet de mouchoirs qui traînait au fond de mon sac. Comme il semble embarrassé de se montrer si vulnérable devant moi, je m'empresse de le rassurer avant de reprendre, impatiente d'en savoir plus :

— Parle-moi de cette fille que tu as rencontrée !

Il passe une main dans ses cheveux et, après avoir pris une profonde inspiration, il commence à me raconter leur deuxième rencontre, totalement inespérée. Au fur et à mesure de son récit, je ne peux que remarquer l'éclat qui brille à nouveau dans son regard. Cette inconnue a rallumé une flamme éteinte en lui.

— Tu ne veux pas aller la voir ? je demande.

— Je ne me sens pas prêt, avoue-t-il faiblement. Je sais que la fréquenter pourrait me faire oublier Grace mais elle mérite mieux qu'une relation pansement.

— Comment s'appelle-t-elle ?

— Eileen, dit-il en souriant.

— Tu n'as pas besoin de précipiter les choses. Le temps panse les plaies.

— Je l'espère, murmure-t-il, je l'espère.

Je le regarde, envahie par un sentiment d'affection et de bienveillance pour lui.

— Evan ?

— Oui ?

— Ne mets pas de frein à ce que tu veux sous prétexte que tu as peur. Si tu as envie de voir comment cela peut se passer avec Eileen, fonce. Si tu te montres honnête avec elle, je suis certaine que tout ira bien.

— Je ne te le dis pas assez souvent mais, bordel, tu es géniale, Liliana Wilson. Qu'est-ce qu'on ferait sans toi, Cam et moi ?

— Eh bien, la même chose que vous faites actuellement, c'est-à-dire vivre, je lance dans un petit rire.

— Dans ce cas, laisse-moi te dire que tu rends notre existence sur cette planète beaucoup plus agréable.

Touchée par ses mots, je me précipite dans ses bras et nous restons un long moment à nous serrer l'un contre l'autre. Je crois qu'on en avait tous les deux besoin. Après cette séquence riche en émotion, nous regagnons la voiture qui est devenue une véritable fournaise avant de prendre la direction du magasin de bricolage.

Je parcours les rayons de peinture à la recherche de la plus belle teinte pour notre chambre commune à Cameron et moi quand j'entends mon téléphone vibrer. Persuadée qu'il s'agit de Cam qui m'appelle une nouvelle fois pour nous demander d'acheter autre chose, je décroche sans prendre la peine de regarder le nom qui s'affiche sur mon écran.

— De quoi est-ce que tu as encore besoin ? je demande dans un rire.

Je continue de regarder les pots devant moi, attendant qu'il me réponde.

— Cam ?

— *Roses are red, violets are blue, sugar is sweet and so are you !*

Cette comptine, chantée par une petite fille, résonne dans mes tympans et, comme agressée par ce son, je recule par réflexe le téléphone de mon oreille et en regarde l'écran. Une vague d'anxiété déferle en moi quand je m'aperçois qu'il ne s'agit pas de Cameron mais d'un numéro inconnu. Je reporte l'appareil à mon oreille, avant de demander :

— Qui est-ce ?

J'essaie de maîtriser les tremblements dans ma voix alors je répète cette phrase de plus en plus fort dans l'espoir de couvrir cette chanson insupportable qui tourne en boucle. Le rythme s'accélère jusqu'à ce que le son se coupe brusquement. Un silence lourd s'installe alors et, terrorisée, je n'ose plus rien dire. Je m'apprête à raccrocher quand intervient une voix feutrée que je ne reconnais pas et qui pourrait être aussi bien féminine que masculine :

— Tout est bientôt terminé, Liliana.

Un rire démoniaque éclate et j'ai la brusque impression d'être dans un film d'horreur. Mon doigt tambourine sur le bouton de fin d'appel et une violente sensation de vertige me saisit.

— Lili ? Ça ne va pas ?

La voix d'Evan me surprend et, pour ne pas éveiller la moindre inquiétude de sa part, je balbutie :

— Si, si, ça va !

— Tu es sûre ? Tu fais une drôle de tête.

— J'ai été surprise par ce coup de téléphone mais c'était une erreur de numéro, rien de grave.

La vérité, c'est que cet appel vient de réveiller en moi une peur que je pensais disparue à tout jamais.

Chapitre 19

Elena

En quittant la salle de danse tout à l'heure, je me suis dit que ça pouvait être une bonne, voire une excellente idée si je me rendais, sans prévenir évidemment, au domicile familial où vit toujours Rafael. Mais assise depuis bientôt une demi-heure dans ce bus mal fréquenté, je commence à déchanter…

Lorsque le bus s'arrête et que les portes s'ouvrent quelques mètres avant un carrefour, je colle le nez à la vitre, à la recherche de la moindre indication qui pourrait m'apprendre où nous sommes, mais je ne trouve rien. Les noms des rues sont trop loin pour que je puisse les lire nettement. Avec hésitation mais empressement, je pivote vers la dame âgée assise derrière moi. Il faut dire que c'est la seule personne de ce bus qui ne m'effraie pas. Je lui demande où nous venons de nous arrêter. Elle me regarde avec attention mais ne me répond pas, et je me sens tout à coup bête. Ne voulant pas la brusquer, je me retourne et sors, en dernier recours, mon téléphone. Or, nous avons beau être à Los Angeles, le réseau ne passe pas bien ici. Je lance malgré tout la géolocalisation, mais le temps d'obtenir un résultat, le bus a redémarré. Je me rencogne dans mon siège, priant pour que l'arrêt que l'on quitte ne soit pas celui où je devais descendre. J'ai ma réponse quelques secondes plus tard quand le bus roule devant le panneau indiquant « Florence Ave ». J'aurais donc dû descendre juste avant. *Et merde.*

Sans plus tarder, je réunis mes affaires et me lève de mon siège pour être sûre de ne pas rater le prochain arrêt. Debout dans l'allée centrale du bus, j'avance avec prudence, mais les à-coups répétés manquent de me faire chuter plusieurs fois. Je vais pour m'accrocher à une barre quand le chauffeur freine brusquement. Sans parvenir à me rattraper, je me retrouve projetée contre un passager. Le temps que je retrouve mon équilibre, l'homme en profite pour presser ma taille et me force à me rapprocher de lui. Avec hargne, je me dégage et m'écarte. Le regard menaçant que je lui lance ne fait qu'accentuer son sourire salace. Avec une grimace de dégoût sur le visage dont je n'arrive pas à me débarrasser, je me dépêche de rejoindre l'autre porte, celle près du chauffeur, sans me retourner.

Lorsque le bus s'immobilise, j'en sors précipitamment. Après un rapide regard en arrière, je suis soulagée de savoir que ce sale type est resté à l'intérieur. Le vent frais qui balaie mon visage me calme un instant mais je n'ai pas le temps de m'éterniser ici. Mon sac à dos sur les épaules, j'avance sur Manchester Ave dans l'espoir de rejoindre Buldong Ave quelques blocs plus loin.

Après plusieurs minutes qui me semblent interminables, je parviens enfin à trouver Buldong Ave. Un regain d'énergie me gagne et, sans même m'en rendre compte, je suis presque en train de courir. La nuit est tombée depuis longtemps et, seule dans cette rue en apparence déserte, je ne suis pas rassurée. Quand un bruit résonne dans mon dos, je ne peux pas m'empêcher de sursauter. Je me retourne et, malgré la luminosité apportée par l'éclairage public, je ne distingue rien, ce qui ne fait que renforcer ma crainte.

La peur n'évite pas le danger, Elena.

Je m'efforce de garder ça en tête tandis que j'augmente encore ma foulée pour arriver au plus vite à l'adresse de Rafael, là où je me sentirai enfin en sécurité. Je n'imaginais pas un seul instant que je serais si mal à l'aise en traversant South Central. Depuis le début de notre relation, je sais que Rafael vit dans un des quartiers les plus dangereux de Los Angeles. Ça ne m'avait jamais dérangée jusqu'à aujourd'hui… J'ai le désagréable sentiment qu'à tout moment, quelqu'un va me tomber dessus. Le regard lubrique de l'homme dans le bus me fait encore froid dans le dos. Je déteste ça. Je ne veux pas me sentir gênée ou effrayée parce que je marche dans la rue avec une tenue qui colle à ma peau et qui laisse deviner sans ambiguïté la ligne de mes courbes. Je veux être libre de me vêtir comme je le souhaite sans qu'on me regarde comme un vulgaire morceau de viande bien alléchant. J'aimerais tellement que les mentalités changent…

Dans mon short de sport que j'ai enfilé par-dessus mon collant de danse, j'avance le plus rapidement possible et j'ai envie de me débarrasser de mon sac qui pèse sur mon épaule. Je commence à maudire tout ce qui m'entoure quand mon œil est attiré par un détail qui retient immédiatement mon attention. Dans la cour, devant une maison aux volets bleus qui paraît abîmée par le temps, la moto de Rafael trône superbement. Je regarde partout, à la recherche d'une sonnette, mais je me rends très vite à l'évidence : si je veux indiquer ma présence, je vais devoir aller jusqu'à la porte. Sans tergiverser plus longtemps, j'entre dans la cour qui n'est ni clôturée ni éclairée. Avec une application de mon téléphone, j'éclaire mon chemin jusqu'à la maison. C'est d'une main hésitante que j'appuie sur la vieille sonnette collée au mur lézardé. Un silence de mort s'est abattu dans la rue et j'attends désespérément que quelqu'un daigne m'ouvrir. Les secondes s'écoulent quand, enfin, j'entends de l'agitation provenir de l'intérieur. La porte massive finit par s'entrebâiller et laisse apparaître la tête de Rafael. L'air surpris de me voir ici, il enlève la chaîne de sécurité qui retenait le battant et l'ouvre un peu plus sans pour autant me signifier d'entrer.

— Mais qu'est-ce que tu fais là ? s'étonne-t-il en chuchotant.

— Je voulais te faire une surprise. Mais à en juger par ta mine, ça ne te réjouit pas du tout.

Je me renfrogne en le voyant scruter la rue par-dessus mon épaule.

— Ce n'est pas ça, soupire-t-il.

— Qu'est-ce que c'est alors ?

Il ouvre la bouche, prêt à me répondre quand, derrière lui, une voix féminine et enrouée s'élève et s'écrie en espagnol :

— Qui est-ce ?

À cet instant, je me félicite d'avoir été aussi assidue durant les cours d'espagnol du lycée.

— Personne ! répond Rafael avant de m'empoigner par le bras.

Il referme la porte derrière nous et m'emmène sur le côté de la maison, à l'abri des regards.

— Si j'avais su que tu aurais cette réaction, je ne me serais pas donné la peine de venir, je l'attaque sans préambule.

Avec une certaine nonchalance, il se passe les doigts dans ses cheveux qui ont un peu repoussé et me répond :

— Tu n'y es pas, Elena. Je suis très heureux de ta visite, c'est juste que ce n'est pas le bon moment.

Depuis l'épisode de la cafétéria, le jour de la rentrée, notre relation est repartie de plus belle. Dire que nous filons le parfait amour serait toutefois assez excessif. Un soir, alors que nous nous promenions, la question fatidique a fini par franchir la barrière de mes lèvres sans même que je m'en rende compte. C'est quand Rafael m'a demandé de répéter que j'ai réalisé ce que je venais de dire. Je n'avais pas oublié pourquoi je l'avais quitté et, même si tout allait à nouveau bien entre nous, j'avais besoin de réponses à mes questions. Quand allions-nous enfin pouvoir dévoiler notre relation au grand jour ? Rafael est resté muet, ce qui m'a vexée sur le moment, je dois bien l'avouer. J'ai pris sur moi et je me suis empressée de chasser les nuages qui menaçaient d'obscurcir le ciel au-dessus de nos têtes. Je me suis rappelé que, désormais, Rafael était au courant de ce que je voulais et qu'il était revenu vers moi en m'assurant être prêt à officialiser notre relation. Après un silence, il m'a confié qu'il préférait prévenir sa mère avant que nous mettions au courant toute autre personne. J'ai bien entendu accepté et notre balade a repris son cours romantique.

— Je vais y aller, alors.

Je remets les bretelles de mon sac à dos sur mes épaules puis me penche pour déposer un baiser sur ses lèvres, bien que je sois un peu déçue par son attitude peu enthousiaste.

— Quand le bon moment sera venu, tu me feras signe, j'ajoute en me reculant.

Après un dernier sourire, je fais demi-tour et rejoins la rue située quelques dizaines de mètres plus bas en feignant une indifférence que je suis bien loin de ressentir. Mes yeux me picotent suite à cette nouvelle déception mais je contiens mes larmes et garde la tête haute. Tout ce que je veux, c'est rentrer chez moi au plus vite. Le vent frais, qui souffle de plus en plus fort, me fait frissonner. J'essaie d'oublier où je me trouve quand, en passant devant une maison, j'entends des aboiements tout proches qui me paraissent menaçants. La panique s'empare alors de moi et j'accélère le rythme de mes pas jusqu'à sentir mon cœur sur le point d'imploser. Arrivée au croisement de deux rues, je crois le danger écarté. Je m'arrête quelques secondes et tente, en vain, de me remettre de mes émotions. Plus jamais je ne viendrai ici, je m'en fais la promesse. Mais alors que je reprends mon chemin, j'ai la vilaine impression d'être suivie. Morte de trouille pour la seconde fois en trop peu de temps, je ne me retourne pas, m'imaginant déjà en repas pour le chien qui m'a effrayée peu avant. Mes années de karaté me paraissent soudain lointaines et l'unique solution que je trouve à ce moment-là, c'est de me mettre à courir. Derrière moi, j'entends des pas rapides et un souffle qui devient lourd. Si un doute persistait, il n'est désormais plus permis.

Elena, tu es bel et bien suivie.

Je m'élance si vite sur le bitume que, bientôt, un point de côté rend ma progression plus lente. J'inspire puis expire pour essayer de faire passer la douleur quand une main s'enroule autour de mon poignet. C'en est fini de moi, tout ça à cause de Rafael et de mes idées stupides ! Coincée par cette poigne puissante, je trouve comme seule parade de me débattre dans tous les sens et de me mettre à crier. Avec un peu de chance, quelqu'un va m'entendre et venir me secourir.

Où es-tu, Rafael, alors que j'ai besoin de toi ?

— MAIS LÂCHEZ…

Une autre main se plaque sur ma bouche et, par réflexe, j'entrouvre les lèvres, prête à mordre la chair. C'est alors qu'une voix que je reconnaîtrais entre mille souffle près de mon oreille :

— Je savais que tu allais crier.

Le soulagement éclate en moi. Les mains de Rafael se détachent de mon poignet et de ma bouche, je peux enfin respirer normalement. Je me retourne.

— Mais pourquoi tu ne m'as pas appelée ? je grommelle en lui lançant un regard mauvais.

Il m'observe et fronce les sourcils.

— Pour rameuter tout le quartier ? Non merci.

— Tu m'as fait vraiment peur, Rafael ! J'ai bien cru que j'allais être agressée.

— Désolé, je n'y ai pas pensé, avoue-t-il en se frottant la nuque.

Un silence s'abat sur nous, et ni lui ni moi ne semblons décidés à le briser. Attendant désespérément qu'il dise quelque chose, je finis par perdre patience.

— Je ne sais pas ce que tu fais là mais je vais devoir y aller. Le dernier bus passe dans quelques minutes.

Et je ne me vois pas téléphoner à mon frère ou à mes parents pour qu'ils viennent me chercher ici. Je leur devrais des explications, ce que je ne veux surtout pas.

— Viens avec moi, Elena.

— Où ça ?

— Chez moi.

— Mais tu as dit…

— Je sais ce que j'ai dit, m'interrompt-il en soupirant. Mais je suis revenu sur ma décision.

— Je n'aurai pas de bus pour rentrer si je te suis.

— Je te raccompagnerai.

— Tu es sûr ?

— Certain.

Je semble l'agacer et, pourtant, il m'embrasse délicatement sur la tempe avant de passer un bras autour de mes épaules et de me conduire vers sa maison. Sur le chemin, je me délecte de ce moment tout en étant gagnée par une certaine appréhension à l'idée de rencontrer sa famille. Rafael est toujours très mystérieux à propos de sa vie personnelle, mais à plusieurs reprises, quand il a évoqué sa mère et son petit frère, j'ai réalisé qu'ils étaient tout à ses yeux.

— Si je ne voulais pas que tu viennes à l'improviste, ce n'est en aucun cas parce que je ne veux pas que ma famille te rencontre, commence-t-il alors que nous ne sommes plus qu'à quelques mètres de la maison. Je suis dans une situation compliquée en ce moment.

— Tu peux tout me dire, tu sais.

Nous cessons d'avancer et il me regarde avec une telle ardeur que je me demande ce qui peut bien traverser son esprit à cet instant.

— Mes parents ne s'entendent plus du tout, Elena. Ma mère a mis longtemps avant d'accepter l'inévitable mais, il y a quelques jours, elle a enfin demandé le divorce. Mon père n'est rien de plus qu'un alcoolique drogué qui serait prêt à tout détruire dans cette maison, sa famille y comprise, pour obtenir ses doses quotidiennes de whisky et de marijuana. Il ne vit plus ici mais il peut débarquer à tout moment et je ne veux surtout pas que tu aies à subir nos altercations. Quand il pique ses colères, je préfère que personne ne soit dans les parages, Dieu seul sait de quoi il est capable. Je ne veux pas qu'il s'en prenne à toi.

— Je suis désolée, je ne savais pas, je souffle avant de le prendre dans mes bras.

— Je n'ai besoin de la pitié de personne, tu sais.

Ses paroles sont douces mais je vois bien dans ses yeux, qui se sont considérablement assombris, à quel point cette situation difficile le fait souffrir et le tourmente.

— Si rester dans cette maison présente des risques pour ta mère et ton petit frère, ils devraient peut-être aller dans un endroit plus sûr ? Je peux voir avec mes parents pour qu'ils s'installent, même temporairement, dans la dépendance au fond du jardin qui sert pour nos invités ? Ils comprendront, j'en suis certaine.

Rafael décline ma proposition d'un mouvement de tête.

— Ma mère est arrivée dans ce quartier à l'âge de seize ans. Elle a fait toute seule le voyage depuis La Mira dans l'État de Michoacán. Elle n'a pas revu la plupart des membres de sa famille depuis qu'elle est partie, Elena. Sa vie est désormais ici. Peu importe ce qui pourrait se passer, pour rien au monde elle ne quitterait South Central.

Son regard me trouble et j'acquiesce dans un murmure, ne sachant pas ce que je pourrais opposer à cela. Rafael prend ma main dans la sienne et nous poursuivons notre chemin jusqu'à la maison. Quand j'en franchis le seuil, un doux parfum d'épices vient me titiller les narines. Étrangement, cette odeur alléchante m'apaise et m'aide à me détendre. Rafael m'invite à poser mon sac à côté d'un buffet très imposant et je m'exécute, heureuse de pouvoir enfin me débarrasser de ce poids. Curieuse, j'observe rapidement les recoins de la pièce de vie où nous sommes et je réalise que, dans cette maison, rien n'est ostentatoire. Chaque objet semble, avant tout, avoir une valeur sentimentale. De nombreuses photographies ornent les meubles et les murs et je dois me retenir pour ne pas aller les regarder de plus près.

— Je sais ce qui te tente, chuchote-t-il à mon oreille.

Il me connaît trop bien. Sans attendre une quelconque réponse de ma part, il me tend la photo qui trône sur un grand bahut en bois verni.

— J'avais sept ans sur celle-ci, m'explique-t-il. Je venais de participer au spectacle de chant de l'école et je me sentais invincible après avoir entendu tous les applaudissements résonner dans la salle. J'étais un peu naïf à l'époque, ajoute-t-il dans un rire.

Je me tourne vers lui et arque un sourcil.

— Je ne savais pas que tu chantais.

— Il y a encore des tas de choses que tu ignores à mon sujet, *cariña*.

Je lui souris avant d'admirer de plus près son visage sur le papier brillant. Il a vieilli mais je ne trouve pas qu'il ait beaucoup changé. Son petit air espiègle est toujours d'actualité aujourd'hui.

Quelques instants plus tard, alors que Rafael me montre une nouvelle photo de lui, adolescent cette fois, j'entends quelqu'un arriver dans la pièce. Je presse alors le bras de Rafael et, un sourire aux lèvres, il relève la tête.

— *Madre*, je te présente Elena, ma petite amie.

C'est la première fois qu'il me présente en tant que petite amie à quelqu'un de notre entourage. Je sens mon cœur tambouriner dans ma poitrine et mes mains devenir moites. J'ai rarement été aussi stressée de toute ma vie.

La beauté de la femme qui se tient devant nous est renversante. Ne sachant pas si mon initiative est bonne ou non, je m'avance vers elle et, avec mon plus bel accent, je me présente, en espagnol. J'ignore si mes mots sont compréhensibles mais je continue et déblatère toutes les formulations que je connais, si bien que j'ai le sentiment de devenir parfaitement ridicule. Elle me sourit, probablement amusée, avant de prendre ma main dans la sienne. Dans un anglais presque parfait, elle s'exclame :

— Rafael m'a tant parlé de toi. Je suis ravie de te rencontrer enfin, Elena.

— Je suis moi aussi très heureuse ! je réponds avec un sourire qui manifeste mon soulagement et ma joie.

— Le repas est bientôt prêt, j'espère que tu as faim !

— Je ne veux surtout pas m'imposer.

Elle secoue la tête et, avec bienveillance, elle m'affirme :

— Tu es la bienvenue dans cette maison.

Je la remercie et, après une caresse sur la joue de son fils, elle retourne vers ce que je devine être la cuisine.

— Est-ce que tu penses qu'elle m'aime vraiment bien ? je demande à Rafael en chuchotant.

Il rit puis, en me prenant dans ses bras, il répond :

— Comment pourrait-elle ne pas t'aimer ?

— Pour un tas de raisons ! Tout d'abord, je suis un peu trop bornée, j'ai tendance à toujours exagérer mes réactions et…

— Et tu parles surtout trop.

Avant que je puisse répliquer, il plaque ses lèvres sur les miennes. Je me rends alors compte que ce contact charnel m'avait manqué plus que de raison. Il commence à glisser ses mains sous mon tee-shirt quand, avant de complètement déraper, nous nous souvenons de l'endroit où nous sommes. Très vite, avec son éternel sourire ravageur, il s'écarte, m'embrasse sur le bout du nez, et nous reprenons nos esprits avant d'être surpris dans une position gênante.

Ensuite, nous passons à table. Le frère de Rafael est occupé à son club de baseball et ne rentrera pas tout de suite, nous dînons donc tous les trois. Mes parents, qui pensent que je suis encore au studio de danse, ne s'inquiètent pas de ne pas me voir revenir. Les épices, bien présentes dans tous les plats, me donnent soif et, rapidement, j'ai le sentiment que des flammes vont s'échapper de ma bouche si j'ai le malheur de parler. Mon attitude amuse beaucoup Rafael et sa mère qui sourient constamment quand ils me regardent. J'avais peur de mettre les pieds dans le plat mais, pour mon plus grand bonheur, tout se passe à merveille ce soir.

Alors que nous venons de finir de débarrasser la table, Rafael attrape sa veste en cuir et son paquet de cigarettes avant d'annoncer :

— Il est tard, je vais ramener Elena chez elle.

Il sort pour mettre la moto en marche. Je ramasse mes affaires, presque déçue que la soirée se termine déjà.

— Merci beaucoup de m'avoir aussi bien accueillie, madame Sanchez, je dis en m'approchant d'elle.

Tendresse et douceur émanent d'elle quand elle me regarde de ses grands yeux expressifs.

— Je suis très heureuse d'avoir fait ta connaissance, Elena. Depuis que tu es entrée dans la vie de mon garçon, il est devenu un homme meilleur et, pour ça, je ne peux que te remercier.

Infiniment touchée par ses paroles, je ne fais que balbutier quelques remerciements tandis que je me sens rosir de plaisir sous ce compliment qui représente beaucoup pour moi. Ma réaction semble l'amuser et, après une accolade accompagnée de derniers mots gentils, je quitte à mon tour la maison. Rafael a déjà manœuvré sa moto, le moteur rugissant, prêt à enfiler son casque et partir. Avant de m'asseoir, je me penche vers lui et dépose un baiser sur sa joue. Je sens son sourire naître sous mes lèvres et, alors que je m'écarte pour coiffer mon casque, je suis éblouie par l'éclat de ses yeux. Une boule d'émotion naît en moi et, les doigts tremblants, j'ajuste la lanière. Rafael me sourit, puis met le sien. Encore sonnée, je suis à peine assise derrière lui qu'il attrape mes mains. Je me demande ce qu'il va faire quand tout prend sens dans ma tête. Délicatement, il entrecroise nos doigts puis les glisse sous son tee-shirt. Je colle ma tête dans son dos et nous ne bougeons plus. L'un contre l'autre, dans cette position si agréable, j'ai le sentiment d'être tellement comblée que mon cœur pourrait déborder d'amour à tout moment.

— Prête ?

Ses mains libèrent les miennes et, pour toute réponse, je l'agrippe plus fort encore. Mes paumes se plaquent sur sa peau nue et, sans tarder une seconde de plus, il démarre et nous filons à toute allure.

Finalement, je ne regrette pas d'être venue.

Chapitre 20

Lili

Cinq jours ont passé depuis l'appel étrange que j'ai reçu. Je me suis répété en boucle ces paroles inquiétantes, sans rien y comprendre, et j'y repense toujours avec le même frisson. Ces propos empreints de menace sont ancrés dans ma tête tout comme cette comptine que nous avons tous chantée lorsque nous étions enfants et qui me laisse aujourd'hui perplexe. J'ai beau me dire que c'est absurde, le soir, dès que je ferme les yeux dans mon lit, je m'imagine à l'affiche d'un film d'horreur avec, pour star, une poupée démoniaque tueuse qui chanterait à tue-tête. À cette idée qui me paraît pourtant démentielle, je sens un nouveau frisson me parcourir.

Ce matin, je tente de me concentrer sur la nourriture devant moi – je me prépare un sandwich pour le déjeuner – mais, une fois de plus, je me retrouve en train de ressasser cette histoire sans parvenir à y voir plus clair. La frustration et l'agacement commencent à me gagner quand je crois entendre du bruit dans l'appartement.

— Cam, c'est toi ?

Pas de réponse. Il ne m'en faut pas plus pour qu'un scénario inquiétant se monte de toutes pièces dans ma tête. Soudain, j'ai la violente impression d'être, malgré moi, au cœur d'un film intitulé *Les Derniers Instants de Liliana Wilson*. À ce moment, la peur prend possession de moi et je sens un déferlement d'adrénaline couler dans mes veines. Sans réfléchir à ce que je m'apprête à faire, j'attrape le couteau que j'ai utilisé pour couper le pain et me retourne dans un geste vif, prête à me défendre.

Mais quand je m'aperçois que la personne en face de moi n'est autre que Cameron Miller, je laisse tomber sur le sol l'arme que je tenais et pousse un cri mêlant colère et soulagement. Mon petit ami me regarde avec des yeux ronds comme des billes.

— Tout doux ! Ce n'est que moi !

— Tu m'as foutu la trouille ! je m'écrie en posant une main sur mon cœur battant encore frénétiquement.

Son regard glisse sur le couteau qui gît à mes pieds tandis que je me laisse aller contre le plan de travail. Mes jambes, qui tremblent comme des feuilles, manquent de se dérober sous moi.

— Pardonne-moi, dit-il en s'approchant, je ne savais pas que tu aurais peur.

Sans attendre de réponse de ma part, il me prend dans ses bras. Sa chaleur m'enveloppe et me réconforte instantanément. Peu à peu, lovée contre son torse nu, je sens une certaine sérénité me regagner.

— Je suis désolée d'avoir réagi comme ça, je ne savais pas que c'était toi, j'avoue dans un souffle.

— Qui voulais-tu que ce soit ? demande-t-il doucement dans un rire.

— Je ne sais pas, je balbutie. Pas toi en tout cas, je pensais que tu dormais encore.

En réalité, une certaine image me vient à l'esprit mais, sachant pertinemment que je vais être ridicule si je lui en parle, je préfère me taire.

— Je n'avais plus sommeil, répond-il en haussant les épaules. Dis-moi, je te trouve bien mystérieuse depuis quelque temps.

Du bout des doigts, il soulève mon menton pour m'obliger à hausser la tête vers lui. Son œil curieux me scrute mais j'essaie de ne rien laisser transparaître. Il n'est pas question que je lui fasse part de mes inquiétudes pour si peu. Depuis cet appel, je n'ai rien reçu de plus qui pourrait se montrer inquiétant. Il doit juste s'agir d'une erreur mais, comme toujours, je me suis fait des films inutilement.

— Ça doit être tout ce bouleversement avec la maison qui me stresse un peu, je dis en évitant de croiser son regard. Tu n'as pas à t'en faire, Cam, ça va passer.

— Si tu le dis, je te crois.

Il dépose un baiser sur ma tempe et je me sens tout à coup mal de lui mentir une fois de plus. Je le regrette aussitôt, mais il est trop tard pour revenir sur ce que j'ai dit.

— Ça sent bon ici, qu'est-ce que tu prépares ? reprend-il, coupant court à la culpabilité qui commençait à poindre.

— Je fais griller du poulet pour mettre dans mon sandwich.

— Tu ne mangeras pas à la cafétéria ce midi ?

Je secoue la tête avant d'ajouter :

— J'ai un contrôle en début d'après-midi, j'aimerais réviser encore un peu.

— Tu es au point, j'en suis sûr.

Sa main, qui était posée sur mon chemisier, descend tout doucement le long du tissu, avant de s'insinuer dessous. Je souris en sentant le contraste entre sa paume fraîche et mon flanc chaud. De ses doigts experts, il parcourt chaque centimètre de ma peau maintenant découverte.

— On n'a pas le temps, Cam.

— On peut le prendre…

— Cam… je souffle en me tournant face à lui.

— Evan est déjà parti, on est rien que tous les deux.

Il baisse la tête et, alors que je m'attends à ce qu'il m'embrasse sur les lèvres, il dépose de légers baisers sur l'étroit espace de peau fine derrière mon oreille. À ce contact, pourtant subtil, je m'embrase. Je me laisse aller un peu plus contre lui, ignorant le combat intérieur qui se livre dans mon esprit – mon cœur et ma raison s'affrontent sans parvenir à s'entendre. La force de ses baisers redouble d'intensité, si bien que je commence à perdre pied. Si je ne veux pas que la situation dérape complètement, il faut que je résiste maintenant, quand il en est encore temps. J'inspire un bon coup puis pose mes mains à plat sur son torse pour le repousser gentiment.

— Il faut vraiment que je termine de préparer mon repas, je marmonne en me dégageant de ses bras.

Sa respiration, encore lourde, l'empêche de parler durant quelques secondes. Une fois remis, je vois bien

255

qu'un brin de déception passe sur son visage mais je préfère ne pas relever.

Eh oui, mon cher, on n'a pas toujours ce que l'on veut dans la vie !

— Est-ce que tu veux que je te rejoigne et qu'on mange ensemble ?

— Oui ! je m'exclame, heureuse. Tu veux que je te prépare quelque chose rapidement ?

— Je m'achèterai un sandwich avant de te retrouver, ne t'en fais pas.

Il m'embrasse une dernière fois sur les lèvres avant de sortir de la cuisine, me laissant seule avec mes mains encore tremblotantes et mon déjeuner à préparer.

***

— J'ai déposé sur la plateforme en ligne le support du cours que je vais vous présenter d'ici quelques minutes. Je vous invite tous à le récupérer.

Je sors mon ordinateur de mon sac et me connecte à mon espace personnel pour télécharger le fameux fichier. Je profite que le cours n'ait pas encore commencé pour consulter ma messagerie électronique réservée à l'université. Je parcours rapidement des yeux ma boîte de réception quand je découvre, parmi toutes les annonces publicitaires reçues, deux e-mails provenant d'une adresse inconnue. Curieuse, j'ouvre le premier, et c'est paniquée que j'en découvre le contenu :

Roses are red,
Violets are blue,
Sugar is sweet
And so are you !

Je manque de défaillir après avoir lu les paroles de la comptine qui me hante depuis cinq jours. Je déroule l'e-mail, cherchant la moindre indication sur l'expéditeur ou la raison de cet envoi, mais il n'y a rien. Juste une adresse contenant une dizaine de chiffres. J'essaie d'en deviner la signification mais, devant l'écran, je demeure frappée de stupeur. Je sens alors mon sang pulser dans mes tempes et, posées à plat sur mon pantalon en toile, mes mains se mettent à trembler. J'ai l'impression de revivre la même chose qu'avec Jace et ça me terrifie. Je sais que ça ne peut pas être lui, il est mort devant mes yeux, c'est impossible. Alors qui peut être à l'origine de ce message inquiétant ? Je relis plusieurs fois les quatre vers mais rien ne me vient, pas même un vague souvenir d'enfance.

Je me tiens la tête entre les mains quand, soudain, je me souviens du second message d'une provenance inconnue. À toute vitesse, je clique sur le suivant et ce que je découvre ne laisse plus de place au doute. Il s'agit d'une femme.

Alors, Liliana, comment va Cameron ?
Je me suis bien occupée de lui pendant ton absence,
j'espère que je ne lui manque pas trop…
Tu regretteras bientôt de ne pas être restée en Australie,
loin de lui, là où est ta place.
xoxo

Cet été, un matin, un des employés du service postal du journal est venu me remettre une lettre qui m'était apparemment destinée. Je me souviens encore que, curieuse, j'ai déchiqueté sans aucun soin l'enveloppe une fois que j'étais seule dans mon minuscule bureau. Comme je m'attendais à découvrir une lettre de l'un de mes proches, j'ai été plus que surprise en découvrant qu'il s'agissait là d'une lettre de menaces. Ne comprenant pas pourquoi quelqu'un m'adressait un tel message, j'avais jeté le papier en boule dans ma corbeille sans me formaliser un seul instant des mots écrits au feutre noir. Pour moi, il ne pouvait s'agir que d'une vulgaire erreur. Mais je réalise aujourd'hui que, dès le début, j'étais visée. Quelle naïve j'ai été…

Je passe la dernière heure de cours à tenter d'identifier l'expéditrice de ces messages, mais je ne trouve rien de concluant si ce n'est que le numéro de téléphone est attribué à quelqu'un vivant en Californie. Immédiatement, je pense à Leila car je ne vois qu'elle ayant un lien direct avec Cameron et moi. Ça se tient après tout… Durant longtemps, elle m'en a voulu de lui avoir piqué Cameron. Mais après quelques recherches sur Internet, je me rends compte qu'elle semble filer le parfait amour avec son petit ami depuis plusieurs mois déjà. J'ai appris à me méfier des apparences, toutefois je ne vois vraiment pas pourquoi elle me harcèlerait. Ensuite, malgré les douloureux souvenirs qui remontent, je pense qu'Olivia peut être derrière tout ça. De nouvelles recherches, pourtant poussées, se montrent infructueuses. La dernière photo qu'elle a postée date d'hier et, d'après ce que je comprends, elle est actuellement à New York. Je continue de ressasser tout ce qui est à ma disposition pour éclaircir ce mystère, quand le professeur annonce la fin du cours. Mince, je n'ai absolument rien écouté. Je fourre en hâte mes affaires dans mon sac avant de sortir de l'amphi et de courir dans le couloir à la poursuite de Nora, une petite blonde de ma classe, que je sais sérieuse. Je lui demande quelques précisions sur la dernière partie traitée par notre professeur quand je repère Cameron qui m'attend un peu à l'écart et, surtout, la grande brune qui se précipite vers lui. Et si c'était elle qui… ?

Stop, Lili. Pas de conclusions hâtives.

J'essaie d'ignorer la conversation qu'ils sont en train d'avoir et reporte mon attention sur Nora, qui ne semble pas s'être aperçue de mon manque évident de concentration.

— Je peux t'envoyer mon cours, si tu veux, me propose-t-elle.

— Si ça ne te dérange pas, ce serait super !

— Je dois juste le compléter. Si je te l'envoie dans la soirée, ça te va ?

— C'est parfait, merci beaucoup, Nora !

Elle me sourit avant de s'éclipser. Je me retrouve alors seule, à regarder Cam qui est toujours en train de parler avec cette fille. Bien décidée à ne pas rester spectatrice plus longtemps, je quitte le bâtiment sans lui accorder un autre regard. Mais je n'ai pas le temps de descendre les quatre marches du parvis qu'on m'interpelle :

— Tu vas où comme ça ? On ne mange plus ensemble ?

Le soupçon d'inquiétude et de déception que je perçois dans sa voix pourrait me rassurer si je n'étais pas à ce point aveuglée par ma jalousie naissante.

— Tu semblais en si bonne compagnie que je n'ai pas osé venir te déranger, je lance, acerbe, sans prendre la peine de me retourner.

— Lili, soupire-t-il. Tu ne vas quand même pas me faire une crise de jalousie pour une fille avec qui j'ai parlé deux minutes ? Ta réaction est démesurée.

Je sens mon cœur battre à toute vitesse et mes poings, le long de mon corps, se serrent brusquement.

— C'est vrai que tu en connais un rayon en réactions démesurées.

— Qu'est-ce que tu veux dire par là ?

— Tu m'as très bien comprise. Avant de juger les autres, Cameron Miller, apprends à te regarder dans un miroir.

— Mais qu'est-ce que tu me fais, là ?

Sa main s'enroule autour de mon poignet, m'obligeant à m'immobiliser.

— Lâche-moi.

— Pas tant que tu ne m'auras pas dit pourquoi tu te mets dans un tel état.

Je me tourne vers lui, et je vois dans ses yeux qu'il est perdu. Néanmoins, je refuse de me laisser berner par son innocence apparente.

— Et toi, tu n'as rien à me dire ? je m'emporte en secouant mon bras pour me dégager de sa prise.

— Pas à ma connaissance, non !

— Tu t'es bien éclaté pendant mon absence, j'espère ? C'était avec laquelle ? Cette brune-là ou une autre ?

— Mais qu'est-ce que tu racontes, bon sang ?

Je ne peux pas lui en dire plus, pour la simple raison que je ne sais même plus ce que je suis censée penser moi-même. La sincérité brille dans ses prunelles. Je veux le croire mais, d'un autre côté, je ne cesse de me demander pourquoi quelqu'un m'enverrait un tel message s'il n'y avait pas là un fond de vérité.

— Ne me mens pas, Cameron, s'il te plaît.

Ma voix tremble et je dois lutter pour retenir les larmes de rage qui brûlent bientôt mes yeux.

— Je ne te mentirai plus jamais, Lili. Calme-toi et dis-moi ce qu'il y a.

Comme, bouleversée, je ne réponds pas, il me prend par la main et m'entraîne sur un banc un peu plus loin où nous nous asseyons. Je laisse ma tête tomber en arrière avant de me confier, partiellement :

— Cette fille te bouffait littéralement des yeux, ce n'est pas pour rien.

— Et alors ? s'emporte-t-il soudain. Est-ce que, pour autant, tu m'as vu lui rouler une pelle ou quoi que ce soit qui pourrait te mettre légitimement en colère ?

— Dieu merci, non.

— On est d'accord. Dans ce cas, ça ne sert à rien de te faire des films. Dans quelques jours, ça fera un an que nous sommes ensemble. Un an. Je t'aime plus que tout sur cette planète et tu arrives encore à penser que je pourrais être intéressé par une autre fille ?

Oui.

J'aimerais pouvoir me montrer honnête avec lui, mais je sais que cette réponse ne ferait qu'envenimer les choses.

— Liliana Wilson, que vais-je bien pouvoir faire de toi ?

Il a retrouvé son ton rieur mais ça ne me déride pas pour autant. En réalité, je m'en veux d'avoir eu cette réaction alors qu'il se contentait de discuter avec cette jolie brune. J'ai toujours refusé d'être de celles qui étouffent leur copain à cause de leur jalousie maladive. Ce n'est pas moi ça, il faut que je me reprenne. J'ai confiance en Cameron, c'est une certitude. Mais les doutes que j'avais éprouvés au début de notre relation reviennent au galop. Les mots du message sont ancrés dans ma tête. Et si je n'étais plus assez bien pour lui ? Et si je ne lui suffisais plus ? Ces pensées sont absurdes, j'en suis convaincue. Mais, malgré tout, je n'arrive pas à chasser cette horrible éventualité de mon esprit.

— Je t'entends réfléchir, Lili.

— Non, tu ne peux pas ! je rétorque aussitôt.

262

Il soupire.

— Qu'est-ce qui ne va pas ?

Si j'en avais le courage, je pourrais tout lui déballer et le confronter aux mots que j'ai reçus. Mais c'est tellement plus facile de ne pas affronter la réalité que, une fois de plus, je préfère rester muette. L'air de rien, je sors mon déjeuner de mon sac et commence à manger.

— Tu ne m'auras pas comme ça, reprend-il en essayant de m'enlever le sandwich des mains.

— Tout va bien, Cam ! Laisse-moi manger maintenant. Je suis stressée par le contrôle qui m'attend, j'ai besoin d'énergie.

Je lui reprends ce qui m'appartient et il se contente de m'observer, les yeux plissés. Bien que légèrement surprise par ce manque d'insistance qui ne lui ressemble pas, je mords dans mon sandwich. Lui en sort un de son sac à dos et l'entame. Nous restons silencieux de longues minutes durant lesquelles j'arrive, un tout petit peu, à faire le vide dans ma tête. Mais Cam se met soudain à me dévisager avec une lourde insistance.

— Tu peux arrêter ?! je maugrée au bout d'un moment, ne supportant plus son regard inquisiteur.

— J'arrêterai quand tu m'auras dit ce qu'il y a réellement.

Résignée, je me décide à chercher les bons mots pour lui confier, à demi-mot, ce que j'ai sur le cœur :

— J'ai peur.

— Peur de quoi ? s'étonne-t-il, écarquillant les yeux.

— Que tu me quittes pour quelqu'un d'autre, je dis d'une petite voix.

Je guette sa réponse qui ne tarde pas à arriver :

— Mais pourquoi ? Merde, Lili ! S'il y en a un ici qui est légitimement bien placé pour piquer une putain de crise, c'est moi.

Je tique en entendant l'expression employée. Ce n'est pas une vulgaire crise comme il a l'air de le penser.

— Je te rappelle que c'est toi qui as passé deux mois à l'autre bout de la Terre avec pour seule compagnie ce mec qui te collait comme un petit chien.

Cette phrase sonne comme une accusation dans sa bouche.

— On en est toujours là, alors ? je rétorque sèchement. Sasha était un ami et rien d'autre ! Qu'est-ce que tu n'arrives pas à comprendre là-dedans ? Je suis fidèle, moi.

Sans le vouloir, j'insiste bien plus qu'il ne le faudrait sur le dernier mot.

— Parce que je ne le suis pas, peut-être ? rétorque-t-il, la bouche pincée.

— Pas toujours, non.

À l'instant même où mes mots le percutent, je sens son regard s'assombrir. Me préparant à la joute verbale qui va suivre, j'en oublie la mayonnaise qui coule le long de mes doigts. Cam s'en aperçoit et me tend sa serviette en papier. Je le remercie d'un sourire, espérant désamorcer la bombe, mais son visage reste crispé. Je m'attends à ce que notre tête-à-tête se poursuive dans le silence quand il reprend :

— Je t'en prie, continue. Sors-moi tout ce que tu as à me dire.

Sa voix glaciale me fait l'effet d'une douche froide. C'est comme si je me retrouvais face au Cameron coléreux et hostile des débuts de notre colocation.

— Tu n'as pas toujours été irréprochable sur le plan de la fidélité, je lui fais remarquer.

— C'est un reproche ?

— Non, un constat.

Il me fusille littéralement des yeux. Nous ne parlons plus et nous nous défions du regard comme deux enfants butés, l'innocence en moins. Visiblement, il a oublié que, lors de notre premier baiser, il était en couple avec Leila. Et ensuite, durant cette soirée que j'aimerais tant oublier, il a laissé son horrible ex, Olivia, l'embrasser. Je n'aime pas vivre dans le passé mais, pour autant, les faits sont là. Il me faut être lucide. Ça ne fait pas une heure que j'ai reçu ces messages et tous mes doutes ressurgissent. Je veux croire Cameron, de tout mon cœur, de toute mon âme. Il m'aime, il ne me trahirait jamais de la sorte. J'essaie de me mettre ça dans la tête, mais je repense aussitôt à Grace que je n'aurais jamais imaginée faire subir ça à Evan, celui qu'elle aimait comme une folle. Et si ce message qui sonne telle une menace n'était rien d'autre que la stricte vérité ?

— Ce n'est pas toi qui répètes souvent qu'on apprend de nos erreurs ?

Sa voix, redevenue douce, me surprend et met un terme au cheminement de mes pensées.

— Oui, mais…

— Je n'ai pas fini, m'interrompt-il. J'ai aimé Olivia, très fort, même. Je me suis mal comporté avec Leila et j'en suis le premier désolé. Mais, Lili, tu n'as absolument rien de comparable avec elles deux. C'est toi que j'aime ! Pas la brune qui est venue me parler tout à l'heure ou n'importe quelle autre fille qui croiserait mon chemin. Il n'y a que toi, Liliana Wilson, QUE TOI. Mets-toi bien ça dans le crâne, dit-il en appuyant sur chaque syllabe.

— Je… je suis désolée, je n'aurais pas dû réagir ainsi.

— Ça ne fait rien, me rassure-t-il en m'attirant contre lui. Pour une fois que nos rôles sont inversés, je comprends ce que tu peux ressentir quand je t'accuse sans raison.

Je ne peux plus laisser ces messages semer le doute dans mon esprit. Tout ce que je sais maintenant, c'est que je crois Cameron et c'est l'essentiel.

— Et juste pour information, la fille que tu as vue tout à l'heure était dans mon cours d'italien le semestre dernier. Elle m'a simplement demandé si j'avais réussi mes examens car elle s'étonnait de me voir dans ce bâtiment. Quand je lui ai expliqué que je venais là pour retrouver ma copine, elle m'a tout simplement félicité et nous a souhaité beaucoup de bonheur. Comme je ne te voyais toujours pas, nous avons simplement continué de discuter des cours.

Je me sens plus que ridicule d'être montée sur mes grands chevaux. Amusé par la grimace que je fais, Cameron pouffe avant de m'attirer contre lui pour m'embrasser avec passion. Ce baiser me procure un bien-être immédiat. Ses lèvres contre les miennes, toutes les pensées négatives qui m'avaient assaillie s'effacent. Alors qu'un tourbillon de sensations m'envahit, une légère brise vient caresser ma nuque dégagée. Je me sens tout à coup bien mieux. Lorsque nous cessons de nous embrasser le souffle court, nos fronts sont collés l'un à l'autre. Peu à peu, ma fréquence cardiaque redevient normale et nous reprenons notre déjeuner, à l'ombre d'un jacaranda fleuri.

Une dizaine de minutes plus tard, malgré mon envie de demeurer dans ses bras pour le reste de la journée, je n'ai pas d'autres choix que de me lever pour rejoindre l'amphi-théâtre où un contrôle de trois heures m'attend. Sur le che-min qui mène au bâtiment, Cameron m'encourage une dernière fois et, après un ultime baiser prouvant l'amour qu'il me porte, nous nous séparons. Quand j'entre dans la salle, déjà bien remplie, mon stress est à son apogée. Il faut que j'assure. Je m'assieds à la place où est inscrit le numéro qui m'est attribué et profite des quelques minutes qui me restent avant l'épreuve pour répondre aux deux e-mails. Il est grand temps de mettre un terme à cette histoire.

J'ignore qui vous êtes, mais sachez qu'il faudra bien plus que ces quelques mots pour m'effrayer. Vous ne savez pas à qui vous avez affaire et j'espère pour vous que vous ne le découvrirez jamais. Si vous essayez à nouveau de me contac-ter ne serait-ce qu'une seule fois, je préviens la police.

Je me relis et, la main tremblante, j'envoie mon message au moment même où le professeur et le surveillant entrent dans l'amphi devenu tout à coup silencieux.

Chapitre 21

Elena

— Est-ce que tu pourrais m'apporter le gros rouleau de peinture, celui avec le manche bleu, s'il te plaît ?

La voix pressée de mon frère interrompt la sieste que je commençais tout juste. J'ouvre les yeux, les plissant aussitôt, éblouie par les rayons du soleil, puis réajuste les bretelles de mon haut. Debout à côté de mon transat, droit comme un piquet, Cameron me surplombe de toute sa hauteur. Une fois habituée à la luminosité encore élevée de cette fin d'après-midi, je le dévisage et ne mets qu'une petite seconde pour deviner qu'il n'est pas enclin à plaisanter. Aussi, je me retiens de lui dire d'arrêter de faire cette tête d'enfant boudeur s'il ne veut pas vieillir avant l'heure. Ses vêtements sont couverts de peinture et des mèches de cheveux rebelles collent à son front luisant de sueur. Les bras croisés sur son torse, il attend avec impatience que je lui obéisse. S'il y a bien quelque chose qui m'agace chez mon frère, c'est son petit côté dictateur quand il entreprend un projet qui a de l'importance à ses yeux.

— Bien, Votre Majesté.

Il me décoche un regard qui en dit long sur son agacement.

— Tu es là pour bronzer ou pour nous aider ? rétorque-t-il en me tendant la main.

Je ne la saisis pas et me lève en prenant mon temps.

— Tu es si agréable ces derniers temps que, indéniablement, je préfère bronzer.

Ma réponse ne lui plaît pas, je le vois à la veine qui se dilate sur son front. Je sais que tous ces travaux sont très stressants pour lui, mais je ne comprends pas quelle mouche l'a piqué pour qu'il soit d'une telle mauvaise humeur avec tout le monde. Ne voit-il pas qu'on se démène depuis des jours et des jours pour lui ?

— Détends-toi, Cam, ou tu risques de ne pas faire de vieux os…

Pour éviter le déclenchement d'un incident diplomatique, je le contourne avant qu'il ait pu me répondre et file droit vers la cour où est stationnée sa voiture. Je fouille plusieurs minutes dans la multitude d'outillage entreposé en désordre dans le coffre de son 4 × 4 avant de mettre la main sur le fameux rouleau.

— Je me demandais si tu allais le trouver un jour ! lance Cameron avant de se planter à côté de moi.

Il m'arrache littéralement le rouleau des mains puis sort une caisse à outils posée sur la banquette arrière.

— Tu sais qu'on n'est jamais mieux servi que par soi-même, Cam ?

— T'as décidé de reprendre toutes les expressions de maman ou quoi ?

Je souris en percevant dans sa voix le ton rieur qui revient poindre. Je commençais sérieusement à désespérer de le voir de meilleure humeur aujourd'hui ! Pour toute réponse, je lui adresse une grimace qui, enfin, le déride tout à fait. Je referme le coffre, bien décidée à reprendre ma sieste au plus vite, quand le portail automatique s'ouvre dans mon dos.

— Un peu de renfort pour vous aider ! s'exclame Enzo en descendant de la voiture de Brad dont le moteur tourne toujours.

Il retrousse les manches de son tee-shirt sur ses épaules, tout comme James et Brad qui sortent du véhicule juste après lui. Je souris en regardant les amis de mon frère qui sont, comme toujours, au rendez-vous pour l'aider. Pour tout dire, je n'avais jamais vu Cameron aussi investi dans un projet. Je me souviens, quand il était encore au lycée, il s'était mis en tête avec Evan et d'autres de leurs amis de rénover la cabane abandonnée qui se trouvait sur la colline, à quelques pas de Malibu Road. Ils se sont lancés dans des travaux titanesques avant d'abandonner une semaine plus tard. J'espère que, cette fois, tout ira bien pour eux.

À coups de grandes tapes dans le dos, les garçons se saluent et très vite, au milieu de toute cette testostérone, je me sens de trop. Ne saisissant pas le quart des références de leur conversation, après quelques minutes qui me paraissent durer des heures, je commence à m'ennuyer. Je m'apprête à abandonner mon frère et ses amis quand un rugissement de moto si familier interrompt Brad qui s'était lancé dans de grandes explications au sujet de je ne sais pas quoi. J'essaie d'afficher l'indifférence la plus totale mais quand Rafael, tout de noir vêtu, descend de son engin, sans même m'en rendre compte un sourire niais prend place sur mon visage. Dans un geste qui lui est tout particulier, il enlève son casque et je dois me retenir pour ne pas lui sauter au cou devant tout le monde.

— J'espère que je ne suis pas trop en retard, il y avait un monde fou sur la route ! s'exclame-t-il tout en passant ses doigts sur son crâne où ses cheveux ont presque retrouvé leur ancienne longueur. Alors, qu'est-ce que j'ai manqué ?

— On a fini les chambres hier ! claironne Cameron sans dissimuler sa fierté.

— Vous avez fait super vite ! s'étonne James, visiblement impressionné par l'efficacité de notre équipe de choc.

— Il faut dire que des amis du père d'Evan sont venus nous aider, reconnaît mon frère, l'air un peu moins triomphant. Il ne reste plus que la peinture du salon et les meubles de la cuisine à monter.

— Tu préfères qu'on commence par quoi ? demande Enzo.

— La peinture ? j'interviens. S'il faut faire plusieurs couches, on pourra s'occuper des meubles pendant le temps de séchage, non ?

— C'est une excellente idée, Elena ! lance Rafael avec un enthousiasme débordant.

Je savoure l'effusion de joie qui me traverse lorsque je croise le regard perçant de mon frère. Il m'observe, me scrute, avec un air si particulier que je redoute l'espace de quelques secondes qu'il ait compris ce qui se trame entre Rafael et moi. Je sens mes jambes flageoler quand Cam cesse enfin de me dévisager pour déclarer à la cantonade :

— On commence par peindre alors.

Je souffle, soulagée, tandis que mon frère se met en marche vers la maison, suivi de près par James, Brad et Enzo. La menace écartée, je me retourne vers Rafael qui semble amusé par mon attitude paniquée.

— Cam a failli nous griller ! je m'exclame à voix basse.

— Tu t'inquiètes inutilement. Il n'a rien vu, essaie-t-il de me rassurer.

— Il m'a regardée bizarrement, Rafael !

— Tu dramatises un peu, non ? Et puis, ce n'est pas toi qui voulais tout lui révéler ?

— Pas comme ça ! je rétorque, plus fort que je ne l'aurais voulu. Je suis sérieuse, Rafael. On lui annoncera quand les travaux seront complètement terminés et qu'ils auront emménagé.

— Si c'est ce que tu veux.

— Tu sais très bien que ce n'est pas ce que je veux, je marmonne en me renfrognant. Mais là, le moment n'est vraiment pas le bon pour lancer une bombe pareille.

Rafael me dévisage comme si j'étais une énigme à résoudre. Je fronce les sourcils, sur le point de lui deman-der ce qu'il y a, quand il me prend de court en posant fugacement ses lèvres sur les miennes. Ce baiser, pourtant timide et trop rapide, suffit à m'emmener tout droit sur un petit nuage que j'aimerais ne jamais quitter.

— Enfin, j'ai droit à un sourire, murmure-t-il à quelques centimètres de ma bouche.

— Tu me manques, Rafael, mais ces temps-ci…

Il m'interrompt en posant son doigt sur mes lèvres, conscient de ce que je m'apprêtais à dire.

— Je sais, sourit-il. Mais bientôt, tout rentrera dans l'ordre et on se retrouvera.

J'acquiesce d'un vif mouvement de la tête et c'est ce moment précis que choisit l'un des garçons pour appeler Rafael. Avant que quelqu'un ne découvre notre proximité, après m'avoir lancé un dernier regard, Rafael s'écarte et entre dans la maison.

Depuis une quinzaine de jours, le rythme au studio de danse, qui s'est considérablement accéléré, me laisse peu de temps à accorder aux autres et, surtout, à Rafael. Dès que j'ai une minute à moi, je file à Santa Monica pour aider mon frère et je me rends compte aujourd'hui à quel point j'ai pu délaisser mon couple. Si seulement nous pouvions nous aimer au grand jour, tout serait beaucoup plus simple pour Rafael et moi…

Quand je passe à mon tour le seuil de la maison, légèrement contrariée par ce constat, je trouve Brad, James, Enzo et Raf en pleine discussion. Ils semblent être en désaccord sur la technique à adopter pour peindre. Je choisis de ne pas m'en mêler et me dirige vers mon frère, qui est dans un coin, en train d'ouvrir un pot de peinture.

— Lili n'est pas là ? je m'étonne lorsque je réalise que je n'ai pas vu la copine de Cameron depuis plusieurs jours déjà.

— Elle s'occupe des derniers cartons à l'appartement.

Le ton sec de Cam surprend tout le monde, moi la première. Sentant que toute l'attention est braquée sur nous, j'attrape son bras et l'entraîne dans une pièce calme du rez-de-chaussée.

— Il y a un souci ? je m'enquiers tout en sondant sa réaction. Tu peux tout me dire, tu sais.

— Sans vouloir te contrarier, je n'ai pas spécialement envie de te raconter mes problèmes de couple. Tu n'as pas à t'inquiéter pour moi, tout va bien.

Le ton de sa voix a beau s'être radouci, je n'en demeure pas moins sceptique. Il en a trop dit pour que je le croie.

— Je te signale que, avant d'être ta sœur, je suis une femme. Il y a des choses que je suis plus apte que toi à comprendre, c'est comme ça.

Ma réponse le fait soupirer.

— Tu n'es pas encore une femme, Elena.

Je me retiens de lever les yeux au ciel. *Si tu savais, CamCam…*

— Bref ! je me contente de répondre pour ne pas lancer une conversation houleuse que je regretterais. Si jamais tu as besoin d'une personne à qui parler, sache je suis là.

— Tu es la meilleure petite sœur du monde.

Malgré moi, je me sens rosir devant ce compliment plutôt inhabituel de la part de mon frère. Il dépose un rapide baiser sur mon front avant de rejoindre ses amis qui attendent les dernières consignes avant de commencer à peindre.

Chargée d'essuyer les éclaboussures de peinture qui tombent un peu partout dans la pièce, après une heure à m'agiter dans tous les sens, je suis complètement essouf-flée. J'échange alors les rôles avec James et m'attelle à la mise en protection de la baie vitrée que je recouvre d'un adhésif spécial. Une fois que j'ai terminé ma tâche, encore sur l'échelle, je soupire, heureuse de pouvoir enfin m'accorder une petite pause. En prenant soin de ne pas trébucher, je descends de mon perchoir. Il ne manquerait plus que je me foule la cheville et je peux dire adieu à ma carrière de danseuse. Sans encombre, je rejoins la terre ferme et, alors que j'attrape mes écouteurs pour aller me détendre dans le jardin, mon frère m'appelle de la cuisine où il a commencé le montage des meubles aidé par Brad et Enzo.

— Tu peux aller chercher l'évier qui se trouve dans le garage, s'il te plaît ?

Un peu à contrecœur, j'accepte avant de me débarrasser des morceaux d'adhésif qui collent à la peau nue de mes bras. Je grimace quand quelques-uns de mes poils sont arrachés. Au fond de la pièce, les mains dans les poches de son jean foncé, Rafael m'observe en plissant les yeux. Je lui lance un petit sourire avant de rejoindre le garage. La porte battante étant lourde, elle se referme très vite der-rière moi et je me retrouve plongée dans l'obscurité la plus totale. À tâtons et après m'être cognée dans ce que je crois être un vélo, je finis par trouver l'interrupteur. L'unique ampoule au plafond peine à éclairer cet endroit où des dizaines de cartons sont entreposés. À la recherche de l'évier, je me contorsionne dans tous les sens en essayant de lire ce qui est inscrit sur les boîtes de toutes tailles empilées les unes sur les autres, quand je sens que celles que je tiens en équilibre entre mes mains vont bientôt m'échapper et s'écraser sur le sol. Je prie pour qu'elles ne contiennent rien de fragile, quand deux poignes viennent à mon secours pour les remettre d'aplomb.

— Besoin d'aide ?

Je souffle sur la mèche de cheveux qui me barre le visage et aperçois Rafael qui me sourit avec cet air taquin qui lui va si bien.

— Je ne vois pas pourquoi tu me demandes ça, je gère totalement.

Ma réponse nous fait tous les deux éclater d'un rire sonore. Je commence à ressentir une crampe dans un bras quand Rafael attrape, cette fois-ci avec plus de fermeté, les cartons intacts qu'il pose sur d'autres.

— Qu'est-ce que tu cherches ?

— L'évier de la cuisine sauf qu'il est impossible de mettre la main dessus, je souffle en mettant mes poings sur mes hanches.

Index tendu, Rafael me désigne le grand carton blanc derrière moi, estampillé « MEUBLES CUISINE : ÉVIER ». Me sentant tout à coup bête, je n'ose pas refaire face à Rafael que je devine hilare – il faut dire qu'il y a de quoi…

***

— Un peu plus à gauche, légèrement en arrière. Stop !
Là, c'est bien centré.

La table basse vient tout juste d'être installée sur un
tapis flambant neuf quand je m'écroule dans l'énorme
canapé douillet du salon. Les travaux sont officiellement
terminés ! Je me sens épuisée et pourtant, quand mon
frère nous propose d'aller fêter ça, un regain d'énergie
me gagne et, surexcitée, je crie que je suis partante. Mon
enthousiasme plus que débordant semble partagé par les
autres puisque, à peine cinq petites minutes plus tard,
nous sommes tous prêts à partir pour Pat's, un restaurant
réputé pour servir les meilleures frites de toute la ville.

— Si Rafael est d'accord, j'aimerais bien m'y rendre
à moto.

Évidemment, le concerné accueille ma proposition avec
un grand sourire qui, heureusement, passe inaperçu aux
yeux du groupe placé derrière lui.

— Comment ça se fait que tu aies un casque de fille ?
s'étonne Brad en désignant l'énorme mention « Supergirl »
écrite à l'arrière du casque que Rafael me tend.

Tous les regards se braquent alors sur nous, et je ne sais
plus où me mettre. Je m'accroupis pour faire semblant
de renouer mes lacets et fuir tous ces yeux inquisiteurs au
plus vite. On va se faire griller, c'est certain. Attendant
l'inévitable, je sens mon cœur tambouriner dans ma poitrine lorsque, avec décontraction, Rafael répond :

— Je suis toujours équipé, au cas où.

Le ton de sa voix laisse supposer que son côté tombeur est toujours d'actualité. Si je pouvais, je lui mettrais une tape à l'arrière du crâne. Mais je dois reconnaître que son aplomb vient littéralement de nous sauver.

Toujours accroupie et les yeux vers le sol, je n'ose pas me redresser de crainte de croiser le regard de mon frère tout près de nous. Les secondes s'écoulent et, après avoir inspiré un bon coup, je me relève puis, sans regarder autour de moi, je pivote sur moi-même et m'installe sur la moto. Dos à tout le monde, j'enfile le casque en tentant de respirer plus calmement. Quand Rafael grimpe à son tour, ma nervosité est encore palpable. Je m'accroche à sa taille, si fort que je crains un instant de lui faire mal. Je commence à desserrer l'étau de mes bras quand il me surprend en attrapant mes mains et en les positionnant, cette fois-ci, contre sa peau. Notre geste intime, pourtant subtil, risque d'être remarqué par les personnes autour de nous. Je n'ai toutefois pas le temps de paniquer puisque Rafael démarre dans la seconde.

— J'ai encore les mains qui tremblent, je ris lorsque nous nous arrêtons sur le parking du restaurant. Je ne préfère même pas imaginer l'état dans lequel je vais être quand tout le monde sera au courant !

Rafael enlève son casque et esquisse un sourire.

— Eh bien, commence-t-il avec hésitation, dis-toi que quelqu'un est déjà dans la confidence…

— Ta mère ne compte pas ! je rétorque dans un nouveau rire.

— Je ne parlais pas d'elle…

J'arque un sourcil, attendant avec impatience qu'il poursuive.

— Lili sait, pour nous deux.

J'ouvre la bouche, choquée.

— Mais pourquoi tu ne me l'as pas dit ?!

— Je ne sais pas trop, lâche-t-il.

— C'est toi qui lui as appris ?

— Pas du tout, et je ne sais pas comment elle l'a su, répond-il dans un haussement d'épaules. Il y a quelque temps, après que je lui ai lancé une plaisanterie, elle m'a dit que je devais plutôt garder cette blague pour toi. À mon avis, c'est sans équivoque.

— Tu penses que Cam aussi…

— Non ! s'exclame-t-il. S'il était au courant, crois-moi, on le saurait. Mais n'y pensons pas.

Notre conversation s'arrête à l'instant même où la main de Rafael s'immisce sous mon menton. Avec douceur, ses doigts froids me font relever la tête vers lui. L'éclat qui brille dans ses yeux quand il me regarde me chamboule complètement. Tout doucement, ses lèvres se posent sur les miennes. Je me délecte de ce baiser que j'attendais depuis trop longtemps déjà. Je ne fais plus attention au monde qui nous entoure et laisse ce moment tendre m'enivrer. Ses doigts qui se perdent dans mes cheveux emmêlés par le vent, sa bouche contre la mienne, nos corps qui s'embrasent au contact l'un de l'autre, je n'ai plus aucune notion du temps qui passe. Tout ce que je sais, c'est que je me sens plus vivante que jamais. Nous ne contrôlons absolument plus rien jusqu'à ce qu'un raclement de gorge appuyé me fasse ouvrir les yeux. Lorsque je découvre nos amis, mais surtout mon frère, à quelques pas de nous, je sais que tout est fichu. Rafael, qui leur tourne le dos et ne semble pas avoir entendu l'agitation autour de nous, m'embrasse maintenant dans le cou. Paniquée, je m'empresse de poser mes mains à plat sur son torse pour le repousser. L'air perdu, il se recule, me dévisage et, quand il voit l'affolement dans mon regard, il comprend ce qui se passe.

— C'est quoi ce bordel ?

Toujours nichée entre les bras musclés de Rafael, je fuis le regard furieux de mon frère. Sa voix, qui appuie sur chaque syllabe, ne laisse rien présager de bon. Ce moment que je redoutais tant vient d'arriver et nous allons devoir affronter la tempête Cameron qui s'apprête à nous percuter de plein fouet.

Rafael s'éloigne de moi et se place face à mon frère.

— Avant que tu t'énerves, laisse-moi t'expliquer.

— Tu te tapes ma sœur, il n'y a rien de plus à dire.

Rafael n'a pas le temps d'ouvrir la bouche pour répondre que le poing de Cameron s'abat en plein milieu de son visage dans un bruit sourd. Aussitôt, je me précipite vers mon petit ami qui s'est recroquevillé en gémissant de douleur. Il se tient la pommette et, quand je lui pose la question la plus bête qui soit en lui demandant si ça va, il me répond par l'affirmative en tentant même un sourire crispé.

— Mais t'es complètement malade ! je crie en fonçant vers mon frère, plus énervée que jamais.

— Ne te mêle pas de ça, lâche-t-il avec une telle froideur que, durant un court instant, je ne le reconnais pas.

Ses yeux lancent des éclairs. J'essaie de faire un pas de plus dans sa direction mais des bras puissants me tirent en arrière. Ma colère est si vive que, même dans l'incapacité d'avancer, je continue de gesticuler dans tous les sens.

— C'est ma vie, Cameron ! Tu n'as pas ton mot à dire. J'aime Rafael et lui aussi, il m'aime. Notre couple, c'est du sérieux. Si on ne te l'a pas dit, c'est qu'on redoutait ta réaction digne du XIXe siècle.

— Lui, être amoureux ? S'il te plaît, Elena, il n'y a pas plus stupide comme idée. Je te croyais intelligente, comment as-tu pu croire une seule seconde à ses mensonges ?

Ses sarcasmes m'atteignent violemment et me blessent. Je n'imaginais pas que mon frère pourrait se montrer à ce point injuste et borné dans sa bêtise. Je sens des larmes affluer au coin de mes yeux quand une main se pose sur mon épaule.

— Je sais que tu vas avoir du mal à me croire, Cam, mais je ne joue pas du tout avec elle, intervient Rafael avant de passer devant moi. Je suis tombé amoureux d'elle sans le vouloir, sans même m'en rendre compte. À aucun moment, je n'ai choisi d'aimer ta sœur et, pourtant, je ne pourrai jamais t'être assez reconnaissant car c'est grâce à toi que j'ai croisé son chemin. J'imagine très bien ce que tu peux ressentir et, si jamais tu décides de mettre un terme à notre amitié, je l'accepterai. Mais s'il te plaît, avant de prendre une décision radicale que tu regretteras, pense à ta sœur.

— Qu'est-ce qui me fait croire que ce n'est pas qu'une passade pour toi ? grogne Cam.

— Parce que je l'ai dans la peau depuis des mois déjà.

Ses paroles me vont droit au cœur mais je n'ai pas le temps de m'attarder dessus, le regard encore mauvais de Cameron naviguant de Rafael à moi.

— Je le crois, Cam.

L'intervention tout en douceur de Lili contraste avec l'air électrique qui règne entre nous.

— Comment tu peux savoir qu'il dit vrai ? lâche mon frère dans un soupir.

Lili nous dévisage une seule seconde avant de répondre d'une voix fluette :

— À ton anniversaire, je les ai vus.

— Et pendant tout ce temps, tu ne m'as rien dit ?

La copine de mon frère reste muette tandis que celui-ci la regarde avec cet air blessé que je trouve profondément pathétique. Soudain une autre voix vient rompre le silence lourd qui venait de tomber sur nous :

— Attendez, on récapitule ! s'exclame Brad après s'être placé au milieu du petit groupe que nous formons. Rafael et Elena sortent ensemble et ont l'air très heureux et amoureux. Lili était au courant mais je suppose que, par loyauté et respect envers ses amis, elle a préféré ne rien dire. Il est où le problème, Cam ?

Mon frère se sent bête, je peux le deviner à l'expression gênée de son visage encore contrarié. Ses yeux se promènent toujours et encore entre Rafael et moi.

— J'imagine que c'est perturbant pour toi d'imaginer ta petite sœur avec l'un de tes meilleurs amis, poursuit Brad, mais vois les choses du bon côté. Si jamais ça devait mal tourner entre eux, tu pourras botter les fesses de Rafael sans aucun scrupule.

— Ça, c'est clair ! s'emporte-t-il soudain avant de s'approcher de nous avec de nouveau un air menaçant. Rafael Sanchez, si tu te permets quoi que ce soit qui blesserait ma sœur, je peux te jurer que je te ferais la peau. C'est bien compris ?

— Message reçu cinq sur cinq ! répond ce dernier en essayant de détendre l'atmosphère.

Rafael tend une main vers mon frère et je me demande si ce dernier ne va pas le snober ou, pire, le frapper encore une fois. Mais heureusement, Cam finit par saisir la main de Rafael et c'est comme si un vent de légèreté soufflait enfin sur notre groupe. Je sais que tout n'est pas réglé mais, pour la première fois depuis longtemps, le poids de la culpabilité me quitte enfin. Leur poignée de main dure un long moment et me semble être crispée si j'en crois les traits tendus de mon copain. Alors que les deux garçons se lâchent et que la tension s'envole, je surprends le regard qu'ils échangent et qui me paraît lourd de sens. Je ne m'en formalise pas et l'interprète comme un nouvel avertissement de la part de mon frère. Je suis plutôt surprise par la réaction relativement tempérée de Cameron, et si je me fie à l'air étonné que me lance Rafael, lui aussi ne s'attendait pas à ce que mon frère le prenne « si bien ». Durant des mois et des mois, l'un comme l'autre, nous étions persuadés que, lorsque Cameron apprendrait pour nous deux, il deviendrait incontrôlable. Il s'est énervé, c'est vrai, mais pas autant que nous le craignions. Je commence sérieusement à me dire que cacher notre relation n'était peut-être qu'une perte inutile de temps…

Chapitre 22

Evan

Lorsque Lili et moi arrivons à la maison, les bras encombrés des derniers cartons, c'est l'effervescence. Dans la cuisine, Cameron râle après Brad qui a perdu une vis, ce qui les empêche de poursuivre le montage de l'un des placards. De l'autre côté du mur, dans la pièce à vivre, James joue les équilibristes en essayant de camoufler les projections de peinture grise qui constellent le plafond auparavant immaculé. Tout ce petit monde qui s'agite me donne le sourire et, sans les interrompre, je grimpe à l'étage déposer les dernières affaires que nous avons rapportées avec Lili. Notre ancien appartement est désormais vide. Il y a une heure, quand j'ai refermé la porte pour l'ultime fois, j'ai ressenti une puissante vague de nostalgie déferler en moi suivie de près par un soulagement inattendu. Un nouveau chapitre de ma vie peut enfin commencer.

Arrivé dans ma chambre, je me félicite une nouvelle fois de mon choix. Au premier abord, cette pièce, qui donne sur la rue et qui est la moins lumineuse des trois chambres de la maison, semble être un endroit peu attractif. Et pourtant, dès que mon pied a foulé le parquet patiné par le temps, je m'y suis tout de suite senti bien. Mon souhait de m'installer dans cette chambre a été très bien accueilli par mes deux colocataires qui convoitaient dès le début la première chambre pour leur nid douillet, celle qui donne sur le jardin.

Néanmoins, la facilité avec laquelle nous nous sommes attribué les chambres ne s'est pas reproduite lorsque nous avons dû nous mettre d'accord sur la décoration des parties communes. Après maintes et maintes conversations, qui, pour la plupart, duraient des heures, nous sommes parvenus à un équilibre presque parfait entre nos goûts si différents. La cuisine sera un concentré de modernité et contrastera avec l'esprit vintage dont Lili rêvait pour la pièce à vivre. Récalcitrant au début, je dois avouer que toutes ces couleurs et tous ces objets du passé donnent un charme fou à la maison.

Avec l'appui de nos familles, nous sommes parvenus à une bonne négociation du loyer avec le propriétaire. Les raisons pour lesquelles il ne voulait pas se charger des travaux sont encore floues, mais tout ce qui compte à nos yeux, c'est la belle remise qu'il nous a accordée sur le loyer. Si quelques doutes pouvaient persister, ils ont vite été balayés. L'emménagement n'est pas complètement terminé mais, pour avoir déjà passé quelques nuits ici, je peux affirmer que je ne regrette pas un seul instant cette décision. Je me sens tellement mieux dans cette maison que j'ai l'impression d'être le Phénix qui renaît de ses cendres.

— Evan ?!

J'abandonne le rangement de tous mes livres d'anatomie et sors de ma chambre.

— Qu'est-ce que c'est que ça ?

Le nez collé contre la baie vitrée de l'étage qui donne sur le jardin, Lili me désigne le panier de basket flambant neuf et le filet multisport fraîchement arrivé qui traverse la pelouse.

— Il se pourrait qu'avec Cam, on ait légèrement craqué quand on les a vus dans le magasin, j'avoue en me frottant la nuque d'un air gêné.

— Et c'est quoi la prochaine étape ? Une piscine ? Un court de tennis ? On ne peut pas se permettre de gaspiller de l'argent ! ronchonne-t-elle en croisant les bras comme une enfant en colère.

Elle essaie de jouer les contrariées mais je vois bien le petit sourire qui se dessine au coin de ses lèvres. Quand je lui fais remarquer du bout des doigts qu'elle sourit, elle chasse ma main d'une petite tape. Avant de succomber au charme du panier et du filet, Cam et moi savions pertinemment qu'elle serait enchantée de cette acquisition.

— Est-ce que tu as besoin d'aide pour tes cartons ? finit-elle par me demander.

Je secoue la tête, la remercie pour sa proposition puis retourne à mes occupations que j'espère avoir réglées avant la fin de la journée.

Essuyant du doigt la poussière qui recouvre mes cadres photo, je prends conscience que je ne regrette plus du tout d'avoir appelé ma mère et de lui avoir dit ce que j'avais

287

sur le cœur. Bien que douloureuse, cette conversation aura servi d'électrochoc. Depuis ce jour, mes parents font tout ce qu'ils peuvent pour se racheter. Une seule fois, mon père a essayé de remettre le sujet abordé avec ma mère sur le tapis, mais je me suis défilé et aucun d'eux n'a depuis évoqué la question. Pas plus tard qu'hier, je suis allé dîner chez eux, chose qui arrivait rarement il y a encore peu. Par tous les moyens, j'ai tenté de leur faire comprendre que je n'avais plus besoin qu'ils nous aident autant, mais ils ont refusé de m'écouter et ont insisté pour payer nos trois premiers mois de loyer. L'argent n'achète pas tout, ils le savent aussi bien que moi. Mais en tout cas, bien qu'ils aient parfois mal agi par le passé, la vie est beaucoup trop courte pour que j'entretienne une quelconque rancœur envers mes parents. Je sais à quel point vivre avec des remords et des regrets peut être difficile et je ne veux surtout pas en arriver là. Il y a d'ailleurs quelques jours, alors que Lili et moi étions en train de remplir les premiers cartons à l'appartement, elle s'est effondrée en larmes lorsqu'elle est tombée sur un ancien album photo contenant des souvenirs d'elle avec ses deux meilleures amies, Amber et Rosie. Toute cette histoire est réglée et, pourtant, je sens toujours ma colocataire être aussi affectée quand elle se replonge dans ce passé si sombre. Elle a beau me répéter qu'il faut accepter cette tragédie et continuer à vivre, je ne suis pas dupe. Je sais qu'elle regrette profondément ce qui a pu se passer durant les derniers mois de vie de Rosie.

C'est pour ne pas avoir de quelconques regrets qu'hier matin, alors que j'étais tout près du Starbucks où travaille Eileen, je me suis décidé à aller la saluer. Avec le déménagement – j'ai honte de l'avouer –, elle m'était un peu sortie de la tête… À la porte du café, j'ai bien failli rebrousser chemin avant de me souvenir d'une chose essentielle : la vie est faite pour être vécue. Alors je n'ai pas attendu une seconde de plus et je suis entré, non pas sans retenir mon souffle. Comme je m'y attendais, Eileen était là, resplendissante dans son uniforme alors qu'elle s'agitait en tous sens, essayant très certainement de tout mener de front. J'étais encore sur le seuil de la porte quand elle a relevé la tête, et aussitôt un grand sourire a éclairé son visage. Sa réaction m'a fait plaisir. En coup de vent, Eileen est venue me voir pendant ses quelques minutes de pause. Elle était désolée de ne pas pouvoir m'accorder plus de temps et m'a demandé si j'étais libre plus tard dans la journée. Sans chercher à savoir si j'avais déjà quelque chose de prévu, je lui ai répondu que je serais là à la fin de son service. Quatre heures plus tard, j'étais de retour sur l'esplanade pour l'attendre. Elle est arrivée au bout de quelques minutes, l'air exténuée, et pourtant je l'ai trouvée encore plus belle avec ses cheveux en bataille et cette moue impatiente. Nous nous sommes baladés, une heure ou peut-être deux. Au début de notre promenade, régnait entre nous une certaine timidité qui était plutôt inconfortable, je dois le reconnaître. Alors, sans vraiment savoir où j'allais, je me suis lancé et, très vite, toute cette gêne s'est envolée. J'en ai appris un peu plus sur elle : elle est âgée de vingt-trois ans et elle vient d'une petite ville de Louisiane. Au fur et à mesure de notre conversation, je me suis rendu compte que nous étions aux antipodes l'un de l'autre et que notre façon de voir la vie ne pouvait pas être plus différente ! C'est étrange mais toutes ces divergences n'ont fait qu'accroître le sentiment de plénitude que j'ai pu ressentir avec elle. C'était comme si un nouvel Evan plus fort et plus confiant prenait le contrôle quand Eileen était dans les parages. Cette sensation était assez grisante.

Quand nous nous sommes quittés, la nuit commençait tout doucement à tomber sur Los Angeles. Encore timides, nous nous sommes contentés d'une accolade et je dois admettre que ça me va très bien. Je ne pense pas que je me serais senti à l'aise s'il y avait eu plus à ce moment-là. Je ne veux surtout pas brûler les étapes et tout gâcher comme je l'ai peut-être fait avec Grace. Je sais que je ne devrais pas les comparer mais, dès le début de notre relation, Grace était parfois si difficile à suivre que je me retrouvais à devoir danser d'un pied sur l'autre pour éviter que les choses dérapent. Eileen et moi, nous n'en sommes qu'aux prémices et, pourtant, je suis convaincu qu'elle n'est pas comme Grace. Mon instinct se trompe peut-être mais je me sens prêt à prendre le risque. Dans le fond, je crois que c'est parce qu'elles sont diamétralement opposées que cette brune au caractère bien trempé m'obsède tant. Le seul souci, c'est que j'ignore encore si c'est une bonne chose ou non.

— Cameron, c'était l'autre entrée ! s'exclame Lili en désignant l'enseigne lumineuse qui indique le parking du restaurant un peu plus loin.

— Fait chier, grommelle Cam. Tant pis, je me gare là et on ira à pied. Ça ne va pas nous tuer.

C'est la première fois que nous venons manger ici et, si j'en crois l'humeur massacrante de mon meilleur ami, je commence à me dire que ce n'était peut-être pas une bonne idée de le laisser conduire...

Les uns derrière les autres, nous rejoignons le trottoir qui longe le restaurant jusqu'à son entrée, du côté de Colorado Ave. Au fur et à mesure de nos pas, deux silhouettes collées l'une contre l'autre apparaissent clairement dans notre champ de vision. Je n'y prête pas attention jusqu'à ce qu'Enzo, qui marche à l'avant du groupe et que je suis de près, s'arrête net, si bien que je manque de lui rentrer dedans. Je suis sur le point de lui demander ce qui se passe quand je l'entends marmonner :

— Oh merde !

Je suis son regard et, malgré la pénombre, les lampadaires et les néons du restaurant suffisent à éclairer distinctement les personnes qui se trouvent devant nous. Quand cela fait tilt dans ma tête, mon premier réflexe est de me tourner vers mon meilleur ami en priant pour qu'il n'ait encore rien vu. Mais sa réaction, qui ne tarde pas, anéantit tous mes espoirs. La suite se passe à une vitesse folle. Cameron fonce droit sur Rafael et ne lui laisse pas le temps de se justifier. James essaie de rattraper son bras mais la fureur a pris possession de lui. Il est incontrôlable. Elena tente de s'interposer mais j'interviens avant qu'elle ne se prenne un coup qui ne lui est pas destiné. Elle a beau être fine, son corps athlétique a bientôt raison de moi et je peine à contenir ses mouvements frénétiques.

— C'est ma vie, Cameron ! Tu n'as pas ton mot à dire. J'aime Rafael et lui aussi, il m'aime. Notre couple, c'est du sérieux. Si on ne te l'a pas dit, c'est qu'on redoutait ta réaction digne du XIXe siècle.

Elena se dégage de mes bras et, d'un pas décidé, elle se plante devant Cameron qui la regarde, des éclairs dans les yeux.

— Lui, être amoureux ? S'il te plaît, Elena, il n'y a pas plus stupide comme idée. Je te croyais intelligente, comment as-tu pu croire une seule seconde à ses mensonges ?

Elle a un mouvement de recul et les mots de Rafael qui me paraissent pourtant sincères ne semblent pas convaincre mon meilleur ami affichant une mine toujours aussi renfrognée. Quelques instants plus tard, quand il entend Lili dire qu'elle était au courant, c'est comme s'il avait reçu un uppercut. Cameron se renferme encore plus sur lui-même et je sais par avance que cette révélation va jeter un nouveau froid.

Le discours improvisé de Brad a le mérite de détendre l'atmosphère et, une fois tous remis de nos émotions, nous entrons dans le restaurant. La pommette gonflée et douloureuse, Rafael s'empresse d'aller mettre de l'eau fraîche sur son visage tandis que nous nous installons à une longue table située dans un coin assez calme de l'établissement très fréquenté. À ma gauche, Cameron a toujours les mâchoires serrées, refusant même d'écouter Lili quand cette dernière essaie de lui parler. Mon meilleur ami a beau toujours réagir de manière excessive, aujourd'hui, je ne peux que le comprendre. Elena n'est pas ma sœur et, pourtant, quand je l'ai vue dans les bras de Rafael, j'ai ressenti comme un élan soudain de protection. Je me mets à la place de Cam. Sa sœur, c'est tout pour lui. Or, Rafael a toujours été du genre à faire passer ses intérêts avant ceux des autres. Quand on connaît son histoire, on ne peut pas lui reprocher ce comportement. Il reste un type génial, c'est indéniable, et ça, Cameron le sait aussi bien que moi. Dans le fond, je suis certain que ce qui effraie le plus Cam, c'est que Raf l'éloigne de sa sœur.

L'air est encore chargé d'électricité et, bientôt, deux conversations bien distinctes naissent aux deux bouts de la tablée.

— Arrête de serrer autant les dents, tu vas finir par avoir une crampe et tu ne pourras pas manger.

Cameron esquisse un sourire, qui s'évanouit presque aussitôt quand son regard se pose sur Elena et Rafael à quelques places de nous.

— Ils ont l'air vraiment heureux, Cam. Ce n'est pas le plus important pour toi de voir ta sœur s'épanouir avec un mec bien ? je demande tout bas de façon qu'il soit le seul à entendre.

— Si, bien sûr que si, marmonne-t-il sans pour autant se dérider. Mais mets-toi à ma place deux minutes.

— Je n'ai pas de sœur, je te signale.

— Tu vois ce que je veux dire, soupire-t-il. Au-delà du fait qu'ils soient ensemble, j'aurais aimé être mis au courant plus tôt.

— Je comprends parfaitement, je dis en posant ma main sur son épaule.

Il me décoche un vrai sourire, le premier depuis que nous sommes entrés, avant de se tourner vers Elena et Raf.

— Et sinon, ça fait combien de temps que vous nous cachez ça ?

— Un peu plus de six mois, répond sa sœur en le regardant droit dans les yeux.

Cam manque de s'étouffer avec sa gorgée de soda. Il reprend, après s'être essuyé la bouche :

— Et vous comptiez le dire quand ?

Rafael avoue alors qu'ils envisageaient de nous mettre au courant une fois que l'emménagement à Santa Monica serait fait. Ce n'était donc qu'une question de jours avant qu'on apprenne la nouvelle. Le sujet étant remis sur le tapis, un à un, nous les félicitons et leur souhaitons beaucoup de bonheur. Cameron est le dernier à prononcer ces mots et je vois bien le regard larmoyant d'Elena quand elle écoute les paroles bienveillantes de son grand frère.

— J'espère maintenant que personne autour de cette table ne me cache d'autres secrets.

Sans quitter Lili des yeux, il a prononcé cette phrase à voix basse, mais nous l'avons tous entendue. Sa petite amie ne le regarde pourtant pas, prise par sa conversation avec Enzo. J'ouvre la bouche, prêt à parler mais, pas certain de la pertinence de mes propos, je choisis de me taire. Cameron n'a pas encore digéré que Lili ne lui ait rien dit de Raf et Elena, toutefois je mettrais ma main à couper que d'ici la fin de soirée tout sera rentré dans l'ordre. Cameron est comme ça, il rumine un certain temps avant de passer à autre chose.

— Cam, si tu prends des frites, je pourrai t'en piquer quelques-unes ? demande Lili lorsque, quelques minutes plus tard, une serveuse vient prendre notre commande.

Sa question demeure sans réponse.

— Lili t'a demandé quelque chose, je signale à mon ami, essayant de le faire réagir.

— Je prendrai une pizza aux quatre fromages, dit-il à la serveuse.

Sonnée par son attitude, Lili me dévisage avec cet air perdu qui me rend impuissant. J'essaie de lui sourire mais, crispée, elle tourne la tête et plonge son regard dans la carte qu'elle tient entre ses doigts tremblotants. J'aimerais secouer Cam en lui répétant qu'il peut être un sacré imbécile quand il s'y met. Néanmoins, pour ne pas faire d'esclandre et gâcher ce repas, je prends sur moi et me dis que, finalement, je ne vais peut-être pas courir le risque de perdre ma main…

Chapitre 23

Lili

— Tu comptes bouder encore combien de temps comme ça ?

Ma voix n'est qu'un murmure et pourtant, dans la voiture, tout le monde s'est tu, guettant la réponse de Cameron. Les secondes s'écoulent mais rien ne vient. Les yeux rivés sur la route, il s'applique à m'ignorer et je peux dire qu'il se débrouille très bien. La situation commence franchement à m'énerver et, décidée à ne pas entrer dans son jeu, après m'être retournée vers les trois garçons assis sur la banquette arrière qui fuient chacun leur tour mon regard, je me tais et me rencogne dans mon siège, excédée.

En ce samedi soir, les abords de la plage sont bondés si bien que nous allons nous retrouver garés à des centaines de mètres de l'entrée du parc d'attractions. Les seuls mots que Cameron prononce sont des injures adressées au conducteur de la voiture qui vient de lui piquer la place qu'il convoitait. Durant un instant, je crains de le voir descendre pour s'expliquer avec cet automobiliste. Mais heureusement pour nous tous, à quelques places de là, un autre véhicule démarre et nous pouvons enfin nous stationner sans problème.

Une fois sortie de la voiture, je réalise que le vent s'est levé et décide, avant d'être complètement frigorifiée, de prendre le sweat-shirt de Cameron qu'il garde toujours dans son coffre. Alors que je l'enfile, je le surprends en train de parcourir rapidement mon corps du regard. Je m'attends à ce qu'il dise enfin quelque chose mais il continue de se murer dans le silence. Seule la discussion que lance Enzo en attendant les autres parvient à lui arracher un semblant de sourire.

Quelques minutes plus tard, le reste de la bande nous a rejoints et nous prenons tous ensemble la direction de la jetée. Malgré l'affluence, nous parvenons à entrer rapidement dans le parc d'attractions.

— J'ai envie de prendre un smoothie, pas vous ? nous demande Elena tout en désignant un snack un peu plus loin.

— Je vais t'accompagner, je lui réponds alors que je sens ma gorge devenir sèche par nervosité.

— Les garçons, insiste-t-elle d'une voix plus puissante, vous voulez quelque chose ?

Comme ceux qui daignent lui répondre déclinent l'offre, Elena et moi allons nous placer au bout de la file d'attente. Je laisse mes yeux naviguer jusqu'à *lui*. Le voir à ce point renfrogné m'agace. Qu'est-ce que j'étais censée faire ? Lui parler de Rafael et Elena alors que leur histoire ne nous regarde pas ? Ne lui déplaise, je ne suis pas désolée de ne pas l'avoir mis au courant.

— Ça va lui passer rapidement, ne t'en fais pas, souffle la petite sœur de Cam en me voyant si… ailleurs.

— Parfois, je me demande comment j'ai pu tomber amoureuse de ton frère, je maugrée avant de tourner la tête pour regarder la carte des collations proposées.

Elena lâche un petit rire.

— Il est grognon mais, tu le connais… regarde, quand vous nous avez surpris, il avait l'air d'un fauve déchaîné et il s'est calmé assez rapidement. Sa colère va vite redescendre, tu vas voir.

Je n'en suis pas aussi certaine cette fois, ai-je envie de lui répondre.

— Je sais que ça ne me regarde pas, poursuit-elle, mais est-ce que ça va avec Cam en ce moment ?

Durant un instant, j'ai oublié que j'étais en face d'une Miller. Ils ont beau être différents, j'ai parfois l'impression de reconnaître Cam dans presque tous les gestes et toutes les mimiques de sa sœur. J'essaie de fuir le regard scrutateur d'Elena en détournant la tête mais, avec une rapidité et une grâce qui lui sont propres, elle pivote sur ses pieds et ses yeux inquisiteurs retrouvent les miens.

— Tu peux me parler, Lili, ajoute-t-elle d'une voix douce.

Me confier me permettrait peut-être d'évacuer cette peur qui me tenaille depuis des jours et des jours sans jamais me laisser tranquille, mais je choisis la facilité et me défile.

— Ne t'inquiète pas, tout va bien. On est un peu sur les nerfs avec le déménagement et les travaux. Tout va s'arranger.

Je lui adresse un sourire qui se veut réconfortant mais, malgré son hochement de tête, je me rends bien compte qu'elle ne croit pas un mot de ce que je lui raconte. Après une certaine hésitation, elle semble sur le point de répliquer quand nos deux boissons sont déposées sur le comptoir devant nous, ce qui clôt le sujet. Nous les récupérons et, tout en me dirigeant vers les garçons qui patientent devant les montagnes russes du parc, je me délecte du goût frais de la mangue qui contraste avec la saveur des noix de macadamia.

— On commence par celui-ci et on passe après à la tour qui nous retourne l'estomac ? propose Evan en nous désignant du doigt les deux attractions.

Leurs yeux pétillent quand ils regardent tout ce qui est à disposition dans ce parc dédié à l'amusement. Habituellement fan des manèges à sensation, ce soir, je me sens trop contrariée pour participer.

— Tu ne viens pas avec nous, Lili ? s'étonne Enzo alors que je commence à m'éloigner.

— Non, je préfère me poser un peu, je réponds en lui montrant ma boisson comme prétexte.

— Tu es sûre ?

— Certaine !

Pour ne pas entacher la bonne humeur du groupe, je décide d'aller, sans dire un mot de plus, m'asseoir sur un des nombreux bancs en bois qui parsèment la promenade.

Derrière moi, l'océan est agité. Le bruit des vagues me berce et je laisse mon regard se perdre dans le vide. Presque machinalement, je sirote ma boisson qui, bientôt, devient écœurante avec la glace pilée qui a fondu. Au loin, des éclats de voix que je reconnais me font relever la tête. Mes amis viennent de sortir de leur premier tour de manège et Evan, de son rire franc, se moque d'Elena qui a les cheveux tout emmêlés par le vent. Voir mon meilleur ami à ce point joyeux est une des rares choses qui me font actuellement du bien.

Alors que je me lève pour aller jeter mon gobelet et le reste de smoothie dans une poubelle, je surprends le regard de Cameron posé sur moi. Il me fixe avec tant d'insistance que, durant un instant, je me demande si je ne ferais pas mieux d'aller le rejoindre. Mais très vite, mon cerveau me rappelle son attitude de tout à l'heure et, n'ayant pas envie qu'il m'envoie sur les roses si je lui adresse la parole, je me contente de reprendre ma place sur le banc et de le regarder de loin.

Depuis notre dispute au campus, notre relation n'est pas sans nuage. Je sais que ma réaction démesurée a jeté un froid sur notre couple et, avec les travaux, je n'imaginais pas que nous nous éloignerions à ce point. Il y a des jours, c'est à peine si nous nous croisons, si bien que, plus d'une fois, j'en suis venue à me demander si j'avais fait le bon choix en acceptant de déménager. Et comme si cette distance ne suffisait pas, les e-mails ont continué d'affluer chaque jour, avec presque toujours le même message :

Tu ne seras bientôt qu'un vague souvenir.

Dès que je bloquais une adresse, le lendemain, une nouvelle était créée et prenait le relais. J'ai répondu une seule fois mais mes interrogations sont demeurées lettre morte. J'ai retourné le problème dans tous les sens sans jamais parvenir à comprendre la raison ni l'origine de tous ces envois. Qu'ai-je bien pu faire pour que quelqu'un s'acharne ainsi sur moi ? J'ai beau être parfois irrationnelle, je ne crois pas aux esprits. Jace n'est plus de ce monde, ça ne peut pas être lui qui essaie de m'effrayer. Mais alors qui peut se montrer aussi monstrueux et pourquoi ?!

Je ne sais pas quoi faire, j'ai l'impression d'être dans une impasse. Je pensais pouvoir gérer ça toute seule, mais la vérité, c'est que je n'ai pas les épaules suffisamment solides pour supporter ce poids supplémentaire qui m'écrase un peu plus chaque jour. Alors, qu'est-ce que je suis censée faire maintenant ? Aller voir Cam et tout lui dire ? Je sais que j'ai très certainement pris la mauvaise décision en ne le mettant pas au courant de ce harcèlement, cependant je n'arrive pas à me résoudre à tout lui révéler maintenant, il ne comprendrait pas que j'aie tant attendu pour lui en parler.

Tout le monde est reparti vers une nouvelle attraction quand je commence à trouver le temps long. Sortant mon téléphone de ma poche, je réponds à Amber qui me demande de l'aider à faire son choix entre deux paires de chaussures dont elle m'envoie la photo, puis j'adresse un énième message à Grace qui, je me doute, restera sans réponse. Mon amie s'est complètement renfermée sur elle-même et c'est impuissante que j'assiste à sa descente aux enfers. Quelques minutes plus tard, contrairement à ce que je pensais, Grace me répond. Elle me demande du temps. Je lui écris que je serai toujours là pour elle, et notre conversation, déjà extrêmement brève, s'arrête là.

Pour me remonter le moral, j'enchaîne sur une discussion avec Sasha qui profite pleinement de ses vacances au Mexique avec sa fiancée. Il m'envoie un selfie de tous les deux sur la plage et, malgré moi, je les jalouse d'être si heureux, d'avoir une relation sans problème. Je m'occupe comme je peux quand mon téléphone me notifie qu'un nouveau courriel est arrivé dans ma messagerie dédiée à l'université. Lorsque je vois l'adresse mail d'où il provient, mon rythme cardiaque devient effréné. Je m'empresse alors de cliquer dessus mais, la connexion Internet étant mauvaise ici, d'interminables minutes s'écoulent avant que je puisse découvrir, avec stupeur, le contenu de ce nouveau message.

Je n'avais pas prévu de te montrer ce cliché aussi tôt mais ton manque de réaction ne me laisse pas d'autre choix…
J'espère que tu apprécieras.

Le cœur au bord des lèvres, j'ouvre la pièce jointe. Aussitôt, les rouages de mon cerveau se mettent à fonctionner et, quand je comprends de quoi il retourne, j'ai l'impression de tomber de la jetée et de m'écraser dans l'eau froide de l'océan. Mes mains tremblent tellement qu'à plusieurs reprises, mon téléphone manque de me glisser des doigts. Les jambes en coton, je me lève du banc et avance droit vers l'attraction où j'ai vu se diriger Elena et les garçons. À la fois en colère et bouleversée, je n'ai plus la faculté de penser de manière cohérente. Je me contente d'agir, aveuglée par la rage qui augmente un peu plus à chaque pas que je fais vers *lui*. Très vite, je repère l'emplacement où il se trouve et, sans me soucier des protestations que j'entends dans la file d'attente, je me fraie un chemin jusqu'au petit groupe qu'ils forment tous.

— Cam, je peux te poser une question ? je demande d'une voix blanche.

Je ne me reconnais pas. Je n'attends pas qu'il se retourne pour dire ces mots que je n'imaginais pas prononcer un jour :

— As-tu revu Olivia ?

— Si tu me poses la question, c'est que tu connais déjà la réponse, souffle-t-il.

Je reste sans voix devant cette provocation qui me brise instantanément le cœur. Mes yeux s'emplissent aussitôt de larmes, tout devient flou autour de moi et j'ai l'impression que le sol tangue sous mes pieds.

— Tu es un véritable connard, Cameron, je crie comme une démente.

— Non mais laisse-moi t'expliquer ! me supplie-t-il en attrapant ma main. Ce n'est pas ce que tu crois.

— Je ne veux plus te voir. Lâche-moi.

Je le repousse et je file en courant pour m'éloigner de lui au plus vite. Cette sortie mélodramatique me vaut des regards et des murmures interloqués sur mon chemin. Derrière moi, je l'entends m'appeler. Mes pas sont lourds, mon souffle est court, et je ne sais pas encore où je vais mais je continue de courir, sans me retourner. La foule se densifie et si elle me gêne à plusieurs reprises, elle me donne aussi un avantage de taille puisque, m'y fondant, je parviens à semer Cameron que je sais à ma poursuite. Bientôt, je quitte la jetée et me retrouve sur la promenade qui longe la plage de Santa Monica.

À chacune de mes foulées, les moindres détails de la photographie semblent s'imprimer un peu plus dans ma tête. Cameron allongé, torse nu sur son lit, les yeux fermés, Olivia, en sous-vêtements à côté de lui. Pour moi, c'est sans équivoque. Je ne veux écouter aucune excuse de sa part. Il essaiera de me convaincre que ce cliché date d'avant de notre relation mais, malheureusement pour lui, je ne serai pas assez bête pour gober ça. On distingue à son poignet un bracelet que je lui ai offert et, sur sa table de nuit, trône une photo de nous deux. Comment a-t-il pu ?

À bout de forces, je me vois contrainte de ralentir le rythme. Mon cœur bat si vite dans ma poitrine que ça en devient douloureux. Je marche sans savoir où je vais quand, tout à coup, une main s'enroule autour de mon poignet.

— Lili, s'il te plaît.

Il semble encore plus essoufflé que moi.

— Allons à l'écart, tu veux bien ? lâche-t-il avec peine.

Je m'apprête à refuser quand je perçois tous les regards curieux autour de nous. J'ai beau être dans une colère folle, la dernière chose que je désire est de me donner en spectacle.

— On peut aller dans la voiture ?

J'acquiesce d'un mouvement de tête. Il lâche mon poignet pour me prendre par la main mais j'écarte aussitôt mon bras. Il comprend le message et, sans prononcer le moindre mot, nous rejoignons sa voiture.

— Je ne sais vraiment pas ce qui se passe, Lili, lâche-t-il une fois les portières fermées. Je suis perdu, parle-moi.

— Pourquoi est-ce que tu m'as répondu ça, alors ?

Sans parvenir à me retenir, j'éclate en sanglots. Cameron prend ma main dans la sienne, mais je me dégage pour sortir le paquet de mouchoirs de mon sac.

— Parce que, cet été, Olivia est venue chez moi avec sa mère.

— Je croyais que ta famille ne les supportait pas, je marmonne une fois mes larmes taries.

— C'est le cas. Mais la boîte pour laquelle travaille la mère d'Olivia est un des plus gros clients du magasin de ma mère. Elle n'a pas d'autre choix que de se montrer aimable avec ces deux-là, même si ça lui coûte, tu t'en doutes bien.

— Est-ce que tu as couché avec elle ? je lui demande aussitôt d'une voix peu assurée.

Je me sens soudain nauséeuse quand des images d'eux enlacés s'immiscent dans ma tête.

— Quoi ? Non, bien sûr que non ! s'exclame-t-il avant de prendre mon visage entre ses doigts. Je ne pourrais jamais te faire ça, Lili. Tu dois me croire.

Il insiste sur chaque syllabe. Plus aucune larme ne coule sur mes joues mais je me sens encore fébrile.

— Je ne pense pas pouvoir te croire après avoir vu cette photo, je lâche du bout des lèvres.

— Cette photo ?

— Celle que j'ai reçue de vous deux.

Il fronce les sourcils.

— Je n'ai jamais pris de photo avec elle.

— Mais Olivia en a pris une de vous deux, je rétorque avec amertume.

— Est-ce que tu peux me la montrer, s'il te plaît ?

Je hoche la tête et, quand je déverrouille mon téléphone, la photo apparaît aussitôt. Cameron l'observe avec attention.

— Je n'y crois pas, la garce, elle a osé !

Ses mots sont cinglants et son visage se pare d'une rage plus que palpable.

— Je sais que cette photo laisse penser au pire mais tu dois vraiment me croire, Lili, je n'ai rien fait avec elle.

— Je te crois, Cam, je dis en voyant la sincérité dans son regard. Mais j'aimerais savoir ce que cette peste faisait dans ton lit et en sous-vêtements.

— C'était le jour de notre dispute.

Cette unique phrase suffit à me faire paniquer. Cam, qui semble remarquer l'expression qui passe dans mes yeux affolés, prend mes mains entre les siennes et entremêle nos doigts.

— Ce n'est vraiment pas ce que tu imagines, me rassure-t-il avant de déposer un chaste baiser sur mes lèvres. Quand je suis revenu du surf, j'ai eu la désagréable surprise de découvrir Olivia et sa mère dans la cuisine chez mes parents. Pour ne pas les voir plus longtemps, je me suis réfugié dans ma chambre et, après m'être douché, je me suis allongé un peu. À mon réveil, elles étaient parties. Je ne savais même pas qu'elle était venue dans ma chambre ! Elle a dû prendre cette photo pendant ma sieste.

— C'est pour ça que tu t'es énervé aussi vite ce jour-là ?

D'un bref mouvement de la tête, il acquiesce.

— Je sais que j'aurais dû te le dire plus tôt mais j'avais peur que tu le prennes mal alors que, dans le fond, il ne s'est rien passé entre nous. Je ne l'ai même pas saluée quand je l'ai vue !

— Cette fille est complètement cinglée. Il faut qu'elle comprenne que votre histoire est terminée et qu'elle n'a pas le droit de nous pourrir la vie.

— Je ne pense pas que tu vas être d'accord, mais j'aimerais qu'on l'oblige tous les deux à nous donner des explications.

— Je ne sais pas si je peux l'affronter, Cam. J'en ai juste assez de devoir me battre en permanence contre le monde. Je suis épuisée.

Face à cet aveu de faiblesse, Cameron m'attire contre lui et, d'un geste réconfortant, il me caresse le dos.

— Ta crise sur le campus, c'était déjà à cause d'elle ?

— Oui… J'ai honte de dire ça mais, durant un moment, j'ai douté de ta fidélité.

Je me lance alors et lui raconte tout ce que j'ai subi ces dernières semaines.

— Pourquoi tu ne m'as rien dit ? me demande-t-il, la mâchoire serrée.

— Je ne sais pas, je murmure. Au début, j'étais dans le déni. Après ce qui s'était passé avec Jace, je ne pouvais pas croire que ça m'arriverait une nouvelle fois. J'ai d'abord cru que c'était une erreur ou même une blague. Je n'imaginais pas que ça irait aussi loin…

— Tu dois impérativement me parler quand tu as des ennuis, quels qu'ils soient ! s'emporte-t-il. J'avais l'impression d'être face à une étrangère depuis tout ce temps, Lili. Ça me rendait dingue !

— Je suis désolée.

— Ce n'est rien, dit-il en me serrant un peu plus contre lui. Mais la prochaine fois, peu importe ce qui te tracasse, tu viens me parler. Être en couple, c'est aussi pouvoir se reposer sur l'épaule de l'autre, pas seulement profiter de mon corps d'Adonis.

Ses derniers mots ont le mérite de me faire sourire. Je me blottis contre lui, profitant de la chaleur réconfortante qui se dégage de nos deux corps pressés l'un contre l'autre. Nous restons dans cette position jusqu'à ce que le téléphone de Cam signale un SMS, rompant le calme qui régnait dans l'habitacle.

— Evan veut savoir si on les rejoint.

— Dis-lui qu'on arrive dans quelques minutes.

Cam acquiesce et lui écrit une réponse.

— Une dernière chose, Cam… je commence avant que nous sortions.

— Je t'écoute.

— Je ne regrette pas de ne t'avoir rien dit concernant Elena et Rafael.

— Je n'en attendais pas moins de toi, marmonne-t-il.

— Le jour de ton anniversaire, chez tes parents, je les ai vus s'embrasser. J'ai voulu t'en parler mais, après avoir réfléchi, j'ai réalisé que ça ne me regardait pas, que ce n'était pas à moi de le faire. En plus, Rafael a l'air vraiment différent depuis qu'il est avec ta sœur, je souligne en lui jetant un coup d'œil pour guetter sa réaction.

— Je sais bien, soupire-t-il, et étrangement, je crois que c'est ça qui m'embête le plus.

— Pourquoi ? je m'étonne en arquant un sourcil.

— Parce que je n'ai pas été fichu de voir ce qui se tramait dans mon dos. Cet été, j'ai trouvé que Rafael et Elena avaient tous les deux changé, mais je n'ai jamais fait le rapprochement, comme un con.

— Ce n'est pas moi qui vais te contredire là-dessus.

Ma réponse le fait éclater d'un rire cristallin. Il m'embrasse sur le sommet du crâne et, avant qu'on sorte rejoindre les autres, il me retient une petite seconde.

— Lili ?

— Oui ?

— Tu n'as plus à avoir peur car, dorénavant, c'est toi et moi contre le reste du monde s'il le faut.

Mon cœur se gonfle d'amour et mes lèvres trouvent aussitôt les siennes.

***

309

Lorsque je me réveille de l'une des pires nuits de toute mon existence, j'ai l'impression que mes draps sont trempés. Seule dans le lit, je me redresse puis porte une main dans mon dos qui est moite de sueur. Avec une moue de dégoût, je m'extirpe péniblement de ce sauna. Je ne suis pas prête à affronter la réalité. Nous avons eu confirmation que la personne qui se cachait derrière ces affreuses menaces était Olivia et, bien que je devrais me sentir rassurée de connaître enfin l'identité de mon harceleur, mon rythme cardiaque s'affole à l'idée de la rencontrer dans maintenant moins d'une heure.

Je suis toujours debout dans notre chambre quand la porte s'ouvre sur Cameron qui a cet air endormi si craquant. Il s'approche doucement et, de derrière son dos, il sort une rose rouge qu'il me tend, un sourire éblouissant sur les lèvres. Cette attention toute particulière me réchauffe le cœur et, en le remerciant, je me précipite dans ses bras. Cette étreinte me fait un bien fou et, revigorée, je me sens déjà un peu plus apte à rencontrer le pire cauchemar de notre couple.

Le temps défile à une vitesse folle et, très vite, l'heure de partir arrive. Dans la voiture, je sens mon estomac faire les montagnes russes alors que Cameron conduit assez tranquillement. Il a beau me sourire, je vois bien à ses mains crispées sur le volant qu'il n'a pas plus envie que moi d'aller au rendez-vous. Mais pour tourner la page, nous le devons.

— J'ai peur, Cam, j'avoue alors que nous nous arrêtons quelques minutes plus tard le long d'un trottoir.

— Regarde-moi, Lili, m'intime-t-il avant d'encercler mon visage de ses larges mains. Tu n'es pas toute seule, on est ensemble. Je ne te lâcherai pas et tu ne me lâcheras pas non plus. Personne ne pourra se mettre entre nous. Après cette discussion, Olivia ne sera plus qu'un lointain souvenir qui disparaîtra peu à peu de nos esprits. D'accord ?

— D'accord.

Il m'embrasse avec toute la fougue, la passion et la douceur dont il peut faire preuve avant que nous sortions de la voiture. Il s'empresse de faire le tour du véhicule et de prendre ma main tremblante dans la sienne.

— Toi et moi contre le reste du monde, tu te souviens ?

Je hoche la tête et, une seconde plus tard, nous entrons dans la brasserie prisée pour son brunch du dimanche. Très vite, je repère Olivia qui est assise à une petite table près d'une des fenêtres donnant sur la rue. Ses yeux sont rivés sur la voiture de Cam garée juste devant et je jubile en réalisant qu'elle n'a pas dû louper une miette du baiser passionné que nous avons échangé un instant plus tôt.

D'une pression sur sa main, j'informe Cam qu'Olivia est en vue. Il tourne la tête, la remarque et, avant d'aller vers elle, pose sa main libre sur ma joue pour planter un nouveau baiser sur mes lèvres – celui-ci est bien plus chaste que le précédent. Sans dire un mot, nous nous installons face à elle. Ça me tue de l'avouer, mais cette fille est resplendissante ! Ses longs cheveux blonds ont mille reflets et son visage, légèrement hâlé, agrémenté d'un maquillage sophistiqué, donne l'impression qu'elle sort tout droit d'un shooting photo pour *Vogue*.

Un silence inconfortable que personne ne semble prêt à briser nous enveloppe et je me sens mal à l'aise. Un serveur, qui passe auprès de notre table, s'arrête et nous demande si nous avons fait notre choix. N'ayant pas prévu de déjeuner ici, Cameron se contente de lui demander un soda tandis que j'opte pour une eau minérale bien fraîche. Olivia, quant à elle, commande une salade et un verre de vin blanc.

— J'imagine que tu sais pourquoi nous sommes là, attaque Cameron dès que le serveur s'est éloigné.

— Je t'aime toujours, Cam, minaude-t-elle en lui lançant un regard de biche. Je t'aime plus que personne ne pourra jamais t'aimer.

Je manque de m'étouffer en la voyant agir d'une telle manière en ma présence. Elle est gonflée ! Je me sens affreusement gênée d'assister à cette scène, comme si j'étais de trop. Je ne sais plus où me mettre quand, à côté de moi, je perçois la nervosité de Cameron. Sa main se referme une nouvelle fois sur la mienne et son genou cogne contre le mien.

— Oublie-moi, Olivia. Vraiment. Rends-moi ce dernier service, s'il te plaît.

Il articule en insistant sur chaque syllabe, mais elle ne semble pas prendre la mesure de ses propos.

— Je me devais d'essayer une dernière fois ! crie-t-elle.

— Pourquoi me faire ça ? j'interviens enfin.

312

— Tout se sait vite dans les quartiers de banlieue. J'ai appris ce qui t'était arrivé avec ce taré et j'ai voulu t'effrayer de la même façon.

Abasourdie, je n'arrive pas à parler.

— Tu ne vaux pas mieux que lui, siffle Cameron. Tu es un monstre, Olivia, une égoïste sans cœur. Comment ai-je pu t'aimer un jour ?

Une grimace de dégoût se forme sur ses lèvres. La blonde devant nous ne pipe plus mot et, le ton de la conversation ayant monté, les quelques personnes autour de nous commencent à nous prêter attention. Le rouge lui monte aux joues et très vite, je comprends que ce n'est pas dû à la fureur mais à la gêne. Je vois clair en son jeu. Cette fille n'est rien de plus qu'une manipulatrice. Elle dit aimer Cam mais nous savons tous deux que c'est faux. Elle n'a pas supporté de le perdre et, par amour-propre, elle a voulu se prouver à elle-même qu'elle pouvait le récupérer. Ce qu'elle aime, c'est son image, c'est contrôler les gens autour d'elle.

— Tu n'obtiendras plus jamais rien de moi, Olivia. Et tu sais pourquoi ?

Elle secoue la tête.

— Parce que, un jour, la fille que tu vois à côté de moi, je l'épouserai.

Cette phrase, qui lance un froid sur la tablée, ne fait qu'accélérer les battements déjà frénétiques de mon cœur. Un grand sourire prend place sur mon visage et je n'essaie même pas de le retenir. Après tout ce que cette peste nous a fait, si je peux mettre ses nerfs à rude épreuve, je ne vais pas me gêner.

— Je dois bientôt repartir de toute façon, et loin, lâche-t-elle avant de prendre une grosse gorgée du verre de vin que vient d'apporter le serveur.

— Pourquoi avoir fait tout ça si tu repars ? Je ne comprends pas, lui demande Cameron en prenant son verre de soda d'un geste nerveux.

— Tu sais ce qu'on dit, commence-t-elle, un brin de mélancolie dans la voix, loin des yeux, loin du cœur. Revenir pour l'été à Los Angeles a fait remonter des souvenirs de notre idylle passée. J'ai eu envie de remettre le couvert.

— Tu es une grande malade ! je m'exclame alors. S'il était célibataire, je comprendrais, mais là, tu es allée clairement trop loin !

Elle hausse les épaules.

— La fin justifie les moyens.

— Tu comptes t'exprimer à coups de proverbes jusqu'à quand exactement ? s'agace Cameron.

Je ne lui laisse pas l'occasion de répondre et demande :

— Cette comptine, qu'est-ce qu'elle signifie ?

Cette question me taraude depuis trop longtemps déjà. À ma grande surprise, c'est Cameron qui répond :

— C'est la chanson que je lui avais chantée lors de notre première Saint-Valentin ensemble.

Je déglutis et sens une colère sourde monter en moi. Olivia, qui s'est rendu compte de l'effet que cette révélation a sur moi, jubile sans retenue. Mon verre rempli d'eau me donne une idée. Je refuse de tomber aussi bas mais, lorsque cette harpie ajoute avec un grand sourire qu'elle sait qu'un jour Cameron sera sien, je ne contrôle plus aucun de mes gestes. Sans réfléchir, j'attrape mon verre et balance son contenu au visage d'Olivia qui se met à crier comme une folle. Tous les regards se tournent vers nous et certains visages sont horrifiés, à croire que je lui ai jeté de l'acide ! Néanmoins, je ne regrette pas un seul ins- tant ma réaction impulsive et, quand Cameron me sourit avec une fierté non dissimulée, je suis même contente de moi. Ça m'a fait un bien fou.

Sans accorder un regard ou un mot à Olivia, Cameron saisit ma main et nous sortons du restaurant sans nous retourner.

— Tu t'es transformée en véritable petite lionne ! s'écrie-t-il dans un rire.

— Ne te moque pas, je bougonne en sentant l'adréna- line couler encore dans mes veines.

— Liliana Wilson, tu m'impressionnes un peu plus chaque jour.

Tout embarras envolé, c'est avec un sourire de bonheur que je me hisse sur la pointe des pieds pour embrasser mon amoureux au beau milieu de cette rue passante.

Chapitre 24

Evan

M'activant depuis maintenant dix minutes sur ce banc de musculation, bien que l'expression « banc de torture » serait plus appropriée, j'ai la désagréable sensation d'avoir les muscles en feu. J'essaie de suivre le programme de remise en forme que m'a concocté Rafael quand, alors que je n'atteins pas encore la moitié de l'exercice, je me sens sur le point de faire un malaise. Pour un futur kinésithérapeute, je suis vraiment à côté de mes pompes en sport ! Si je n'étais pas si épuisé, il est certain que ce constat me ferait rire.

— Tu en es à combien ?

La voix de Cameron me sort de mon entraînement intensif et, en essayant de masquer le supplice que représente cette séance de musculation, je réponds :

— J'en suis bientôt à la moitié.

Un sourire amusé sur les lèvres, mon meilleur ami s'installe sur le tapis de course face à moi. Il commence à courir à un rythme élevé, sans jamais me quitter du regard. Je sais ce qu'il attend.

— Tu es mort, avoue.

Je secoue la tête.

— Je n'ai pas bien mangé ce midi donc je manque un peu de force, c'est tout.

— Bien sûr, continue-t-il sur un ton mi-sceptique mi-taquin.

Bien décidé à ne pas lui laisser le plaisir de me voir flancher, je puise dans mes dernières ressources pour ne pas m'effondrer. On m'a toujours dit que la clé de la réussite, c'est le mental. Et aujourd'hui, je ne peux qu'approuver.

Quand j'arrive à la fin du programme, je suis tellement éreinté que je suis obligé de rester assis plusieurs minutes avant de rassembler l'énergie nécessaire pour me relever. J'étais tellement concentré sur ma série que je vois seulement maintenant que Cameron a rejoint Rafael un peu plus loin et qu'ils discutent. Je crois rêver quand je distingue ce qui me semble être une liasse de billets de banque passer de la main de Raf à celle de mon meilleur ami. Bien que ma curiosité soit piquée, je décide de rester à ma place et de les observer à distance. Je n'arrive pas à imaginer que Cam ait repris les combats sans me mettre au courant. Il ne me cache jamais rien. Je suis certain que, s'il avait retrouvé le chemin du ring, il me l'aurait dit. Seulement, la conversation que j'avais surprise un soir de la fenêtre quelques mois auparavant me revient en tête et je me demande alors si je n'ai pas manqué certaines choses depuis.

À bout de forces après ma séance intensive de sport, il est temps pour moi de me doucher et de rentrer à la maison. Encore assis sur le banc, je me penche en avant et dénoue mes baskets qui commençaient à devenir trop étroites pour mes pieds gonflés par l'effort. En chaussettes, je m'apprête à me lever pour rejoindre les vestiaires quand Cameron apparaît devant moi. L'air de rien, je lui adresse un sourire auquel il répond aussitôt et avec une décontraction évidente.

— Bravo, tu es toujours vivant à ce que je vois ! plaisante-t-il.

— Il en faut plus pour m'abattre ! j'essaye de répondre sur un ton léger.

Cameron, qui n'a pas relevé l'intonation forcée de ma voix, éclate de rire avant de s'allonger sur le parquet où il commence une série de pompes. Le regardant monter et descendre, je n'arrive pas à m'enlever de la tête la scène que j'ai vue il y a quelques minutes et l'interprétation que j'en fais. Trouvant finalement étrange qu'il s'entraîne si dur depuis quelque temps alors qu'il ne combat plus, je décide de me lancer :

— Cam, je peux te poser une question ?

— Oui, bien sûr, dit-il en continuant ses pompes.

— Est-ce que parfois, tu aimerais reprendre les combats ?

Sa réaction ne se fait pas attendre car, à peine ma phrase terminée, il s'arrête net puis se redresse.

— Pourquoi tu me demandes ça ?

— Juste comme ça, je lâche dans un haussement d'épaules.

— Evan, souffle-t-il, je sais quand tu me caches quelque chose.

— Cet été, j'ai surpris ta conversation avec Rafael.

— Tu es pire que Lili en fait ! s'exclame-t-il avant de lâcher un rire qu'il veut faire passer pour décontracté mais qui, au contraire, n'en sonne que plus faux.

— Est-ce que tu as repris ?

— Quoi ?! Non ! Pourquoi une telle question ?

— J'ai vu la liasse de billets que t'as remise Raf.

— Parle moins fort, bon sang !

À cette exclamation, certains regards se tournent vers nous et, affichant un sourire trompeur, Cam donne le change. Une fois que les gens sont à nouveau concentrés sur leurs exercices, il me fait signe de le suivre. Je récupère mes baskets et, après avoir vérifié que la voie était libre, nous entrons dans les vestiaires.

— Je continue juste les paris, souffle-t-il après avoir refermé la porte.

— Cameron !

— Avant que tu dises quoi que ce soit, soupire-t-il, sache que si je ne vous ai rien dit, à Lili et toi, c'est parce que je savais que vous alliez mal réagir.

— Ne me dis pas que tu as repris à cause de la maison ?

— Eh bien, comme je n'ai jamais arrêté, on ne peut pas vraiment dire que j'ai repris…

Son insolence m'agace et, sans pouvoir retenir mes mots, je lâche dans un murmure :

— Tu me déçois, Cam.

Il roule des yeux avec exagération.

— Je te signale qu'il n'y a pas si longtemps, tu étais dans le circuit toi aussi et que tu ne crachais pas sur les billets que je rapportais.

Je ne pipe pas mot car il a raison.

— Je me contente simplement de parier sur les mecs que Rafael connaît bien. Je sais ce que tu penses et je suis d'accord avec toi, ajoute-t-il quand il me voit ouvrir la bouche. Mais cet argent, même si ça te tue de l'admettre, nous en avons besoin pour le moment.

— Tu sortiras du circuit un jour ? je me contente de demander en sachant pertinemment que vouloir faire entendre raison à Cameron, c'est comme parler à un mur.

— Oui.

— Tu m'en fais la promesse ?

— Est-ce qu'on a échangé, sans rien me dire, mon meilleur ami avec ma petite sœur ?

— Je suis sérieux, Cam.

— Un jour, commence-t-il, je sortirai définitivement de ce circuit, je te le promets. Et pour répondre à ta première question, c'est vrai que, parfois, les combats me manquent. Toutes les heures passées à m'entraîner dur, l'exaltation quand tu montes sur le ring et que le duel commence, la récompense à la fin. Dire que ça ne m'intéresse plus serait te mentir.

— Tu vas reprendre ?

— Je n'ai pas déjà répondu ? s'agace-t-il.

— Si, je bougonne. Mais, après tout ce que tu viens de me dire, le doute est permis.

Je suis en train de l'énerver, je le vois bien. Son front se plisse quand il cherche les bons mots pour me répondre.

— Écoute, Evan. Je comprends que tu t'inquiètes pour moi mais j'ai assez de Lili qui veille déjà sur moi toute la journée. Grace te manque certainement plus que les combats me manquent, mais est-ce que pour autant tu comptes te remettre avec elle un jour ?

— Quel coup bas ! je m'exclame, alors qu'il a visé juste. Tu sais parfaitement que non.

— Eh bien, pour moi c'est exactement la même chose avec les combats. Même si ça me manque, jamais, je dis bien jamais, je ne remonterai sur un ring pour des combats clandestins. C'est derrière moi tout ça. Rafael me parle des mecs en qui il voit du potentiel et, lors des soirs de combats, il gère mes paris. Je ne suis plus allé à une soirée de ce type depuis le jour où j'ai raccroché les gants.

Je ne sais pas si je suis soulagé ou non par sa réponse. Évidemment, j'aurais préféré savoir mon meilleur ami loin de ce circuit dangereux mais, d'un autre côté, je suis réaliste. Cet argent qu'il remporte nous soulage au quotidien. Et refuser cette aide précieuse, c'est nous mettre dans le rouge.

— Tu ne perds jamais ?

— Ça arrive. Mais je ne mise jamais plus de cinquante dollars sur un gars. C'est un principe. Parfois, je perds mais, le plus souvent, je double, triple voire plus encore ma mise de départ. Tu n'as rien à craindre, Evan, je sais ce que je fais.

— Et ça ne t'ennuie pas de savoir Elena entraînée là-dedans ? je demande encore sceptique.

— Elle n'a rien à voir avec tout ça, répond-il d'un ton tranchant. Et s'il y a bien quelque chose dont je suis sûr maintenant, c'est que Rafael ne fera pas prendre de risque inutile à Elena. Elle n'est pas au courant et elle ne le sera pas. Après la révélation de leur couple, c'était ma condition pour que je continue de le suivre dans ces paris.

— Et si elle le découvre comme Lili a pu le faire ?

Il soupire.

— Rafael est prudent. Elena est soigneusement tenue à l'écart de tout ça. Arrête de faire cette tête ! Si j'avais tué un chiot devant tes yeux, tu ne serais pas plus horrifié.

Je me déride un peu.

— C'est juste que j'aurais aimé que tu me le dises de toi-même et plus tôt, j'avoue du bout des lèvres.

— Je savais très bien que tu aurais cette réaction. Et malgré ce que tu peux penser, ton avis a beaucoup d'importance pour moi. Je préférais vivre dans le déni plutôt que de vous décevoir, Lili et toi.

Sa mine triste me pince le cœur.

— N'essaie pas de me faire culpabiliser ! je m'exclame en voyant soudain clair dans son jeu.

Il n'est pas croyable ! Nous nous sourions cette fois-ci franchement et je prends le temps de relativiser comme il le faut.

— Et si on évacuait toute cette tension par un petit duel sur le ring ? lâche-t-il avec toute la désinvolture dont il est capable.

Après une proposition aussi aberrante, je me retourne pour faire mine de vérifier qu'il ne s'adresse pas à quelqu'un derrière moi.

— Promis, je n'abîmerai pas ton joli minois qui plaît tant à Eileen, se moque-t-il.

— Ne fais pas de promesses que tu ne pourras pas tenir, Cam ! je contre-attaque.

Il esquisse une grimace et porte sa main à son cœur comme si je l'avais blessé. Quel comédien ! J'éclate de rire, très vite imité par un Cameron visiblement déjà remis de ses émotions. Sans me laisser le choix plus longtemps, il me pousse hors des vestiaires, en direction de la salle réservée aux combats, signant ainsi mes derniers instants de vie.

Repose en paix, Evan.

***

Une heure plus tard, quand nous quittons la salle de sport, je suis définitivement mort. Monter dans la voiture me demande un effort surhumain. Chacun de mes muscles me tiraille. J'ai l'impression que la moindre minute passée sur ce ring m'a fait prendre cinq ans. Déjà installé derrière le volant, Cameron se moque ouvertement de moi.

— C'est ta faute, je maugrée en attachant ma ceinture. Si demain je ne peux plus marcher, tu vas m'entendre !

Mon meilleur ami rit puis démarre. Notre duel improvisé aura été un joli carnage. L'issue, prévisible, n'a fait que confirmer ce que je savais déjà. J'ai encore de gros progrès à réaliser avant d'atteindre ne serait-ce que la moitié des capacités de Cam.

— Et toi, avec Eileen, ça va comment ? me demande-t-il alors que nous sommes coincés dans les embouteillages.

— On avance doucement.

— Mais sûrement ?

— Mais sûrement, j'acquiesce, un sourire aux lèvres.

Je ne pourrais pas expliquer où nous en sommes tous les deux car moi-même, je n'en ai pas la moindre idée. Tout ce que je peux affirmer, c'est qu'au fil de nos rendez-vous, je me sens de mieux en mieux avec elle. Est-ce de l'amour ? Il est encore trop tôt pour le dire. Et comme je ne veux surtout pas précipiter les choses, je préfère ne pas me faire trop de nœuds au cerveau et laisser le temps œuvrer. La seule ombre au tableau, c'est que Grace est toujours dans un coin de ma tête…

De retour à la maison une vingtaine de minutes plus tard, nous trouvons Lili dans le jardin, allongée sur un transat, son ordinateur sur les genoux. Le soleil, bien que bas dans le ciel, apporte encore une belle luminosité.

— Salut, les gars !

Elle vient embrasser langoureusement mon meilleur ami et je détourne la tête avant de trop en voir. Dans la cuisine, je prends le temps d'apprécier la gorgée fraîche de soda qui coule dans ma gorge et qui me détend instantanément.

— Je dois me rendre aux bureaux du journal pour assister à une réunion et signer mon contrat, m'informe Lili alors que je m'étonne de la voir habillée plutôt classe.

— C'est le grand jour alors ! je m'exclame.

— Oui ! lance-t-elle, avec un sourire rayonnant. Comme je ne serai pas rentrée avant un moment, ne m'attendez pas pour dîner !

— Tu ne veux pas qu'on t'y conduise ?

— Ce n'est pas la peine, une de mes futures collègues vient me chercher. Elle habite à quelques rues de là et vient de Floride elle aussi. C'est dingue, les coïncidences, parfois !

Je hoche la tête et, après une accolade, je la vois se diriger vers Cameron qui a pris sa place sur le transat. Il est plongé dans un livre de droit pénal, tout en sirotant une bière.

L'heure du dîner approchant à grands pas, je décide de prendre les choses en main et de préparer un bon petit plat. Dans le réfrigérateur et les différents placards, je trouve tout ce qu'il faut pour réaliser une salade de pommes de terre gourmande comme en faisait si souvent ma grand-mère. Je n'ai pas l'âme d'un cuisinier mais, parfois, je ressens le besoin de me mettre aux fourneaux. Et je dois reconnaître que, quand je me lance, c'est plutôt réussi, contrairement à Cameron qui est capable de rendre un plat à réchauffer immangeable !

Réservant une assiette bien garnie pour Lili, j'appelle ensuite Cameron qui semble heureux de voir ce mets qui a marqué notre enfance. Chacun un plateau dans les mains, nous nous installons dans le canapé devant une émission de divertissement et nous dînons en nous marrant bien. J'adore Lili, mais ces quelques moments où nous nous retrouvons tous les deux me rappellent les débuts de notre colocation et me font du bien.

N'ayant rien de prévu ce soir, une fois le repas terminé, je décide de prendre mon courage à deux mains pour commencer à réviser en vue du contrôle d'anatomie dont la date est à présent proche. Je m'installe à la table de la cuisine.

— Evan ? j'entends après une dizaine de minutes passées dans le calme.

— Oui ? je dis en levant les yeux de l'écran de mon ordinateur.

— Je viens d'avoir une putain d'idée, lâche Cam, sur le seuil de la pièce.

— Je t'écoute…

— Et si on organisait un anniversaire surprise à Lili ?

— Tu es au courant que son anniversaire est passé depuis plusieurs semaines déjà ? je rétorque en arquant un sourcil.

— Elle était en Australie à ce moment-là ! s'exclame-t-il. On n'a pas pu le fêter tous ensemble, donc c'est une occasion en or !

— Tu n'as pas tort, j'avoue finalement.

— Et puis, c'est pas tout…

Son air espiègle m'intrigue mais, décidé à faire durer le suspens, mon meilleur ami tourne les talons et monte l'escalier à une vitesse folle. Comment fait-il pour avoir encore autant d'énergie après la séance de sport qu'il s'est imposée ? Lorsqu'il revient dans la cuisine, il n'est même pas essoufflé et tient son ordinateur sous le bras. Il s'installe à la table côté de moi.

— J'ai envie de faire venir ses parents et Amber.

J'ouvre grands les yeux.

— Ce n'est pas un peu trop TROP, comme idée ?

— Ses parents lui manquent énormément ! s'exclame-t-il. Ça fait plus d'un an qu'elle n'a pas vu son père, tu te rends compte ?

— Oui, Cam ! Je vois très bien où tu veux en venir, mais imagine le coût que ça représente de les faire venir. Si son père ne lui a pas rendu visite depuis tout ce temps, c'est peut-être parce qu'il n'en a pas les moyens ni le temps, tout simplement.

Devant mon manque évident d'enthousiasme, il se renfrogne.

— Je paierai tout s'il le faut.

Il a retrouvé son sourire qui respire l'insolence. Ce gars m'agace autant qu'il me fascine. J'ai beau avoir grandi avec lui, il y a encore des moments où il arrive encore à me surprendre.

— Bon, on commence par quoi ? je finis par demander, résigné et, au bout du compte, emballé par cette idée.

Il sourit franchement cette fois et, avec entrain, il répond :

— Appeler ses parents me semble être une très bonne idée…

Chapitre 25

Lili

— Tu te débrouilles toujours pour rentrer ce soir ? me demande Cameron alors que je suis sur le point de quitter sa voiture pour rejoindre la bibliothèque où je compte travailler jusqu'à midi.

— Oui, je confirme avec un sourire. Je prendrai le bus ou un taxi.

— Ou tu peux m'appeler et je viens te chercher…

Je secoue la tête en souriant puis ajoute :

— Je suis une grande fille qui peut rentrer toute seule, tu sais !

— Je disais ça juste pour t'arranger, bougonne-t-il.

Son air faussement contrarié me fait rire et, alors que je me penche vers lui pour l'embrasser, Cameron en profite pour m'attirer contre lui en passant son bras droit au creux de mes reins. Sa bouche trouve aussitôt la mienne et, avec une douceur qui lui est propre, il m'embrasse à me faire chavirer complètement.

Avec difficulté, je finis par m'arracher à son étreinte pourtant si agréable et, le souffle encore coupé, je marmonne :

— Il faut que j'y aille, Cam…

Il dépose un dernier baiser sur le bout de mon nez et, un immense sourire ancré sur les lèvres, je sors de la voiture.

Depuis notre confrontation avec Olivia il y a de cela plusieurs semaines, tout va de nouveau pour le mieux entre nous si bien que j'en viens parfois à me demander si je ne suis pas dans un conte de fées. Sans aucun tabou, Cameron et moi avons reparlé de ce week-end où, l'un comme l'autre, nous nous sommes montrés parfaitement ridicules. Avec le recul, nous avons beaucoup ri de nos réactions disproportionnées et nous nous sommes mutuellement promis d'arrêter de nous comporter de façon puérile quand quelque chose nous tourmente. Il faut dialoguer comme les grandes personnes que nous sommes.

Maintenant que tout est réglé pour nous deux, il est temps que je m'occupe de Grace. C'est pour cette raison qu'en fin d'après-midi, après une matinée productive à la bibliothèque suivie d'un long cours d'écriture journalistique, je me rends à l'autre bout du campus, là où, si je ne me suis pas trompée, Grace devrait sortir de l'amphithéâtre d'ici une petite dizaine de minutes. Puisqu'elle refuse toujours de se confier quand je l'ai au téléphone et refuse même de me voir, je vais la retrouver sans la prévenir. J'ai déjà perdu une amie, je ne laisserai pas le même schéma se reproduire.

Sortant mon téléphone portable de ma poche, je m'aperçois que les trois messages anodins que j'ai envoyés à mon amie ce matin ont été lus mais demeurent sans réponse. Agacée par son mutisme, je commence à imaginer un tas d'hypothèses plus folles les unes que les autres. Ma seule certitude, c'est que quelque chose ne tourne pas rond dans son histoire et je suis bien décidée à découvrir quoi.

Quelques minutes plus tard, quand je repère mon amie dans sa petite robe à fleurs, je ne lui laisse pas le temps de s'éclipser et lui saute dessus. Elle sursaute puis sourit en me découvrant.

— Lili ! s'exclame-t-elle. Qu'est-ce que tu fais là ?

— Je suis venue te voir ! je dis en l'étreignant. Comment vas-tu ?

Je pose cette question en connaissant déjà la réponse. Elle va me lancer un grand sourire en me disant qu'elle se sent incroyablement bien, mais tout cela ne sera qu'un tissu de mensonges.

— Je vais bien !

Et voilà, qu'est-ce que je disais !

— Il faut qu'on parle, Grace.

Elle hoche la tête, sachant très bien que je ne suis pas dupe.

— Je me demandais combien de temps tu tiendrais avant de m'obliger à avoir cette conversation, me taquine-t-elle alors que nous marchons vers la sortie du bâtiment des arts et architecture.

D'un ton léger, je lui lance que j'ai été préoccupée par l'affreuse ex-copine de Cameron. Curieuse, elle arque un sourcil et m'arrête d'un geste pour que je lui explique tout.

Après ce récit détaillé durant lequel mon amie s'est offusquée plusieurs fois des manigances d'Olivia, nous entrons dans un petit café que je ne connaissais pas. Grace, qui me semble encore plus amaigrie que la dernière fois, porte son dévolu sur un thé glacé tandis que j'opte plutôt pour un smoothie aux fruits des bois.

— Si je prends un muffin aux trois chocolats, Grace, ça te dit qu'on le partage ?

Elle hésite quelques secondes avant de finalement accepter ma proposition. Je me réjouis intérieurement et, alors qu'elle s'apprête à payer, je tends ma carte bancaire à la serveuse qui la saisit sans se soucier du billet que Grace vient de poser sur le comptoir.

— Il ne fallait pas !

— Ça me fait plaisir ! je lui assure.

Ses remerciements sont accompagnés d'un sourire reconnaissant.

La météo estivale se prolongeant en ce début novembre, nous choisissons finalement de prendre notre commande à emporter et nous allons nous installer dans le parc un peu plus loin. Autour de nous, des dizaines de personnes sont allongées sur l'herbe et profitent de la chaleur agréable et des derniers rayons de soleil de la journée.

Coupant le muffin en deux, je réalise alors que le cœur est coulant. Je manque de me tacher, ce qui amuse beaucoup Grace. Comme un vent de légèreté souffle sur nous, je me délecte de ce moment de calme apaisant, d'autant plus que nous attend une discussion sérieuse et probablement grave.

Allongée sur le ventre, la paille à la bouche, Grace sirote son thé lentement. Des lunettes de soleil aux verres à peine teintés sur le nez, elle semble tout droit sortie des années 1960.

— Il paraît qu'Evan voit quelqu'un, lance-t-elle à brûle-pourpoint.

Prise au dépourvu, je ne sais pas quoi répondre. Dois-je lui dire la vérité et risquer de la blesser ou bien minimiser l'histoire entre Eileen et Evan pour l'épargner ? Je n'ai pas le temps de décider car mon amie reprend :

— Aussi dure soit-elle, je peux supporter la réalité, tu sais.

Elle me sourit, mais je vois dans ses yeux à quel point elle est meurtrie par cette situation qui perdure depuis trop longtemps.

— J'ai besoin de savoir, Lili.

— C'est vrai qu'il voit une fille depuis quelques semaines.

— Ça se passe bien entre eux ?

Cette question me met terriblement mal à l'aise mais, pour préserver Grace, j'essaie de garder un ton léger et réponds, de manière évasive :

— Evan reste assez discret sur le sujet.

— Est-ce qu'elle est gentille ? Ils se voient souvent ? Non, ne me dis rien ! se ressaisit-elle alors que j'ouvre la bouche pour lui apporter les réponses qu'elle attend. Ça va me faire du mal d'en savoir plus.

Elle aspire une longue gorgée de thé.

— Je suis égoïste, pas vrai ? Il ne méritait à aucun instant le mal que je lui ai fait, et pourtant, savoir qu'il est heureux avec une autre me transperce littéralement le cœur.

Je prends sa main dans la mienne. Il est temps de mettre un terme à tous ces non-dits.

— Qu'est-ce qui se passe, Grace ? Evan m'a dit que tu ne l'avais pas trompé. Tu l'aimes à en crever, alors pourquoi lui avoir fait croire que tu l'avais trahi ? Il doit bien y avoir une vraie raison derrière ?

Elle sait qu'il est maintenant trop tard pour reculer.

— Je ne sais pas par où commencer, Lili.

— Lance-toi simplement, je dis avec douceur pour ne pas la brusquer. N'essaie pas d'ordonner tes pensées. Laisse tout s'extérioriser, on s'occupera du tri ensuite.

Elle esquisse un sourire et, après avoir pris une profonde inspiration, elle murmure :

— J'imagine que tu es au courant de ce qui s'est passé entre Evan et moi.

— Il m'a brièvement raconté, je confirme presque dans un murmure.

Elle ne me regarde plus et, du bout des lèvres, elle ajoute :

— Dans la vie, il nous arrive d'agir sur un coup de tête. On se contente de vivre à fond le moment sans penser aux conséquences. Sauf que, parfois, on fonce, on fonce, persuadé d'être hors d'atteinte, et sans le savoir, on file droit vers les regrets.

— Mais l'improvisation peut avoir du bon.

Grace secoue vigoureusement la tête.

— Cette fois-ci, Lili, je me suis précipitée la tête la première dans un mur.

— Ça ne peut pas être si terrible, j'essaye de dédramatiser.

— Quand Evan et moi étions séparés, j'ai revu Alex et j'ai couché avec lui.

Elle lâche ces mots comme une bombe. Ma gorge se serre et je déglutis difficilement. Je suis maintenant certaine que cet acte, même s'il ne s'est peut-être agi que d'une seule nuit, est la cause de tous les problèmes de mon amie.

— Tu ne peux pas imaginer à quel point je me déteste d'avoir fait ça, ajoute-t-elle d'une voix enrouée.

— Tu n'étais plus avec Evan à ce moment-là, je dis pour la réconforter. Tu n'as pas à t'en vouloir.

— Mais j'aurais dû être plus vigilante et ne pas tomber comme une conne dans ses bras.

Ses propos m'interpellent et, arquant un sourcil, j'attends, sans la brusquer, qu'elle poursuive.

— Sans me le dire, Alex a fait une vidéo en douce de nous deux.

— Mais il est malade ce mec ! je m'emporte sans mesurer la portée de mes propos.

— Quand il a appris que j'étais à nouveau avec Evan, il m'a menacée de mettre en ligne la vidéo et de la montrer à mes parents si je ne faisais pas ce qu'il me disait. J'ai tout fait pour essayer de la récupérer, jusqu'à sortir avec lui pendant quelque temps, mais je n'ai jamais réussi à la dégotter. Il me dégoûtait, c'était tellement horrible de faire semblant, Lili.

Comment un être humain peut-il se comporter de cette manière ?! Je perçois des regards braqués sur nous mais je suis tellement remontée par ce que Grace vient de me confier que rien ne peut me calmer.

— Il faut qu'on aille à la police et que tu déposes une plainte ! je crie, plus fort que je ne l'aurais voulu.

— Lili, il va diffuser la vidéo si je fais ça ! me rétorque Grace, les yeux embués de grosses larmes.

— Tu ne dois pas te laisser faire ! Cette sombre merde ne s'en tirera pas comme ça !

Elle me regarde, hoche la tête mais reste muette.

— On va à la police, je t'accompagne.

— Lili…

— Il n'y a pas de Lili qui tienne. Cette histoire qui dure depuis trop longtemps est en train de te tuer à petit feu.

— Je ne suis pas Rosie.

Elle souffle cette phrase avec douceur. Elle ne veut pas me blesser, je le sais. Et pourtant, je ressens une vive douleur, auparavant endormie, revenir de plein fouet. Je n'ai pas été fichue de protéger Rosie et, si l'histoire de Grace me touche autant aujourd'hui, c'est parce que j'ai peur de voir les choses dégénérer et de perdre mon amie comme j'ai perdu Rosie.

— Je sais que tu es Grace et que tu n'as presque rien en commun avec Rosie, je réponds, la voix empreinte d'émotion. Mais je sais aussi que, quand on est seul, on est amené à faire des choses insensées qui sont parfois lourdes de conséquences. Vos histoires sont différentes mais, tant que je ne serai pas certaine que les fins respectives de ces deux histoires ne seront pas les mêmes, je ne te lâcherai pas, Grace.

Mes mots, qui font remonter tant de douloureux souvenirs, me mettent les larmes aux yeux. Grace ne tarde pas à m'imiter et, très vite, nous nous retrouvons à pleurer au beau milieu de tous ces gens qui semblent si heureux. Ce contraste nous fait rapidement sourire et nous finissons par nous reprendre avant que nous ne devenions le centre d'attention de tout le parc.

— J'accepte d'aller à la police si tu me promets de rester à mes côtés durant toute la procédure.

— Je te le promets.

Nous séchons nos dernières larmes et, tout en terminant nos boissons, nous nous rendons au poste de police du campus situé non loin de là.

Quelques minutes après notre arrivée, un officier nous prévient qu'il peut recevoir mon amie. Avant d'entrer dans le bureau, elle demande si je peux assister à l'entretien, mais il refuse. Grace, qui commence à paniquer, se tourne vers moi et, sans savoir si je fais bien, je m'avance vers l'homme en uniforme.

— S'il vous plaît, laissez-moi accompagner mon amie. Je me ferai toute petite.

Il réfléchit un instant puis, après avoir croisé le regard larmoyant de Grace, il finit par accepter ma présence.

Durant la déposition, n'omettant aucun détail, Grace raconte tout à l'officier qui tape chacune de ses paroles sur le clavier de son ordinateur. Mes nerfs sont mis à rude épreuve. Alex est un véritable monstre et il doit payer pour ce qu'il a fait. Le chantage qu'il a fait subir à mon amie me donne envie de vomir. Je me retiens d'intervenir et garde mes commentaires pour plus tard, quand je me retrouverai seule avec Grace. L'officier, qui essaie de rester impassible, tique à plusieurs reprises quand il entend les agissements plus dingues les uns que les autres de ce malade d'Alex. Heureusement, Grace a toutes les preuves nécessaires pour incriminer son ex qui ne tardera pas à être interpellé. Les menaces envoyées par courrier électronique, par SMS et même les stigmates de coups que son corps porte toujours… Quand elle remonte un peu sa robe sur ses cuisses et que je vois les traces d'hématomes sur sa peau, je retiens de justesse le cri qui manque de passer la barrière de mes lèvres. Je suis hors de moi mais, comme je m'y suis engagée, je me tais et intériorise tout.

À la fin de l'entrevue, l'officier tente de rassurer Grace en lui expliquant qu'ils vont, dès l'autorisation du juge, mener une perquisition au domicile d'Alex et qu'il devra leur remettre la vidéo et toutes ses copies s'il ne veut pas aller faire un tour en prison. Je prie pour que cette intervention suffise à le neutraliser.

— Je vais lancer l'impression de la déposition pour que vous la signiez. Elle sera envoyée demain matin à la première heure.

Grace remercie l'homme qui sort de la pièce, nous laissant seules pendant quelques minutes. Depuis que Grace s'est lancée dans ce terrible récit face au policier, quelque chose me turlupine. Alex est un sale type, Grace l'a su avant même qu'Evan et elle soient séparés. Comment a-t-elle donc pu retomber dans ses bras ? J'hésite un long moment mais, le besoin de savoir étant plus fort que tout, je me lance :

— Grace, pourquoi as-tu couché avec lui ? Est-ce que tu avais encore des sentiments pour lui ? Je suis désolée si ma question est déplacée mais…

— J'étais perdue à ce moment-là, m'interrompt-elle. Mon histoire avec Evan venait de se terminer précipitamment, je ne savais pas comment surmonter cette épreuve. Un soir, je suis sortie, seule. J'avais besoin d'anesthésier cette douleur durant une soirée. J'ai bu, beaucoup trop pour que mes idées soient claires, et quand je suis tombée sur Alex, je n'étais plus moi-même. Il a su trouver les bons mots et, bêtement, j'ai mordu à l'hameçon. Le lendemain matin, dès que je me suis réveillée, j'ai aussitôt regretté de l'avoir suivi. Je ne me souviens de rien, Lili. Cette nuit et ce que j'ai accepté ou non de faire, c'est le trou noir. Ce n'est que lorsque Evan et moi avons renoué qu'Alex a réapparu dans ma vie. Il m'a alors dit qu'il avait une vidéo de nous deux. Au début, je ne l'ai pas cru et, quand je l'ai menacé de déposer plainte, il m'a ri au nez. J'ai passé de longues journées terrorisée à l'idée de le voir revenir et, un jour, j'ai reçu un extrait de la vidéo. C'était tellement horrible, Lili. Tu n'imagines pas le choc que ça m'a fait. La condition pour que cette vidéo ne soit pas diffusée, c'était que je quitte Evan. Et tout ce que j'ai trouvé pour rendre la séparation moins difficile à Evan, c'est de lui dire que je l'avais trompé. Je voulais qu'il me déteste.

— Pourquoi ne lui as-tu pas dit la vérité ? j'interviens enfin. Je suis convaincue qu'il aurait pu t'aider.

— J'avais peur qu'il m'en veuille d'avoir couché avec Alex.

Les yeux de mon amie sont rougis et gonflés. Elle est à bout. À la voir dans cet extrême état d'épuisement à la fois physique et mental, je me sens impuissante. J'aimerais tellement lui redonner sa joie de vivre et son sourire.

Savoir qu'elle a eu à subir ce que personne sur cette terre ne devrait endurer de toute son existence éveille en moi des émotions contradictoires. En colère mais aussi attristée, je l'attire contre moi et la serre fort dans mes bras. Quand la porte s'ouvre sur l'officier qui revient avec des feuilles dans les mains, mon amie s'écarte de moi et essuie ses larmes. Le policier lui donne alors les dernières consignes avant que nous sortions enfin du poste.

Encore secouée, je ne m'aperçois pas tout de suite que Cameron est là, à nous attendre à l'extérieur. Pour qu'il ne s'inquiète pas de ne pas me voir rentrer, je l'ai prévenu tout à l'heure que j'étais ici avec Grace.

— Oh non, souffle soudain mon amie de manière quasi imperceptible alors que nous descendons la dernière marche du perron.

Je suis alors son regard, et remarque une personne debout à quelques mètres de Cameron. *Evan*. Il se précipite aussitôt vers Grace.

— Est-ce que ça va ? lui demande-t-il avec une certaine retenue.

Grace hoche la tête et tente même un sourire. Je rejoins Cameron, qui ouvre ses bras où je me réfugie sans dire un mot. Nous n'avons pas besoin de parler pour nous comprendre.

— Je vais ramener Grace chez elle, nous prévient Evan en se tournant vers nous.

Il a beau prendre une voix assurée, il ne nous trompe pas. Cameron lui demande si nous devons l'attendre pour le dîner et, après une seconde d'hésitation, il secoue la tête.

— Merci pour tout, Lili, me dit Grace en venant me prendre dans ses bras. Je suis nulle en remerciements mais sache que tu es en or, vraiment. Je ne sais pas ce que je ferais sans toi.

— C'est normal, je dis d'une petite voix émue.

Habituellement peu tactile, même avec ses proches, elle me serre fort contre elle. Notre étreinte dure un long moment et, sentant que ça lui fait du bien, je n'esquisse pas le moindre mouvement et attends que ce soit elle qui mette un terme à ce câlin. En s'écartant, elle me sourit franchement et après avoir étreint brièvement Cameron, elle rejoint Evan qui l'attend dans sa voiture.

— Ce n'est pas toi qui voulais rentrer en bus ou en taxi ? me taquine Cam lorsque nous montons dans son 4 × 4.

Sa réplique m'arrache mon premier rire et, sur le même ton, je réponds :

— Ta voiture est juste plus confortable.

— Bien sûr, on y croit ! s'amuse-t-il.

Il démarre et, quelques secondes plus tard, nous prenons la route en direction de Santa Monica.

— Est-ce que tu penses qu'Evan et Grace vont renouer ?

La voix de Cameron me sort de mes pensées concentrées sur toute cette macabre histoire.

— Je n'en ai pas la moindre idée, je murmure.

— Il ne nous reste plus qu'à prier pour qu'ils trouvent enfin la paix intérieure. Grace et Evan, ces amants maudits...

Ces simples mots, prononcés pourtant avec innocence, me ramènent des mois en arrière et me replongent dans l'histoire tragique de Jace et Rosie. Songeuse, je laisse mes yeux se perdre sur le paysage qui défile derrière ma vitre tout en espérant de tout mon cœur qu'Evan et Grace ne suivront pas le même chemin...

Chapitre 26

Elena

Les cheveux dans le vent, je ne réalise pas encore que, dans une heure à peine, je jouerai mon avenir professionnel. Cette audition, ma toute première, m'a fait passer par une telle palette d'émotions ces derniers jours que, bien souvent, j'ai eu l'impression de devenir folle à force de trop réfléchir. Certains matins, je me réveillais, pleine de confiance, et je me persuadais que je déchirerais tout quand je serais face au jury. Et puis, je partais répéter pour la journée et, une fois dans cette pièce tapissée de miroirs, seule sur ce parquet, toute ma confiance s'écroulait quand je réalisais toutes mes failles que j'avais bien du mal à combler avant d'atteindre le niveau que j'espérais pour l'audition.

Ma mère me répète depuis toujours que le pire ennemi que nous pourrions avoir, c'est nous-mêmes. Durant longtemps, je ne l'ai pas crue. Mais je réalise aujourd'hui à quel point elle a raison, encore une fois. C'est en partie pour ça que, avant-hier soir, j'ai décidé que je ne répéterais pas une fois de plus. Ces derniers entraînements que je pensais bénéfiques ne faisaient que me stresser inutilement.

Il fallait que je m'arrête à un moment donné si je voulais être en forme pour le grand jour.

Quand je descends de la moto de Rafael, mes bras et mes jambes sont légèrement engourdis. Le vent m'a aussi asséché la gorge et, alors que je commence à paniquer, je sens le sang affluer de nouveau dans mes membres. Rassurée, je ne cache pas mon soulagement, ce qui fait beaucoup rire Rafael qui m'observe avec une moue amusée.

— Ce n'est pas drôle ! je me renfrogne.

Je ne l'ai avoué à personne mais je suis morte de trouille. Je joue souvent les je-m'en-foutistes or, la réalité est tout autre. J'ai tellement peur de ne pas assurer que, la nuit dernière, j'ai fait le pire cauchemar possible à la veille d'une audition. Au milieu de ma chorégraphie, que j'exécutais parfaitement jusque-là, une chose horrible est arrivée. J'entamais le dernier tour de ma pirouette fouettée quand j'ai senti ma cheville vriller. La seconde d'après, j'étais allongée sur le sol, une douleur lancinante me paralysant. Ma carrière de danseuse professionnelle était terminée avant même de commencer. Quand je me suis réveillée en sursaut, le soulagement et la peur se sont entremêlés et, avec difficulté, j'ai fini par me rendormir. Au petit matin, quand j'ai ouvert les yeux, je me suis demandé aussitôt si ce rêve était prémonitoire… Une seule blessure et tous les efforts fournis durant ces derniers mois seraient réduits à néant. Ça m'inquiète tellement qu'à cette simple idée mes mains se mettent à trembloter. Toute ma vie, je me suis imaginée danseuse. Je sais que le rêve de mes

343

parents seraient de me voir étudier et sortir majore de ma promotion, mais je n'arrive pas à me projeter sur les bancs de l'université comme mon frère. J'ai une âme bien trop artistique pour être cloîtrée dans une théorie permanente et derrière un bureau qui me déprimerait. Curieuse, j'ai demandé à Cameron comment il faisait pour supporter ces longues journées à l'université et, lorsqu'il m'a expliqué, avec cet air si passionné, à quel point il aime ce qu'il fait, j'ai compris. Il n'y a pas de parcours de vie idéal qui vaudrait mieux qu'un autre. L'essentiel, c'est de trouver celui qui nous correspond et surtout, celui dans lequel nous nous épanouissons le plus possible.

— Prête ?

— On va dire que oui ! je réponds avec un sourire crispé.

Rafael effleure mes pommettes du bout de ses doigts froids et m'encourage, avec des mots à la fois motivants et touchants, à tout donner. Je bois ses paroles qui me redonnent instantanément de la force et de la confiance. J'ai travaillé tellement dur ces derniers mois que je ne peux pas laisser un fichu trac tout gâcher ! Revigorée, je saute dans les bras de mon amoureux et, après avoir déposé un rapide baiser sur ses lèvres, je file vers l'entrée secondaire du théâtre située à quelques mètres de là. Dans mon dos, le rire heureux de Rafael résonne et me donne un peu plus d'énergie encore.

Quand je franchis la porte, je sais que je ne peux plus faire demi-tour. Je suis alors accueillie par une dame relativement âgée qui me demande de lui fournir ma fiche d'inscription. Une fois la paperasse remplie, je m'engage dans le long couloir qu'elle m'indique derrière elle et, après un virage, je découvre avec une certaine stupéfaction les dizaines de personnes entassées dans cette pièce si exiguë et sombre. Avec difficulté, je parviens à me frayer un chemin et je finis par trouver une place libre contre le mur. Au milieu de tout ce monde, je n'ai pas d'autre choix que de me débarrasser de mon bas de jogging et de mon pull qui, une fois ôtés, dévoilent le magnifique justaucorps noir que m'ont offert mes parents. Ne m'attendant pas à ce cadeau, je suis restée muette quand ils m'ont tendu le paquet griffé d'une marque prestigieuse, hautement réputée dans le monde de la danse. Leurs encouragements passent en boucle dans ma tête. Auparavant récalcitrants à mon choix de me diriger vers cet univers artistique, ils m'ont vue m'épanouir au fil des jours et, à leurs yeux, le plus important est que je sois heureuse. Au beau milieu de tous ces inconnus, la seule chose qui compte pour le moment, c'est de savoir à quel point je suis bénie de recevoir autant de soutien de la part de mes proches.

Remise de mes émotions, pour ne pas perdre de temps, je noue mes pointes après avoir fait quelques étirements qui, je l'espère, suffiront à réveiller mon corps encore endormi. Je suis maintenant en train de ranger mes affaires dans mon sac quand, à quelques personnes de moi, je repère Tara, ma plus grande rivale de l'école, qui s'agite en regardant partout autour d'elle. Surprise de la voir si nerveuse, je garde les yeux rivés sur son chignon si serré que j'ai mal pour elle. Quand elle relève la tête et qu'elle croise mon regard, je perçois un semblant de sourire se dessiner au coin de ses lèvres. Prise au dépourvu, je lui adresse un petit signe de la main. Aujourd'hui, il n'y a plus de rivalité qui tienne, nous sommes tous dans le même bateau.

Les minutes filent trop lentement à mon goût. En attendant, pour que mes muscles ne refroidissent pas, je ne m'arrête pas de bouger, ce qui agace la fille à côté de moi si j'en crois ses nombreux soupirs.

De peur qu'il ne sonne durant l'audition, je m'apprête à éteindre mon téléphone quand j'aperçois une notification qui date d'il y a quelques minutes seulement. Le surnom de mon frère s'affiche sur l'écran et, en lisant ses mots, je sens mes yeux devenir humides.

De CamCam : *Déchire tout p'tite sœur ! On croit tous en toi à la maison et, quelle que soit l'issue de l'audition, on sera fiers de toi. On t'aime ! Signé : ton frère adoré.*

Reboostée, je commence à taper une réponse quand la grande porte au bout du couloir s'ouvre. Un silence de mort plane sur nous tous lorsqu'une voix ferme annonce que l'audition commence. Je ferme mon sac à dos qui contient mes quelques affaires et l'embarque avec moi dans l'auditorium où règne un froid sibérien. En entrant, je tâche de faire abstraction de tout ce qui m'environne pour me focaliser exclusivement sur mon objectif. Je prends place dans un des fauteuils en velours rouge. Si je ne me trompe pas, nous sommes plus d'une cinquantaine de candidats à passer aujourd'hui. D'après ce que j'ai lu lors de l'inscription, seuls dix danseurs seront sélectionnés pour participer à la prochaine étape qui nous sera expliquée ultérieurement.

Très vite, après que quelques élèves de mon cours sont passés, je me rends compte que nous ne sommes pas appelés dans l'ordre alphabétique mais selon une logique qui m'échappe complètement. À chaque appel du jury, je sens mon cœur tambouriner un peu plus fort dans ma poitrine, redoutant le moment où ce sera mon tour.

— Nous demandons maintenant au numéro 4 683 de se préparer.

Je baisse les yeux sur le numéro inscrit sur le papier dans ma main et, quand j'y lis les chiffres annoncés, j'ai un moment d'absence avant de réaliser que c'est bien moi qui suis appelée. Je prie de m'excuser les personnes assises à côté de moi que j'oblige à se lever, puis rejoins le haut de l'allée où j'entreprends un échauffement express le temps que la candidate qui me précède termine sa prestation. Lorsque les dernières notes de musique flottent dans l'air, je sais que le moment de tout donner, de montrer ce que je vaux est arrivé. Par réflexe, je porte mes doigts à mes cheveux et vérifie la bonne tenue de mon chignon. Assurée que tout est bien en place, je sens une vague de soulagement m'envahir.

Oui, il m'en faut peu.

Inspirant un bon coup, j'évacue la tension qui me comprimait la poitrine puis m'avance jusqu'au bureau devant la scène où sont installés les membres du jury. Je dépose ma fiche d'inscription et pour confirmation, la femme assise à gauche de la table me demande ma pièce d'identité. D'un geste assuré, je la lui tends. Ils ne doivent surtout pas sentir que je suis pétrifiée au fond de moi. Depuis que je suis enfant, je rêve de ce jour.

— Pouvez-vous nous présenter en quelques mots votre chorégraphie ?

J'acquiesce puis me lance dans des explications. J'essaie d'être à la fois brève et concise.

— Très bien, me répond Alana Johnson, l'une des plus grandes danseuses classiques de la décennie. Dès que vous êtes prête, nous lançons la musique.

En faisant attention de ne pas trébucher, je monte les quelques marches qui me séparent de la scène illuminée au centre de laquelle je me place. Les battements de mon cœur sont frénétiques et, du mieux que je peux, j'essaie de tempérer mon stress de façon que mes tremblements n'influent pas sur mes mouvements. Une fois partiellement calmée, je demande, avec un sourire crispé malgré moi, à ce qu'on mette la musique. Quand les notes commencent à s'élever dans les airs, je me sens peu à peu me détendre et, le premier port de bras effectué, je suis dans ma bulle, là où plus personne ne m'atteint. Je ne vois plus les dizaines de regards qui me jaugent et je laisse la musique prendre possession de chaque infime parcelle de mon corps. J'enchaîne alors mes pas sans même réfléchir. J'ai travaillé cette chorégraphie tellement de fois que je la connais par cœur et même plus encore.

Quand j'atteins le moment où je dois réaliser le dernier pas, le plus technique de tous, j'ai un moment d'hésitation où je me sens fébrile. Mais sans flancher, j'effectue quelques mouvements successifs, ceux qui vont me donner l'élan nécessaire pour le saut. Dos au jury, je prends une profonde inspiration qui n'en demeure pas moins imperceptible aux yeux des personnes autour de moi puis, en retenant finalement mon souffle, je m'élance. Dans les airs, je donne tout ce que j'ai pour voler le plus haut possible. Lorsque mon pied gauche touche le sol, je n'arrive pas à retenir mon sourire. Je l'ai fait, j'ai réussi mon grand jeté en tournant ! Mon arabesque est haute, solide, et je parviens à la tenir jusqu'à la dernière note de musique. C'est mieux que ce que je pouvais espérer.

Fière de ma prestation, après une révérence, je descends de la scène. Lorsque je récupère ma fiche et ma pièce d'identité, face au jury, j'essaie de capter un soupçon d'émotion qui passerait dans un regard mais je ne vois rien d'autre qu'une impassibilité sans faille. Légèrement résignée, je gagne ma place dans l'auditorium, me laissant tomber dans mon fauteuil.

Finalement, quand je vois le niveau élevé des autres candidats, je me félicite d'être passée dans les premiers. Tara, qui passe peu de temps après moi, est impressionnante. Elle danse avec une telle grâce que, autour de moi, j'entends des soupirs de frustration peu discrets. Les places sont chères, et chaque personne meilleure que nous nous éloigne un peu plus de notre rêve. Pour ne pas gâcher le plaisir ressenti durant mon audition, j'essaie de ne pas raisonner de cette manière, même si ce n'est pas évident, surtout quand la personne se mouvant sur scène vous file tout un tas de complexes…

***

— Merci à tous, nous vous communiquerons prochainement les résultats de cette première session, annonce Alana alors que les autres membres du jury sont déjà sortis de la grande salle.

Je m'habille en vitesse et gagne la sortie, pressée de retrouver le soleil californien et la réalité. Une fois dehors, je suis surprise de voir, stationné devant le théâtre, le 4 × 4 de Cam, Rafael pour tout occupant.

— Toi, au volant d'une voiture ? je m'étonne alors qu'il descend sa vitre.

— Comme quoi, tout peut arriver ! sourit-il de son siège, avant de se pencher pour ouvrir la portière côté passager.

Je grimpe dans la voiture puis balance mon sac sur la banquette arrière.

— Comment ça s'est passé ? s'enquiert-il, après avoir remonté sa vitre, alors que je me tourne vers lui pour l'embrasser.

— Je peux te répondre après ?

Dans un rire, il hoche la tête et, avec ardeur, je laisse ma bouche retrouver la sienne. J'ai besoin d'évacuer toute la tension accumulée, et me donner corps et âme à Rafael me semble être le meilleur moyen… Il me faut une seconde à peine pour que je sois complètement enivrée. Si on me demandait ce que je préfère chez lui, je ne pourrais pas répondre. Il n'y a pas une chose que j'aime plus qu'une autre. C'est un ensemble. Ce sont des mots, des gestes, des attentions au quotidien qui me rendent un peu plus accro à Rafael Sanchez au fil des jours qui passent. Alors que notre baiser se fait de plus en plus passionné, je laisse ma main s'aventurer sous son tee-shirt, sur son torse. Mes doigts glissent sur la peau fine de ses abdominaux jusqu'à la limite de son pantalon.

— Tout le monde peut nous voir, murmure-t-il contre ma bouche d'une voix haletante.

Sachant qu'il a raison, je lâche un grognement de frustration avant de me réinstaller sur mon siège. Mon attitude semble amuser Rafael qui s'exclame :

— Si j'en crois ce baiser, ton audition s'est bien passée…

— J'aurais pu faire mieux mais, dans l'ensemble, je suis plutôt satisfaite, je réponds en bouclant ma ceinture.

— Elena ?

— Oui ? je dis en tournant la tête.

— Ce n'est que partie remise.

L'air prometteur que je lis sur son visage me donne soudain chaud et, après un sourire aguicheur, il démarre sur les chapeaux de roues, comme s'il se trouvait au guidon de sa moto. Je profite de ce premier moment de répit depuis ma sortie du théâtre pour dénouer mon chignon strict. Les racines douloureuses, je passe mes doigts dans mes mèches folles et tente, en vain, de les discipliner.

— Et sinon, pourquoi as-tu emprunté la voiture de mon frère ? je demande, curieuse, alors que nous nous engageons vers le sud de la ville.

— Il faut qu'on aille chercher la sono chez un de mes amis.

— Tu m'emmènes à South Central ?

— C'est possible, dit-il sur ce ton espiègle qui me fait toujours craquer.

Depuis ma première visite inattendue au domicile de la famille Sanchez, nous allons souvent passer un peu de temps chez lui. Sa mère est toujours adorable et, récemment, j'ai fait la connaissance de son petit frère, Antonio, qui a lui aussi un caractère bien trempé ! Dans quelques jours, à l'occasion de la fête que Cameron organise pour l'anniversaire de Lili, mes parents vont rencontrer Rafael pour la toute première fois. Deux mondes opposés vont se rejoindre et, même si je suis plutôt confiante, je ne peux malgré tout m'empêcher de me demander si cela se passera aussi bien que je le souhaite.

Néanmoins, je ne doute pas une seule seconde que cette grosse surprise réjouira Lili ! Mon frère m'épate tellement en ce moment ! Après toute l'énergie qu'il a mise dans les travaux et leur déménagement, je me demande encore comment il peut avoir la force nécessaire à l'organisation d'une fête pareille. Il a fait en sorte que les parents de Lili soient là ainsi que quelques-uns de ses amis. Ils ne resteront que peu de temps mais tout ce qui compte aux yeux de Cameron, c'est que sa copine puisse revoir ses proches, même si ce n'est que pour quelques heures.

Depuis qu'il a eu cette idée, mon frère refuse notre aide sous prétexte que nous lui avons assez rendu service pour l'emménagement. Cameron peut être une telle tête de mule que c'est un véritable challenge que de lui faire changer d'avis ! Mais heureusement, l'autre soir, Rafael et Brad ont réussi à le convaincre que nous investir à ses côtés pour cette fête nous faisait plaisir et que nous ne nous sentions absolument pas obligés de donner un coup de main. Cam a fini par accepter notre participation et, Rafael et moi, nous sommes ainsi chargés de la musique et de l'ambiance de la soirée.

Quand je tourne la tête vers le garçon à côté de moi, je ne peux retenir un sourire en le voyant si concentré sur la route. Lui qui affiche toujours une telle décontraction quand il est sur une moto me paraît stressé au volant de la voiture de mon frère. Lorsqu'il s'aperçoit que je le regarde, il me fait un tendre sourire puis, profitant d'un arrêt à un feu rouge, il prend ma main dans la sienne et, entremêlant nos doigts ensemble, il en embrasse le dos. Mon cœur fait des saltos et je sens malgré moi un air béat prendre place sur mon visage. Je baisse ma vitre et, tandis que je penche la tête vers l'extérieur pour savourer la sensation du vent tiède qui passe sur ma peau, Rafael redémarre en gardant nos deux mains unies. Je n'aurais jamais cru penser cela un jour, mais il n'y a pas à dire, l'amour, ça nous donne vraiment des ailes.

Chapitre 27

Lili

— Passer l'après-midi à la plage, ça vous branche ? Alors que je viens tout juste d'apposer la dernière couche de vernis sur mes orteils, Evan débarque dans le jardin, des tongs aux pieds, vêtu d'un short coloré, d'une chemise hawaïenne et un chapeau de paille sur la tête. Sans chercher à me retenir, j'éclate de rire en le voyant affublé ainsi.

— Où est-ce que tu as trouvé tout ça ? se moque à son tour Cameron.

— Dans le fond de mon armoire. J'avais dû les acheter pour une soirée et, jusqu'à aujourd'hui, j'avais oublié leur existence. Ce style me va bien, vous ne trouvez pas ?

Son regard navigue entre Cam, assis dans l'herbe, et moi, installée sur le transat. Arborant un air faussement sérieux, il attend que nous lui donnions une réponse. Mon petit ami se redresse alors et, avec une voix qui monte dans les aigus, il s'exclame :

— Tu es le plus beau, Evan. Épouse-moi !

— J'attendais que tu me le demandes ! rétorque ce dernier.

Un fou rire général éclate et, durant plusieurs minutes, il nous est impossible de nous arrêter. Il suffit que je croise le regard de l'un des deux garçons pour que mon hilarité reparte de plus belle. Mes joues en deviennent douloureuses, si bien que je finis par me calmer, tout comme Evan et Cameron qui se massent la mâchoire en essayant de reprendre leur souffle. Evan vient s'asseoir au bout de mon transat et reprend :

— Si vous ne voulez pas aller à la plage, dites-le maintenant que j'enlève ce chapeau qui me donne beaucoup trop chaud à la tête !

En cette belle journée ensoleillée, aller à la plage ne peut être qu'une excellente idée. Je me relève à toute vitesse du transat et, sans attendre la réponse de Cameron, je lance que je suis partante puis file à l'étage préparer mes affaires. Je fourre à l'intérieur de mon sac une grande serviette, un paréo et le joli maillot de bain acheté lors de mon escapade avec Sasha à Palm Beach, village touristique situé à un peu plus d'une heure de Sydney. Je garde un excellent souvenir de cette journée où, après être partis avant l'aube pour voir le lever du soleil, nous avons embarqué à bord d'un petit bateau qui nous a emmenés sur l'un des plus beaux spots de plongée sous-marine de la région.

Perdue dans mes pensées, je ne m'aperçois pas tout de suite que Cameron s'est glissé dans la chambre et qu'il est maintenant juste derrière moi. Ce n'est que lorsqu'il dépose ses doigts chauds sur ma nuque que je remarque sa présence. Je me blottis alors contre lui et, après quelques petits massages qui me détendent, il embrasse mon épaule dénudée.

— Est-ce que tu viens avec nous ? je demande alors. J'ai donné mon accord à Evan sans tenir compte de toi… j'ajoute, légèrement embarrassée avant de pivoter sur mes pieds pour me retrouver face à lui.

— Je ne pourrais pas manquer ça ! répond-il avec un grand sourire.

Heureuse de la tournure que prend cette journée, je me hisse sur la pointe des pieds et dépose un rapide baiser sur ses lèvres avant de poursuivre mes préparatifs, en incluant les affaires de Cameron.

— Lili ? m'interpelle-t-il quelques instants plus tard.

— Oui ?

— Je me demandais quelque chose…

Intriguée par l'intonation de sa voix et son hésitation, je m'arrête pour le regarder et attends la suite avec impatience.

— Est-ce que ça te dirait qu'on aille à Malibu, chez mes parents ? On pourrait passer la soirée là-bas ?

Durant les travaux et le déménagement, les parents de Cam ont été très présents dans nos vies, mais je réalise aujourd'hui que je n'ai pas mis les pieds à Malibu depuis de longs mois. Me sentant chez eux comme à la maison, j'approuve cette proposition. Cameron, qui accueille ma réponse avec un plaisir non dissimulé, sort de la chambre en chantonnant pour aller les appeler. Amusée par sa réaction, je reprends les préparatifs.

À peine dix minutes plus tard, Cameron et moi sommes dans l'entrée et nous attendons Evan qui se fait désirer. Déjà ses lunettes de soleil sur le nez, Cam commence à s'impatienter de ne pas voir son meilleur ami arriver. Alors que je profite de cette attente pour vérifier que je n'ai rien oublié, je réalise qu'il me manque quelque chose de précieux.

— Evan ? Tu peux apporter la crème solaire, s'il te plaît ?

— C'est vraiment utile ? me crie-t-il de l'étage.

Je lève les yeux au ciel.

— Si tu ne la prends pas, je monterai la chercher.

À côté de moi, appuyé contre le mur, Cameron émet un petit rire.

— Tu t'es transformée en médecin sans nous en informer ? me lance Evan sur un ton amusé alors qu'il descend avec le flacon dans les mains.

Je le remercie, fourre le tube dans mon sac avant d'ajouter :

— Figure-toi qu'en Australie, la prévention contre les méfaits du soleil est très importante. C'est d'ailleurs dans ce pays qu'on trouve la plus forte incidence de cancers de la peau. On minimise trop souvent le risque. Il faut se protéger, les garçons !

— On fera attention, promis.

Cameron m'embrasse sur la joue et, impatients de retrouver la plage, nous rejoignons sans traîner la voiture préalablement sortie du garage par mon petit ami. Après avoir mis nos affaires dans le coffre, je grimpe sur la banquette arrière et frissonne quand la peau nue de mes cuisses entre en contact avec le cuir froid. Je me cale ensuite dans le fond de mon siège et, quelques secondes plus tard, le moteur du 4×4 de Cameron rugit et nous quittons la propriété. Nous n'avons pas fait cent mètres que, à l'avant, Cam se lance dans le récit du match de baseball diffusé la veille manqué par Evan à cause de son stage à l'hôpital. J'essaie de m'intéresser à leur discussion mais, très vite, je décroche et je laisse mon regard vagabonder parmi toutes les personnes qui se pressent le long des boutiques de Santa Monica Boulevard. En ce début d'après-midi, un samedi qui plus est, les routes sont très fréquentées et il est difficile de ne pas se retrouver coincé dans un embouteillage. Presque instinctivement, mes yeux se posent sur un groupe de filles qui attendent devant un glacier à quelques pas de nous. Il ne me faut qu'une demi-seconde pour nous revoir Amber, Rosie et moi à leur place. Les souvenirs rejaillissent et je dois faire un effort considérable pour ne pas me retrouver submergée par un trop-plein de nostalgie.

J'ai fait la promesse de rester forte. Pour elle, pour moi, pour nous.

Je n'y croyais pas vraiment lorsque je l'ai perdue, mais le sentiment douloureux causé par l'absence de Rosie s'estompe peu à peu. Je suis désormais capable de penser à mon amie sans plus avoir le poids de la culpabilité qui me comprimait il y a peu encore la poitrine jusqu'à me faire mal. Amber aussi se sent mieux. Pas plus tard qu'hier, alors que nous discutions par appel vidéo comme nous le faisons si souvent, ma meilleure amie m'a confié être heureuse comme avant le drame. Cette révélation m'a fait chaud au cœur. Le chemin a été long mais nous y sommes arrivées. Rosie vivra à jamais dans nos mémoires, ce qui désormais est ce qu'il y a de plus important.

L'autre jour, quand Cameron m'a demandé si mes proches me manquaient, je n'ai pas pu retenir quelques larmes. J'ai beau être fréquemment en contact avec eux, rien ne pourra jamais remplacer leur présence physique. Je suis chanceuse d'avoir Cam qui, dès qu'il sent que le manque est un peu plus pénible à supporter, fait tout ce qu'il peut pour m'aider à me changer les idées. Mais lorsque je me retrouve toute seule, je me replonge dans mes souvenirs et plus rien ne parvient à combler leur absence. C'est pour cette raison que, depuis quelque temps, je suis tentée par l'idée de me rendre à Miami pour Thanksgiving. Sans en parler à Cameron, il y a deux jours, alors que j'étais au téléphone avec ma mère, j'ai évoqué mon envie de rentrer durant ce congé de quatre jours à peine. Je ne m'attendais pas à ce qu'elle réponde, d'une voix monotone, qu'on s'occuperait de ça plus tard. Son manque d'enthousiame m'a prise de court et j'ai même dû écourter notre conversation tellement j'avais la gorge serrée. Je suis vraiment tombée de haut. Lors de chacun de nos échanges, elle me répète que je lui manque et qu'il lui tarde de me voir. Pour me rassurer, j'ai essayé de trouver une explication à cette attitude distante mais rien de plausible ne m'est venu. Si elle avait déjà prévu quelque chose avec Nick, elle me l'aurait dit, j'en suis certaine. Depuis cet appel, excepté quelques SMS anodins, nous n'avons pas eu de réelle conversation. Me voyant triste durant toute la soirée qui a suivi ce coup de téléphone, Cameron, qui ignorait ce que j'avais, a, encore une fois, tout fait pour me redonner le sourire. Je ne le dirai probablement jamais assez mais Cameron Miller, tu es la meilleure chose qui me soit arrivée.

***

Une heure plus tard, nous arrivons à Malibu. Je chasse les nuages menaçants de mon esprit pour me concentrer sur le positif à l'instant même où mes pieds franchissent le seuil de la maison des parents de Cameron. Comme je m'y attends, rien n'a changé et le même sentiment de bien-être m'envahit. Après une petite collation, nous nous précipitons tous les trois vers le sable et les vagues qui nous appellent.

L'eau fraîche titille mes terminaisons nerveuses et c'est très lentement que je m'aventure dans l'océan dont l'eau était beaucoup plus chaude en Australie ! Je m'apprête à me baisser pour humecter ma nuque lorsqu'une énorme vague que je n'avais pas vue m'arrive dessus. Je n'ai pas le temps d'esquisser le moindre mouvement que je me retrouve projetée en arrière, submergée par l'eau salée.

Que je voie les choses du bon côté, je n'ai plus à me mouiller progressivement maintenant !

En me relevant, le maillot de bain rempli de sable, j'entends derrière moi résonner le rire de mes deux acolytes. En essuyant mes yeux, je me tourne vers eux. Comme tout à l'heure dans le jardin, leur hilarité est incontrôlable et je profite de leur distraction pour me précipiter vers Evan. Quand je saute sur lui, un cri rauque s'échappe de sa gorge et, emportés par notre poids, nous basculons tous les deux sous l'eau.

— Tu vas me le payer ! crie-t-il dès que sa tête ressort à la surface tandis que, cette fois-ci, c'est moi qui ris très fort.

Je file en courant comme je peux vers Cameron avec l'espoir qu'il empêche Evan de mettre sa menace à exécution. Mais lorsque mes yeux se posent sur le petit sourire machiavélique de mon petit ami, je comprends que le traître n'est pas de mon côté. Il m'attrape et, entre ses bras musclés, je ne peux plus bouger. Evan nous rejoint et saisit mes chevilles. Balancée dans les airs comme un vulgaire sac, je ne tarde pas à finir une nouvelle fois projetée dans l'eau.

Nous nous amusons une heure encore avant de remonter, du sable collé sur tout le corps, jusqu'à la maison des parents de Cam qui sourient quand ils voient l'état dans lequel nous nous trouvons. Je suis complètement épuisée ! Sur la pointe des pieds, Cameron et moi nous empressons de rejoindre l'étage pour aller nous doucher en premier. Dans le couloir, il ne reste plus que quelques mètres à franchir avant d'atteindre la salle de bains quand Cam me prend par surprise en courant jusqu'à la pièce où il s'enferme sans me laisser l'opportunité d'entrer.

— Je te hais, Cam ! je crie en tapant sur la porte fermée à double tour.

J'entends son rire résonner et, résignée, je vais dans sa chambre, pose une serviette sur le bout de son lit avant de m'asseoir dessus. Je profite de ce moment d'inactivité forcée pour regarder mon téléphone resté dans mon sac et j'y découvre un message de Grace.

De Grace : *Est-ce que tu penses qu'un jour Evan me pardonnera ?*

Depuis sa déposition, l'ancienne Grace revient peu à peu. Bien qu'il y ait encore des jours où elle ne semble pas aller aussi bien qu'on le souhaiterait, elle est beaucoup moins repliée sur elle-même et ça, c'est déjà plus que ce que l'on pouvait espérer il n'y a pas si longtemps. En se décidant il y a quelques jours à parler à Evan, mon amie a retrouvé de l'assurance et du courage. Dorénavant, elle se sent forte et ne craint plus le chantage d'Alex.

De moi : *Il y a eu du nouveau entre vous ?*

Après être venu au poste de police, Evan n'est pas rentré à la maison avant le lendemain matin. De toute la journée suivante, notre ami n'a pas prononcé un mot sur ce qui s'était passé la veille avec Grace et, bien que curieuse, je n'ai pas osé l'interroger.

De Grace : *Rien de concret. On discute et parfois, quand j'ai le sentiment qu'il va prendre les choses en main, il se défile et, pendant des jours, je n'ai plus aucune nouvelle de lui…*

Toutes les certitudes d'Evan ont été mises à rude épreuve ces derniers temps. Lui qui pensait avec tant de véhémence que Grace l'avait volontairement fait souffrir s'est rendu compte que ce n'était pas le cas et qu'elle avait même voulu le ménager. Evan n'a pas abordé le sujet avec moi mais, vivant avec lui, je me rends bien compte qu'il est un peu perdu depuis ce jour où tout a été remis en question.

De moi : *Tu ne peux pas vraiment lui reprocher d'agir comme ça…*
De Grace : *J'en suis parfaitement consciente, Lili !*

Les doigts suspendus au-dessus de l'écran, je cherche quoi répondre quand un nouveau message arrive.

De Grace : *Mais je ne sais plus quoi faire… Il me manque énormément et, en même temps, j'ai l'impression de mal me comporter si je fais quoi que ce soit pour le reconquérir.*
De moi : *Tu l'aimes ?*

De Grace : *Comme une folle. Je pensais que ces mois passés loin de lui rendraient mes sentiments moins forts mais c'est tout le contraire. Je n'aurais jamais cru qu'on puisse aimer à ce point.*

De moi : *Fonce, alors.*

De Grace : *Mais il y a cette autre fille aussi…*

Je grimace et, le regard perdu sur la moquette de la chambre de Cameron, j'essaie de trouver les bons mots pour exprimer posément ce que je pense.

De moi : *Écoute, Grace, je ne sais pas vraiment ce qu'il y a réellement entre lui et Eileen. Il faut que vous parliez, que tu prennes les devants et que vous tiriez toute cette histoire au clair. Ne reproduis surtout pas les erreurs du passé en restant muette. Je sais que c'est dur, que ça demande beaucoup de force de mettre ses sentiments à nu mais, aussi difficile que ce soit, il faut que tu le fasses ou tu risqueras de le regretter toute ta vie.*

Je ne m'arrête plus de taper. Il faut qu'elle comprenne que c'est maintenant ou jamais, qu'à force de trop réfléchir elle passera à côté de sa vie. Selon moi, Evan ne semble pas épris de cette fille ou, du moins, plus maintenant que Grace est revenue dans sa vie. Tout ce que je souhaite, c'est que mon amie réalise qu'elle a perdu trop de temps à se morfondre et à dépérir. C'est le moment de tout rattraper.

De Grace : *Tu as raison ! Je dois foncer pendant que je le peux encore. Merci, Lili ! <3*

De moi : *Toujours là pour t'aider ! ;) <3*

Notre discussion se termine alors et, quelques instants plus tard, Cameron revient de la salle de bains, une serviette nouée autour des hanches et son torse est encore parsemé de quelques gouttelettes d'eau. Il me sourit, fier de son coup, et bien que tentée de me venger en plaquant ma peau pleine de sable sur la sienne maintenant toute propre et fraîche, je ne perds pas de temps et, à mon tour, je file prendre une bonne douche.

***

Quand je redescends après de longues minutes passées à me préparer, j'ai revêtu une petite robe blanche achetée dans une boutique de Santa Monica et j'ai finalement laissé mes cheveux sécher naturellement. Avec mes sandales plates aux pieds, mes pas sont inaudibles sur le sol. Cameron, installé dans le canapé, ne me voit pas et ne m'entend pas arriver derrière lui. Je pose soudain mes mains à plat sur ses yeux et susurre à son oreille, d'une voix sensuelle que lui seul peut entendre :

— Devine qui c'est.

— Mmh… Olivia ?

J'ouvre grand la bouche devant tant de culot et, après lui avoir pincé la joue, je lâche un rire. Je n'y crois pas, il a osé ! Après cette repartie, je décide de le laisser mariner un peu. Je me précipite alors vers la baie vitrée ouverte qui mène à la terrasse surplombant l'océan. Cameron m'appelle mais je ne m'arrête que lorsque mes pas ont foulé les lattes de bois abîmées par le temps. La vue est si belle et je suis persuadée que, même après une vie entière passée ici, on n'est toujours pas lassé par la beauté de ce paysage grandiose.

Très vite, Cameron me rejoint. Quand je me retourne pour le regarder, en plus de son sourire éblouissant, je remarque que ses parents, sa sœur et Evan sont installés autour de la table située sur le côté.

— Tu es renversante, murmure Cameron à mon oreille.

— C'est faux, je réplique dans un sourire. Tu n'es pas tombé quand tu m'as vue !

Il s'exécute sur-le-champ, s'écroulant, littéralement, à mes pieds. Mon cœur ne manque pas un mais plusieurs battements et j'entends alors les éclats de rire de notre entourage plus qu'amusé.

— Cette fois-ci, je peux le dire : tu es complètement renversante, Liliana Wilson.

Son attitude et ses mots me touchent tellement que, sans prêter attention aux personnes près de nous, je m'accroupis à sa hauteur. Nos regards se perdent l'un dans l'autre et je me sens m'embraser au plus profond de moi. Je ne réfléchis plus et pose enfin mes lèvres sur les siennes pour un baiser qui m'emmène tout droit au paradis.

— Vous êtes trop mignons, les amoureux !

La voix guillerette d'Elena nous interrompt. Cameron marmonne dans sa barbe qu'elle choisit toujours son moment et, amusée, je me relève la première. Elena quitte son siège pour venir nous faire une accolade. Puis, m'attrapant par le bras, elle s'exclame :

— Et si on allait faire une petite balade, toutes les deux ? J'ai repéré une robe super belle dans une boutique du centre-ville mais j'aimerais avoir ton avis avant de l'acheter. J'y ai traîné Cam l'autre jour mais il a vraiment trop mauvais goût en matière de mode !

Son enthousiasme débordant ne me laisse pas d'autre choix que de la suivre. Sans que je lui demande quoi que ce soit, Cameron me lance les clés de sa voiture et, avec un clin d'œil, il me prie de la lui rendre sans une égratignure. Toute fière de pouvoir conduire son bébé, je ne cache pas ma joie en lui sautant dans les bras pour le remercier. Elena, qui avait dû préparer son coup, me tend mon sac et, joyeuses, nous filons toutes les deux hors de la maison.

C'est parti pour une session shopping entre filles !

Chapitre 28

Elena

En ce début d'après-midi, les préparatifs pour la fête de ce soir vont bon train. Mon père, qui s'est absenté depuis un peu plus d'une heure, est chargé d'aller chercher les parents de Lili à l'aéroport puis de les conduire jusqu'à leur hôtel situé près de la maison où vivent maintenant mon frère et ses deux amis.

Déjà épuisée par les missions qui me sont confiées depuis que je me suis levée tôt ce matin, je décide de prendre une petite pause bien méritée de quelques minutes. Sur le point de m'installer dans le canapé, équipée de mon téléphone et d'une barre chocolatée, ma mère surgit derrière moi et me prend le tout des mains. J'essaie de protester mais le regard noir qu'elle me lance met à bas toute velléité de rébellion. Je comprends maintenant d'où mon frère tient son côté tyrannique !

— Où as-tu mis les fleurs ? me demande-t-elle d'un ton calme alors que je la sens sur le point de hurler. Evan a envoyé un message, ils ne vont pas tarder à arriver.

— Elles sont sur le côté de la maison, là où personne ne peut les voir.

Je tends le bras avec l'espoir de récupérer mes précieux biens mais ma mère ne cède qu'à moitié en m'autorisant seulement à croquer un morceau de ma barre chocolatée.

— Tu ne veux pas me rendre mon téléphone ? je tente de l'amadouer avec une voix angélique.

— Tu ne m'auras pas comme ça.

Je soupire avec exagération quand elle glisse l'appareil dans la poche arrière de son pantalon en toile. J'envisage maintenant de taper des pieds sur le sol en faisant un gros caprice mais, connaissant la femme debout devant moi, je sais que la blague ne sera pas appréciée et je finirais privée de téléphone pendant bien plus de quelques heures. Je me contente donc de me lamenter, espérant la faire craquer à un moment ou un autre.

— Tu te souviens du plan ? reprend-elle en ignorant mes protestations qui montent pourtant en intensité.

— À la perfection ! je rétorque en levant les yeux au ciel. Ce n'est pas comme si on avait parlé de cette soirée une bonne centaine de fois ! Pourquoi ils n'ont pas organisé cette fête chez eux, déjà ?!

Je marmonne cette dernière phrase mais visiblement pas assez bas puisque ma mère, pourtant à quelques mètres de moi, m'entend. Elle me fait les gros yeux, ce qui ne m'impressionne plus depuis que je suis entrée dans cette période merveilleuse qu'est l'adolescence.

Résignée, elle soupire puis, à son tour, se laisse tomber sur le canapé à mon côté. Son air stressé m'amuse beaucoup mais, ne tenant pas à l'énerver plus qu'elle ne l'est déjà, je ravale mon sourire. Le compte à rebours de la soirée est lancé et il nous reste maintenant moins de six heures pour tout finaliser. Quand j'annonce cette nouvelle à la chef du clan Miller, sa panique devient plus que palpable. Elle ne devrait pas se mettre dans tous ses états alors qu'il n'est question que d'une petite fête surprise.

Ce n'est pas comme s'il agissait de leur mariage non plus !

— Je sais que tu préférerais faire autre chose mais ton frère compte sur nous, Elena. Tu peux bien sacrifier quelques heures de ta vie pour l'aider, non ?

Sa voix autoritaire contraste fortement avec les yeux doux qu'elle me fait. Comme toujours, elle me prend par les sentiments et je finis par hocher la tête. Je ne compte plus le nombre de fois où, avec ce regard, elle nous a amadoués, mon père, Cameron et moi.

— Mais tout va bien se passer ! je tente de la rassurer en passant mon bras autour de ses épaules frêles alors que son stress continue de grimper de manière exponentielle. On va tellement assurer ce soir que, après ça, Cam ne pourra plus jamais organiser une fête sans nous.

Elle esquisse un sourire qui ne tarde pas à s'évanouir quand elle entend la sonnerie nous indiquant que le portail automatique de la cour vient de s'ouvrir. Affolée, elle se relève et se met à jurer en italien, la langue natale de mon grand-père. Lorsque nous étions enfants, elle a pris l'habitude de dire les gros mots en italien de façon que nous ne puissions pas les comprendre. Seulement, nous avons grandi et au fil du temps, sans le lui dire, nous avons fini par connaître tous les jurons dont regorge cette langue. Cameron, bien plus doué que moi dans ce domaine, n'a mis que quelques mois avant de devenir parfaitement bilingue. Jamais il ne l'avouera mais, s'il s'est tant appliqué à se perfectionner, c'était surtout pour faire craquer les filles et je crois que ça a plutôt bien marché.

En me redressant, je reporte mon attention sur ma mère qui fait maintenant les cent pas dans le salon.

— Détends-toi ou Lili va se rendre compte qu'on lui cache quelque chose !

— Tu as raison !

Elle me redonne mon téléphone portable et le reste de mon encas avant de lisser son chemisier chiffonné. Elle tente d'ordonner les mèches de cheveux échappées de son chignon mais finit par abandonner quand elle réalise que Cameron, Evan et Lili sont sur le point d'entrer. Je dépose sur sa joue un baiser d'encouragement qui lui redonne le sourire puis file hors de la maison pour terminer la composition des guirlandes florales avant que Lili me voie.

Quand je me suis portée volontaire pour cette tâche, je n'imaginais pas qu'il y aurait autant de fleurs à attacher les unes aux autres ! J'ai commencé hier soir et je ne suis pas près d'avoir fini. Bien à l'abri des regards, je m'active pour terminer au plus vite et composer la playlist d'ambiance que je dois encore concocter.

Plus tard, lorsque j'entends la voix de mon frère et celles de ses amis résonner sur la terrasse, la pression monte d'un cran. Mes gestes deviennent automatiques et, sans même m'en rendre compte, j'arrive à la dernière guirlande que je me dépêche d'assembler. Une fois ma mission achevée, je ressens une grande satisfaction et, après m'être assurée que la voie était libre, je rejoins la maison.

Dans la cuisine, ma mère profite du fait que Cameron et Lili soient à l'étage pour se lancer dans la confection de dizaines de cupcakes salés. Gourmande, je regarde les différentes préparations en sentant mon estomac se creuser de plus en plus. Cédant à la tentation, je tends un doigt pour le plonger dans le glaçage quand, sans voir le coup venir, je me prends une tape sur la main.

— Tu goûteras plus tard ! me lance mon père que je ne savais pas rentré.

Il m'adresse un grand sourire amusé.

— Est-ce que tu en as terminé avec les fleurs ? s'enquiert ma mère.

J'acquiesce et, tandis qu'avec l'aide de mon père, elle garnit chaque gâteau d'une épaisse couche de glaçage, je me plonge dans le répertoire de musiques de mon téléphone et m'attelle à la création de la playlist. Hier soir, Cameron m'a envoyé les différents titres de chansons qu'apprécie Lili et que je vais devoir mixer avec des morceaux plus universels. La mission s'avère plus compliquée que prévu et, complètement prise par ce que je dois faire, je ne m'aperçois pas que mon frère s'est planté devant moi.

— Tu t'en sors ?

Je murmure un simple oui, priant pour qu'il ne me demande pas plus d'informations. Par chance, il n'insiste pas et finit même par rejoindre mes parents et Evan qui se rafraîchissent sur la terrasse.

Lorsque je les rejoins une dizaine de minutes plus tard, j'ai enfin terminé de composer cette liste de lecture qui, je l'espère, plaira autant à Lili qu'au reste des invités.

— J'ai fait ce que tu m'avais demandé. Je te l'envoie et tu me dis ce que tu en penses ? je demande à mon frère qui acquiesce avant de s'isoler dans le salon pour écouter mon travail.

J'attends son retour avec un stress et la tête ailleurs, je ne prends pas la peine d'écouter la conversation de mes parents et d'Evan. Je suis ramenée sur terre quelques minutes plus tard quand le couple le plus glamour de Malibu fait son apparition sur la terrasse. Je n'entends pas ce qu'ils se disent mais, lorsqu'ils s'embrassent, je dois avouer qu'ils envoient vraiment beaucoup de rêve. Devant cette scène, ma mère est à deux doigts de sortir l'appareil photo pour immortaliser le moment. Son attitude nous fait beaucoup rire mais décidée à faire payer gentiment à mon frère toutes ces heures passées à me piquer les doigts sur les épines des fleurs, je choisis de les interrompre. Il est grand temps d'attaquer la toute dernière partie du plan ! Je me précipite alors à côté du couple adorable que forme mon frère et sa copine, puis je débite ma tirade longuement préparée avec un naturel qui me surprend moi-même. Je vois bien dans le regard que me lance Cameron qu'il me le fera payer et, pour l'énerver, je lui adresse mon grand sourire de peste qui, je le sais, l'agace depuis toujours.

Un peu plus tard, nous montons dans le 4 × 4. Derrière le volant, le regard pétillant quand elle tourne la tête vers moi, Lili semble être la fille la plus heureuse du monde.

— CamCam ne te laisse jamais la conduire ?

Elle secoue la tête et, dans un rire, ajoute :

— Les seules fois où il m'y autorise, c'est en fin de soirée quand il a bu et que je refuse de monter avec lui.

Pour toute réponse, je souris, contente de savoir que Cameron a enfin trouvé quelqu'un qui peut autant lui tenir tête que l'amuser. Mon frère n'a jamais apprécié de voir sa voiture entre les mains de quelqu'un d'autre – Rafael et moi avons eu de la chance qu'il nous la laisse !

Sans traîner plus longtemps, nous quittons la maison en faisant crisser les pneus sur le goudron chaud. Je crois bien que Lili rêvait de ce moment depuis un sacré bout de temps ! Je me félicite car, jusqu'à maintenant, le plan se déroule à merveille. Lili n'a opposé aucune résistance à me suivre, ce qui m'a grandement facilité la tâche. Si elle n'avait pas voulu venir avec moi, je ne sais pas comment ils auraient fait pour tout préparer sans lui mettre la puce à l'oreille.

Roulant vers le centre de Malibu, Lili et moi discutons de tout et de rien quand je reçois un message.

De Rafael : *Est-ce que tes parents sont au courant pour nous deux ?*

De moi : *Je leur ai dit que j'allais leur présenter mon petit ami ce soir mais ils ne savent rien de plus. Pourquoi ?*

De Rafael : *Elena !!!*

J'imagine sa tête ronchonne et me mets à pouffer.

De moi : *C'est bien moi ! : D*

De Rafael : *Quand j'arriverai, tu ne seras pas là…*

De moi : *Oui, et ?*

De Rafael : *Qu'est-ce que je vais bien pouvoir dire à tes parents ?*

De moi : *Commence par leur dire que tu es le mec avec qui couche leur fille. Ça va faire bonne impression, je suis sûre !*

De Rafael : *ELENA ! Je suis sérieux !*

De moi : *Ne me dis pas que tu as la trouille à l'idée de rencontrer mes parents ?!*

De Rafael : *Si tu veux tout savoir, j'ai rarement été aussi stressé de toute ma vie !*

De moi : *Ils ne savent pas que c'est toi, donc inutile de t'en faire. Je suis avec Lili, je vais devoir te laisser. À toute à l'heure !*

De Rafael : *J'ai hâte de te voir ! Je t'aime.*

Comme chaque fois qu'il me dit ces fameux mots, je sens mon cœur s'emballer. Je ne pensais pas être une romantique dans l'âme, mais je me rends compte depuis peu que je suis devenue très fleur bleue !

— Alors, comment s'est passée ton audition ?

La voix douce de Lili me sort de mes pensées.

— Plutôt bien, je réponds dans un sourire tandis que je fourre mon téléphone dans mon sac.

La copine de mon frère ayant fait de la danse durant plusieurs années, je peux me lancer dans un récit technique de ma prestation. À plusieurs reprises, je crains de l'ennuyer avec tous les détails, or, à chaque fois, elle rebondit et la conversation repart de plus belle. J'aime vraiment beaucoup passer du temps avec elle.

— Tu connaîtras les résultats quand ?

— Dans un peu plus de deux semaines, je réplique avec une grimace.

Cette attente est ce qu'il y a de plus angoissant. Lili me rassure en me racontant qu'elle a vécu cette même frustration mêlée à la peur et à l'excitation après le concours de journalisme qu'elle avait passé à New York. Elle conclut en me disant que toute l'énergie dépensée dans ce stress s'est montrée parfaitement inutile puisque les dés étaient de toute façon jetés. Cette dernière réflexion me laisse songeuse et, jusqu'à ce que nous arrivions devant la boutique où j'ai bel et bien repéré une robe, je reste assez silencieuse.

— Tu aimes ? je demande à Lili quand je ressors quelques minutes plus tard de la cabine d'essayage vêtue d'une longue robe bleu nuit.

— Elle te va à ravir ! s'exclame-t-elle tandis que je tourne sur moi-même pour qu'elle puisse voir chaque détail de la pièce.

— Je la prends ?

— La question ne se pose pas !

Une fois ressorties de la boutique, nous flânons encore deux heures sur la promenade bondée. Au bout de ce laps de temps, je sens mon téléphone vibrer dans ma poche.

De CamCam : *C'est OK, vous pouvez rentrer.*

Maintenant que j'ai le feu vert de mon frère, mon cœur se met à tambouriner dans ma poitrine. Je me tourne alors vers Lili qui semble attirée par une paire de lunettes de soleil exposée dans la vitrine d'une boutique.

— Tu ne trouves pas que ça fait longtemps qu'on est ici ? Je commence à avoir un peu soif.

— Tu veux qu'on prenne un smoothie près du magasin de pêche ? On a croisé plusieurs personnes qui en avaient, ils ont l'air délicieux.

Improvise, Elena, improvise.

— C'est gentil, mais je me sens un peu barbouillée pour tout te dire.

Lili grimace.

— Tu veux qu'on rentre ?

— Si ça ne te dérange pas…

Je prends un air faussement désolé auquel Lili répond en secouant la tête pour me rassurer. Cette fille est vraiment une crème.

Sur le chemin du retour, j'essaie de garder cet air maladif. En réalité, j'ai tellement peur que la surprise tombe à l'eau que je commence à sentir un réel mal de ventre me prendre alors que nous approchons de la maison.

— Tiens, c'est bizarre toutes les voitures garées dans la rue, s'étonne Lili alors que nous ne sommes plus qu'à quelques dizaines de mètres du portail. On dirait celle d'Enzo là-bas. Attends, c'est pas la moto de Rafael, ça ?

Et merde.

Je ne sais plus où me mettre. Si Lili découvre tout maintenant, Cam ne me le pardonnera pas. Je me creuse l'esprit à la recherche d'une explication plausible quand je choisis la simplicité en répondant :

— On est samedi soir, Cam a dû les inviter pour prendre un verre face à l'océan.

Elle semble se contenter de cette réponse et je dois retenir le soupir de soulagement qui me gagne. On a frôlé de près la catastrophe ! L'air de rien, je sors mon téléphone et m'empresse d'envoyer un message à Cameron pour le prévenir de notre arrivée imminente.

— Merci pour ce moment entre filles, c'était super chouette ! me dit Lili alors que nous faisons le tour de la voiture pour récupérer nos achats dans le coffre.

Elle est si avenante et adorable que je ne trouve pas les bons mots pour la remercier à mon tour. Elle ne s'en rend probablement pas compte, mais tant de bonnes choses sont arrivées à ma famille grâce à elle que je ne pourrai jamais lui en être assez reconnaissante.

— On remet ça quand tu veux ! je finis par lâcher.

Je lui lance un sourire que je n'espère pas trop crispé et, ensemble, nous franchissons la dernière marche qui nous sépare de l'entrée. J'inspire un bon coup et, alors que je me sens sur le point de défaillir, la main moite, j'appuie sur la poignée et pousse la porte.

Chapitre 29

Lili

Sans avoir fait une égratignure sur la carrosserie, je me gare dans la cour de la maison des parents de Cameron. Pas peu fière de ma conduite irréprochable, je savoure durant quelques secondes la sensation d'être encore derrière le volant avant de descendre de la voiture et de rejoindre Elena qui est déjà sortie. Un peu gênée, je profite que nous ne soyons que toutes les deux pour la remercier de ces quelques heures passées ensemble. J'aime beaucoup sa compagnie. J'ignore encore pourquoi mais, plus d'une fois, j'ai eu peur qu'Elena ne m'apprécie pas vraiment. Pourtant, elle s'est toujours montrée gentille et son attitude envers moi est empreinte de sincérité. Je pense que d'une certaine manière, j'avais juste peur de ne pas être à la hauteur, à ses yeux du moins. Malgré l'amour vache dont ils font preuve parfois l'un pour l'autre, Cameron et sa petite sœur sont très proches. Leur relation fusionnelle me rend nostalgique de mon enfance où, plus d'une fois, j'ai rêvé d'avoir un grand frère qui me protégerait, comme Cam protège Elena. Mais choyée par une famille aimante et par un groupe d'amis fidèles, je n'ai jamais souffert d'avoir été une enfant unique.

— On remet ça quand tu veux ! me répond-elle finalement.

Sur le pas de la porte, son sourire ne me trompe pas. Elle est tendue tout à coup, ça se voit. Tandis que j'approche ma tête de la sienne, inquiète de la voir si pâle, elle me surprend en retrouvant un visage plein d'assurance et de gaieté. Elena me paraît vraiment étrange depuis tout à l'heure ! Sur le chemin du retour, quand je lui ai proposé un des médicaments que je garde toujours sur moi et qui fait des miracles contre les ballonnements, elle l'a refusé sans prendre le temps de réfléchir alors qu'elle semblait vraiment mal.

Nous nous apprêtons maintenant à rentrer quand elle s'exclame :

— Tu es prête ?

— Prête à quoi ? je demande, un sourcil levé.

Avec un air espiègle, elle s'écarte puis me pousse vers l'intérieur de la maison. Décidément, je ne comprends plus rien ! J'ai à peine mis un pied dans l'entrée qu'un énorme « SURPRISE » à la fois puissant et touchant jaillit dans un chœur retentissant. Des confettis pleuvent alors de toute part et me brouillent la vue. Mais que se passe-t-il ici ? J'essaie de comprendre et, peu à peu, les rouages de mon cerveau se mettent en route. Du bout des doigts, je chasse de mon visage et de mes cheveux les particules de papier coloré quand mes yeux se posent sur…

Oh mon Dieu.

Les mots me manquent. Tout ce que j'arrive à faire, c'est courir vers ma mère qui m'accueille aussitôt dans ses bras réconfortants. Nos corps se percutent si violemment que je manque de nous faire tomber en arrière. Je l'étreins à nous en étouffer mais je m'en fiche. J'ai besoin de m'assurer que c'est bien réel, que je ne rêve pas.

— Ma chérie, murmure-t-elle en me caressant les cheveu, qu'est-ce que tu m'as manqué !

— Toi aussi, tellement ! je réponds, la gorge nouée par toutes ces émotions qui me submergent.

Ce n'est que lorsque nous nous écartons l'une de l'autre et que je vois son chemisier trempé que je réalise que mon visage est baigné de larmes. De la paume de mes mains, je m'essuie délicatement les joues et souris quand je constate que je ne suis pas la seule à être dans cet état. Ma mère, qui soigne toujours son apparence, a son maquillage sophistiqué complètement ruiné. Nerveusement, je le lui fais remarquer, ce à quoi elle répond que tout ce qui compte pour elle, c'est que nous soyons enfin réunies.

— Alors ton manque d'enthousiasme pour ma proposition de venir à Thanksgiving, c'était pour ça ? je dis dans un murmure.

Elle hoche la tête avant d'essuyer la nouvelle larme qui coule sur ma joue. J'ai la gorge tellement serrée par cette vague d'émotion que, à chaque déglutition, j'ai l'impression que je vais m'étouffer. Je me doutais que quelque chose clochait dans sa réaction mais, pour autant, je n'aurais jamais imaginé une telle surprise. Ça va bien au-delà de toutes mes espérances !

— Liliana ?

Cette voix grave me fait ouvrir grand les yeux. Lui aussi est là, à quelques centimètres de moi. Je ne peux pas y croire. Je pivote sur mes pieds en un centième de seconde et me laisse tomber dans les bras si familiers de mon père. Dans ma poitrine, mon cœur bat à mille à l'heure. Ces retrouvailles, je les ai rêvées tellement de fois ! Et pourtant, tout ce que je ressens actuellement est démultiplié par rapport à mes rêves les plus fous. Le bonheur que j'éprouve à cet instant est juste indescriptible. La large main de mon père, qui me frotte le dos, me rappelle tous ces moments passés ensemble où il me réconfortait lorsque je me sentais triste et impuissante. Plus jamais je ne pourrai rester loin de lui aussi longtemps.

— Les filles n'ont pas pu venir mais elles auraient tellement aimé être là.

Il ne pleure pas mais ses yeux rougis laissent clairement deviner ce qu'il ressent. Incapable de m'éloigner de lui, je reprends mon père dans mes bras et le serre très fort. Il est venu, c'est tout ce qui compte à mes yeux.

Quelques secondes plus tard, lorsque je m'aperçois que, sans exception, tous ceux que j'aime sont présents, je sens mes jambes trembloter. Rien ne pourrait me faire plus chaud au cœur que de les voir tous réunis pour moi. Même Sam, Sasha, Nick, Charlie, Anya et Amber sont là. En les serrant contre moi les uns après les autres, je réalise qu'ils me manquaient bien plus que je ne le croyais. C'est tellement fou que je n'arrive toujours pas y croire. Pour m'assurer que je ne suis pas en pleine crise de démence, je me pince le bras discrètement. Mon geste, pourtant subtil, n'échappe pas à Elena qui esquisse un sourire en me voyant faire. Du bout des lèvres, de façon que je sois la seule à l'entendre, elle m'assure que je n'ai pas à m'inquiéter, que c'est bel et bien la réalité.

— Qu'est-ce que vous faites tous là ?

L'émotion rend ma prise de parole délicate et je dois m'éclaircir la voix à plusieurs reprises avant qu'un son audible puisse s'échapper de ma bouche.

— C'est ta soirée d'anniversaire ! intervient mon petit ami que je n'avais pas encore aperçu.

— Mais mon anniversaire était il y a plus de deux mois et…

— … et tu l'as fêté à Sydney, loin de toutes les personnes qui t'aiment, continue-t-il dans un sourire rayonnant. C'est pour cette raison qu'on a eu cette petite idée.

— On ? s'exclame alors Evan. Oh que non ! Tu n'as pas eu besoin de nous pour avoir cette folle idée !

Tout le monde éclate de rire.

— Et on a été encore plus fous de le suivre, renchérit Elena.

Je suis plus heureuse et touchée que jamais. C'est le plus beau cadeau que l'on pouvait me faire. Je m'avance vers Cameron, resté en retrait, et me hisse sur la pointe des pieds pour l'embrasser à la commissure des lèvres.

— Merci pour tout, Cam !

Je plante un dernier baiser sur sa bouche avant de me reculer et de faire un grand sourire à tout le monde pour tous les remercier d'être là. La soirée commence alors et, tandis que la majorité des invités se dirigent vers la terrasse où, si j'ai bien compris, sont dressés les buffets, mes parents, Cameron et moi restons dans l'immense pièce à vivre de la maison. Un silence assez gênant s'installe entre nous. C'est le premier petit ami que mon père rencontre et je ne sais pas trop comment amener le sujet. Ma mère, qui connaît une partie de mon histoire avec Cameron, m'adresse un sourire qui m'encourage à me lancer :

— Maman, papa, je vous présente Cameron, mon petit ami.

— On s'est déjà présentés tout à l'heure, ma chérie, me répond gentiment ma mère alors que je sens la main de Cameron appuyer de plus en plus fort sur mes reins.

Mal à l'aise, je me tortille légèrement quand, dans un rire, mon père s'exclame :

— Pas la peine d'être à ce point tendu, mon garçon.

Il assène une tape virile sur l'épaule de Cameron qui ne vacille pas d'un millimètre. Le sourire de Cam se veut franc mais je vois bien dans les traits de son visage qu'il est tendu comme un arc. Je connais mon père et, malgré ses airs de hippie, il essaie de déstabiliser mon petit ami pour le pousser dans ses retranchements.

— Et si on passait au buffet ? propose ma mère en lisant la détresse dans mes yeux.

— Très bonne idée ! je rétorque en prenant les devants pour qu'ils me suivent jusqu'à l'extérieur.

Une fois dehors, je remercie ma mère d'un regard auquel elle répond par un clin d'œil complice. La guerre a été évitée de justesse !

Assise depuis quelques minutes à côté d'Amber sur les dernières marches qui mènent à l'océan, je savoure mon bonheur, la tête posée sur l'épaule de ma meilleure amie. Revoir cette dernière après de longs mois fait inévitablement remonter à la surface des souvenirs à la fois plaisants et douloureux. Avec la distance, notre relation est devenue plus fusionnelle que jamais. Nos ne restons jamais longtemps sans nous contacter et, pourtant, je réalise aujourd'hui que rien ne peut remplacer le fait de l'avoir ici avec moi.

— Tu vas peut-être me prendre pour une folle, commence-t-elle alors que du bout du pied, elle trace des arcs de cercle dans le sable, mais il n'y a pas longtemps, ça m'a pris d'un coup, j'ai voulu rendre notre amitié indélébile.

Intriguée, je relève la tête et arque un sourcil.

— Jusqu'à aujourd'hui, je l'ai précieusement gardé caché pour que tu sois la première à le voir.

Elle relève la manche de son gilet et, la pleine lune nous éclairant, à l'intérieur de son poignet, dans une somptueuse calligraphie, je découvre une phrase qui me bouleverse.

Tous pour un, un pour tous !
R, L & A

— Cette phrase… je commence en sentant mes yeux s'embuer de larmes une nouvelle fois.

— … c'était sa préférée, confirme Amber avec douceur. Elle l'écrivait partout dans ses cahiers.

Incapable de prononcer le moindre mot, je me contente de hocher la tête. J'ai souvent eu peur que le souvenir de Rosie disparaisse peu à peu de mon esprit, mais je me rends compte que l'oublier est tout simplement impossible. Peu importe ce qu'il adviendra, je sais que mon amie restera à jamais gravée dans mon cœur.

— J'aimerais tellement qu'elle soit avec nous, je murmure en fixant l'océan qui s'étend à perte de vue.

— Elle sera toujours avec nous, Lili. Peut-être que, physiquement, elle n'est pas là, mais je suis certaine qu'elle veille sur nous et qu'elle doit bien se marrer en nous voyant nous lamenter si souvent !

Sa voix enrouée est empreinte d'émotion. Cette fois-ci, ni elle ni moi ne nous retenons et nous laissons couler toutes ces larmes que nous retenions avec tant de mal. En esquissant un sourire, je reprends Amber dans mes bras. Je ne sais pas combien de temps s'écoule mais pour rien au monde je n'abrégerais ce moment. J'ai besoin de cette étreinte qui me revigore et qui me donne l'énergie nécessaire pour vivre ma vie et celle que Rosie aurait dû vivre.

Nous décidons de remonter vers la maison quand un vent frais venant de l'océan se lève et commence à nous faire frissonner. En marchant, je regarde le ciel et ses innombrables étoiles qui brillent de mille feux. Je me perds dans leur contemplation quand une étoile scintillant plus fort que les autres retient mon attention. Je me convaincs que c'est Rosie qui nous adresse un signe de là-haut. Elle est avec nous, comme Amber l'a si bien dit. Un puissant réconfort me gagne et chasse toute trace de tristesse. De merveilleux souvenirs de nous trois plein la tête, nous rejoignons les autres.

Entre la terrasse et la maison, je fais un tour parmi les invités. Le temps file mais je réalise que, finalement, peu de choses ont changé. Anya et Brad forment toujours un couple adorable, tout comme Sam et Andy qui brillent encore plus que les étoiles dans le ciel. Mon ami me fait mourir de rire en me racontant les derniers mois dans le Montana. Je ne pose pas de questions mais je sens de plus en plus que Sam, aux cheveux maintenant rasés, s'ennuie de sa vie passée ici et qu'il est sur le point de rentrer à Los Angeles… Égoïstement, j'aimerais beaucoup le voir revenir. Je poursuis mon petit tour… J'en profite pour remercier chaleureusement les parents de Cameron qui sont exceptionnels et si gentils d'avoir aidé mon petit ami à organiser toute cette soirée. Je suis vraiment chanceuse d'avoir atterri dans cette famille ! Il y a d'ailleurs quelques minutes, une nouvelle personne a rejoint officiellement le clan Miller… Avec une appréhension visible sur ses traits, Elena a présenté Rafael à ses parents. Mais si j'en crois la mine réjouie qu'ils arborent tous, cette première rencontre a l'air de s'être très bien passée !

— C'est une super fête ! me dit Sasha dans un sourire.

Il pose ensuite un regard d'amoureux transi sur sa fiancée, Joanna, qui discute un peu plus loin avec la grand-tante de Cameron.

— Je suis heureuse que vous soyez venus !

— Quand Cameron m'a dit qu'il y aurait un buffet préparé par sa mère et du champagne à volonté face à l'une des plus belles plages de la région de Los Angeles, c'était inenvisageable pour moi de refuser l'invitation !

— Je te reconnais bien là !

Nous rions tous les deux jusqu'à ce que je me retrouve interrompue par les grands gestes que m'adresse Evan un peu plus loin. Je m'excuse auprès de Sasha et rejoins mon ami qui s'agite de plus en plus.

— Tu as fait pipi dans ton pantalon ? je le taquine.

Il lève les yeux au ciel puis rétorque :

— Tu ne tiens décidément pas l'alcool, Lili. Il est temps que tu arrêtes le champagne.

Je suis secouée par un éclat de rire avant de reprendre mon sérieux quand je vois sa mine grave. Il m'inquiète un peu tout à coup…

— J'ai un gros souci.

Avec un moulinet rapide de la main, je lui fais signe de continuer.

— Grace est là.

— Oui, je sais, je l'ai vue tout à l'heure, je dis dans un sourire. D'ailleurs, merci de l'avoir invitée !

— C'est ton amie, c'est normal, s'empresse-t-il de répondre.

— Donc c'est quoi le problème ?

— Eileen doit arriver d'ici quelques minutes.

— Oh merde, je lâche en réalisant l'embarras dans lequel mon meilleur ami se trouve.

— Comme tu dis !

Il me tire par le bras jusqu'à l'intérieur de la maison, là où il y a moins de bruit, et il reprend :

— Qu'est-ce que je vais bien pouvoir faire ?

— Je peux accueillir Eileen et lui dire que tu t'es fait enlever par une bande de bikers venus de la côte Est mais je ne suis pas certaine qu'elle me croie très longtemps…

Il me lance un regard noir et je dois me retenir pour ne pas éclater de rire encore une fois. Il a besoin de moi, il faut que je sois sérieuse. Je tente de réfléchir quelques secondes à une solution pour le sortir de cette situation quelque peu délicate quand des coups forts frappés sur la porte d'entrée résonnent jusqu'à nous.

— Oh merde, c'est déjà Eileen. Qu'est-ce que je fais ? panique-t-il.

— Tout d'abord, tu ne peux pas la laisser dehors ! je m'exclame.

Pendant un moment, il ne dit rien, envisageant très certainement cette possibilité.

— Evan ! je le réprimande.

— Il faut que tu occupes Grace, me coupe-t-il. S'il te plaît, Lili !

Je n'ai pas le temps de protester qu'il s'éclipse déjà en direction de l'entrée, me laissant seule avec cette mission que je vais devoir improviser.

J'inspire un bon coup avant de partir à la recherche de mon amie. Il n'y a pas des centaines d'invités et, pourtant, je mets un temps fou avant de repérer Grace qui marche sur l'herbe, le long de la maison. Son téléphone portable vissé à l'oreille, je l'entends parler de cours, d'argent et d'autres choses que je ne comprends pas. J'attends patiemment que sa conversation téléphonique soit terminée avant de l'approcher. Quand elle se retourne vers moi, un grand sourire barre son visage.

— Tu as appris une bonne nouvelle ? je demande, curieuse.

Elle hoche la tête.

— J'ai déposé une candidature pour partir le semestre prochain à Hong Kong et elle a été acceptée !

— Mais c'est génial, Grace ! je m'exclame, ravie pour elle.

— Ils ont une très bonne formation d'architecture et, avec tout ce qui s'est passé, j'ai ressenti le besoin de m'éloigner. Je suis désolée de ne pas t'avoir mise au courant mais je ne me sentais pas encore prête pour en parler et, comme ce n'était pas sûr, j'ai préféré rester prudente.

— Je ne t'en veux pas ! Ça serait malvenu de ma part, sachant que j'ai fait le même coup à Cam pour le concours de journalisme.

— C'est vrai ! se souvient-elle, avec un sourire nostalgique.

— En tout cas, je suis ravie pour toi que ce projet se concrétise ! C'est une expérience si enrichissante que tu vas revenir transformée, j'en suis certaine.

Elle me semble être sur un petit nuage.

— Il faut que j'aille chercher des documents dans mon sac et que je rappelle l'école pour en savoir plus. Ça ne t'ennuie pas si on discute plus tard ?

— Non, ne t'inquiète pas !

Je lui souris avant de rejoindre tout le monde. Je discute avec mes parents tout en cherchant des yeux Evan. Ne le voyant pas, je laisse mes parents parler entre eux et me dirige vers la maison pour tenter de l'y trouver quand j'entends derrière moi :

— Tu vas où, toi ?

Le bras de Cameron s'enroule autour de ma taille et, alors que je me mets à glousser, il m'attire contre lui et m'entraîne jusqu'au banc un peu plus loin.

Maintenant assise sur ses genoux, après quelques coupes de champagne et de nombreux petits-fours délicieux préparés par Ann, je me remets peu à peu de mes émotions. J'ai encore les mains qui tremblent par moments et mon cœur ne semble pas près de se calmer.

— Je n'ai rien vu arriver, je murmure en posant mon front contre celui de Cam.

— C'était le but, répond-il dans un sourire.

— Donc toute cette journée, la plage et…

— On est de bons comédiens, que veux-tu ! dit-il, fier de lui et de ses amis. Le costume de super Evan à la plage n'était pas prévu, par contre, ajoute-t-il en riant.

— Tu es complètement fou, Cam ! Ça a dû vous demander tellement de temps, d'investissement, d'argent.

Je n'ai pas de mots suffisamment forts pour exprimer à quel point je suis touchée.

Il pose son doigt contre mes lèvres, m'intimant de me taire.

— Je ferais n'importe quoi pour te rendre heureuse, pour voir ce sourire que j'aime tant sur ton visage. Joyeuse fête d'anniversaire, *mi amore*.

Mon cœur s'emballe encore plus et je n'hésite pas plus longtemps avant de plonger sur ses lèvres pour l'embrasser passionnément.

Chapitre 30

Evan

D'un pas à la fois traînant et pressé, je me dirige droit vers la porte où la force des coups s'amplifient. Inspirant profondément, j'essaie de réunir le courage nécessaire pour affronter Eileen et lui mentir. Je me déteste de me comporter ainsi mais je n'ai pas franchement le choix… Quand je l'ai invitée à la soirée, mes sentiments pour elle demeuraient flous et, surtout, je ne savais pas encore ce qui se cachait réellement derrière ma rupture avec Grace.

Depuis ce jour où j'ai accompagné Cameron à la sortie du poste de police où Grace venait de faire sa déposition, je sens en permanence mon cœur sur le point de céder à Grace quand je repense à toute cette histoire. Ce soir-là, quand je l'ai ramenée chez elle, je n'imaginais pas entendre tout ce qu'elle a pu me confier. Ses révélations m'ont chamboulé et ont tout remis en question. Toutes mes certitudes n'avaient brusquement plus aucun sens et, plus perdu que jamais, il m'a fallu du temps avant d'accepter ce qu'elle avait fait. C'est indéniable, Grace a été courageuse. Seule, elle a essayé de tout gérer, mais face à ce salaud qu'est Alex, elle n'avait aucun moyen de défense. J'ai beau trouver son geste honorable et rempli de courage, une part de moi n'arrive pas à lui pardonner de m'avoir laissé souffrir inutilement durant des mois. Cette rancune qui s'est ancrée au fond de moi me tourmente. J'aimerais m'en débarrasser définitivement mais, pour le moment, je n'y arrive pas. Mon cœur est encore meurtri, je ne sais plus quoi penser. Grace ou Eileen ? Ma raison et mon cœur se livrent un combat sans merci et, perpétuellement, ils balancent entre ces deux filles. La vraie question que je dois me poser c'est : est-ce qu'un jour j'arriverai à pardonner à Grace le mal que toute cette histoire et les non-dits m'ont infligé ? Je secoue la tête pour chasser ces pensées qui vont me troubler encore plus que je ne le suis déjà. Ce n'est pas le bon moment pour me poser mille questions existentielles.

J'actionne la large poignée de la porte, convaincu de trouver Eileen derrière, quand, avec stupéfaction, je découvre une tout autre personne. Je suis tellement abasourdi que je me demande un instant si je ne suis pas en train d'halluciner.

— Qu'est-ce que tu fous là, toi ?

Je n'arrive pas à contrôler l'agressivité de mon ton. Alex, qui ne semble pas s'inquiéter de mon animosité, me dévisage un long moment avant de répondre avec un air serein :

— J'aimerais parler à Grace.

Mais quel culot !

— Tu te moques de moi ?

Habituellement opposé à toute forme de violence, je sens peu à peu mon pacifisme me quitter. Vêtu d'un short noir et d'une large chemise qui lui donne des allures de vacancier, il fait un pas vers moi.

— Je suis extrêmement sérieux, rétorque-t-il. Je sais qu'elle est ici, laisse-moi passer.

Il n'attend pas que je lui réponde et franchit un pas de plus dans l'optique que je m'écarte. S'il croit que je vais obtempérer sans rien dire, il se trompe lourdement. Avant qu'il ait pu mettre un pied à l'intérieur de la maison, je pose mes deux mains à plat sur son torse et le repousse de toutes mes forces. Déséquilibré, il manque de tomber mais je m'en moque. Je rêvais de cette confrontation depuis trop longtemps pour me laisser impressionner par sa forte musculature.

— Tu ne l'approches plus, je dis sur un ton menaçant.

Il me regarde, ne répond rien et, durant un instant, je crois avoir été suffisamment convaincant pour lui faire rebrousser chemin.

— Je dois vraiment lui parler, reprend-il en tentant une nouvelle fois de passer.

— Je m'en contrefous. Tu es un malade qui mérite d'être enfermé pour ce que tu as fait.

Cette fois-ci, mes paroles l'atteignent et son visage se crispe sous l'effet d'une rage évidente qui, néanmoins, ne m'arrête pas. Lancé, je continue de lui dire tout le mal que je pense de lui.

— Tu peux dire ce que tu veux, Carlson, ricane-t-il finalement. Mais, pendant des mois, tu as vécu seul comme un pauvre malheureux pendant que Grace était à moi.

Sans réfléchir à ce que je m'apprête à faire, je m'avance vers lui et je lui balance mon poing serré sur le côté de sa mâchoire. Avec le choc, il recule de quelques pas en jurant qu'il a mal. C'est tellement libérateur que je ne ressens pas tout de suite que ma main me lance et que mes jointures sont explosées. Par pure fierté, je ne laisse rien transparaître et jubile même quand je vois une grosse marque rouge s'imprimer sur sa peau. Je ne pensais pas qu'il y avait en moi un Evan violent qui sommeillait.

— Mais qu'est-ce qui se passe ici ?

La voix de mon meilleur ami nous surprend et, quelques secondes plus tard, ses doigts s'emparent de ma main endolorie. Il me jette un regard surpris.

— Ce connard s'est pointé et, comme une fleur, il demande à voir Grace.

J'ai à peine terminé ma phrase que, derrière nous, une voix s'exclame :

— Alex ?

Il ne manquait plus que ça… Grace s'avance vers lui et, alors que je m'apprête à m'interposer, Cameron me retient par le bras. Je me tourne vers mon meilleur ami pour lui demander ce qui ne tourne pas rond chez lui quand, d'un regard que je connais bien, il me fait comprendre qu'il gère la situation. Résigné, je reste légèrement en retrait mais je me tiens prêt à intervenir au moindre geste déplacé de la part d'Alex.

— Que fais-tu ici ?

Grace essaie de rester forte mais, face à son bourreau, sa voix tremble, tout comme ses mains ballantes le long de son corps frêle.

— Je suis venu m'excuser, prononce-t-il difficilement en passant ses doigts sur sa mâchoire bien amochée. J'ai reçu un courrier qui m'a appris ta déposition et tout ce que j'encours si je mets mes menaces à exécution.

Ses dernières paroles suffisent à faire éclater en moi une nouvelle colère.

— J'ai ouvert les yeux dernièrement, reprend-il. Je ne veux pas gâcher ma vie avec des erreurs de jeunesse que je regretterais dans quelques années. Je suis allé beaucoup trop loin avec toi et, même si ce que je t'ai infligé est impardonnable, je voulais absolument te présenter mes excuses avant de partir.

— C'est beaucoup trop simple de revenir comme ça après tout le mal que tu lui as fait, je dis.

— On ne peut pas changer le passé. La seule chose que je peux faire aujourd'hui, c'est reconnaître mes fautes. Libre à Grace d'accepter mes excuses ou non.

— Je... je les accepte, répond-elle en haussant la voix.

— J'ai supprimé la vidéo et la copie que j'en avais faite. Toute cette histoire est terminée.

J'ai envie de crier qu'il ne peut pas sortir de cette sale histoire blanc comme neige, mais je me retiens d'intervenir davantage. D'un coup d'œil, je m'aperçois que Grace est soulagée.

— Qu'est-ce qui nous garantit que tu ne mens pas ? intervient mon meilleur ami.

Il fait un pas de plus vers Alex qui recule devant son air menaçant.

— Je vais payer pour ce que j'ai fait. La police s'est montrée très claire, je n'aurai pas droit à une seconde chance.

— Quel égoïste, murmure Cameron.

Son repentir n'a rien de sincère, il est uniquement dû à sa peur de voir sa vie gâchée. Cet homme me dégoûte mais, soulagé par le tournant que prend cette affaire, je ne dis rien.

— Pourquoi t'es-tu comporté aussi mal avec moi ? lui demande alors Grace en essayant de retenir ses larmes.

— Je voulais que tu m'aimes. Je savais que je n'avais qu'une seule chance, je ne pouvais pas la laisser passer.

Finalement, j'interviens :

— Et tu crois que c'est en traitant une femme de cette façon qu'on obtient son amour, abruti ?

D'un pas menaçant, je m'approche de lui. Je suis prêt à lui asséner un nouveau coup, quitte à me briser la main, quand Grace m'arrête en enroulant ses doigts fins autour de mon poignet. Bien entendu, il ne me répond pas et n'ose même plus m'accorder un seul regard. Malgré ma nervosité à son comble, c'est d'une voix calme que je lui demande :

— Pourquoi être venu jusqu'ici ? Tu ne pouvais pas lui envoyer une lettre ou un truc du genre ?

— En me rendant chez elle tout à l'heure avec l'intention de lui présenter mes excuses, je l'ai vue monter dans sa voiture. Comme je ne savais pas où elle allait et que je devais absolument la voir au plus vite, je l'ai suivie.

— T'es un grand malade, je crache avec hargne.

— Je pars ce soir pour la côte Est, dit-il à Grace sans me prêter attention. Je n'ai pas prévu de revenir, aussi je suis venu te faire mes adieux.

C'est ça, bon débarras !

Grace se tait. Je sais à quel point cette confrontation est à la fois libératrice et douloureuse pour elle.

— Alex ? l'appelle-t-elle alors qu'il se dirige vers le portail.

Il lui refait face, lui lance un regard vide de sens, et c'est alors qu'elle lui crie :

— Ne t'avise plus jamais de croiser mon chemin. J'ai été faible, mais aujourd'hui, après tout ce que tu m'as fait, je suis devenue plus forte que jamais. S'il le faut, je n'hésiterai pas un seul instant à te détruire comme tu as si bien tenté de le faire avec moi.

Il hoche la tête puis quitte définitivement la propriété des Miller. Dès l'instant où il sort de notre champ de vision, comme je m'y attendais, Grace se tourne vers moi et s'effondre en larmes dans mes bras. Si je ne me retenais pas pour garder bonne figure, je pourrais pleurer avec elle. Mais je veux rester fort pour la réconforter. Je la serre dans mes bras en lui promettant que, maintenant, tout ira bien.

Quand j'ouvre les yeux quelques instants plus tard, je réalise que nous sommes seuls dehors et que, par sécurité, Cameron a refermé le portail. Délicatement, je continue de frotter le dos de Grace jusqu'à ce qu'elle décide d'elle-même de rompre notre étreinte.

— Je suis tellement désolée pour tout, murmure-t-elle.

— À aucun moment tu ne dois avoir honte de qui tu es et de ce que tu as fait, je tente de la rassurer.

Du bout du doigt, j'essuie la dernière larme qui glisse le long de la peau douce de son visage. J'aimerais tellement pouvoir effacer toute sa souffrance et lui redonner le sourire.

Ce n'est que lorsque je croise son regard brillant que je prends conscience de la grande proximité de nos corps. Dans ma cage thoracique, mon cœur s'emballe. Je sais ce que tout cela signifie… Il suffirait d'un bref mouvement de l'un ou l'autre pour que nos bouches se rencontrent. Je n'ai pas le temps d'être partagé entre l'envie de foncer tête baissée et la peur des conséquences d'un baiser que Grace franchit les derniers centimètres qui nous sépa-raient. Au moment où ses lèvres entrent en contact avec les miennes, c'est comme si un feu d'artifice explosait en moi. Sa bouche m'hypnotise. Prêt à tout pour que nous soyons toujours plus proches, je glisse mes mains dans ses cheveux et, délicatement, je l'attire tout contre moi. Le souffle court, Grace s'écarte un peu, pose ses doigts froids contre mes joues, puis sa bouche retrouve la mienne avec ardeur pour un baiser qui gagne en intensité à chaque seconde. Je me sens perdre pied. Je ne respire plus, je ne pense plus, je suis juste incapable de m'éloigner aussi bien physiquement que sentimentalement d'elle. C'est peut-être fou mais, avec ce baiser, je sais qu'aucun retour en arrière n'est plus possible et ça ne me fait même pas peur.

Sans prononcer un mot, à bout de souffle, nous finissons par nous détacher l'un de l'autre et, sur les lèvres gonflées de Grace, un immense sourire se dessine. Elle s'apprête à dire quelque chose quand la porte d'entrée s'ouvre sur une Lili inquiète et donc très bruyante. Quand elle voit le visage encore rougi de son amie, elle se précipite vers elle.

— Est-ce que tu vas bien ?

— Je vais beaucoup mieux, murmure cette dernière avant de se tourner vers moi pour me lancer un regard complice. J'ai juste besoin d'un peu de champagne pour me remettre de mes émotions. Tu m'accompagnes ?

Lili acquiesce sans aucune hésitation et, alors que je les suis à l'intérieur de la maison, mon meilleur ami réapparaît dans le salon et pose une main sur mon épaule.

— Sacrée soirée, hein ?

— Il y a des jours comme ça où l'inattendu nous tombe dessus, je confirme tandis que les souvenirs du baiser passionné échangé avec Grace ne me quittent plus. Et toi, dis-moi, comment ça se passe avec les parents de Lili ?

Sa mine renfrognée me fait lâcher un petit rire.

— Elle m'a toujours dit que son père était super cool mais tu devrais voir comment il se comporte avec moi… J'ai l'impression que, si je me retrouve seul avec lui, il va en profiter pour me noyer dans l'océan.

Là, je suis franchement hilare.

— Tu peux être fier de cette soirée, c'est vraiment une réussite, je le complimente une fois calmé.

Touché, il me prend dans ses bras et, après une tape dans le dos, il me propose de rejoindre les autres sur la terrasse.

— Je dois faire quelque chose avant, je lui dis, mais je vous retrouve ensuite.

Cameron me lance un sourire entendu et, alors qu'il quitte le salon, je vais m'asseoir dans le canapé douillet. Malgré tous ces retournements qui occupent mon esprit, je commence à m'inquiéter qu'Eileen ne soit toujours pas arrivée. Alors que je sors mon téléphone portable pour prendre de ses nouvelles, je m'aperçois qu'elle m'a déjà écrit.

De Eileen : *Salut, Evan ! Je suis désolée mais je ne vais pas pouvoir venir ce soir. J'ai un imprévu de dernière minute qui a remis tous mes plans en cause. J'espère que tu ne m'en veux pas trop et qu'on aura l'occasion de se revoir très vite. Comme la dernière fois tu me semblais ailleurs, j'espère que tu vas bien… Je t'embrasse fort. Eileen.*

Je lui réponds brièvement en lui assurant que ce n'est rien. J'essaie de ne pas me montrer froid, mais c'est plus fort que moi, mes mots sont distants. Quand j'envoie mon message, une vague de culpabilité m'envahit. Je ne veux pas être de ces types qui jouent avec plusieurs filles à la fois. Mais la vérité, c'est que, depuis le retour de Grace, je suis incapable de penser à une autre fille qu'elle. Et ce soir, notre baiser a réveillé des sentiments que je pensais disparus. Même si c'est dur à admettre, je dois me rendre à l'évidence.

— Evan, tu viens ? On va couper le gâteau.

Elena m'interpelle et je me relève du canapé pour rejoindre tout le monde sur la terrasse. Ann apporte un magnifique gâteau et, tous en chœur, nous chantons un *Joyeux Anniversaire… en retard* à Lili qui ne tarde pas à s'émouvoir une nouvelle fois. Malgré les quelques déconvenues, je crois qu'on ne pouvait pas espérer mieux comme soirée.

— Les enfants ! s'exclame le père de Cam en brandissant un appareil photo dans notre direction. Réunissez-vous, je vais prendre une photo de votre groupe.

Avec un plaisir non dissimulé, nous nous mettons tous en place. Fièrement, Cameron tient Lili blottie contre son torse. Elena a timidement posé sa tête sur l'épaule de Rafael et je souris devant le regard rempli d'amour que celui-ci lui lance. Eux ensemble, qui l'aurait cru ! Brad et Anya sont là aussi, l'air plus amoureux que jamais. Enzo est venu seul mais il paraît qu'il file toujours le parfait amour avec Abigail. Sam et Andy se tiennent amoureusement la main. Seul James est le dernier cœur à prendre. En voyant cette fabuleuse assemblée, je réalise qu'il manque une personne pour que tout soit parfait. Ce constat me fait comprendre que je n'ai pas renoncé à Grace et qu'elle sera toujours dans mon cœur.

Sans savoir si je fais bien, je la cherche du regard et la vois assise dans un transat à proximité. Elle lève les yeux vers moi. Je tends la main dans sa direction. Je crains un instant qu'elle refuse de venir mais, rapidement, elle se lève et nous rejoint, *me* rejoint. Lorsque nos mains entrent en contact, c'est comme si chacune de mes terminaisons nerveuses était électrisée.

— *Cheese*, tout le monde !

Nous dégainons nos plus beaux sourires et, quelques secondes plus tard, le flash qui nous aveugle immortalise ce fabuleux souvenir qui restera gravé à jamais dans nos mémoires.

Épilogue

Cameron

Alors que mes yeux se posent sur les nombreux confettis qui jonchent le sol de l'entrée, je me dis qu'organiser cette soirée a été l'une des meilleures idées que j'aie pu avoir durant ma courte vie ! Excepté l'irruption de l'ancien mec de Grace, cette fête a été une réussite totale. Voir Lili à ce point heureuse vaut largement toutes les heures que j'ai pu passer à me démener comme un dingue pour que cette surprise ait lieu.

Un dernier verre à la main, je sillonne la maison à la recherche d'Evan quand je parviens enfin à le retrouver, seul sur la terrasse. Maintenant que tous les invités sont partis, il s'est installé dans l'un des fauteuils face à l'océan et sirote un fond de whisky. Sans bruit, je le rejoins et m'assieds à côté de lui. Il tourne à peine la tête vers moi et après quelques minutes de silence, avec un regard perdu dans le vide, il me dit :

— Comment sait-on qu'une personne est la bonne ?

J'aimerais apporter une réponse à sa question mais, pour être franc, je ne le peux pas. Durant longtemps, j'ai pensé que cette bonne personne, c'était Olivia. J'étais fou amoureux d'elle et je ne me voyais pas faire ma vie sans elle. Seulement, le temps passe et on découvre le vrai visage des gens… Avec Lili, au début, si je me suis montré à ce point sur mes gardes, c'était uniquement par peur de souffrir à nouveau. Je redoutais de m'embarquer dans une relation qui, comme la précédente, risquait de ne pas me laisser indemne. La reconstruction a pris du temps mais, heureusement, j'ai fini par prendre sur moi et mon histoire avec Lili a enfin pu s'écrire. Je me demande souvent où j'en serais aujourd'hui si je n'avais pas pris ce risque. Ne souhaitant pas imaginer mon existence sans Lili, je balaie cette éventualité de ma tête et cherche à formuler une réponse pour Evan.

— Je pense que, dans la vie, beaucoup de choses sont éphémères, je finis par me lancer, peu certain du terrain sur lequel je m'aventure. Il faut profiter des bons moments tant que nous le pouvons tout en essayant de ne pas penser à l'avenir qui ne ressemblera peut-être pas à ce que nous imaginons.

À voir sa tête, je me demande un instant si je ne suis pas parti trop loin avec le message que je voulais lui faire passer.

— Donc tu penses que ton histoire avec Lili est vouée à l'échec ?

— Non ! je m'écrie en écarquillant les yeux, choqué. Ce que je voulais dire, c'est que la vie est beaucoup trop incertaine pour que tu te poses autant de questions. Si tu veux quelque chose, tu dois foncer avant qu'il ne soit trop tard. Tu comprends ?

Il acquiesce d'un bref mouvement de tête.

Pour moi, l'amour, c'est aussi de l'instinct. Il ne faut pas avoir peur de se lancer dans des entreprises folles quand on aime une personne. Cet été, quand Lili était en Australie, j'ai parfois eu envie de prendre un billet d'avion pour aller la retrouver au pays des kangourous sans la prévenir. Mais par peur qu'elle n'interprète ma venue inopinée comme un manque de confiance de ma part, je me suis abstenu. Avec le recul, je regrette finalement de ne pas avoir sauté le pas.

— Je me doutais que tu ne pourrais pas me répondre, rit doucement Evan.

— Mais tu as quand même essayé.

— En effet ! confirme-t-il dans un sourire.

Il lève son verre en direction du ciel étoilé, fait tourner les restes de glaçons puis avale les dernières gouttes du liquide ambré. Cette soirée a été riche en émotion pour mon meilleur ami et, même s'il a essayé de jouer les indifférents devant les autres, il ne peut pas me berner si facilement.

— Cam ? m'interpelle-t-il d'un ton cette fois-ci un peu plus grave.

— Oui ?

— Est-ce que ça fait de moi un salaud ?

— Quoi donc ?

— D'hésiter entre deux filles.

Je secoue la tête avant de répondre :

— Ça fait simplement de toi quelqu'un d'humain. Il te faut juste un petit peu de temps pour t'éclaircir les idées, je tente de le rassurer. Je suis sûr que tu feras le bon choix.

— J'espère, murmure-t-il, j'espère.

Je me sens mal pour lui. Evan a toujours été un type bien. Il mérite vraiment quelqu'un d'extraordinaire qui le rendra heureux chaque seconde qu'ils passeront ensemble. Même si je me suis parfois montré réticent envers sa relation avec Grace, je crois aujourd'hui que ces deux-là sont peut-être faits pour être ensemble. Tout ce qu'il leur faut maintenant, c'est du temps et une bonne dose de folie pour qu'ils sautent tous les deux le pas et se retrouvent enfin.

Evan et Grace, vous aurez droit à votre fin heureuse, vous pouvez me croire.

— Je vais aller me coucher, lâche-t-il après quelques minutes de silence à observer la plage déserte à cette heure avancée de la nuit. On se voit demain, enfin… tout à l'heure !

— Passe une bonne nuit, Evan !

— Bonne nuit à toi aussi. Tu embrasseras Lili de ma part quand elle sera rentrée.

J'acquiesce avant de me retrouver seul à observer les vagues qui se brisent au loin dans un bruit à la fois sourd et apaisant. Lili, qui est partie reconduire ses parents à l'hôtel, ne devrait pas tarder à revenir. Elle est absente depuis peu et, pourtant, elle me manque déjà !

Quelques minutes plus tard, alors que je viens tout juste de finir mon verre, les lumières de la terrasse s'allument. Je n'ai pas besoin de me retourner pour savoir que Liliana est de retour. Quand elle est dans les parages, inconsciemment, mon cœur s'emballe. Je tends le bras pour poser mon verre sur la table à côté de moi puis tourne la tête pour découvrir celle qui hante chacune de mes pensées. Pieds nus sur le bois de la terrasse, la longue robe qu'elle a revêtue après que Charlie, le fils de son beau-père, lui a renversé sa boisson dessus, traîne sur le sol. Un sourire éblouissant sur les lèvres, elle s'approche de moi. Comme elle est belle ! Je n'ai pas le temps de me relever entièrement du fauteuil qu'elle fonce sur moi. J'essaie de garder l'équilibre, mais son corps percute le mien et, ensemble, nous nous écrasons sur le sol. Je crains un instant qu'elle se soit fait mal, mais elle éclate de rire. Rassuré, je l'imite aussitôt.

— Je crois que tu es heureuse, je murmure, comblé de bonheur moi aussi.

— Plus que ça encore ! s'écrie-t-elle en me serrant fort contre son corps frêle. Merci pour ce beau cadeau, Cam. Je n'aurais jamais pu imaginer mieux ! Tu es le meilleur petit ami du monde !

Son euphorie me fait sourire comme un idiot, mais la vérité, c'est que, maintenant qu'elle a débarqué dans ma vie, je ferai toujours l'impossible pour voir des étoiles briller dans ses yeux. Elle se redresse alors sur les coudes et, nos regards accrochés l'un à l'autre, elle prononce des paroles qui m'emmènent tout droit vers le nirvana :

— Cameron Miller, je t'aime jusqu'au firmament et bien plus loin encore.

J'entoure son corps de mes bras et, toujours allongés sur le sol, nous restons à regarder le ciel majestueux au-dessus de nos têtes. Je l'aime tellement qu'aucun mot ne sera jamais assez fort pour décrire la myriade de sentiments puissants que je ressens pour elle. Je n'y ai jamais réellement cru mais, depuis quelque temps, je crois de plus en plus que Liliana Wilson est mon âme sœur sur terre.

Le regard plongé dans l'immensité de la voûte céleste, je me dis que je n'aimerais pas être ailleurs, tout simplement parce que, si la vie avec Lili ressemble à ça, je suis, sans hésiter, prêt à vivre une éternité à ses côtés.

FIN

Remerciements

Trois tomes plus tard, nous y sommes !

J'espère de tout cœur que cet ultime tome vous aura plu, que Lili, Evan et Elena auront conquis vos cœurs. J'ai adoré écrire ce livre, même si les personnages m'ont (très) souvent donné du fil à retordre. Il faut dire qu'ils se sont montrés plus qu'ingérables par moments ! ;-)

Néanmoins, je vais vous faire une petite confidence… Je crois bien que ce Final est mon tome préféré des trois !

J'ai été si bien entourée pendant cette aventure qu'a été *Another Story of Bad Boys* que je ne trouve pas de mots assez forts pour décrire ce que je ressens actuellement.

Déjà, merci à vous qui êtes en train de lire ces remerciements. Mes lecteurs, vous êtes un tel concentré d'amour et d'air frais que recevoir vos messages sur les réseaux sociaux est un véritable moteur pour moi. Merci d'avoir embarqué avec Lili et la bande dans cette aventure.

Merci à mes amis et à ma famille qui sont toujours là pour me soutenir, pour me faire sourire et me redonner confiance quand les doutes m'assaillent. Je vous aime très fort.

Papa et Maman, vous êtes exceptionnels, de vrais piliers. Merci pour tout.

Bien évidemment, cette aventure n'aurait jamais vu le jour sans la confiance et le travail de l'équipe Hachette Romans. Merci à tous d'être si gentils et professionnels. Je suis toujours ravie de travailler avec vous.

Merci à mon éditrice, Isabel, qui est une des personnes les plus formidables que j'ai pu rencontrer. Merci de croire en *ASOBB* et en moi comme tu le fais. Tu es géniale !

Et comme le dirait Cam (avec son petit sourire ravageur), une page se tourne mais un nouveau chapitre est prêt à s'écrire…

Je vous embrasse fort,

Mathilde

Retrouvez-moi sur : Instagram et Facebook : @MathildeAloha

BONUS

Bonus n° 1 – Le départ

Point de vue de Liliana

— CAM ! crié-je depuis le bas de l'escalier. Peux-tu descendre la deuxième valise, celle avec les autocollants collés dessus, s'il te plaît ? Je l'ai posée sur le lit mais elle est trop lourde pour que je puisse la porter moi-même.

Une heure plus tard, mes muscles dorsaux souffrent encore des stigmates de ma tentative infructueuse de descente du bagage. Je commence à m'étirer délicatement mais, aussitôt, une vive douleur parcourt mon dos et m'oblige à interrompre mes mouvements. C'est décidé, ma première résolution de l'année sera de me rendre à la salle de sport et de suivre avec assiduité un programme de remise en forme pour renforcer mes muscles qui ne sont pas ce qu'il y a de plus développé pour le moment…

— C'est comme si c'était fait ! répond mon petit ami sur le même ton.

Avec un sourire sur les lèvres qu'il ne peut pas voir de la pièce où il se trouve, je remercie Cameron. Je sais que ça peut paraître ridicule mais entendre sa voix provoque toujours un effet dopant sur mon corps et, surtout, sur mon cœur. Je sens alors dans ma poitrine des battements de plus en plus rapides et mes lèvres s'étirer de manière incontrôlable. Je n'arrive pas à m'expliquer comment cela est possible. Après un an de relation, j'avais peur qu'une certaine routine s'installe entre nous, qu'une sorte de lassitude pointe son nez et entrave la passion des premiers mois. Et pourtant, aujourd'hui, mes émotions et sentiments se retrouvent toujours décuplés quand cet être au tempérament de feu se trouve près de moi.

Je dois me rendre à l'évidence, Cameron Alessandro Miller, tu m'as cameronisée.

Pressée par le temps, j'inspire un bon coup et ne m'éternise pas. J'attache mes cheveux qui ont retrouvé une certaine longueur depuis que je les ai coupés à New York en un chignon sur le dessus de ma tête et rejoins dans le jardin Evan qui ôte le linge de l'étendoir pour le mettre dans le panier des affaires à repasser.

— Tu as besoin d'aide ? lui demandé-je en remontant les manches de mon chemisier jusqu'aux coudes.

— J'ai bientôt fini avec le linge mais tu peux ranger dans l'abri les matelas qui sont sur les transats, si tu veux.

— Oui, bien sûr !

Je m'exécute mais sursaute à plusieurs reprises lorsque mes doigts rencontrent des toiles d'araignées. Avoir un jardin comporte des avantages comme des inconvénients dont les insectes et autres animaux effrayants font définitivement partie. Il y a de cela quelques semaines, un soir, alors que nous profitions des dernières lueurs du jour sur la terrasse, une énorme araignée a grimpé sur moi. J'ai hurlé si fort que les voisins sont venus sonner au portail pour s'assurer que ça allait. Quand je leur ai expliqué que ce cri guttural était le résultat d'une attaque d'araignée, ils ont bien ri et je me suis sentie profondément ridicule sur le moment.

À l'ombre du grand arbre qui trône dans notre jardin et où est installée notre cabane qui sert de débarras, j'apprécie les gazouillis des oiseaux qui ont élu domicile parmi les branches et les feuilles. Vivre dans cette maison avec Cameron et Evan est la deuxième meilleure décision que j'ai pu prendre dans ma vie, après avoir choisi de venir étudier à Los Angeles. Je ne remercierai jamais assez Evan d'avoir eu cette folle idée de quitter notre appartement tout près du campus pour venir habiter cette maison un peu plus éloignée de l'université. Depuis que nous avons emménagé il y a deux mois, tout se passe si bien que, en éternelle pessimiste que je suis, je me demande souvent si toute cette quiétude n'annonce pas l'arrivée imminente d'une tempête. *Pourquoi faudrait-il nécessairement que quelque chose de mauvais arrive ?!* me sermonné-je. Je chasse cette pensée négative de mon esprit et me reconcentre sur le moment présent et mon bonheur qui frôle de près une perfection pourtant inaccessible.

Chaque matin, quand j'ouvre les yeux, Cameron est allongé à côté de moi et j'entends les oiseaux chanter depuis les arbres et arbustes plantés dans le jardin. Je me réveille tout en douceur et, une fois levée, je peux prendre mon petit déjeuner sur la terrasse, les pieds dans l'herbe mouillée qui commence tout juste à se réchauffer avec les premiers rayons du soleil. Je me rends ensuite à UCLA détendue et en forme, plus que prête à affronter les journées de cours qui s'enchaînent et se ressemblent. Certains y voient une routine déplaisante mais moi, j'aime cette vie paisible que nous avons construite tous les trois et cet équilibre idéal qui règne dans la maison. Je me sens heureuse, Cameron et Evan le sont aussi, c'est ce qu'il y a de plus important à mes yeux.

— Lili ? m'interpelle Evan en passant sa main devant mes yeux. Je te parle mais tu ne réponds pas.

Ses grands yeux expressifs me scrutent, un peu curieux. Je réalise alors qu'une fois de plus, je me suis laissé emporter par mes pensées… Je me secoue mentalement, ce n'est vraiment pas le moment de perdre du temps.

— Désolée. Tu disais ?

— Je te demandais si tu avais eu la réponse pour le chalet.

— Oui ! J'ai eu les propriétaires au téléphone, ils nous attendent pour dix heures demain matin, l'informé-je.

L'après-midi est déjà bien entamé, et il nous reste une montagne – sans mauvais jeu de mots – de choses à faire avant de partir pour quelques jours entre amis à Vail, une station de sports d'hiver située dans le Colorado. Je jette un rapide coup d'œil à mon téléphone glissé dans la poche arrière de mon pantalon. Nous devons quitter Los Angeles dans trois heures. Autrement dit, la bande sera bientôt là pour dîner avant le grand départ mais je doute de plus en plus que nous soyons prêts à l'horaire initialement prévu.

— Il y a combien d'heures de route déjà ? grimace mon colocataire et meilleur ami adoré.

— Quatorze si on ne rencontre pas de problème, je réponds en laissant traîner ma voix.

Evan fait tomber sur l'herbe le pull blanc qu'il tenait et un long soupir s'échappe de sa bouche quand il se baisse pour le ramasser.

— Pourquoi on n'a pas pris l'avion ?! En quatre heures, c'était plié, marmonne-t-il.

— On y a pensé, mais les vols étaient presque tous complets et les tarifs exorbitants…

— Je sais, Lili. C'était une question rhétorique.

— Mais ça va bien se passer ! m'exclamé-je en empoignant une des anses du panier débordant de linge qu'il s'apprêtait à porter seul. On va fêter le Nouvel An à la montagne entourés de nos amis, ce n'est pas trop génial, ça ?

— Si, admet-il avec un sourire en coin.

— Et en plus, Grace nous rejoint pour passer quelques jours avec nous, glissé-je, heureuse de voir mon amie de retour après plusieurs semaines passées au Texas où elle a effectué un stage dans le cadre de ses études.

— Ça, je ne pouvais pas l'oublier ! dit-il en m'adressant un clin d'œil complice.

Après ma fête d'anniversaire surprise, Evan a dû faire un choix. L'évidence est apparue devant ses yeux et il a décidé de redonner une chance à Grace. Lorsqu'il a annoncé la nouvelle à Eileen, ils étaient installés dans le salon. Cameron et moi étions dans notre chambre et, malgré la porte fermée et l'étage nous séparant d'eux, nous avons entendu une grande partie de leur conversation. En repensant à ses cris et ses mots durs, je peux affirmer qu'Eileen n'a pas très bien pris la nouvelle que lui annonçait Evan. Même s'il n'a pas voulu l'admettre, mon meilleur ami s'est trouvé particulièrement chamboulé par la réaction de son ancienne copine, bien qu'à mon sens ils n'aient jamais vraiment été ensemble. Durant des jours, Evan a vécu retranché dans sa chambre, faisant tout pour nous éviter, Cam, Grace et moi. Il sortait uniquement pour aller en cours et ne prenait plus ses repas avec nous. Nous n'avons pas tenu à le secouer et c'est à son rythme qu'il s'est à nouveau ouvert. Malgré ses airs enjoués, quand Evan souffre, il devient une tout autre personne. Pour en avoir beaucoup discuté avec Cameron, j'ai réalisé que, en quelques mois à peine, Evan a énormément souffert mais, heureusement, tous ses malheurs semblent être derrière lui maintenant.

Dans toute cette histoire, il y a également Grace qui, elle aussi, n'a pas été épargnée. Lorsque Grace a dû partir pour son stage, mes deux amis ont vu cette séparation temporaire d'un mois comme un nouveau souffle qui s'offrait à eux. Ils ont pu prendre le temps de réfléchir chacun de son côté et j'ai pour habitude de me dire qu'on se quitte pour mieux se retrouver. Maintenant, j'espère de tout cœur que ces retrouvailles avec Grace marqueront le retour définitif du couple que j'aime surnommer Grevan.

Quelques instants plus tard, nous entrons dans la maison. Evan file mettre le panier dans la buanderie tandis que je m'attelle à ranger la maison, qui, depuis quelques jours, croule sous la poussière et le désordre – la faute aux examens et à notre absence durant Noël. En effet, il y a deux jours, j'ai passé mon tout premier Noël loin de Miami et, par conséquent, loin de ma famille. La décision de ne pas aller en Floride a été dure à prendre mais c'était ce qu'il y avait de plus raisonnable. Mes parents m'avaient rendu visite il y a peu et, de plus, Cameron semblait très heureux de m'inviter à passer Noël avec sa famille, ce qui m'enchantait moi aussi.

Quand, la veille de Noël, nous sommes arrivés à Malibu, la météo tournait à la tempête et, lors de notre balade sur la plage, l'écume de mer qui voltigeait dans l'air nous donnait l'impression que des flocons de neige tombaient du ciel. Cam était comme un enfant. Le paysage était somptueux, le moment partagé avec mon amoureux magique, si bien que je n'ai pas pu m'empêcher d'immortaliser l'instant par des dizaines de clichés.

Malgré le pincement au cœur que j'ai ressenti lors du repas, être avec Cam et sa famille est pour moi un gage de bonheur garanti. Ils sont tous très gentils avec moi et à aucun moment je ne me suis sentie exclue. Si le choix du cadeau pour les parents de Cam m'est apparu très clairement, ça n'a pas été aussi facile pour le sien. Je me suis longtemps creusé la tête avant de trouver l'idée qui me plaisait complètement. Lorsqu'il a ouvert l'enveloppe contenant la lettre qui lui expliquait que l'été prochain nous partirons au Brésil, j'ai bien cru que ses yeux allaient sortir de leurs orbites. Durant quelques secondes, en le voyant rester muet, j'ai eu peur que mon cadeau ne lui plaise pas. J'ai ouvert la bouche sans vraiment savoir ce que j'allais dire quand il m'a interrompue en posant son doigt contre mes lèvres. Malgré sa réaction, il s'est avéré que ma surprise lui avait énormément plu. Toute la journée, il m'a parlé de ce voyage que nous avons hâte de planifier en détail. Je suis impatiente de lui faire découvrir ce pays que j'affectionne énormément.

Durant l'heure qui suit, je continue de remettre de l'ordre dans la maison. Je termine par le salon où je ramasse les quelques chaussettes sales et particulièrement odorantes qui traînent sur le tapis en me retenant de hurler aux garçons que, la prochaine fois que je trouve leurs affaires éparpillées, je n'hésiterai pas à les fouetter avec. L'image prend forme dans ma tête et j'esquisse un rire en m'imaginant courser Cameron et Evan de pièce en pièce.

Je suis toujours en train de ranger lorsque je sens deux mains se poser sur ma taille et un souffle balayer ma nuque dégagée.

— Les deux valises sont dans le coffre de la voiture, chef.

La voix de Cam m'arrache un sourire. Je le remercie et il dépose un tendre baiser sur ma joue avant de me demander si j'ai besoin d'aide pour quoi que ce soit. Pour toute réponse, je lui lance le tas de chaussettes sales. Il lâche un juron et grimace, ce qui me fait bien rire.

— On ne laisse pas traîner ses affaires sales partout ! grogné-je alors qu'il regarde l'amas à ses pieds.

— Ce ne sont même pas les miennes, ce sont celles d'Evan !

J'arque un sourcil.

— Je suppose que si je demande à Evan à qui sont ces chaussettes, il va me répondre qu'elles sont à toi ?

Avec un sourire en coin, il rétorque :

— Tu supposes bien.

Je lève les yeux au ciel pour lui signifier mon exaspération. Cameron sourit en voyant mon air faussement contrarié puis se baisse pour ramasser ce que je lui ai lancé. Il court, littéralement, les mettre dans le panier de linge sale avant de revenir près de moi, qui suis maintenant dans la cuisine pour me savonner les mains. Il m'imite avant de m'éclabousser avec quelques gouttes d'eau. Je m'essuie le visage.

— Plus que quelques heures avant le départ, qu'est-ce que j'ai hâte ! s'exclame-t-il avec une joie plus que palpable. Tu vas voir, skier, c'est g-é-n-i-a-l !

— Et se casser un genou en skiant, ça aussi, c'est génial ?

Ma remarque le fait exploser d'un rire sonore qui, je l'avoue, me déride légèrement. Mes émotions concernant ce voyage sont contradictoires. D'un côté, je suis heureuse de partager un moment privilégié avec mes amis dans un cadre idyllique pour passer une fête mythique, et d'un autre, je suis un peu anxieuse à l'idée de me trouver dans le froid et l'humidité de la neige.

Hier soir, lorsque j'ai regardé la météo des jours à venir, j'ai frissonné devant mon écran en voyant les températures négatives prévues à Vail. Pour ce voyage, j'ai dû investir dans des vêtements chauds que je ne suis pas du tout pressée de porter. Lors des séances shopping pour dégotter de quoi m'habiller, je me suis retrouvée à devoir porter un sous-pull bien trop collant, un pull en laine qui me gratte horriblement et une combinaison de ski qui rend chacun de mes mouvements plus lent et désagréable. Ce n'est pas compliqué, j'ai l'impression d'étouffer sous autant de tissu. Savoir que, durant les prochains jours, ces vêtements seront mon quotidien me donne envie de réserver immédiatement un séjour pour les Bahamas.

Le contraste entre Cameron et moi est plutôt amusant. Tous les deux, nous venons de villes au climat clément, situées au bord de l'eau. Le soleil, la plage, la chaleur, nous aimons ça. Je n'ai vu que très rarement de la neige, tout comme Cameron bien qu'il soit déjà allé plusieurs fois à la montagne lorsqu'il était plus jeune. Et pourtant, quand le père de mon petit ami nous a soufflé l'idée d'aller à la neige pour fêter la nouvelle année, j'ai bien cru que Cameron allait sauter au plafond tant il était excité. Pour moi, la montagne, c'est bien quand tu es assis près d'un feu flambant dans une cheminée avec une tasse de chocolat chaud fumant dans une main et des marshmallows dans l'autre. Impatient, Cameron a déjà réservé le matériel de ski, et ma tenue pour affronter le froid polaire des montagnes est achetée, je ne peux plus faire marche arrière. Il avait l'air si heureux en organisant notre voyage que je ne veux pas prendre le risque de le décevoir en lui faisant part de mes réticences à skier.

— Tu verras, une fois sur des skis, tu ne pourras plus t'en passer.

Je m'apprête à formuler une réponse quand la sonnerie de l'interphone nous signale que quelqu'un attend devant le portail. Je sens alors la panique me gagner, je ne suis absolument pas prête ! Je demande à Cameron d'ouvrir à nos amis tandis que je cours à l'étage pour me doucher. Mes pas sont lourds et bruyants dans l'escalier et, après avoir rapidement attrapé quelques affaires, je m'enferme dans la salle de bains. Essoufflée, je prends le temps de me poser un instant. Il faut vraiment que je m'inscrive à un programme de remise en forme !

Lorsque je redescends une vingtaine de minutes plus tard, je m'aperçois que tous nos amis sont là. Enzo, fraîchement célibataire, a décidé de changer de coupe de cheveux pour montrer qu'un nouveau lui est né. Cette coiffure lui va plutôt bien même si je dois avouer que je préférais ses cheveux un peu plus longs. Je le salue d'une accolade amicale puis ris lorsqu'il tourne sur lui-même pour que je puisse admirer son look.

— Comment me trouves-tu ?

Je m'apprête à répondre à sa question quand Cameron s'exclame :

— Ce n'est pas parce que tu t'es fait larguer que tu peux draguer ma copine.

Depuis la rupture d'Enzo et d'Abigail, Cameron a repris les taquineries à propos de l'attirance qu'a éprouvée

notre ami pour moi. Enzo éclate de rire avant de charrier à son tour Cam. Je laisse les deux garçons qui continuent de s'envoyer des piques pour aller saluer Elena et
Rafael qui, après avoir fait un break de quelques semaines,
semblent être à nouveau sur la même longueur d'onde.
J'ignore ce qui a pu se passer pour qu'ils se séparent mais,
les connaissant, il a dû suffire d'une petite flamme pour
qu'un énorme feu prenne vie.

— Lili ! s'écrie Anya en s'avançant vers moi.

Heureuse de la revoir, je la serre fort dans mes bras, tout
comme Brad qui se tient juste derrière elle. Dans notre
groupe d'amis, l'automne a été accompagné de grands
changements. Peu après que Cam, Evan et moi avons
emménagé dans la maison de Santa Monica, Brad a fait
de même en quittant Los Angeles pour rejoindre sa copine
à San Francisco où ils vivent désormais ensemble.

— Comment va l'éternel célibataire ? taquiné-je James.

— Il se porte plutôt bien, me répond-il avec un sourire.

James n'a pas l'air pressé de vivre une histoire d'amour
avec quelqu'un et se contente d'enchaîner les aventures
sans lendemain.

En me rendant dans la cuisine pour récupérer mon
téléphone qui est en charge, je souris en nous voyant
tous réunis. Les moments où nous nous retrouvons tous
ensemble deviennent si rares qu'ils en sont plus précieux.

— Si on s'arrête plutôt sur la route pour dîner, ça ne
vous ennuie pas ? nous demande Cameron.

Nous approuvons tous et commençons à rejoindre les
trois voitures. Dans celle de Cameron, nous serons trois

avec Evan et, comme les autres, nous nous relaierons pour conduire.

— Vous n'avez rien oublié ? lance Cameron.

— Non ! nous crions en chœur, Evan à l'arrière et moi à l'avant.

Avec un sourire flottant sur les lèvres, Cameron attache sa ceinture de sécurité, met le contact et, dans la seconde qui suit, nous quittons la cour de la maison, très vite suivis des deux autres voitures.

Vail, on arrive !

Bonus n° 2 – La neige, c'est froid ou c'est chaud ?

Point de vue de Cameron

Nous sommes arrivés à Vail il y a moins de deux heures. Malgré la grande distance séparant Los Angeles de cette station du Colorado, je dois dire que le trajet s'est plutôt bien passé. Hier soir, après que nous nous sommes arrêtés pour dîner dans un fast-food le long de la route, en remontant dans la voiture, contrairement à ce que je craignais, je me suis senti en forme. Comme si j'étais porté par une force herculéenne, aucun soupçon de fatigue n'est venu m'inquiéter et j'ai enchaîné les heures de conduite durant une grande partie de la nuit. De temps en temps, Lili ou Evan relevait la tête pour me demander si ça allait et quand je répondais que tout était bon pour moi, l'un ou l'autre ne tardait pas à replonger dans un sommeil profond. Bercé par leurs ronflements, je roulais, encore et toujours. Lorsque nous sommes arrivés à Vail sous la neige, nous avons décidé de déjeuner dans un restaurant à la cuisine typiquement montagnarde avant de nous installer dans notre chalet situé tout près de là. Revenus de notre repas il y a tout juste quelques minutes, nous avons profité de l'accalmie entre deux chutes de neige pour décharger toutes nos affaires.

Le cou un peu raide, je me frotte la nuque avant d'attraper le dernier sac et de refermer le coffre de la voiture. En montant les quelques marches qui mènent au chalet, je sens une forte fatigue pointer le bout de son nez. Ces quelques minutes d'activité couplées au trajet qui a duré une éternité m'ont pompé toute mon énergie. Les dernières marches sont dures à grimper et, plus d'une fois, je perds l'équilibre en glissant sur une plaque de glace.

Dans l'entrée, j'enlève mes chaussures dégoulinantes de neige puis rejoins toute la bande qui s'est installée dans l'énorme salon. La première chose que je remarque en arrivant près d'eux est l'attitude électrique qui anime Elena. Absolument pas éreintée par le voyage, ma petite sœur court partout avant de s'exclamer :

— Alors, quel est le programme aujourd'hui ?

Les réponses fusent. Debout à quelques pas des canapés, le sac toujours dans la main, j'essaie de suivre la conversation qui vient d'être lancée mais, avec toutes les voix qui s'exclament en même temps, je me trouve submergé par un puissant mal de tête qui m'achève définitivement. Je suis à deux doigts de m'affaler sur le sol en les suppliant de me laisser dormir.

— On pourrait peut-être se reposer un peu ? propose ma copine après m'avoir lancé un regard.

« Lili, je t'aime ! » ai-je envie de lui crier. Pour pallier mon absence de réponse vocale, je lui adresse le sourire le plus large dont je sois capable pour le moment.

— Pourquoi pas, répond finalement Brad dans un haussement d'épaules. On se donne rendez-vous dans environ trois heures pour aller en ville ?

— Bon, d'accord, marmonne Elena, l'air un peu bougon. Après tout, un petit peu de repos ne peut pas nous faire de mal.

Je me sens tout à coup tellement fatigué que c'est à peine si j'arrive à garder les yeux ouverts. La conversation maintenant terminée, je ne calcule plus personne et, tel un automate, c'est animé d'un pas assez rapide que je me dirige droit vers l'étage où se trouve la chambre que Lili a choisie pour nous deux. J'ouvre la porte, lâche le sac qui s'écrase sur le sol et, dès l'instant où mes yeux se posent sur l'énorme lit qui trône au centre de la pièce, rien ne peut détourner mon attention, pas même Lili qui, derrière moi, me crie de regarder la vue somptueuse derrière les baies vitrées. Je me laisse tomber en avant et, lorsque mon corps percute le matelas moelleux et les draps qui sentent bon le linge propre, un bien-être immédiat m'envahit.

Au fur et à mesure des secondes qui passent, mes paupières pèsent de plus en plus lourd et, alors que je suis sur le point de succomber au sommeil qui m'attend à bras ouverts, je sens Lili s'allonger près de moi. Quelques secondes plus tard, ses doigts fins frôlent mon visage et dégagent mes mèches de cheveux qui recouvrent mon front. Je sais que ses yeux sont braqués sur moi mais je ne trouve pas le courage d'ouvrir les miens pour la regarder.

— Cam ? m'appelle-t-elle avec une voix douce.

— Mmmh ?

— Je t'aime.

Un sourire naît sur ma bouche. La fatigue qui s'abat sur moi n'est pas suffisamment forte pour me faire renoncer au plaisir que je ressens lorsque j'entends ces quelques mots. J'articule du bout des lèvres que je l'aime aussi et, baigné par le bonheur, je ne tarde pas à laisser le sommeil m'emporter.

***

Lorsque je me réveille, j'ai l'impression d'être dans une dimension parallèle. Paniqué de ne pas reconnaître les détails de notre chambre, je me redresse vite sur le lit. Aussitôt, la tête me tourne et je me rallonge pour calmer cet étourdissement. En ouvrant de nouveau les yeux, je me souviens alors de l'endroit où nous nous trouvons. Les paupières encore lourdes, je jette un coup d'œil à ma gauche et m'aperçois que je suis seul, que Lili est déjà levée. Avant de rejoindre le rez-de-chaussée d'où je crois entendre de l'agitation, je prends le temps de m'étirer. Cette sieste, qui a duré un peu plus de deux heures, n'a pas suffi à me revigorer complètement, mais à chaque mouvement que je fais, je sens le regain d'énergie procuré par ce sommeil rapide.

En arrivant dans le salon, je repère tout de suite Lili qui, blottie sous une couverture, tient une tasse de chocolat chaud fumant. Je m'installe à côté d'elle tandis qu'elle discute avec James, Brad et Anya.

Elle me tend sa tasse et me fait signe d'en boire une gorgée. Plutôt réticent, je décline sa proposition en secouant la tête mais elle insiste et, du bout des lèvres, elle m'intime de goûter. N'aimant pas le lait chaud, c'est avec une moue sceptique que j'approche la tasse de ma bouche et que je prends une toute petite gorgée. Contre toute attente, le goût n'est pas aussi mauvais que je le redoutais. Je dirais même que c'est plutôt bon. Visiblement satisfaite d'avoir insisté, Lili m'adresse un large sourire. Elle est fière d'elle, je le vois à ses yeux pétillants quand elle me regarde.

— De quoi est-ce que vous parliez ? je demande.

— On cherche quelle activité on pourrait faire en cette fin d'après-midi, me répond James.

— On ne va pas chercher le matériel pour le ski ? m'étonné-je en arquant un sourcil.

— On pourrait commencer à skier demain, propose finalement la petite brune à côté de moi.

Je jette un coup d'œil à ma montre.

— Les pistes ferment dans deux heures, ça nous laisse le temps de faire quelques descentes !

Je l'avoue, malgré la fatigue qui persiste, je n'ai qu'une hâte, celle de rechausser les skis et de glisser à toute allure sur la neige fraîchement tombée. Néanmoins, lorsque je tourne la tête vers Lili, mon enthousiasme ne semble pas partagé. Je la dévisage en arquant un sourcil mais elle fuit mon regard en détournant son attention sur le fond de chocolat chaud qu'il reste dans la tasse.

— On peut faire ça, oui ! s'exclame Brad en se redressant.

— Où sont les autres, qu'on les prévienne ? je reprends.

— Enzo est sorti appeler quelqu'un, Evan est dans sa chambre, et Elena et Rafael étaient là il y a deux minutes mais je ne sais pas où ils sont passés, me répond Anya.

Je la remercie pour sa réponse avant de me lever pour partir à la recherche de nos amis manquants. Je dépose tout d'abord un baiser sur le sommet de la tête de Lili qui, renfrognée, ne semble pas spécialement ravie par la tournure que prend la fin d'après-midi. Je m'apprête à lui demander ce qui ne va pas mais elle me coupe en me faisant signe d'aller chercher les autres. Je m'exécute sans dire un mot.

Dans le couloir de l'étage, je tombe sur la dernière chose que je souhaitais voir un jour : ma sœur et l'un de mes meilleurs amis en train de se frotter l'un à l'autre contre un mur. Pitié, quel cauchemar !

— Vous ne pouvez pas faire ça dans une chambre ?! soupiré-je en détournant rapidement la tête.

Je les entends ricaner et je ne peux empêcher certaines images de tourner dans ma tête. Je vais vomir, c'est sûr.

— Désolée ! lance ma sœur en passant à côté de moi.

— On va aller en ville chercher le matériel pour le ski et profiter de quelques pistes avant que les remontées ne soient fermées, leur lancé-je avant de reprendre mon périple pour avertir Enzo et Evan du programme.

Dans mon dos, leurs rires résonnent encore. Il faut croire que Rafael et Elena vont bien. Avec leur caractère explosif, je ne suis pas étonné quand j'apprends qu'ils se sont fâchés. Mais cette fois, heureusement pour nous tous, les choses semblent aller plus que bien entre eux. Encore ces fichues images dans ma tête. Pour en revenir à l'essentiel, le seul souci, c'est que se trouver au milieu des deux n'est pas la place la plus idéale du monde. Je me retrouve parfois à être tiraillé entre leurs différends et c'est bien ça qui m'ennuie le plus dans le fait que ma sœur fréquente un de mes amis. Je refuse de choisir un camp et d'être au courant du moindre détail de leur relation. Pour tout dire, moins j'en sais, mieux je me porte. Mais malgré tout, voir ma sœur être si heureuse avec Rafael me comble de bonheur. Après l'échec de son concours de danse, j'ai eu peur qu'elle ne baisse les bras, qu'elle n'abandonne après tous les efforts fournis. Elle avait déjà commencé à regarder les formations proposées à l'université lorsqu'elle a reçu un coup de fil inattendu. L'une des danseuses professionnelles présentes dans le jury a apprécié ses qualités et a décidé de lui donner une autre chance en la prenant dans sa troupe de danse à Los Angeles. Cette nouvelle a réjoui tout le monde et a ôté un sacré poids des épaules de la famille.

Une fois que tout le monde est prévenu, nous filons sans plus tarder au centre de la station où nous récupérons tout le matériel dont nous allons avoir besoin pour skier.

En sortant de la boutique, je remarque que Lili a toujours cet air contrarié sur le visage.

— Bon, qu'est-ce qu'il y a ? lui demandé-je, un peu agacé, dès que nous nous trouvons un peu à l'écart du groupe.

Elle s'arrête d'avancer.

— Je vais être un poids pour toi, Cam.

— Ne dis pas de bêtises.

— Tu ferais mieux de me laisser toute seule et d'aller skier avec les autres. Tu vas juste perdre ton temps à essayer de m'apprendre.

Je lève les yeux au ciel.

— Je ne vois pas en quoi passer ce moment avec toi pourrait être une perte de temps.

Mes paroles lui arrachent un sourire qui s'évanouit très vite lorsque ses yeux se posent sur les skis et chaussures que je tiens.

— J'ai peur, Cam.

Je pose le matériel sur le sol enneigé et m'approche d'elle.

— Tu as peur de quoi ?

— De me faire mal, avoue-t-elle du bout des lèvres.

— Il n'y a pas de raison que tu te fasses mal, tu sais, tenté-je de la rassurer.

Je la prends dans mes bras et, malgré les épaisses combinaisons qui nous séparent l'un de l'autre, j'ai l'impression de sentir sa peau contre la mienne.

— Et si on est pris dans une avalanche ? murmure-t-elle.

— C'est une station équipée et on ne va pas faire de hors-piste.

— Mais j'ai vu…

Je décide de lui couper la parole avant qu'elle puisse dire ce qu'elle s'apprêtait à lancer.

— Le risque zéro n'existe pas, que ce soit en ski ou dans une autre activité. Tous les jours, Lili, tu montes et descends des escaliers alors que le risque de tomber et de te blesser, voire plus grave, est présent. Pour autant, tu le fais et tu continueras de le faire. C'est exactement la même chose pour le ski. C'est vrai que tu peux tomber et te casser un os ou pire, être prise dans une avalanche mortelle. Mais cela arrive-t-il systématiquement ?

Elle secoue la tête. Mes mots semblent lui faire réaliser que sa peur est infondée.

— Merci, Cam.

Elle dépose un rapide baiser sur mes lèvres avant de s'arracher à notre étreinte et de ramasser les skis et les chaussures.

— On y va ? demande-t-elle.

Avec un sourire flottant sur les lèvres, j'acquiesce et nous reprenons le chemin qui nous mène à la piste de ski la plus facile de la station. Une fois là-bas, je prends le temps de lui expliquer tous les mécanismes du ski et je tente de lui montrer les bons gestes. Lorsqu'elle essaie de reproduire les mouvements que je fais, je me rends compte que, sur ses skis, elle est tendue comme un arc.

— Détends-toi, Lili.

Elle me jette un regard noir.

— Je n'y arriverai jamais, j'en ai marre.

— Il n'y a pourtant rien de compliqué ! m'exclamé-je. Il faut que tu places tes skis en V inversé et que tu plies les genoux.

— Cette position n'a rien de naturel.

— Avec un peu de temps, tu t'y habitueras.

— Je viens de Floride, Cam. Comment veux-tu que je m'habitue en quelques jours ?! soupire-t-elle tandis que je tente de la faire tenir en équilibre sur ses deux pieds.

— Je suis de Los Angeles, rétorqué-je à mon tour. La cité des anges n'est pas forcément connue pour ses pistes de ski…

Elle fronce les sourcils.

— Je n'aime pas le ski, voilà ce qu'il y a !

— Comment peux-tu dire ça alors que tu n'as même pas vraiment essayé ?

— Qu'est-ce que je fais depuis tout à l'heure ? Du tricot ?!

Son sarcasme me fait sourire, ce qui, si j'en crois sa mine renfrognée, la contrarie encore plus.

— Tu te souviens de notre premier après-midi surf ? lui demandé-je.

Elle hoche la tête.

— Le ski, c'est pareil. Il faut simplement persévérer jusqu'à temps d'y arriver. Tiens-toi bien droite, mais place un peu ton corps en avant et écarte les pieds pour que tes skis ne se croisent pas.

— Comme ça ?

— Oui !

Je la lâche afin qu'elle descende par elle-même quelques mètres de la piste. Elle essaie de tenir la position que je lui ai montrée mais, lorsqu'une petite bosse se trouve malencontreusement sur son chemin, j'entends la panique dans sa voix :

— Je fais quoi ?

— Contracte tes muscles, regarde loin devant toi ! je lui réponds.

Elle acquiesce et se tient comme il faut, mais dans la seconde qui suit, je vois sa jambe droite se relâcher. Elle n'est plus en équilibre sur ses skis. Dans l'espoir de retrouver une certaine stabilité, elle lève les bras en l'air et les agite dans tous les sens. Je lui crie d'arrêter de gigoter, mais c'est trop tard. Elle n'est déjà plus sur ses skis et a la tête enfouie dans la neige. Je m'empresse de la rejoindre.

— C'EST FROID ! hurle-t-elle en relevant son visage couvert de poudreuse.

— En général, c'est vrai que la neige, c'est froid ! je ris.

— C'est ça, moque-toi de moi. Tu feras moins le malin quand on sera dans la jungle au Brésil et que tu croiseras tous ces animaux capables de te tuer en moins de cinq secondes.

Je perds mon sourire lorsque je sens un frisson me parcourir l'échine. Pour être totalement honnête, bien que la perspective de découvrir le Brésil avec elle m'enchante, je n'ai pas spécialement hâte de revoir son père. Quand nous nous sommes rencontrés, il m'a bien fait comprendre qu'il ne me portait pas dans son cœur et, contrairement à ce que peut penser Lili, ce qui m'effraie le plus, ce n'est pas la jungle mais bien de passer un mois avec son paternel.

— Ah ah ! On fait moins le malin, se moque-t-elle, toujours allongée dans la neige.

Pour la faire taire, je me laisse tomber sur elle. Nos visages sont proches et, du bout des gants, j'essuie son visage mouillé par la neige qui commence à fondre. Elle me sourit et, lorsque je croise ses yeux qui me regardent avec tendresse, toute faculté à lui résister s'envole. Sans attendre et sans me soucier de l'endroit où nous nous trouvons, je plonge sur ses lèvres. Sa main gantée s'insinue sous mon bonnet et plonge dans mes cheveux. Si je le pouvais, je lui arracherais sur-le-champ sa combinaison et tout ce qui fait barrière entre nous. Le baiser que nous partageons me consume tellement de l'intérieur que je ne serais pas surpris si je voyais la neige fondre autour de nous.

En fait, Lili, la neige, ça peut être chaud aussi.

Bonus n° 3 – Le ski, quelle galère

Point de vue de Liliana

Il n'est pas encore l'heure du déjeuner que je suis déjà tombée neuf fois. Oui, neuf fois en à peine deux toutes petites heures de ski. Lors de chacune de mes chutes, face à l'issue inévitable qui m'attend, les scénarios les plus fous se jouent à toute allure dans mon esprit. Aussi, dès l'instant où mon corps percute le sol, je m'imagine avec la colonne vertébrale brisée, avant de réaliser que, excepté un rhume en perspective, je vais bien. Néanmoins, sans aucune exagération, je trouve que cette expérience est terriblement traumatisante.

Il y a deux jours, lorsque Cameron m'a montré comment faire mes premiers pas avec des skis accrochés aux pieds, je savais que ça serait dur. J'en ai eu la confirmation lors de ma première chute. Vautrée sur le ventre, j'ai tout de suite su que le ski et moi, ça ne pourrait jamais fonctionner. Rien que la tenue dans laquelle je suis obligée de progresser me donne envie d'imploser. J'espérais qu'après quarante-huit heures passées sous autant de couches de

441

vêtements je serais habituée, mais vraisemblablement, je me trompais.

Et à présent, de nouveau dans la neige, je dois me rendre à l'évidence : les sports d'hiver et moi, nous sommes incompatibles, c'est définitif.

— Tu vas t'arrêter de rire un jour ou non ? m'agacé-je en me redressant sur les coudes.

Secoué par des éclats de rire de plus en plus forts, Cam s'approche de moi et s'accroupit.

— Très joli vol plané. Ça vaut bien un neuf sur dix.

Pour me venger de sa réaction, je décide de simuler une vive douleur au bas de mon dos. Je me laisse retomber sur le sol et geins en plaçant mes mains au niveau de mes reins. Immédiatement, le sourire de Cameron s'évanouit.

— Qu'est-ce qu'il y a ? s'inquiète-t-il. Tu as mal quelque part ?

Je ne réponds rien et, lorsque son visage est suffisamment proche du mien, avec ma main droite, j'attrape une poignée de neige et la lui lance.

— LILI !

Ses sourcils froncés et la neige qui coule le long de son visage me rendent hilare.

— Tu n'es pas drôle, j'ai réellement cru que tu t'étais blessée, marmonne-t-il.

Je me redresse, pour de bon cette fois, et m'approche de Cameron qui s'est assis un peu plus loin.

— C'était une petite blague, dis-je en esquissant un nouveau rire.

— Elle n'était pas drôle, ta blague, j'ai vraiment eu peur.

Le voir ainsi bouder me fait sourire, ce qui l'agace davantage encore.

— Avec le nombre de chutes que j'ai encaissées, je suis chanceuse d'en sortir indemne à chaque fois, ajouté-je pour le dérider. Je crois que j'ai une bonne étoile au-dessus de moi.

Il tourne la tête pour me regarder et acquiesce doucement.

— Tu ne me refais pas un coup pareil, d'accord ?

— D'accord, confirmé-je avant de déposer un baiser sur sa joue.

Un sourire se dessine enfin sur ses lèvres et, après avoir renfilé ses gants, il se relève.

— On y retourne ?

— Oui…

Je lui tends la main pour qu'il m'aide à me remettre sur mes skis mais pour se venger, après m'avoir lancé un clin d'œil, Cameron part en me laissant me débrouiller seule.

En le regardant dévaler la piste, je me dis une nouvelle fois que ce n'est pas possible qu'il prenne du plaisir à skier avec moi. Je suis un véritable fardeau pour lui. C'est pour cette raison qu'hier soir, après une longue journée de ski, tous les deux allongés dans le lit, j'ai profité que la lumière soit éteinte et que nous soyons sur le point de nous endormir pour soulever une question qui me tourmentait. Pourquoi Cam tient-il autant à m'apprendre à skier alors que je pourrais prendre quelques leçons avec un moniteur, ce qui lui permettrait de s'amuser librement sur le grand domaine skiable qu'offre la station de Vail ? Mon interrogation formulée, Cameron m'a expliqué qu'il préférait passer ce temps en ma compagnie et qu'il s'amusait tout autant que s'il allait skier tout seul. Un peu sceptique, j'ai tout de même acquiescé avant de lui faire une proposition…

Le matin, dès que les pistes sont ouvertes, bien que nous partions tous ensemble (excepté Elena et Rafael qui passent leur matinée à dormir) vers les remontées mécaniques, une fois déposés par le télésiège en haut des pistes, nous nous séparons. Enzo, James, Evan, Brad et Anya partent de leur côté avec leur snowboard et leurs skis pour s'en donner à cœur joie loin des pistes vertes où Cameron et moi progressons. Ce n'est qu'à l'heure du déjeuner que nous retrouvons nos amis, dont Elena et Raf qui sont alors enfin réveillés. Nous choisissons un petit restaurant puis, après être rassasiés, nous regagnons les pistes. Ce programme bien rodé semble convenir à tout le monde mais j'ai proposé à Cameron que, en milieu d'après-midi, il rejoigne la bande pour s'adonner à de vraies descentes. Au début, il ne voulait pas mais, comme j'ai insisté, il a fini par accepter, et je suis bien heureuse de le voir enfin s'éclater.

— Lili ? Qu'est-ce que tu attends pour me rejoindre ?

Une dizaine de mètres devant moi, Cameron vient de planter ses bâtons dans la poudreuse et me regarde, l'air un peu impatient.

— J'arrive ! je crie.

Les pistes bondées ne m'aident pas à prendre confiance en mes talents cachés (même très enfouis) de skieuse. Frôlée toutes les deux secondes par des personnes dévalant les pistes à vive allure, j'ai peur d'être percutée. Statique sur mes skis immobiles, je n'ose même pas me retourner pour les voir me foncer dessus. Pour me donner du courage, je repositionne correctement mon bonnet sur mes oreilles et patiente quelques instants, le temps que le groupe d'enfants hauts comme trois pommes soit passé. En les regardant filer à côté de moi, j'hallucine de voir que de si petits êtres puissent être à ce point à l'aise sur des skis.

Je m'apprête à rejoindre Cam lorsque j'entends des ricanements provenir de ma gauche. Habituellement, je ne fais pas attention aux autres mais, pour autant, je ne suis pas complètement naïve. Les trois filles qui sont installées à la terrasse du restaurant pas loin se délectent de me voir en mauvaise posture. Les sourires narquois qui me sont adressés me donnent une soudaine envie de me surpasser. Comme si des ailes venaient de pousser dans mon dos, je positionne mes skis, remonte la fermeture de ma combinaison et me sens prête à dévaler toutes les pistes qui s'offriraient à moi.

J'inspire un bon coup avant de me convaincre que je peux le faire. La pente devant moi est bien plus prononcée que ce que j'ai affronté jusqu'à maintenant, mais si je veux rejoindre Cameron et les remontées mécaniques en contrebas, je n'ai pas d'autre choix que de me lancer.

Comme je l'ai appris, je me place obliquement par rapport à la pente et me laisse glisser jusqu'à Cameron qui a dégainé son téléphone pour me filmer. Je suis certaine qu'il s'attend à ce que je chute une nouvelle fois. Afin de conserver le peu de dignité qu'il me reste après tous ces moments passés dans la neige plutôt que sur mes skis, je me concentre et, sans rencontrer aucune embûche, je m'arrête devant lui.

— Bravo ! s'exclame-t-il. Tu vois, ce n'est pas impossible !

Avec un grand sourire fier, je lui lance :

— Je suis devenue une véritable pro.

Il esquisse un rire.

— C'est parce que tu as un excellent professeur.

— Ou un talent caché qui vient de se révéler, rétorqué-je.

Pour me taquiner, il lève les yeux au ciel avant de déclarer :

— Toi, avoir du talent ? Ça faisait longtemps que je n'avais pas entendu quelque chose d'aussi drôle !

Je lui tire la langue puis nous nous mettons à rire tous les deux. Je dois avouer que Cam est plutôt patient avec moi. Je ne mets pas forcément de la bonne volonté dans mon apprentissage et, pourtant, il ne s'énerve jamais, même lorsque je fais tout ce qu'il me dit de ne pas faire, comme croiser mes skis, par exemple.

— On rejoint les autres ? finit-il par me demander après avoir consulté son téléphone.

J'acquiesce et, après lui avoir fait les yeux doux pour qu'il me tracte avec ses bâtons, nous rejoignons les cabines qui vont nous redescendre dans la station. Une petite vingtaine de minutes plus tard, nous nous attablons au restaurant où la bande nous attend.

— Lili ! m'appelle Elena depuis l'extrémité de la table.

Je me tourne vers elle.

— Je me demandais, ce n'est pas trop fatigant d'apprendre à skier avec mon frère ?

Cameron fait celui qui n'est pas atteint par ces paroles mais, avec le temps, j'ai fini par savoir quand il est vexé. Et là, il l'est, même si c'est quasiment imperceptible aux yeux de nos amis. Sous la table, je pose ma main sur la sienne et entremêle mes doigts aux siens.

— Tu sais, commencé-je, le problème ce n'est pas Cam mais le ski. Peu importe la personne qui m'apprend, ça reste difficile pour moi.

Ma réponse, que je formule sur un ton léger, détend l'atmosphère et déride Cameron. Ces deux-là adorent s'envoyer des piques, je ne comprends donc pas pourquoi mon amoureux a autant pris à cœur la remarque de sa sœur, dite uniquement pour le taquiner.

Très vite, un sourire regagne le visage de Cameron. Il plaisante avec tout le monde et nous passons un bon moment. Lorsque le serveur dépose sur notre table l'immense chaudron de fondue, je m'aperçois que nous avons tous les yeux qui pétillent. Mon estomac se met aussitôt à gargouiller. L'odeur du fromage éveille mes sens et je dois me retenir pour ne pas me jeter dessus et tout dévorer.

À la fin du repas, complètement repue, je me demande comment je vais bien pouvoir tenir debout sur mes skis. Tout ce que je désire maintenant, c'est m'adonner à une longue sieste près de la cheminée. J'hésite à en parler à Cameron, avant de me dire qu'un peu d'activité ne pourrait pas me faire de mal. De plus, dans un peu moins de deux heures, je me retrouverai toute seule et je pourrai paresser tranquillement.

— On refait les mêmes pistes que ce matin ou tu as envie de changer un peu ?

Je prends le temps de réfléchir quelques instants. Malgré la petite difficulté surmontée sans encombre à la fin de la dernière piste que nous avons descendue, je n'ai pas brillé par mon talent lorsque je me suis retrouvée les neuf fois dans la neige. Pour jouer la sécurité, je demande à Cameron si nous pouvons parcourir une dernière fois ces pistes avant de nous aventurer plus loin. Il accepte ma proposition.

Étrangement, comme portée par une confiance soudaine, je me sens bien plus à l'aise et, durant notre séance, je ne tombe qu'une seule petite fois, et encore, je me dédouane car ma chute est liée à une personne qui m'est passée devant et que j'ai dû éviter en urgence – mes gestes précipités n'ont pas été très maîtrisés et j'ai fini les fesses dans la poudreuse.

— Tu t'es super bien débrouillée ! me félicite Cameron tandis que nous patientons dans la file pour prendre le télésiège qui va nous emmener un peu plus haut.

Heureuse et fière de mes progrès, je le remercie et, sans me départir de mon sourire, je regarde les personnes devant moi s'installer dans les sièges.

— Cam ?

— Mmmh ?

— Est-ce qu'on peut perdre ses skis quand on est dans les airs ?

— Oui, c'est possible s'ils sont mal fixés. En fait, j'ai souvent vu des gens laisser tomber leur bâton.

J'ouvre en grand la bouche.

— Mais tu imagines si quelqu'un passe dessous à ce moment-là ? m'exclamé-je.

— Je préfère ne pas imaginer.

L'image me fait frissonner.

Lorsque vient notre tour de s'installer sur le télésiège, je vois une fille se glisser avec nous et s'asseoir à la droite de Cameron. Discrètement, je jette un coup d'œil dans sa direction. Dans sa tenue composée d'un pantalon blanc et d'une veste assortie, elle donne l'impression de venir tout droit du shooting photos réalisé pour promouvoir la marque de ses vêtements. Comme quoi, une tenue de ski peut être flatteuse sur certaines personnes…

— Vous passez un bon moment ?

Sa voix douce et posée est en parfaite harmonie avec son visage angélique.

— Oui, c'est vraiment sympa ! lui répond Cameron.

« Sympa, sympa, il faut le dire vite », ai-je envie d'ajouter.

— Si je peux me permettre, je vous conseille de descendre la piste qui est tout de suite à gauche à la sortie du télésiège. Elle passe entre les arbres mais, à plusieurs endroits, elle offre une vue panoramique sur la vallée, c'est vraiment très beau.

— Et quel est le niveau de difficulté ? l'interroge Cam.

Je crains sa réponse qui, j'en suis certaine, ne va pas me plaire.

— C'est une rouge ! lâche-t-elle. Mais elle est assez accessible. Je vais d'ailleurs la descendre si vous voulez me suivre.

Cameron me lance un regard en coin et, cette fois, c'est à mon tour de me renfrogner. Pour que je puisse prétendre la descendre, il faudrait que cette piste soit complètement accessible…

Avant même que je réalise, nous sommes arrivés en haut. Cameron me guide durant la petite descente qui suit la sortie du télésiège jusqu'à un endroit plat où nous nous posons pour discuter.

— Tu devrais la suivre, marmonné-je en resserrant mes gants.

— Qui ?

— La belle blonde, déesse du ski.

Il sourit et je me renfrogne un peu plus.

— Jalouse ?

Je secoue la tête.

— Non, agacée d'être aussi nulle et d'avoir cette impression que tu passes à côté de tes vacances en restant avec moi.

— Mais tu n'es pas nulle ! s'exclame-t-il. Tu crois vraiment qu'on devient un spécialiste du ski en deux jours ? J'ai mis des années avant de pouvoir m'en sortir seul sur une piste bleue. Ça demande du temps de devenir bon, Lili.

— Je sais, je sais, je sais ! Et c'est bien ça le pire. Je suis consciente qu'en quelques jours, tout ce que je peux espérer, c'est de savoir faire le chasse-neige sans tomber.

— Il est où le problème alors ?

— Je ne sais pas, justement ! m'énervé-je. J'ai beau savoir que je ne pourrai pas imaginer atteindre un bon niveau demain, ça m'agace de me sentir si mauvaise.

Cameron me dévisage en fronçant les sourcils. Il plante ses bâtons à côté de lui puis, après avoir glissé ses mains sur ma taille, il me tire jusqu'à lui. Mes skis entre les siens, nous sommes pratiquement collés l'un à l'autre. Je sais que ma réaction est exagérée par rapport à la situation, mais ce sentiment d'être nulle ne me quitte pas depuis notre arrivée il y a deux jours. Et voir tous ces gens prendre autant de plaisir me frustre, car moi aussi, j'aimerais pouvoir être insouciante et dévaler toutes ces pistes avec bonheur.

— Et si, pour te redonner confiance, je t'invitais à boire un bon chocolat chaud dans le petit chalet juste là ? me propose-t-il.

Je tourne la tête dans la direction qu'il indique et découvre une pancarte qui avance que ce restaurant d'altitude offre les meilleurs chocolats chauds de la station.

— Avec une annonce si prometteuse, on me prend par les sentiments…

— Je savais que tu ne résisterais pas !

Cameron tend sa tête vers moi et dépose un tendre baiser sur ma joue avant de saisir ses bâtons sous son bras gauche. De sa main libre, il saisit la mienne et, côte à côte, nous glissons jusqu'aux chocolats chauds qui, je l'espère, tiendront toutes leurs promesses.

Bonus n° 4 - Les retrouvailles

Point de vue d'Evan

C'est aujourd'hui. Depuis des semaines, j'attends ce jour où, enfin, je vais revoir Grace après cette longue séparation. Lorsqu'elle m'a annoncé qu'elle partait pour le Texas afin d'effectuer son stage dans un cabinet d'architecture de Houston, je n'imaginais pas qu'elle me manquerait autant.

Installé sur mon lit, Cameron me regarde tourner dans la chambre comme un lion en cage depuis une dizaine de minutes. Je sais que mon attitude l'amuse, il ne se gêne pas pour me le faire comprendre.

— Je devrais peut-être partir maintenant, énoncé-je à haute voix. Il risque d'y avoir du monde sur la route, non ?

Cameron jette un coup d'œil à l'écran de son ordinateur avant de soupirer.

— Si son vol n'a pas de retard, Grace atterrira dans trois heures, Evan. Ça te laisse du temps !

— Oui, mais il pourrait y avoir un souci sur la route et...

453

— … et tu ressembles à Lili quand tu t'inquiètes pour rien.

Mon meilleur ami rit à gorge déployée. Je me rends bien compte que mon stress est inutile, mais je ne peux pas me contrôler. Savoir que Grace sera bientôt là fait naître en moi des sentiments contradictoires et je ne parviens pas à me débarrasser de la panique qui m'envahit.

— On inspire, on expire.

Cameron vient de se lever et est debout à côté de moi.

— Arrête de te foutre de moi, Cam.

— Mais je ne me moque pas de toi, voyons.

— Bien sûr.

Jouant les innocents, il m'adresse un large sourire qui ne peut que me détendre. Je me plains parfois mais je ne pourrais pas espérer meilleur ami que Cam.

Durant les minutes qui suivent, les mêmes questions se bousculent dans ma tête. Est-ce que ma relation avec Grace repartira de plus belle ou, au contraire, les épreuves que nous avons dû surmonter ont définitivement entaché notre bonheur passé ? Je veux lui faire de nouveau confiance, mais arriverai-je, malgré ma volonté, à passer au-dessus de son mensonge qui m'a tant blessé ?

— Tu fais bien attention, surtout !

Cameron interrompt le cheminement de mes pensées et, mentalement, je le remercie pour cela. Ces questions, je me les suis trop souvent posées alors que je sais qu'elles resteront sans réponse tant que Grace ne sera pas là.

De son regard noir, celui qu'il réserve pour mettre en garde, Cameron me dévisage. Je sais qu'il tient à sa voiture, et d'ailleurs, je suis certain que, s'il a tant conduit sur le chemin qui nous a amenés à Vail, c'est qu'au fond de lui il craignait que Lili ou moi n'égratignions sa voiture. Il ne changera jamais ! Néanmoins, je suis reconnaissant qu'il ait accepté de me la prêter le temps que j'aille chercher Grace à Denver.

— Ne t'inquiète pas, je vais prendre soin de ton bolide, je lui réponds avec un clin d'œil.

Mon meilleur ami me lance les clés de sa voiture avant de me faire une accolade et de me souhaiter une bonne route.

Impatient, je ne tarde pas à quitter le chalet. Le trajet qui me conduit droit à l'aéroport est long, très long, trop long. Je vois les minutes défiler et, bien que je ne sois pas du tout en retard, je ressens une certaine pression à l'idée de trop traîner. Oui, je suis un peu pitoyable, c'est vrai.

En cette fin de matinée, le trafic sur l'autoroute est assez fluide et, finalement, c'est avec près de vingt minutes d'avance sur l'horaire prévu que j'arrive sur l'immense parking de l'aéroport où je ne tarde pas à trouver une place de stationnement. J'effectue plusieurs manœuvres pour être certain d'être bien garé. Si la carrosserie de la voiture prenait un choc, je sais que Cameron me le ferait payer très cher.

Assuré que son bijou ne sera pas cabossé, d'un pas rapide, j'entre dans l'aéroport. Au milieu du grand hall, je repère très vite le tableau des arrivées et m'aperçois que le vol provenant du Texas où se trouve Grace atterrira sans retard. Soulagé de savoir qu'elle sera bientôt là, pour passer le temps, je décide de m'installer au café situé tout près du tableau. Un espresso devant moi, je garde un œil sur les informations qui défilent en continu. Je suis en train d'avaler une gorgée de café lorsque mon téléphone, posé sur la table, se met à vibrer. Pensant immédiatement qu'il s'agit de Grace, je me jette dessus.

De Cam : Alors, bien arrivé ?

Une petite pointe de déception s'immisce en moi.

D'Evan : Oui, et ne t'en fais pas, ton bébé va très bien. :)

Mon meilleur ami me répond quasiment aussitôt.

De Cam : De toute façon, quand tu reviendras, je ferai une inspection complète de la voiture.

D'Evan : Je suis touché de voir que tu me fais à ce point confiance !

Je joue les indignés mais, en réalité, je ne le suis pas du tout. Cameron m'envoie quelques instants plus tard un message pour me dire qu'il me taquine et qu'il me souhaite de belles retrouvailles avec Grace. Je le remercie avant de verrouiller mon téléphone et de reporter mon attention sur le tableau où de nouvelles informations viennent d'arriver. Il semblerait que l'avion de Grace soit sur le point de se poser.

Ces trois semaines de séparation n'ont pas été évidentes puisqu'elles sont arrivées à un moment charnière dans notre relation. Nous venions de nous retrouver après de longs mois difficiles et je ressentais comme le besoin d'apprivoiser de nouveau notre couple. Le départ de Grace a laissé plusieurs de mes craintes et doutes en suspens. Le pire, c'est que dans deux semaines elle sera repartie, mais pour plus longtemps cette fois. Je comprends qu'elle ait eu ce besoin de s'échapper mais, au fond de moi, je regrette ces fuites qui semblent pourtant inévitables pour elle. C'est pourquoi les quelques jours que nous allons passer ensemble doivent être aussi parfaits que possible.

D'après ce que je peux lire, toujours depuis le café, son avion a atterri il y a dix minutes. Les mains moites et le cœur tambourinant dans ma poitrine, je guette avec impatience le moment où je la verrai passer les portes vitrées. Mon regard détaille chaque individu qui les franchit jusqu'à ce qu'il se pose sur elle. Lorsque Grace apparaît, c'est comme si un feu de joie jaillissait en moi. Je me lève et la rejoins. Elle me remarque presque aussitôt et, alors que ses pas la conduisent vers moi qui suis maintenant cloué au sol, je sens mon cœur battre plus fort encore. Arrivée à ma hauteur, Grace m'adresse un sourire presque timide. Heureux mais crispé par l'émotion, c'est avec une certaine nervosité que j'esquisse à mon tour un sourire. Mon attitude l'amuse et c'est elle qui fait le premier pas. J'entends ses deux valises tomber avec fracas sur le sol et, l'instant d'après, ses bras s'accrochent à mon cou. Très vite, je reprends mes esprits et la serre fort contre moi pour m'assurer que c'est réel, que quand j'ouvrirai de nouveau les yeux elle sera bien là.

— Ton vol s'est bien passé ? lui demandé-je lorsque nous nous détachons l'un de l'autre.

— Oui, me sourit-elle encore. Je suis heureuse de te voir.

— Tu m'as manqué.

— Toi aussi, tu m'as manqué.

Nous nous regardons dans les yeux. Elle est resplendissante et, pour la première fois depuis des mois, j'ai l'impression de revoir la Grace que j'ai rencontrée il y a plus d'un an déjà. Ce constat réchauffe instantanément mon cœur et balaie toutes mes inquiétudes à l'autre bout du pays.

— On y va ? proposé-je.

Elle acquiesce d'un hochement de tête et, le visage toujours éclairé par son sourire, elle attrape ma main dans la sienne et entremêle ses doigts aux miens. Ce geste suffit à me rendre plus heureux encore.

Sur le chemin qui nous conduit à Vail, nous prenons le temps de discuter de ce qui s'est passé ces dernières semaines. Grace me parle de son stage qui n'a fait que la conforter dans son rêve de devenir architecte. Les silences qui s'installent lorsque nous terminons une conversation ne sont pas étouffants. C'est peut-être un peu fou mais, au contraire, ces moments de silence me paraissent apaisants. Le temps en sa compagnie passe incroyablement vite et, sans même m'en rendre compte, nous pénétrons dans la station. Quelques minutes plus tard, nous arrivons devant le chalet et je me gare au même emplacement où la voiture était stationnée avant que je parte. Quand Cameron verra qu'il n'y a pas l'ombre d'une égratignure sur la carrosserie, il sera rassuré, c'est certain. Avant de sortir de la voiture, je décide de lui envoyer un message pour le prévenir.

D'Evan : Si tu veux faire ton inspection, tu peux ! ;)

De Cam : J'arrive tout de suite.

Sa réponse me fait rire.

— Qu'est-ce qu'il y a ? me questionne Grace, curieuse de me voir hilare.

— Cam avait peur que j'abîme sa voiture. Je crois bien qu'il est soulagé de savoir que nous sommes bien rentrés.

Grace opine de la tête. Elle connaît mon meilleur ami et son obsession pour sa voiture. Qui ne la connaît pas, de toute façon ?!

Le temps que nous sortions de l'habitacle et que nous récupérions les deux valises de Grace dans le coffre, les minutes s'égrainent et il n'y a toujours aucun signe de Cameron. Je comprends alors qu'il m'a fait marcher.

— Je vais me charger de ma valise cabine, me dit-elle.

Je lui fais signe que c'est inutile, mais elle insiste et je finis par céder. J'attrape alors sa plus grosse valise. La vache, qu'elle est lourde !

— Passe devant moi, Grace, ça va être plus simple.

Elle s'exécute et, derrière elle, je me sens sur le point de flancher lorsque je monte les premières marches avec ce poids au bout du bras.

— Tu as besoin d'aide ?

— Non, tout va bien ! je réponds tandis que je sens la poignée de la valise commencer à glisser dans ma main devenue moite.

Je puise dans mes ressources les plus enfouies et, enfin, j'atteins la dernière marche. Avec la plus grande délicatesse dont je peux faire preuve à cet instant, je lâche la valise sur le seuil de la porte. Lorsqu'elle me voit regarder l'état de ma main, Grace esquisse un petit rire.

— Tu aurais pu me demander de l'aide, tu sais.

Un peu gêné, je me frotte l'arrière de la tête en cherchant quoi lui répondre. Nier ne servira à rien et avouer que j'ai eu du mal non plus. Face à ce dilemme, je choisis la facilité et détourne la conversation :

— Alors, prête à revoir toute la bande ?

— Oui !

Ses yeux se mettent à briller d'un éclat qui mêle excitation et bonheur. Sans plus tarder, j'ouvre la porte. L'odeur du feu qui nous parvient depuis la cheminée du salon nous happe et, tout de suite, nous sommes pris dans l'atmosphère si particulière d'un chalet à la montagne sous la neige. Je jette un coup d'œil à Grace qui, dès l'entrée, s'émerveille.

— Grace ! s'exclame Lili lorsque nous arrivons dans le salon.

Ils ont tous écourté leur après-midi de ski pour être là. Ma meilleure amie balance la couverture qu'elle partageait avec Anya avant de s'élancer à toute vitesse vers Grace pour l'étreindre. Quelques instants plus tard, tout le monde se lève et vient saluer Grace qui semble ravie de revoir ses amis. En retrait, à côté de ses valises, je regarde cette scène avec un sourire rivé sur le visage. Voir ceux que j'aime être heureux comme ils le sont aujourd'hui me comble de joie.

Néanmoins, mes pieds retouchent terre lorsqu'une sérieuse interrogation me frappe l'esprit. Où vais-je mettre ses affaires ? Le chalet a beau être grand, la seule place disponible se trouve dans ma chambre. Mais peut-être ne souhaite-t-elle pas dormir avec moi ?

— Grace ? l'appelé-je alors qu'elle est en pleine discussion avec Lili.

Elle s'excuse auprès de son amie avant de me rejoindre.

— Oui ?

— Je vais monter tes affaires mais je ne sais pas où tu veux que je les mette.

Nous nous dévisageons sans dire un mot. Est-ce qu'elle sait ce que j'ai en tête ?

— Est-ce que ça t'ennuie si je partage ta chambre ? me demande-t-elle du bout des lèvres, l'air visiblement gênée.

Sa réponse me convient plus que ce qu'elle peut imaginer.

— Non, pas du tout. Je serai très heureux qu'on soit ensemble ! je réponds avec un tel empressement qu'à la fin de ma phrase, je me vois contraint de reprendre une bouffée d'air.

Légèrement embarrassé par mon attitude, je tourne les talons avant qu'elle ait pu me dire quoi que ce soit. Je ne me reconnais pas vraiment. L'Evan que je suis avec elle est tout aussi gauche qu'au début de notre relation, il y a des mois de cela. Ne sachant pas comment agir, j'enchaîne les gaffes sans même les voir venir. Il faut que je me calme et que je prenne sur moi ou je vais finir par l'effrayer !

L'une après l'autre, je monte ses valises dans ma chambre où nombre de mes affaires sont éparpillées sur la moquette. J'essaie de ranger rapidement afin qu'elle ne voie pas le désordre qui règne dans la pièce. Je suis en train de plier mes vêtements sales de la veille lorsque j'entends trois petits coups sur la porte restée entrouverte. Je me retourne et découvre Grace.

— Je peux entrer ?

— Bien sûr, c'est ta chambre après tout, je souris un peu bêtement.

Elle ferme la porte derrière elle avant de s'avancer jusqu'à l'endroit où sont posées ses valises. Après m'avoir jeté un coup d'œil furtif, avec soin, elle commence à déballer ses affaires. Je profite que son attention soit portée sur son rangement pour poursuivre le mien. Dans son dos, je m'efforce de vite ramasser les derniers vêtements qui jonchent le sol. En me baissant pour récupérer le gros pull en laine qui mériterait d'être lavé, sous le lit, je découvre la chaussette que je pensais avoir perdue la veille. Heureux de l'avoir retrouvée, je l'attrape puis me redresse avec un sourire sur les lèvres quand j'entends Grace rire. En relevant la tête, je m'aperçois qu'elle a refermé sa valise et que désormais, ses grands yeux sont braqués sur moi.

— Qu'est-ce qu'il y a ? lui demandé-je, gêné qu'elle me voie dans cette posture qui ne me met pas franchement à mon avantage.

— Tu me fais rire, souffle-t-elle.

— Ah oui ?

— Oui ! lance-t-elle avec un sourire. J'ai l'impression de me retrouver face à l'Evan de l'année dernière.

Durant un court instant, je me demande si c'est une bonne chose ou non.

— Ne fais pas cette tête-là, ajoute-t-elle, j'adore cet Evan.

Elle souffle ces quelques mots qui suffisent à me rassurer complètement. Comme si des électrodes étaient posées sur mon cœur, je prends un choc lorsque mes yeux croisent ses prunelles. Elle me regarde avec intensité et, aussitôt, je suis replongé un an auparavant quand notre histoire était sur le point de commencer. Je me souviens d'avoir mis un temps fou avant de me lancer, mais cette fois, il n'est pas question que je me laisse paralyser par la peur de gâcher notre relation. Alors sans plus réfléchir, je m'approche d'elle jusqu'à ce que seul un filet d'air puisse passer entre nous deux. Je me perds une nouvelle fois dans ses yeux hypnotisants, et ce n'est que lorsque la paume de sa main se pose avec délicatesse contre ma joue que je détourne mon attention sur sa bouche, si proche de la mienne. Quelques secondes plus tard, la tentation est beaucoup trop forte et j'abolis la distance nous séparant pour enfin trouver ses lèvres. Ce baiser me submerge d'une vague d'émotions si puissante que je n'ai même plus la faculté de réfléchir normalement. La seule chose dont je suis certain, c'est que j'aime Grace malgré tout ce qui a pu arriver. À cet instant, je ne souhaite plus m'attarder sur notre passé douloureux, je veux juste aller de l'avant avec elle. Nos lèvres toujours scellées, j'ai l'intime intuition que, cette fois-ci, tout ira bien pour nous deux.

Bonus n° 5 – Une demande en mariage

Point de vue de Cameron

Je me réveille en sursaut, des images du rêve que je viens de faire encore dans la tête. Tout me paraissait si réel que, les yeux désormais ouverts, je continue de me demander si je suis bel et bien éveillé ou si je me trouve dans une sorte de dimension parallèle.

Le torse redressé, j'appuie ma tête contre le mur, et, déglutissant, je ressens une brûlure dans ma gorge extrêmement sèche. Je tourne la tête vers la table de chevet et, du bout des doigts, je m'empare de la bouteille d'eau. J'ai la mauvaise surprise de découvrir alors qu'il n'y reste plus qu'un fond de liquide. Avec empressement mais en veillant à être le plus silencieux possible, je m'extrais du lit. Je jette un coup d'œil vers le côté opposé du matelas et m'aperçois que Lili dort toujours à poings fermés. Les petits ronflements qui s'échappent de sa bouche me font sourire.

Avant de quitter la chambre plongée dans une obscurité presque totale, je parviens à trouver rapidement un bas de jogging et un pull que j'enfile. Le feu de la cheminée est mort depuis des heures et la température qui règne dans le chalet a baissé drastiquement. La porte de la chambre à peine passée, la fraîcheur de l'air me frappe et je sens ma gorge devenir de plus en plus douloureuse.

Sans avoir la moindre idée de l'heure qu'il est, sur la pointe des pieds pour ne pas réveiller mes amis, je descends les marches en bois qui craquent sous mes pas. Arrivé au rez-de-chaussée, j'ai la confirmation que personne n'est encore levé. Mon téléphone portable étant resté dans la chambre, ce n'est qu'une fois dans la cuisine que je m'aperçois qu'il est à peine six heures du matin. En bâillant, j'ouvre le réfrigérateur et attrape la première bouteille qui me tombe sous la main. L'eau fraîche qui glisse le long de ma gorge m'apaise aussitôt.

Appuyé contre le plan de travail, j'attends quelques instants en me demandant si je dois aller me recoucher ou non. Je me connais, si je parviens à me rendormir, je sais que le réveil dans les heures suivantes sera terrible. Me jugeant plutôt en forme, je me décide à rester debout.

Après avoir éteint les lumières de la cuisine, je me dirige vers la cheminée pour préparer un feu. Heureusement, hier soir, nous avons rapporté plus de bûches qu'il ne fallait, ce qui m'évite d'aller en chercher dans le froid et dans la nuit. Habitant depuis toujours Los Angeles, allumer des climatisations, je sais faire, des feux dans une cheminée, un peu moins. Avec une certaine appréhension, j'exécute

466

les mêmes gestes que James, visiblement expert dans le lancement d'un feu. Lorsque les premières flammes apparaissent, ce n'est pas peu fier de moi que je sens une vague de chaleur entourer mon corps.

Le temps que la grande pièce se réchauffe un peu, je retourne dans la cuisine pour me préparer un café ainsi que quelques tartines grillées. L'odeur du pain de mie toasté réveille instantanément mon estomac qui ne tarde pas à manifester les signes de la faim. J'embarque tout sur un plateau et retourne dans le salon où le feu continue de brûler. Installé bien confortablement dans le canapé, face aux flammes, étrangement, je ne vois pas le temps filer. Ces vacances à Vail m'ont tellement ressourcé que je suis déçu de savoir que, dans à peine deux jours, nous prendrons la route pour rentrer à Los Angeles. Même Lili qui, tout d'abord, n'était pas convaincue par les sports d'hiver m'a avoué bien aimer finalement le ski. Notre séjour n'est pas encore terminé que je pense déjà à revenir l'année prochaine. D'ailleurs, aujourd'hui, nous sommes le trente et un décembre. Qui aurait cru que cette année passerait aussi vite ? Pas moi, c'est une certitude. Je suis en train de faire mentalement le bilan des derniers trois cent soixante-cinq jours lorsque j'entends du bruit provenir de l'escalier. Je me penche pour regarder de qui il s'agit et découvre la silhouette de ma sœur se dessiner peu à peu.

— Déjà debout ? lui demandé-je, surpris de voir Elena réveillée si tôt.

Elle se laisse tomber à côté de moi.

— J'ai encore un peu mal au ventre.

— Indigestion de fondue au fromage ?

Elle hoche la tête en grimaçant. Hier soir, nous sommes retournés au restaurant situé au pied des pistes qui propose de bons plats à base de fromages locaux. Ma sœur, qui a vraisemblablement eu un coup de cœur pour la fondue, en a mangé une quantité que, moi-même, je ne pourrais pas avaler. Quand nous l'avons vue tout engloutir, nous avons été plus que surpris. Sur le moment, elle se sentait bien mais, lorsque nous avons quitté le restaurant pour rentrer au chalet, les premiers symptômes d'une indigestion se sont fait sentir. Toute pâle, Elena arrivait à peine à mettre un pied devant l'autre si bien que Rafael a fini par la prendre sur son dos. De retour au chalet, ma sœur est allée se coucher tandis que nous nous sommes installés devant le feu pour jouer à des jeux de société et boire un chocolat chaud. Depuis celui auquel j'ai goûté avec Lili, j'avoue aimer de plus en plus cette boisson qui réchauffe en un instant.

— Et toi, qu'est-ce que tu fais ici ? me questionne-t-elle avant de poser sa tête sur mon épaule.

— J'ai fait un rêve qui m'a réveillé et, une fois debout, je n'ai pas eu envie de me recoucher.

— Mauvais rêve ?

Sans dire un mot, j'acquiesce et notre conversation s'arrête là. Au fur et à mesure que les minutes s'égrainent, les souvenirs laissés par mon rêve s'effacent. Je me rappelle quelques images, mais je ne parviens pas à reconstituer avec exactitude ce qui se passait dans ce rêve qui s'apparentait davantage à un cauchemar. Je sais vaguement que Lili, Evan et Brad étaient là et qu'ils me hurlaient de courir vite. Il tombait énormément de neige et, dans la nuit, je ne voyais pas où j'allais. Je me suis réveillé au moment où un flash de lumière m'a aveuglé. Le reste est un trou noir complet. Mes rêves me font rarement autant d'effet car le plus souvent, en me réveillant, je n'ai que peu de souvenirs de ce qui a parcouru mon esprit durant la nuit.

Après plusieurs minutes dans le silence, je sens la tête de ma sœur peser plus lourd sur mon épaule et, quand je me penche pour écouter son souffle, je m'aperçois qu'elle s'est endormie. Je souris en la sentant assoupie contre moi. Lorsque nous étions enfants, Elena avait des nuits agitées. Pour parer à ses cauchemars à répétition, souvent, au beau milieu de la nuit, elle venait dans ma chambre et me réveillait pour me demander si elle pouvait rester avec moi, car elle avait peur d'être seule dans son lit. Âgé d'une dizaine d'années, je râlais beaucoup en la voyant débarquer et, généralement, je refusais qu'elle reste. Mais il suffisait qu'elle me regarde avec des larmes au coin des yeux pour que j'abdique et que je la laisse s'installer à côté de moi. Des années plus tard, je me rends compte que les choses n'ont pas vraiment changé.

***

— Bon, il faut qu'on se mette d'accord sur ce que l'on fait ce soir. On reste ici ou on sort ? finit par proposer James, agacé.

Tous installés dans le salon, malgré le haussement de voix de James, un brouhaha immense continue de résonner. Depuis de longues minutes, nous tentons de mettre au point un programme pour la soirée.

— Je veux faire la fête ! s'exclame Elena, maintenant remise, et très vite suivie par Rafael et Enzo qui hochent tour à tour la tête pour appuyer les propos de ma sœur.

En entendant les protestations de Brad et Grace, Elena se met à soupirer.

— Sinon, on peut dîner ici et sortir plus tard ? propose alors Evan.

L'intervention de mon meilleur ami semble mettre tout le monde d'accord puisque, quelques instants plus tard, nous nous retrouvons à répartir les tâches pour la préparation de la soirée. Mais très vite, comme chaque fois que nous essayons de prendre une décision tous ensemble, une sorte de chaos naît et nous ne parvenons plus à nous entendre. À côté de moi, je sens Lili perdre patience. Elle tente de s'imposer mais, au milieu des voix puissantes de Rafael, Brad ou même d'Elena, c'est à peine si j'arrive à écouter ce qu'elle dit. Quand elle me voit la contempler avec un sourire rivé aux lèvres, elle fronce les sourcils.

— Tu pourrais dire quelque chose au lieu de me regarder comme ça ! s'énerve-t-elle.

— Quelque chose, je réponds.

Fier de mon coup, je pavoise. Lili, qui n'a pas l'air de trouver ça drôle, se pince l'arête du nez, paupières fermées, avant de les rouvrir pour me lancer un regard noir qui pourrait facilement m'envoyer six pieds sous terre. Mais malgré son agacement, je vois bien le petit sourire en coin qui manque de s'imposer sur sa bouche. En réalité, elle est frustrée par la situation bloquée dans laquelle nous nous trouvons et je ne peux que compatir car, moi aussi, je commence à perdre patience. Je m'apprête à me lever pour remettre de l'ordre dans la conversation lorsque Lili me prend de vitesse. Elle enlève ses chaussons puis, en s'appuyant sur mon épaule, elle grimpe sur l'accoudoir du canapé et s'y dresse de toute sa hauteur. N'étant pas sûr de la stabilité du meuble, j'enroule un de mes bras autour de ses jambes.

— Bon ! finit-elle par crier, ce qui fait taire tout le monde. On doit s'organiser. Il faut déterminer le menu du réveillon, aller faire les courses en conséquence, trouver un bar où nous pourrons nous rendre en fin de soirée et préparer le repas. Qui fait quoi ?

La question ne trouve pas tout de suite de réponse, mais au moins le calme est revenu et, au bout de plusieurs minutes de discussion, nous parvenons à enfin tomber d'accord. Une fois le menu du réveillon déterminé, accompagné de Brad et Enzo, je suis chargé de faire les courses. Le supermarché n'étant pas situé très loin du chalet, nous décidons de nous y rendre à pied. La liste des produits à acheter précieusement conservée dans le creux de ma main, je fais attention de ne pas glisser sur l'une des nombreuses plaques de verglas qui jalonnent les trottoirs. Pas plus tard qu'hier soir, alors que nous revenions du restaurant, un peu éméchés pour certains, c'est vrai, James a perdu l'équilibre et a fini, littéralement, le derrière enfoui dans la neige. Pris d'un fou rire collectif, ce n'est que de longues secondes plus tard que nous l'avons aidé à se relever.

Nous sommes quasiment arrivés à hauteur du magasin quand, dans mon dos, je n'entends plus le craquement des pas de Brad dans la neige fraîchement tombée. Curieux, je me retourne et m'aperçois qu'il s'est arrêté d'avancer depuis quelques mètres déjà. Sous la lumière du lampadaire au-dessus de sa tête, il me semble perdu.

— Brad ? Il y a un souci ? lui demandé-je.

Il relève son visage pour me regarder avant de me signifier que tout va bien et de reprendre sa marche vers moi. Je n'ai pas l'occasion de poser une nouvelle question que mon ami me dépasse pour rejoindre Enzo qui nous attend à l'entrée du supermarché bondé.

À l'arrière du petit groupe que nous formons, je ne lâche pas Brad des yeux et tente de comprendre ce qui tourmente mon ami.

— Je vais aller chercher les boissons, je reviens, nous informe-t-il alors que nous commençons à parcourir les rayons.

Toujours perplexe, je le regarde s'éloigner vers le fond du magasin. Je m'apprête à faire part de mes interrogations à Enzo lorsque celui-ci s'exclame :

— Tu ne trouves pas que Brad est bizarre depuis quelque temps ?

Entendre quelqu'un d'autre formuler ce que je pense actuellement me rassure. J'avais peur d'être le seul à voir le changement de comportement de notre ami. Pour tout dire, depuis notre arrivée à Vail, je sens Brad beaucoup moins enjoué et enthousiaste qu'il peut l'être habituellement. Il me paraît préoccupé.

— Tu sais ce qui lui arrive ?

— Non, me répond Enzo en grimaçant. J'en ai parlé à James ce matin. Il semble en savoir plus, mais il n'a pas voulu me dire quoi que ce soit.

— Donc si James est au courant mais qu'il reste égal à lui-même, ça veut dire que le problème ne concerne que Brad.

— Mais si Brad a un problème, James devrait être affecté lui aussi, me fait remarquer Enzo.

Il a raison. Les deux frères, bien que différents, sont très proches. Quand l'un a un souci, l'autre est immédiatement concerné.

— Qu'est-ce qui peut bien se passer, alors ?

Je réfléchis à haute voix mais ne parviens pas à mettre le doigt sur ce qui ne va pas. À côté de moi, Enzo est tout aussi dubitatif. C'est alors qu'une voix s'élève dans notre dos :

— Les gars ? Il faut que je vous dise quelque chose.

Le ton grave que prend Brad pour prononcer cette phrase m'alerte. Je me retourne très vite, suivi de près par

Enzo. Pourtant bronzé, le visage de notre ami est devenu pâle.

— Tu nous fais peur, Brad. Qu'est-ce qui t'arrive ?

— Je ne sais pas trop comment vous en parler, murmure-t-il.

— On se moque de comment tu dois nous en parler, mais dis-nous ce qui se passe ! je m'exclame en sentant une boule de stress me serrer la gorge.

— Ce soir, je vais demander Anya en mariage.

En entendant ces mots, une vague de soulagement éclate en moi. J'avais tellement peur que son problème soit bien plus dramatique que, bouche bée, bien qu'heureux pour lui, c'est à peine si j'arrive à le féliciter.

— Mais c'est une super-nouvelle, ça ! Pourquoi fais-tu cette tête alors ? l'interroge Enzo.

— J'ai peur de la réponse d'Anya, je suis mort de trouille, pour tout vous dire.

Comme je le comprends… L'idée même de faire ma demande à Lili me paralyse. J'ai déjà pensé mille fois à la manière dont je la demanderais en mariage. Sur la plage à Malibu, les pieds dans le sable humide, une légère brise soulevant ses cheveux, je mettrais un genou à terre et sortirais le petit écrin de velours qui renferme la bague de fiançailles familiale en priant pour qu'elle dise le oui de mes rêves. Dans mes pires cauchemars, elle refuse et s'enfuit en courant. Je balaie cette pensée de mon esprit car ce n'est absolument pas le moment de songer à tout ça.

— Il n'y a aucune raison pour qu'elle dise non, tenté-je de le rassurer.

— J'espère, murmure-t-il avec un sourire crispé.

— Bon, il faut que le réveillon soit une réussite, alors !

La phrase d'Enzo détend l'atmosphère et, bien plus détendus que lorsque nous avons franchi le seuil du magasin, nous poursuivons nos achats, pressés de rentrer au chalet.

Sur le chemin du retour, en tenant contre nous les sacs de courses qui manquent de craquer, nous essayons de mettre au point un stratagème pour que la demande en mariage de Brad soit des plus parfaites.

— Est-ce que tu sais quand tu vas te déclarer ? lui demande Enzo.

— À la fin du repas, après le dessert, répond Brad.

— Tu veux être seul avec elle ? j'enchaîne aussitôt.

Il secoue la tête.

— Je veux que vous soyez tous là.

Je suis touché par ses paroles. L'amitié est quelque chose de primordial et, avec cette bande d'amis soudés que nous sommes, j'ai la certitude que je ne me retrouverai jamais seul. Nos amis sont la famille que nous nous choisissons.

— Est-ce que tu veux qu'on prépare quelque chose ? reprend Enzo.

— Je ne sais pas encore comment faire la demande exactement, avoue-t-il en se frottant la nuque. J'ai pensé à éteindre les lumières et à laisser juste une lampe allumée pour donner une ambiance feutrée à la pièce… Vous en pensez quoi ?

— C'est une bonne idée, approuvé-je, accompagné d'Enzo qui hoche la tête.

— Je pense qu'il faudrait qu'Anya soit assise en bout de table, ajoute Enzo.

— Je vais voir ça avec Lili.

— Par contre, personne d'autre ne doit être au courant ! s'exclame Brad.

— Ne t'inquiète pas, le rassuré-je. Cette demande en mariage sera digne des plus belles comédies romantiques.

Nous nous sourions mutuellement avant de monter les quelques marches qui nous séparent du perron du chalet. Il ne nous reste plus que quelques heures pour rendre ce moment le plus magique possible.

Bonus n° 6 – À jamais ensemble

Point de vue de Liliana

Je suis en train de nettoyer la vaisselle que nous utiliserons ce soir quand j'entends les garçons revenir des courses. Je jette un coup d'œil à la grande horloge accrochée au mur et constate qu'il est dix-sept heures passées. Immédiatement, je ressens une montée de pression. Le temps file à une vitesse folle. Ma réflexion passée, la porte d'entrée claque si fort que j'ai l'impression de sentir le sol trembler sous mes pieds. Je m'apprête à leur crier de faire plus attention quand un bruit résonne de l'autre côté du mur. Aussitôt, de vives exclamations s'élèvent dans la pièce adjacente et, inquiète de ce que je vais découvrir, je m'élance dans le salon. Les trois garçons sont dos à moi mais devant eux, sur le sol, je crois voir une flaque s'étendre de plus en plus à chaque seconde qui passe. Je me rapproche et, avec un mélange de consternation et d'exaspération, j'observe l'un des sacs de courses littéralement éclaté sur le parquet. Une bouteille d'huile s'est brisée et le liquide ne s'arrête plus de couler, souillant les autres produits et le beau parquet en même temps.

— Je crois que j'ai fait une connerie, marmonne Enzo.

— Non, tu crois ? rétorque Cameron avec son ton le plus ironique.

Sans dire un mot, je m'empresse d'aller à l'étage récupérer des serviettes dans les salles de bains. Il faut à tout prix que nous limitions les dégâts causés par cet incident. Redescendue, je balance les serviettes à Enzo en lui disant d'éponger le tout. Il s'exécute et essuie le sol avec toute l'énergie dont il peut faire preuve. Finalement, après quelques minutes, nous sommes rassurés quand nous constatons que seule une petite auréole subsiste sur le parquet et elle ne se voit que lorsqu'on met le nez dessus. Demain, à la lumière du jour, nous tenterons de mieux nettoyer encore, sinon, nous risquons la perte de notre chèque de caution qui s'élève à trois mille dollars. Il y a mieux pour commencer une nouvelle année !

— Qu'est-ce qu'on a perdu en nourriture ? demande Brad.

— La bouteille d'huile et une barquette de fruits tranchés qui n'était pas hermétique, lui répond Cam.

Soulagée, je reprends mon travail dans la cuisine. La seule recette à laquelle nous devons renoncer, au plus grand désarroi d'Evan, est celle des beignets de crevettes.

— Si ça ne vous ennuie pas, je vais aller chercher quelques bûches pour qu'on soit certains d'en avoir cette nuit, nous annonce-t-il.

Nous acquiesçons et Grace, qui venait de commencer à éplucher les différents légumes qui accompagneront le plat principal, décide de l'aider. Je termine d'essuyer les assiettes puis poursuis ce que Grace faisait avant de s'absenter, quand j'entends Cameron m'appeler du salon où il s'est installé avec son ordinateur.

— Est-ce que tu peux venir me voir juste deux petites minutes ? insiste-t-il quand il s'aperçoit que je ne viens pas.

Je coupe les dernières rondelles d'une courgette puis le rejoins. Il tapote la place à côté de lui.

— J'ai besoin que tu me rendes un service mais tu ne dois pas poser de question.

Ma curiosité piquée, j'avance ma tête vers la sienne et lui présente mon oreille pour lui signifier que je suis tout ouïe.

— Il faudrait qu'Anya soit assise en bout de table, murmure-t-il après avoir vérifié d'un bref regard que personne ne nous écoutait.

— Pourquoi ?

— Pas de question, j'ai dit ! Je ne peux pas t'expliquer mais tu comprendras tout à l'heure.

Je n'ai pas le temps de protester ou de quémander la moindre information qu'il se lève puis dépose un baiser sur mon front. Avec son ordinateur sous le bras, il file rejoindre Brad et Enzo qui l'attendent au pied de l'escalier. Ils me jettent tous les trois un regard appuyé avant de grimper à l'étage. N'ayant toujours pas bougé d'un millimètre, je me demande ce qu'ils peuvent bien mijoter.

— Lili ! crie James depuis la cuisine d'où provient une odeur inquiétante. Je crois que la viande est en train de brûler !

Je me précipite dans la pièce et ouvre en vitesse la porte du four. Aussitôt, une immense vague mêlant chaleur et fumée se répand dans la pièce et James, juste derrière moi, entrebâille la fenêtre. Un choc thermique a lieu entre l'air de la cuisine qui me rappelle celui d'un sauna et la température glaciale qui règne à l'extérieur. Le nuage de fumée finit par se dissiper et, enfin, nous retrouvons une atmosphère respirable. Je lâche un soupir de soulagement quand je m'aperçois que la dinde n'a pas brûlé mais que son jus a simplement caramélisé.

— Je devrais t'appeler Lili la chef maintenant ! s'exclame mon ami dont une mèche de cheveux tombe devant les yeux.

— Merci, James le commis, le taquiné-je.

— Alors comme ça, je suis juste un commis pour toi ? Je ne suis même pas ton second ?

Il porte une main à son cœur, feignant un arrêt cardiaque. Devant son piètre talent de comédien, je ne peux que m'esclaffer. Mon hilarité passée, nous nous remettons au travail car il nous reste des tas de choses à faire.

— Lili ? m'interpelle James quelques minutes plus tard.

Je me retourne.

— Evan et Grace sont passés où ? Ils n'étaient pas supposés aller chercher des bûches à l'arrière du chalet ?

— Normalement, oui ! je m'exclame.

— Tu penses que…

James, avec ses sourcils, mime un mouvement suggestif et il ne faut qu'une demi-seconde à mon cerveau pour

480

imaginer ce qu'Evan et Grace peuvent être en train de faire. À cette pensée dont j'aimerais bien me débarrasser, je sens mes joues rosir.

***

La cuisine est sens dessus dessous. Avec Grace et Evan qui ont fini par réapparaître pour nous aider, nous avons déjà bien avancé dans la préparation des plats que nous dégusterons ce soir. Fière de la bûche que j'ai élaborée en parfaite communion avec mon amie, je m'amuse à photographier le dessert sous tous les angles avant de le remettre au frais. Le glaçage aux marrons brille tellement que je me demande encore, une heure après sa réalisation, comment Grace et moi, novices en pâtisserie, avons pu obtenir un tel résultat. Maintenant, je n'ai plus qu'une seule hâte, manger le dessert pour savoir si notre bûche est aussi bonne qu'elle en a l'air.

Mes photos prises, j'abandonne mes trois amis et file me doucher. Une vingtaine de minutes plus tard, après avoir revêtu la belle robe noire que j'ai achetée pour l'occasion et enfilé ma paire de bottines à talons, je quitte l'étage pour retrouver la cuisine d'où de délicieuses odeurs s'échappent. Les choses se sont accélérées si bien que le réveillon va bientôt commencer. Avec Grace, nous hurlons dans tout le chalet que c'est le moment de nous réunir. Cameron, Brad et Enzo apparaissent pour la première fois depuis longtemps dans mon champ de vision et je constate qu'ils sont toujours en train de se parler à voix basse. Je ne sais pas ce qu'ils complotent, mais je ressens la furieuse envie d'en savoir plus. Quand Cam arrive à ma hauteur avec sa décontraction habituelle, je le regarde en arquant un sourcil.

— Je sais ce que tu penses, mais tout ce que je peux te dire pour le moment, c'est patience, patience, me nargue-t-il en souriant.

— Je te déteste, Cam.

Je croise mes bras sur ma poitrine, l'air faussement contrariée, tandis que son sourire s'élargit plus encore.

— C'est faux, tu m'aimes ! chantonne-t-il.

— Heureusement ! rétorqué-je.

Je me hisse sur la pointe des pieds pour déposer un rapide baiser sur ses lèvres. Il essaie de glisser son bras dans le creux de mes reins mais, pour me venger de son silence, je me tortille et m'éclipse avant qu'il ait pu me retenir. Derrière moi, je l'entends ronchonner, ce qui, je l'admets, m'amuse beaucoup. Sans me départir de mon sourire, je rejoins la cuisine où James et Evan disposent les amuse-bouches sur de grands plateaux.

— Vous avez besoin d'aide ? leur demandé-je.

Ils secouent tous les deux la tête et, en jetant un coup d'œil aux coupes vides disposées sur le plan de travail, je décide de me charger des boissons. Je sors du réfrigérateur le cocktail préparé un peu plus tôt et le verse dans les verres. Trouvant le rendu peu coloré, je m'improvise barman et coupe des rondelles de citron que je place sur le bord fin des coupes. J'observe ma création mais ne l'estime pas à la hauteur de mes attentes. Je cherche alors ce que je pourrais ajouter. Je réalise qu'il reste quelques fruits rouges que nous n'avons pas utilisés dans les barquettes qui traînent sur le comptoir. Les arômes des mûres et framboises devant se marier parfaitement avec le goût du cocktail dont seul James connaît la recette, je n'hésite pas et jette quelques fruits dans les verres. Pour la note finale, je trouve des pailles colorées dans un tiroir et décide de les plonger elles aussi dans la boisson. Je prends le temps d'admirer le résultat et, maintenant entièrement satisfaite, je ne résiste pas à l'envie d'immortaliser cet apéritif par quelques photos.

— Après Lili la chef, Lili la barmaid ?

Je ris à la remarque de James qui s'est penché pour mieux admirer les coupes.

— Pour tout te dire, j'hésite à arrêter le journalisme pour me reconvertir dans la cuisine.

Je ponctue ma phrase d'un clin d'œil, ce qui amuse mon ami. Je dois admettre que ce séjour à la montagne, loin de Los Angeles et de nos habitudes, m'a permis de redécouvrir certaines personnalités de notre groupe d'amis que j'avais pu légèrement oublier avec le temps. James en est le parfait exemple. Nous nous apprécions mais rares sont les moments où nous pouvons être seuls tous les deux comme aujourd'hui. Il est vraiment de bonne compagnie et je me rends compte que, malgré leurs différences, Brad, dont je suis un peu plus proche, et James ont un tas de points communs.

Quelques minutes plus tard, alors que je dispose sur le comptoir les ustensiles pour le moment où nous sortirons la dinde du four, Cameron arrive dans la cuisine pour me demander si j'ai besoin d'aide. Je saute sur l'occasion et lui confie le plateau chargé de toutes les coupes. La mission s'annonce périlleuse mais, l'air plus concentré que jamais, Cam apporte le tout jusqu'au salon sans rien renverser. Je termine rapidement ma tâche avant de rejoindre mes amis.

Maintenant tous réunis près de la cheminée, nous prenons les verres et trinquons à l'année qui est sur le point de se terminer. Une certaine nostalgie m'envahit mais, prise par les différentes conversations qui fusent, je me reconcentre vite sur l'instant présent.

Un peu plus tard, je suis en train de discuter avec Elena lorsque je m'aperçois que certains de nos amis commencent à s'installer à table, la cheminée chauffant un peu trop le coin-salon. Me souvenant tout à coup de la demande de Cameron, je prie sa petite sœur de m'excuser puis déclare, pour que tout le monde puisse m'entendre :

— Attendez avant de vous asseoir, je vais vous placer !

Je pose ma coupe vide sur le plateau puis avance jusqu'à la longue table.

— On va alterner filles et garçons, je reprends. Tiens, Anya, mets toi en bout de table !

J'improvise complètement. Rafael, James et Grace, qui sont debout en face de moi, me regardent curieusement. Si seulement j'avais une explication rationnelle à leur donner, je n'hésiterais pas une seule seconde.

— Je peux m'asseoir sur un côté, ça ne m'ennuie pas, réplique la principale concernée.

Ne sachant pas quoi répondre, je me contente de secouer la tête et de la pousser doucement par les épaules jusqu'à sa place. Un petit sourire gêné sur les lèvres, elle s'installe et, une fois que je lui tourne le dos, je soupire, soulagée. À quelques mètres de là, Cameron me fait signe que j'ai assuré. Mais qu'est-ce qu'ils cachent à la fin ?

***

Nous venons à peine de déguster la dernière bouchée de bûche, qui s'est révélée délicieuse, que les lumières s'éteignent brusquement. Seuls le feu qui brûle dans la cheminée et les petites lampes près du canapé nous éclairent. Tournant la tête pour savoir ce qui se passe, je m'aperçois que Brad n'est plus là et que, face à moi, le visage expressif d'Enzo montre une joie et une impatience non dissimulées. Comme je ne comprends toujours pas ce qui se trame, je colle un coup de coude à Cameron. Il me regarde avec la même mine que notre ami. Quelques secondes plus tard, j'ai la réponse à mon interrogation muette. Quand Brad s'avance vers Anya, tout prend sens dans ma tête. Un silence s'abat sur notre groupe et c'est en retenant mon souffle que j'attends la suite des événements.

— Anya Stevens ? prononce notre ami.

La jolie brune, qui ne l'a pas vu arriver, se tourne doucement vers lui. Il pose un genou à terre et prend délicatement la main d'Anya dans la sienne avant de commencer son discours.

— Anya, tous les deux, nous nous connaissons depuis si longtemps maintenant que j'ai fini par oublier à quoi pouvait ressembler la vie sans toi. Tout ce dont je suis sûr aujourd'hui, c'est que tu es mon quotidien, mon bonheur, mon tout. Tu me rends si heureux chaque jour qui passe que je ne veux pas vivre un seul instant sans toi. Anya Stevens, je t'aime d'un amour infini. Je sais que nous sommes encore jeunes mais pourquoi attendre quand la bonne personne se trouve juste devant nous ?

Il s'arrête et, d'une poche intérieure de sa veste, il sort une petite boîte. Je sens mon cœur battre à un rythme effréné. Pourtant, à plusieurs pas de nous, j'entends la profonde inspiration que prend notre ami avant de prononcer les mots que nous attendons tous :

— Anya Stevens, veux-tu m'épouser ?

Sa question à peine posée, Anya s'écrie à en faire trembler les murs :

— OUI ! OUI ! OUI !

Brad glisse une bague qui me semble magnifique au doigt de sa future épouse et, quand il se relève, Anya lui saute dans les bras. Sous nos cris de joie et nos applaudissements, il la fait virevolter dans les airs avant de la reposer sur le sol. Le baiser passionné qu'ils échangent ensuite témoigne de tout l'amour qu'ils se portent. Cette scène est tellement belle que je suis émue aux larmes. Cameron, à côté de moi, sourit quand il me voit dans cet état puis m'attire contre lui pour m'enlacer. Je ne me sens pas encore prête à sauter le pas, mais je sais que Cam sera la personne avec qui je partagerai ma vie. Il m'embrasse sur la tempe avant de s'éclipser vers la cuisine. Je profite de ce moment pour aller serrer dans mes bras les futurs mariés et leur souhaiter des montagnes de bonheur.

L'effusion de joie est toujours présente dans notre groupe lorsque Cameron refait son apparition en criant :

— Champagne ?

Sa proposition est accueillie avec enthousiasme. Enzo s'apprête à aller chercher des flûtes quand Elena nous interrompt tous :

— Attendez, il est minuit dans moins de deux minutes !

Toujours euphoriques par la demande en mariage à laquelle nous venons d'assister, nous attrapons les épaisses couvertures qui traînent sur le canapé et nous nous emmitouflons dedans avant de sortir sur le balcon pour admirer le feu d'artifice qui doit être lancé d'un instant à l'autre. D'une seule voix, nous faisons le décompte des dernières secondes avant minuit.

— Bonne année, mon amour.

— Bonne année, Cam. Je t'aime !

Il me sourit et je me hisse sur la pointe des pieds pour l'embrasser. Sentir son sourire persister contre mes lèvres me rend incroyablement heureuse. La passion et la magie du moment nous consument, mais en entendant le feu d'artifice résonner derrière moi, un peu à contrecœur, je m'écarte de Cameron. Il me sourit toujours et, après avoir déposé un dernier petit baiser sur sa bouche, je me retourne pour admirer le spectacle. Appuyée contre Cam et protégée par les épaisses couvertures, je ne sens le froid que sur le bout de mon nez.

Alors que j'admire le spectacle qui illumine le ciel, me reviennent les souvenirs du dernier Nouvel An. Je venais de perdre Rosie et je pensais ma relation avec Cameron définitivement terminée. Cette période a été si difficile à vivre que je me demande parfois comment je peux me sentir si heureuse aujourd'hui.

— Tu penses à quoi ? souffle Cameron en posant sa tête sur mon épaule.

Je me tourne légèrement pour le regarder.

— Comment sais-tu que…

— Je le sens quand tu es préoccupée, me coupe-t-il.

— Je pensais à comment l'année passée avait commencé.

Cameron me dévisage intensément. Je lui lance un sourire pour le rassurer et lui faire comprendre que tout va bien, qu'il n'a pas à s'inquiéter. Comme souvent, je suis simplement sous l'emprise d'une certaine nostalgie.

— Je regrette de…

— C'est passé, Cam, je l'interromps à mon tour, il ne faut plus regretter ce qui est derrière nous.

Il m'entoure de ses bras et pose son front contre le mien.

— Comme toujours, tu es la voix de la sagesse, me taquine-t-il doucement.

J'esquisse un sourire.

— Je me suis juste rendu compte que vivre dans le passé n'est jamais une bonne chose.

Cameron chasse les quelques mèches de cheveux qui tombent sur mon front puis encercle mon visage de ses larges mains. Avec douceur, il pose ses lèvres contre les miennes et, une nouvelle fois, nous partageons un baiser qui fait chavirer mon cœur. Je ne me soucie pas de manquer le feu d'artifice car rien n'a autant d'importance que l'être qui se tient devant moi.

— Je ne pouvais pas commencer l'année plus en beauté, susurre-t-il au creux de mon oreille.

Avec un immense sourire, je m'appuie de nouveau contre lui. Les lumières de la ville font briller les flocons qui tombent du ciel et, complètement subjuguée par le spectacle qui s'offre à mes yeux, je ne pourrais pas espérer mieux. Nos amis sont là, Cameron est juste derrière moi, je me trouve dans un véritable conte de fées qui n'est pas près de se terminer.

FIN

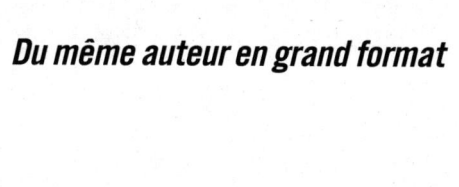

Du même auteur en grand format

Mathilde Aloha

MILA

1·LES VÉRITÉS CACHÉES

Chapitre 1

Mila

Trouver Connor, lui demander les clés de sa voiture et fuir cette soirée mondaine où je ne me sens pas du tout à l'aise. La mission peut paraître simple, mais c'est compter sans la maîtresse de soirée, *accessoirement* ma génitrice, qui cherche à me coincer depuis que je suis arrivée une heure plus tôt. Il y a quelques minutes, alors que je me trouvais avec mon père près de la table où sont posés les petits fours, elle a profité de mon inattention pour tenter de m'hameçonner. Heureusement, j'ai réussi à m'éclipser avant qu'elle ait pu faire ou dire quoi que ce soit pour me retenir. Je la connais par cœur. Une fois que nous sommes pris dans ses filets, il est dur, voire impossible, de s'en échapper.

Cette fuite précipitée m'a conduite droit vers les toilettes pour dames où j'attends avec impatience le message de Dixie qui me permettra de quitter cette réception la conscience tranquille. Je suis une grande fille, je pourrais décider de partir maintenant mais je ne peux pas, et cela pour plusieurs raisons.

Tout d'abord, c'est que, avec le froid polaire qui règne dans les rues de la ville en cette fin de février, je ne veux pas risquer la perte de quelques orteils en attendant la venue de ma meilleure amie. Il est vrai que je pourrais patienter dans le hall mais le courant d'air qui s'y engouffre est terrible et, comme je suis du genre plutôt frileuse, ma veste en laine, plus jolie qu'épaisse, ne suffirait pas à me tenir chaud.

Ensuite, même si j'y crois de moins en moins, je dois mettre la main sur mon frère pour essayer de lui soutirer les clés de son bolide tout confort, ce qui nous éviterait, à Dixie et moi, de devoir courir dans les couloirs bondés du métro en ce vendredi soir. Je cherche Connor depuis mon arrivée et, malgré mes appels répétés, cet idiot ne daigne pas répondre à son téléphone alors qu'il est presque greffé dans sa main. Mon frère est si accro que, bien souvent, il est contraint de recharger son portable plusieurs fois dans la même journée. Pourtant, parvenir à le joindre à la première tentative relève du miracle.

Cela mène directement à la raison suivante : si, en recherchant mon frère, je tombe sur ma mère, elle va vouloir me traîner jusqu'à Joshua, le petit dernier de la famille Thompson, aussi connue comme étant l'une des familles les plus prospères de la ville après avoir fait fortune dans l'immobilier. En toute honnêteté, Joshua est loin d'être désagréable et il est plutôt mignon avec ses cheveux blonds coupés court et ses grands yeux verts expressifs. Le connaissant depuis de nombreuses années maintenant, je dois bien avouer que sa compagnie n'est pas aussi déplaisante qu'on pourrait l'imaginer en voyant la famille snob dont il est issu. J'ai beau l'apprécier, je ne le vois que comme un ami. Il n'est rien de plus à mes yeux et jamais, ô grand jamais, je n'ai dans mes projets de devenir sa petite amie comme ma mère le désire tant. Elle est si obsédée par cette idée que je suis convaincue qu'elle prie secrètement pour qu'on se marie un jour. Vraiment, pas un mois ne passe sans qu'elle essaie de nous rapprocher, mais jusqu'à aujourd'hui, toutes ses tentatives se sont soldées par de cuisants échecs.

Enfin, la dernière des raisons, la plus alambiquée de toutes, c'est que, malgré mon aversion pour les soirées réunissant tout le gratin de Manhattan et ma folle envie de quitter cet endroit à grands pas, une partie de moi se sent coupable de lâcher ma famille, et notamment ma mère, lors d'un événement aussi important à ses yeux. Contrairement à ce que l'on peut croire, un gala de charité n'est pas seulement synonyme de bulles de champagne, de verrines aussi multicolores et esthétiques que des œuvres d'art et de chèques avec plein de zéros. Tout ça, ce n'est que la partie émergée de l'iceberg. Un gala c'est aussi une organisation millimétrée qui a demandé des centaines d'heures de travail et des nuits complètes passées à régler les imprévus. Ces derniers jours, ma mère était une telle montagne de stress qu'il était tout simplement préférable de ne pas lui adresser la parole. Sans exagérer, à la moindre contrariété, elle se serait transformée en geyser de Yellowstone.

Mon téléphone dans la main, je l'agite dans tous les sens pour tenter d'avoir ne serait-ce qu'une petite barre de réseau. Être à l'ère du numérique et avoir une si mauvaise connexion Internet en plein cœur de Manhattan devrait être interdit. Je suis certaine que, même au fin fond du Montana, le réseau téléphonique est meilleur.

Quatre minutes.

Le temps s'égrène et je commence tout doucement à m'impatienter. Après un maximum de cinq secondes sans avoir vérifié, je jette un nouveau coup d'œil à l'écran de mon portable dont la luminosité soudain élevée m'éblouit et, mécontente, je constate que je n'ai toujours pas reçu le moindre signe de ma meilleure amie.

Mais qu'est-ce qu'elle fabrique, bon sang ?

La tête désormais appuyée contre le mur à côté de la porte, je prends mon mal en patience et remarque les regards que certaines invitées, qui viennent se repoudrer le nez ou satisfaire une envie pressante, me lancent à travers le miroir dont la largeur fait celle du mur. Néanmoins, je reste fidèle à moi-même en les ignorant superbement ou en leur adressant le sourire le plus hypocrite dont je suis capable lorsque leurs regards se montrent un peu trop insistants à mon goût. Bien que je baigne dans ce milieu depuis toujours, je n'ai jamais été du genre très sociable. Faire bonne figure parmi des inconnus m'est difficile. Il faut croire que je n'ai pas hérité du gène de la sociabilité que semble posséder toute ma famille. Enfant, j'étais de ces petits qui se cachent derrière les jambes de leur mère pour ne pas avoir à saluer les personnes qu'ils rencontrent. Les années ont passé et les choses n'ont pas tellement changé si on omet le fait que je suis maintenant assez grande pour fuir sans l'aide de quiconque.

Huit minutes.

Sans exagérer, les minutes me semblent durer des heures. Coincée dans cette pièce étroite depuis trop longtemps, je commence à être nerveuse au milieu du va-et-vient incessant des invités. D'aussi loin que je m'en souvienne, j'ai toujours mal supporté de rester trop longtemps dans des espaces confinés. Jusqu'à peu, il était d'ailleurs inconcevable pour moi de dormir dans le noir complet avec les rideaux de ma fenêtre fermés. Si je me réveillais en pleine nuit sans la possibilité de vite percevoir ce qui m'entourait, j'étais prise de terribles crises d'angoisse où la sensation d'étouffer me tenaillait. Mes parents, qui affirmaient que, enfant, je pouvais m'endormir partout et tout le temps, ont longtemps pensé que je faisais du cinéma et que, en pleine adolescence, je ne traversais rien de plus qu'une sorte de phase de rébellion. Ce n'est qu'après plusieurs thérapies, infructueuses jusqu'à la dernière, qu'un médecin a réussi à leur faire prendre mon cas au sérieux. Il a évoqué qu'un traumatisme subi durant mon enfance expliquerait ces terreurs nocturnes. Seulement, j'ai beau y avoir songé à de multiples reprises, je n'ai aucun souvenir de ce qui aurait pu me causer un tel trouble. Mes parents aussi sont incapables de me donner une explication. Tout ce que je sais, c'est que depuis ces rendez-vous avec ce spécialiste et la prise de conscience qui en a découlé, je me sens bien plus apaisée et je suis parvenue à combattre, partiellement, cette peur du noir que je qualifie d'irrationnelle. Maintenant, je suis capable de dormir dans une pièce, la lumière éteinte, tant que la fenêtre n'est pas obstruée. Mais actuellement, dans cette petite pièce aux éclairages tamisés et sans une quelconque ouverture, je me sens de plus en plus oppressée.

Onze minutes.

Je me décide alors à contacter Dixie mais, comme je m'y attendais, le message que je lui envoie n'est pas distribué. Je tente de me rassurer en me disant qu'elle se trouve très certainement dans le métro et que son arrivée n'est plus qu'une histoire de minutes.

En sentant mon pantalon serré appuyer fort sur le bas de mon ventre, j'attends que la seule cabine présente se libère. Quand la porte battante noire des toilettes s'ouvre enfin, une femme bien plus âgée que moi sort et, sans m'accorder la moindre attention, s'approche du lavabo en faisant claquer ses escarpins aux talons vertigineux sur le sol en marbre. Je manque de lui faire remarquer qu'elle a passé une éternité là-dedans avant de m'enfermer en silence à l'intérieur, heureuse de pouvoir remédier à mon envie devenue urgente en seulement quelques minutes. Un sentiment de plénitude m'envahit et j'esquisse un rictus en réalisant qu'il s'agit là du meilleur moment de la soirée.

Pour changer.

Alors que je réajuste quelques instants plus tard mon chemisier en soie dans mon pantalon, deux voix féminines s'élèvent de l'autre côté de la porte. Je ne prête pas attention à la conversation qui semble axée sur des personnes qui me sont inconnues jusqu'à ce que le prénom de ma mère soit prononcé par l'une des deux femmes. Curieuse, j'interromps mes mouvements et tends l'oreille.

— Je me demande bien comment Michelle éduque ses enfants pour qu'ils soient à ce point ingérables. Entre son fils qui ne pense qu'à étaler l'argent familial et sa fille qui ne fera jamais rien de propre, cette pauvre Michelle a bien du souci à se faire. Comme quoi, l'argent ne peut pas acheter la classe.

Je roule les yeux tout en soupirant.

— J'ai aussi entendu dire que son mariage avec Tobias battait sérieusement de l'aile, ajoute la deuxième avec un brin de malice dans la voix.

Les mots qu'elles emploient pour évoquer ma famille me heurtent avec force. Dans ce milieu où les rumeurs circulent à la vitesse de la lumière, j'en viens souvent à me demander ce qui anime ces gens : leur vie ou bien celle des autres ?

Les poings serrés le long du corps, je contiens péniblement ma rage naissante. Les paroles qui affluent jusqu'à moi me rendent furieuse mais, pour ne pas faire d'esclandre et leur donner satisfaction en me voyant sortir de mes gonds, j'inspire profondément puis me tapote les joues, espérant me calmer. En vain. Mes mains tremblent encore et mes palpitations continuent d'être plus rapides qu'à l'accoutumée.

— Si Michelle pense que nous n'avons pas remarqué à quel point son organisation est un fiasco, elle est bien naïve.

— Lorsque nous voyons le désastre en coulisses, nous ne pouvons que comprendre le fondement de toutes les rumeurs, raille l'autre. Tu penses qu'il a une maîtresse ?

— Je ne serais pas surprise si j'apprenais que c'est le cas !

Leurs ricanements malsains se mettent à résonner dans la pièce étroite. Cette fois-ci, c'en est trop pour moi. Sans prévenir, j'ouvre la porte et fais face aux deux femmes qui, à travers le miroir, me regardent ou plutôt, me dévisagent, stupéfaites. Leur attitude dédaigneuse ne tarde pas à ressurgir et, dans une parfaite synchronisation, elles balaient ma tenue des yeux, une moue de dégoût se dessinant peu à peu sur leur visage. Avec mon chemisier griffé d'une maison de haute couture, j'ai décidé de porter mon jeans noir habituel ainsi qu'une paire de bottines de la même couleur. Ma tenue sobre et harmonieuse à mes yeux semble pourtant faire tache dans le paysage des fortunés de l'Upper East Side. J'ai eu le temps de m'en rendre compte lorsque plus tôt dans la soirée, alors que je voguais dans la grande salle de réception, j'ai pu percevoir les regards dédaigneux et les murmures d'un bon nombre d'invités.

Deuxième et dernier enfant de Tobias Sherman et Michelle Lim, je suis l'une des héritières de l'empire Lim & Parks Banks. Depuis trois générations, ma famille gère l'une des plus grosses banques du pays. On nous répète souvent, à mon frère et moi, que des milliards de dollars pèsent sur nos épaules. Comment pourrions-nous seulement oublier ce *gigantesque* détail ?! C'est en partie pour cette raison que, ce soir, des centaines d'invités sont présents au gala organisé par ma famille. Pour la plupart, ils ont déboursé plusieurs milliers de dollars pour leur ticket d'entrée et les bénéfices de la vente aux enchères qui va suivre seront reversés à l'association de protection des animaux d'Amazonie à laquelle ma mère tient tout particulièrement.

Je me souviens que, lorsque j'étais enfant, je regardais tous ces gens avec des yeux emplis d'admiration. Il faut dire qu'il y avait de quoi. Voir des personnes se réunir pour sauver la planète, quand on a dix ans, est la chose la plus fascinante qui soit. Puis, j'ai grandi et j'ai fini par comprendre. Ces fortunés ne se préoccupent qu'en apparence du sort réservé à notre planète, à ses populations démunies et à ses animaux en danger. Ce manège de donations n'existe que pour redorer leur image souvent écorchée par des scandales en tout genre, mais également pour étaler leur fortune. Qui fera la plus grosse donation et la une des journaux le lendemain pour son altruisme ? Qui sera adulé pour ses actes généreux ? Tout cela n'est rien de plus qu'une course à la popularité. En plein dans l'adolescence, je me souviens être tombée de haut en réalisant cela. Tous ces gens que j'admirais tant m'ont soudainement paru bien moins philanthropes que je ne les pensais et les désillusions se sont enchaînées. C'est d'ailleurs pour cette raison que ma mère aime organiser des galas aussi clinquants. Dans la famille, ce constat nous désole mais la réalité est là : plus une soirée est tape-à-l'œil et médiatisée, plus les fonds récoltés pour la cause défendue seront importants. Fort heureusement, toutes les personnes présentes ce soir ne sont pas aussi vénales. Seule une poignée d'invités a réellement le cœur sur la main, à l'image du couple Anderson qui assument quasiment à eux seuls le financement d'une réserve en Tanzanie recueillant des animaux ayant été blessés lors de tentatives de braconnage. Lorsqu'ils ont décidé de donner de l'argent à cette réserve, ils ne l'ont pas annoncé publiquement, ils n'ont pas cherché à obtenir quoi que ce soit en retour. Avec le temps, j'ai fini par me rendre compte que les personnes les plus sincères et généreuses étaient celles qui mettaient le moins en avant leurs actes.

— Oh, Mila est là, murmure l'une des deux femmes.

L'entendre prononcer mon prénom du bout des lèvres suffit à déclencher la fureur qui sommeillait en moi.

Chapitre 2

Mila

Ç a n'en vaut vraiment pas la peine.

Je me répète cette phrase dans l'espoir de m'en convaincre. Mais en voyant leur regard toujours aussi chargé de mépris, je sens ma nervosité repartir en flèche.

Inspire, expire.

J'essaie de me calmer. J'essaie vraiment. Ma raison et mon cœur s'affrontent dans un combat sans merci et, bien que je meure d'envie de leur dire d'aller au diable avec leurs potins à la noix et leur médisance, je me résigne car je ne peux pas me le permettre. Ma mère ne me pardonnerait pas d'avoir fait un scandale lors de cette soirée même si c'était pour défendre l'honneur de notre famille. Je finis par prendre sur moi car m'énerver leur donnerait raison, et je me souviens alors de cette recommandation que l'on m'a toujours inculquée : « L'ignorance est le meilleur des mépris. »

Ainsi, à l'issue d'un round durement mené, c'est finalement la raison qui l'emporte. Je déglutis et, après ce qui m'a semblé durer une éternité, elles daignent enfin quitter la pièce sans toutefois m'accorder un regard. Une fois seule, toujours aussi frustrée, je laisse mon corps aller contre la faïence froide du mur. Le rythme des battements de mon cœur ralentit péniblement et c'est encore remontée que je finis par m'avancer jusqu'au lavabo où je les insulte à voix basse, juste pour me soulager un peu. En passant mes doigts sous l'eau glacée, un frisson me parcourt l'échine. Je hais ces situations. Parfois, pour ne pas dire souvent, j'aimerais être née dans une famille où le paraître n'occupe pas une si grande place mais je suis une Lim-Sherman et chez les Lim-Sherman, soigner son image est primordial.

Je me souviens parfaitement de la première fois où j'ai dû gérer une situation similaire. Je fêtais mon dixième anniversaire entourée de mes proches et des amis de la famille quand, sortie pour prendre l'air après avoir couru partout dans le penthouse de mes grands-parents paternels, j'ai surpris la conversation entre l'associée de ma mère et une de ses autres amies. Les deux femmes étaient installées sur des chaises longues de la terrasse avec leur verre de vin qu'elles tenaient du bout des doigts. Sans faire de bruit, je suis restée cachée derrière un énorme pot de fleurs afin d'écouter ce qu'elles racontaient. À ce moment-là, je ne me doutais pas une seule seconde qu'elles diraient du mal de ma famille et notamment de mes parents. Au départ, je voyais juste ça comme un jeu où je me retrouvais plongée dans la peau de mon espionne préférée. Seulement, après quelques instants, la réalité m'a rattrapée et un mélange de déception et de colère s'est immiscé en moi en entendant les mots rudes qu'elles avaient à notre égard. Mais du haut de mes dix ans, je n'ai pas su quoi faire et je n'ai rien dit, me contentant de fuir en retenant mes larmes. Je me sentais horriblement mal pour ma mère qui se démenait et était trahie de la sorte par des personnes supposées être de confiance. Un peu plus tard dans la soirée, une fois tous réunis autour de la table, les deux femmes n'arrêtaient pas d'adresser de grands sourires à ma mère. Le lendemain, après avoir été témoin de cette hypocrisie, je n'ai pas tenu très longtemps et je lui ai raconté ce que j'avais surpris la veille. Sans rien laisser transparaître, elle m'a écoutée et, en l'absence de réaction de sa part, j'ai fini par penser qu'elle ne me croyait pas. J'eus ma réponse plus tard puisque ces deux femmes n'ont plus jamais remis les pieds chez nous.

Je détourne mon attention de ces souvenirs lointains et retiens une grimace lorsque mes yeux remontent vers mon reflet dans le miroir.

On a connu mieux comme image.

J'ai une mine affreuse et les spots lumineux qui m'éclairent n'arrangent pas mon cas. Tous les défauts de mon visage se retrouvent exacerbés et j'ai l'air plus pâle que jamais. Ce n'est pas compliqué, avec mon teint blafard, mes cernes creusés et mes lèvres sèches, on dirait que je suis malade. Je soupire de nouveau avant de me passer de l'eau froide sur le visage, espérant je ne sais quel miracle. Bien évidemment, comme je m'y attendais, rien ne change et j'en viens même à me demander si ce n'est pas pire qu'avant. J'attrape alors dans ma pochette le seul produit cosmétique que j'emporte partout et applique sur ma bouche une généreuse couche de rouge à lèvres d'une teinte proche de celle des pétales de coquelicot. Pour me rassurer, je me dis que si les gens se concentrent sur mes lèvres, ils ne remarqueront pas que le reste n'est pas digne de l'événement. Comme mes cheveux ne sont pas en meilleure forme, je démêle du bout des doigts ma chevelure noire de jais avant d'attraper deux mèches de mon carré et de les retenir derrière ma tête avec une pince trouvée au fond de ma pochette.

Ça m'apprendra à me coucher si tard pour dévorer les derniers épisodes de Weightlifting Fairy Kim Bok Joo.

Juste avant de quitter la pièce, je jette un dernier coup d'œil à mon reflet et me pince les joues pour leur redonner un semblant de couleur. Mais de toute évidence, ce n'est pas ce soir que je vais être élue Miss America.

Je n'ai pas fait cinq pas dans le long couloir qui mène à la salle de réception que, glissé dans la poche arrière de mon pantalon, mon téléphone se met à vibrer.

Dixie
J'arrive dans cinq minutes, sois prête. La soirée n'attends plus que nous ! ;)
22h19

Un vrai sourire se dessine sur mon visage, et c'est bien plus détendue que je rejoins la foule massée quelques mètres plus loin. En attendant l'arrivée de ma meilleure amie, à la volée, j'attrape une coupe de champagne sur le plateau du serveur qui passe devant moi et, avec empressement, je l'avale d'une traite. Le goût frais et fruité de l'alcool a le mérite de me faire oublier, l'espace de quelques secondes, tout ce qui s'est passé jusqu'à maintenant. Je grimace en sentant la légère amertume qui persiste sur mes papilles. Définitivement, ce n'est pas ce que je préfère.

Alors que je pose la coupe vide sur une table, je surprends le regard outré d'une invitée d'un âge avancé qui, avec cette moue pincée, ressemble comme deux gouttes d'eau à ma grand-mère paternelle. Par pure politesse, j'incline légèrement la tête dans sa direction puis me détourne. Puisque je suis une ratée, autant faire honneur à ce statut que peu de personnes ici peuvent se vanter d'avoir.

Désormais appuyée contre un mur, je détaille la foule, à la recherche de mon frère. Je ne sais pas comment il fait pour passer inaperçu tellement il est grand. Je tends le cou pour tenter d'obtenir un meilleur point de vue mais Connor demeure introuvable. Par prudence, je veille aussi à ce que ma mère ne me surprenne pas.

Décidant de changer d'endroit, je me remets en marche quand un homme aux cheveux grisonnants, aux traits asiatiques et aux rides marqués surgit devant moi. Je détaille rapidement son visage mais il ne me dit rien. Je ne pense pas l'avoir déjà rencontré.

En grande habituée de ces soirées clinquantes, je réalise après avoir lancé un seul coup d'œil sur sa tenue que le costume qu'il porte ne lui appartient pas. Le bas de son pantalon traîne sur le sol et sa veste, aux épaules trop larges, présente plusieurs déchirures notamment au niveau des poches. Il n'a pas le profil de l'invité type mais, refusant de le mettre dans une case en fonction de son apparence, en silence, j'attends qu'il se pousse afin que je puisse reprendre mon chemin. Seulement, les secondes filent et il n'a toujours pas bougé d'un millimètre, alors que je crains que ma mère finisse par me retrouver.

— Excusez-moi, finis-je par formuler d'une voix douce qui contraste avec mon impatience qui grimpe en flèche.

Mes mots ne semblent pas l'atteindre puisqu'il ne fait rien et continue de me regarder avec une drôle de mine. Ses yeux scrutateurs finissent même par me mettre mal à l'aise. Il n'est pas baraqué mais, d'une certaine manière, il m'impressionne et je ne saurais pas vraiment dire pourquoi.

Réellement surprise par son comportement, je me demande si ce n'est pas après quelqu'un d'autre qu'il en a. Pour en avoir le cœur net, je me décale d'un grand pas sur le côté. Il imite aussitôt mon mouvement et continue de m'observer avec la même expression mystérieuse figée sur le visage. Quelque chose dans l'attitude de cet homme me donne envie de fuir. Peu disposée à rester plus longtemps face à lui, je m'apprête à capituler et rebrousser chemin lorsqu'il m'en empêche en posant sa main sur mon poignet nu. Aussitôt, j'essaie de me dégager mais sa prise se renforce. J'hésite à crier quand il lance :

— Vous êtes son portrait craché.

Il souffle ces mots si bas que je me demande un instant si je ne les ai pas rêvés. Son anglais est haché et son accent est prononcé mais je suis certaine d'avoir bien compris ses paroles.

— De qui parlez-vous ? le questionné-je alors.

— Vous avez son regard et son air espiègle. Je ne pensais pas pouvoir vous approcher si vite et si facilement.

Sa voix est rocailleuse, et ses doigts, toujours posés sur mon poignet, sont rêches. Il prononce ces phrases tel un automate et, durant un instant, je me demande s'il ne les a pas apprises par cœur. Perplexe, j'arque un sourcil en me demandant s'il ne serait pas sous l'emprise d'une quelconque démence. J'envisage de lui faire remarquer que je ne vois vraiment pas où il veut en venir lorsqu'il reprend, encore plus bas cette fois :

— Mais je dois vous mettre en garde. Faites attention à vous, ils sont à votre recherche.

— À ma recherche ?

Avec une sorte de flegme, il acquiesce brièvement de la tête.

— Qu'est-ce que vous racontez ? Je ne comprends rien ! m'exclamé-je, confuse.

— Je ne peux rien dire de plus. Mais n'en parlez à personne et protégez-vous.

Complètement ébahie par cette conversation, je m'apprête à lui répondre de nouveau que je nage dans un océan d'incompréhension lorsqu'il pose l'index de sa main libre sur ses lèvres pour me faire comprendre que je dois me taire. Son geste me surprend tant que, médusée, je ne pipe plus mot et ouvre grand les yeux.

— Ne faites confiance à personne, chuchote-t-il.

En achevant sa phrase, il me lâche et fait un pas en arrière. Il n'aura donc fallu que ce bref échange pour que la paranoïa s'empare de moi. Des questionnements plus fous les uns que les autres s'immiscent alors dans mon esprit. Je n'ai pas le temps de formuler mes interrogations que l'expression du visage de l'homme change. Ses yeux jusqu'alors impassibles s'arrondissent. En une fraction de seconde, il se recule, baisse la tête et relève le col de sa veste avant que j'aie pu esquisser le moindre geste. À grands pas, il disparaît dans la foule derrière lui. J'ai la soudaine impression d'être plongée dans un film au scénario bancal et, malgré la crainte que son intervention a éveillée en moi, je ne peux pas en rester là. J'ai besoin d'obtenir les réponses aux questions qu'il a soulevées avec ses mots. Je m'apprête à m'élancer à sa poursuite quand la voix de la personne que je cherchais à tout prix à éviter s'élève dans mon dos.

Et zut, je suis grillée.

Chapitre 3

Mila

— **M**ila Lim-Sherman.

La voix hachée et stridente de ma mère résonne avec puissance dans mes oreilles mais, les yeux toujours rivés sur la direction qu'a prise l'inconnu, je ne me tourne pas vers elle. Comment a-t-il pu s'éclipser aussi vite ?

— Sais-tu depuis combien de temps je suis à ta recherche ? poursuit-elle.

Je me hisse alors sur la pointe des pieds pour essayer de voir au-dessus de la foule. Retrouver quelqu'un de si petit au milieu de tous ces invités revient à chercher une aiguille dans une meule de foin. Mon regard se porte jusqu'aux ascenseurs au fond de la salle mais, déçue, je constate que personne n'attend devant. De toute évidence, il a déjà disparu.

— Mila, je suis en train de te parler !

— Et je t'entends ! je réponds après m'être finalement retournée.

Lui faisant désormais face, je ne mets qu'un centième de seconde avant de croiser son regard menaçant, celui qu'elle nous réserve tout spécialement, à mon frère et

513

moi, quand elle s'apprête à nous passer un savon. Je ne compte plus le nombre de fois où elle nous a regardés avec cet air sévère qui donne l'impression qu'elle a dix ans de plus.

— Où étais-tu passée ? me demande-t-elle sans prendre la peine de dissimuler son agacement.

— J'étais juste là, dis-je en désignant du bout des doigts l'espace autour de moi.

— Ne te moque pas de moi, Mila, lâche-t-elle en baissant le ton pour ne pas être entendue des invités aux alentours qui commencent à nous prêter attention. J'ai passé un temps fou à ta recherche alors tu vas me faire le plaisir de bien vouloir me suivre. Nous sommes attendues.

La relation que j'entretiens avec celle qui m'a mise au monde peut parfois se montrer conflictuelle. J'aime profondément ma mère mais, avec le temps, j'ai réalisé que, si nous restons ensemble trop longtemps, nous finissons par nous disputer, comme si nous étions deux aimants de même polarité qui, malgré leur rapprochement, se repoussent inévitablement. Michelle Lim-Sherman aime l'ordre, son image et sa richesse qu'elle gère d'une main de maître. Moi, je suis le vilain petit canard de la famille, celle qui n'aime pas se plier aux règles, aux protocoles et à tout ce qui va avec. Nous avons beau nous aimer, je crois bien que nous sommes incompatibles.

— Dixie est sur le point d'arriver, je dois la rejoindre, protesté-je, espérant échapper à ce qu'elle est sur le point de m'annoncer.

Depuis le temps, je suis rodée : pas une soirée de charité ne se termine sans qu'un discours mielleux à souhait soit prononcé devant tous les invités. Même si la présence de toute la famille est requise pour donner une bonne image, dès que je le peux, je m'éclipse avant d'être traînée sur la scène. Toutefois, je sens que ce soir je ne vais pas pouvoir me défiler...

— Ce n'est pas mon problème, rétorque-t-elle aussitôt en secouant la tête pour appuyer son propos. Ton père et ton frère nous attendent à côté de la scène pour le discours de remerciement. On y va.

Je ne prends pas la peine de retenir ma grimace puis ajoute, en soupirant :

— Tu sais bien ce que je pense de ces discours.

Elle me regarde avec attention et, après quelques secondes de silence, elle se contente d'acquiescer de la tête. Néanmoins, je sais que sa compréhension ne changera strictement rien aux obligations qui me tiennent ce soir. Chaque fois, c'est la même chose.

Avant que je puisse m'échapper, ma mère empoigne ma main avec force et, à contre-cœur, je me laisse traîner. Le seul point positif qui ressort de cette situation est que je retrouve enfin mon frère qui patiente à côté des quelques marches qui mènent à la scène. Dans son costume trois-pièces, lui aussi aimerait être ailleurs, je le devine à ses doigts qu'il triture et au sourire de façade plaqué sur son visage. Mon frère excelle bien plus que moi dans cet exercice et, même si n'importe qui pourrait se laisser berner par son air parfaitement assuré, je sais qu'il n'est pas aussi à l'aise qu'il le laisse penser. Lorsqu'il me voit arriver, Connor me lance un sourire affectueux qui a le mérite de me réconforter légèrement.

Je crois bien que s'écoulent ensuite les minutes les plus longues de toute mon existence. En comparaison, l'attente de tout à l'heure dans les toilettes m'a semblé bien plus rapide. À la fin de son discours particulièrement long, mon père se retourne vers ma mère, restée avec mon frère et moi en retrait. Avec un sourire éblouissant dont lui seul a le secret, il lui tend la main, l'invitant à le rejoindre. Après avoir gloussé comme une adolescente en plein émoi amoureux, ma mère s'empresse d'attraper sa main et je ne retiens pas mon sourire en la voyant agir de manière si spontanée devant tout le monde. Désormais ensemble sur le devant de la scène, avec les regards qu'ils se lancent et l'affection qu'ils se témoignent dans leurs gestes et leurs paroles, personne ne peut louper une miette de la bulle d'amour qui flotte autour d'eux. Savoir que les harpies de tout à l'heure verront à quel point le couple formé par Michelle Lim et Tobias Sherman se porte à merveille est bien la seule chose qui rend la tâche un peu moins pénible.

C'est maintenant au tour de ma mère d'entamer son discours. Aveuglée par toutes les lumières qui viennent de se braquer sur nous, je tourne légèrement la tête et mon regard balaie maintenant le coin peu exposé par les spots et les flashs sur le côté de la scène. Près du mur, malgré l'ombre environnante, je repère un homme qui est en train de passer sa main sous la jupe de la femme devant lui – si je ne me trompe pas, c'est la journaliste montante d'une

516

des plus grandes chaînes de télévision du pays. L'homme finit par relever la tête et, quand il s'aperçoit que je les observe, il s'empresse de retirer sa main et de se décaler d'un grand pas. Désormais dans la lumière, je ne tarde pas à mettre un nom sur cette tête qui me disait vaguement quelque chose : John McCarthy, un sénateur conservateur qui aspire à prendre la présidence du Congrès si on en croit ses récentes déclarations. Comme je m'en doutais, cette femme n'est pas son épouse. Scandale en perspective si cette histoire était révélée, et pourtant, je ne suis pas étonnée. À chaque événement, en fuyant la foule, je me retrouve à arpenter les coins peu fréquentés des bâtiments où je tombe souvent sur des choses plutôt… gênantes. Si je n'avais pas une certaine morale propre, je pourrais faire chanter un bon paquet de personnages publics, notamment des politiques, qui ne sont pas aussi irréprochables qu'ils le prétendent.

Quelques instants plus tard, un air confus sur le visage, la journaliste censée couvrir la soirée pivote pour regarder l'homme qui s'est écarté d'un pas. D'un signe de tête à peine perceptible, il me désigne, et quand, à son tour, elle remarque mon regard posé sur eux, elle baisse le visage puis s'empresse d'accentuer la distance entre leurs deux corps.

Trop tard, je vous ai grillés ! ai-je envie de lancer en roulant les yeux.

Je détourne mon attention lorsque j'entends les premiers applaudissements de l'assemblée. Bien qu'une nouvelle fois je n'ai presque rien écouté du discours, je frappe malgré tout avec entrain dans mes mains et je m'efforce de sourire. Quelques secondes plus tard, les lumières de la scène à peine éteintes, j'attrape le bras de mon frère et je le tire derrière moi. Nous dévalons les trois marches et une fois bien à l'écart des oreilles indiscrètes, abrités par la scène, je lui fais part de ma demande, un peu précipitamment :

— Donne-moi les clés de ta voiture s'il te plaît, je dois partir au plus vite.

Il arque ses sourcils aussi bruns et épais que sa chevelure avant de répliquer sur un ton moqueur :

— Tu ne sais pas conduire, je te signale.

— Mais Dixie oui !

En m'entendant mentionner le prénom de ma meilleure amie, Connor plisse les yeux et rétorque avec un sérieux qui me surprend venant de lui :

— Hors de question qu'elle conduise ma voiture !

Face au refus attendu de mon frère, je n'ai pas d'autre choix que de sortir ma dernière carte, celle qui le fait céder presque à chaque fois. J'attrape ses mains entre les miennes, je lui adresse mon regard le plus doux puis, avec un petit sourire, je le supplie d'une petite voix :

— Allez, Connor, s'il te plaît…

— Non.

Aïe.

— Je dois sortir de la ville, ajoute-t-il.

— Qu'est-ce que tu dois faire ? je m'empresse de demander, ma curiosité piquée au vif.

— Ça ne te regarde pas.

Avec cette réponse, mon frère sait parfaitement que je vais chercher à en savoir plus. Je répète alors ma question mais Connor enchaîne en me donnant la même réponse avec un large sourire cette fois. Je continue d'insister jusqu'à ce qu'il ne me réponde plus. Nous nous défions alors du regard comme si nos vies en dépendaient. Seulement âgé de quatre années de plus que moi, Connor continue de me traiter comme si j'étais une enfant de cinq ans alors que j'en ai dix-huit depuis plusieurs mois déjà. Je déteste quand il agit de cette manière et le pire du pire, c'est qu'il en est parfaitement conscient. Mais il continue à prendre un malin plaisir à m'embêter. En dépit de nos nombreux désaccords, mon frère n'en reste pas moins l'une des personnes que j'aime le plus sur cette planète et je sais que, peu importe ce qu'il adviendra, je pourrai toujours compter sur lui.

— Tu n'avais qu'à passer ton permis, comme tout le monde, me lance-t-il.

— Pas besoin de s'encombrer du permis quand on habite à Manhattan, maugréé-je.

Mon refus obtus de passer l'examen de conduite s'explique tout simplement par le fait que je suis terrifiée à l'idée de conduire dans cette jungle urbaine qu'est New York. Je ne l'ai confié à personne mais, l'année dernière, j'ai rassemblé tout mon courage et je me suis inscrite au code de la route que j'ai obtenu sans trop de difficulté. Après avoir visionné une longue vidéo censée responsabiliser les futurs conducteurs, l'étape fatidique des heures de conduite avec un moniteur est arrivée. Au début, aveuglée par la naïveté et la chance du débutant, je me suis convaincue que ce n'était pas aussi terrible que je l'imaginais.

Mais lors de ma quatrième heure de conduite, tandis que je roulais bien sagement sur la Onzième Avenue où tout allait pour le mieux, mon moniteur a déclaré que j'étais prête à affronter Times Square. Les mains moites sur le volant recouvert d'un cuir abîmé et le ventre faisant des pirouettes, j'ai roulé jusqu'à ce quartier de la ville très prisé par les touristes en plein mois de juillet. Au milieu de ce capharnaüm, j'ai bien cru faire dix arrêts cardiaques en l'espace de cinq minutes avec tous ces piétons qui traversaient n'importe quand et n'importe où, les autres voitures qui n'arrêtaient pas de changer de file en klaxonnant et les feux de circulation qui, en une fraction de seconde, passaient au rouge tandis que je me trouvais en plein milieu du carrefour. J'ai tellement détesté cette expérience que je me suis juré de ne plus jamais tenir un volant de ma vie. Avec le recul, j'en suis venue à la conclusion que le métro, ce n'était pas si mal.

Tout de même déçue que mon frère n'ait pas cédé et pour tenter de le faire un peu culpabiliser, en affichant une moue triste sur mon visage, j'ajoute :

— Il fait super froid dehors et il y a souvent des gens alcoolisés et drogués sur la ligne qu'on doit prendre pour rentrer chez Dixie… Je ne suis pas rassurée.

— Prenez un taxi alors ou appelle un des chauffeurs. Je ne sais pas pourquoi tu t'entêtes toujours à prendre le métro.

Une fois de plus, c'est lui qui a eu le dernier mot. Je soupire et ne réponds pas à son attaque. Mon frère sait que, tenant à mon indépendance, je refuse au maximum de faire appel aux chauffeurs employés par ma famille. Je suis bien consciente que ma mère a missionné toutes ces personnes de la notifier de nos moindres déplacements. J'en ai eu la confirmation quand, au milieu d'une dispute, elle m'a reproché plusieurs trajets dans le New Jersey dont seul son chauffeur de l'époque était censé avoir connaissance.

— Allez, sans rancune, petite sœur, lance-t-il de sa voix satisfaite.

— Tu me le paieras, Connor.

Le sourire insolent qu'il m'adresse me donne envie de le secouer et, sous son rire qui continue de résonner, je finis par tourner les talons, vexée par cette discussion peu fructueuse. Étant peu décidée à m'éterniser, je récupère rapidement ma veste et mon sac auprès des hôtesses d'accueil. En attendant l'ascenseur, je surprends au loin le regard de ma mère, en pleine discussion avec un couple d'amis, posé sur moi. Lorsqu'elle remarque que je la regarde aussi, elle m'adresse un sourire et un petit signe de la main auxquels je réponds aussitôt. Pour autant, je ne suis pas dupe. Il y a plusieurs soirs de cela, tandis que je descendais récupérer mon chargeur d'ordinateur oublié dans la cuisine, j'ai surpris une discussion entre mes parents dans le salon. Ma mère relatait à mon père notre dispute ayant eu lieu quelques heures plus tôt. Je savais que je n'aurais pas dû écouter leur conversation mais, la curiosité l'emportant sur la raison, en silence, je suis restée tapie dans le couloir plongé dans la pénombre. J'ai alors entendu ma mère avouer d'une voix abattue combien elle était envieuse de ses amies et de la relation qu'elles entretenaient avec leurs filles et elle se demandait ce qu'elle avait pu faire de mal pour que je sois si distante avec elle. Mon père a tenté de la persuader qu'elle se faisait des idées et, alors que j'étais prête à me montrer, elle s'est mise à sangloter. Face à cette scène inattendue, je me suis empressée de rejoindre ma chambre, accablée par la culpabilité et les remords.

Aux yeux de tous, je parais hors d'atteinte, distante et parfois même irréelle. La plupart des gens que je rencontre sont persuadés que je n'en fais qu'à ma tête sans imaginer une seule seconde les efforts que je fais pour eux. Je me sens sous pression à chaque seconde qui passe mais, parce que je ne montre pas mes sentiments, ils se permettent des critiques plus acerbes les unes que les autres en pensant qu'elles ne me blessent pas, que je ne les écoute pas. Si seulement ils savaient à quel point chacun des mots qui me sont destinés me touchent. Cette image, pourtant erronée, me colle à la peau depuis des années. Personne ne connaît la véritable Mila, celle qui a des faiblesses et des failles, comme tout le monde. Celle qui sourit avec insolence alors qu'elle essaie juste de retenir ses larmes et ses cris contre l'injustice. Cette Mila, la vraie, c'est moi. Ce soir, sur ce marbre qui brille par sa somptuosité, mon masque tombe et je craque. Je me sens perdre pied et c'est péniblement que je retiens les sanglots qui menacent de s'échapper.

Le Livre de Poche s'engage pour
l'environnement en réduisant
l'empreinte carbone de ses livres.
Celle de cet exemplaire est de :
300 g éq. CO$_2$
Rendez-vous sur
www.livredepoche-durable.fr

PAPIER À BASE DE
FIBRES CERTIFIÉES

Édité par la Librairie Générale Française – LPJ
(58, rue Jean-Bleuzen 92170 Vanves)

Composition Nord Compo
Achevé d'imprimer en Espagne par Liberdúplex
Dépôt légal 1re publication : juin 2020
33.1180.2 / 01 – ISBN : 978-2-01-711923-4
Loi n° 49-956 du 16 juillet 1949 sur les publications
destinées à la jeunesse
Dépôt légal : juin 2020